莎士比亚全集

V

人民文学出版社

目　次

第十二夜 …………………………………………… *1*
亨利六世上篇 …………………………………… *93*
亨利六世中篇 …………………………………… *187*
亨利六世下篇 …………………………………… *297*

第十二夜

又名：各遂所愿

朱生豪 译

吴兴华 校

TWELFTH NIGHT.

Act III. Sc. 4.

剧 中 人 物

奥西诺　伊利里亚公爵
西巴斯辛　薇奥拉之兄
安东尼奥　船长,西巴斯辛之友
另一船长　薇奥拉之友
凡伦丁 ⎫
丘里奥 ⎭ 公爵侍臣
托比·培尔契爵士　奥丽维娅的叔父
安德鲁·艾古契克爵士
马伏里奥　奥丽维娅的管家
费边 ⎫
费斯特　小丑 ⎭ 奥丽维娅之仆

奥丽维娅　富有的伯爵小姐
薇奥拉　热恋公爵者
玛利娅　奥丽维娅的侍女

群臣、牧师、水手、警吏、乐工及其他侍从等

地　　点

伊利里亚某城及其附近海滨

第 一 幕

第一场　公爵府中一室

　　公爵、丘里奥、众臣同上；乐工随侍。

公　爵　假如音乐是爱情的食粮,那么奏下去吧;尽量地奏下去,好让爱情因过饱噎塞而死。又奏起这个调子来了！它有一种渐渐消沉下去的节奏。啊！它经过我的耳畔,就像微风吹拂一丛紫罗兰,发出轻柔的声音,一面把花香偷走,一面又把花香分送。够了！别再奏下去了！它现在已经不像原来那样甜蜜了。爱情的精灵呀！你是多么敏感而活泼;虽然你有海一样的容量,可是无论怎样高贵超越的事物,一进了你的范围,便会在顷刻间失去了它的价值。爱情是这样充满了意象,在一切事物中是最富于幻想的。

丘里奥　殿下,您要不要去打猎？

公　爵　什么,丘里奥？

丘里奥　去打鹿。

公　爵　啊,一点不错,我的心就像是一头鹿。唉！当我第一眼瞧见奥丽维娅的时候,我觉得好像空气给她澄清了。那时我就变成了一头鹿;从此我的情欲像凶暴残酷的猎犬一样,永远追逐着我。

　　　　凡伦丁上。

公　爵　怎样！她那边有什么消息？

凡伦丁　启禀殿下，他们不让我进去，只从她的侍女嘴里传来了这一个答复：除非再过七个寒暑，就是青天也不能窥见她的全貌；她要像一个尼姑一样，蒙着面幕而行，每天用辛酸的眼泪浇洒她的卧室：这一切都是为着纪念对于一个死去的哥哥的爱，她要把对哥哥的爱永远活生生地保留在她悲伤的记忆里。

公　爵　唉！她有这么一颗优美的心，对于她的哥哥也会挚爱到这等地步。假如爱神那支有力的金箭把她心里一切其他的感情一齐射死；假如只有一个唯一的君王占据着她的心肝头脑——这些尊严的御座，这些珍美的财宝——那时她将要怎样恋爱着啊！

　　　　给我引道到芬芳的花丛；
　　　　相思在花荫下格外情浓。（同下。）

第二场　海　滨

　　　　薇奥拉、船长及水手等上。

薇奥拉　朋友们，这儿是什么国土？

船　长　这儿是伊利里亚，姑娘。

薇奥拉　我在伊利里亚干什么呢？我的哥哥已经到极乐世界里去了。也许他侥幸没有淹死。水手们，你们以为怎样？

船　长　您也是侥幸才保全了性命的。

薇奥拉　唉，我的可怜的哥哥！但愿他也侥幸无恙！

船　　长　　不错,姑娘,您可以用侥幸的希望来宽慰您自己。我告诉您,我们的船撞破了之后,您和那几个跟您一同脱险的人紧攀着我们那只给风涛所颠摇的小船,那时我瞧见您的哥哥很有急智地把他自己捆在一根浮在海面的桅樯上,勇敢和希望教给了他这个计策;我见他像阿里翁①骑在海豚背上似的浮沉在波浪之间,直到我的眼睛望不见他。

薇奥拉　　你的话使我很高兴,请收下这点钱,聊表谢意。由于我自己脱险,使我抱着他也能够同样脱险的希望;你的话更把我的希望证实了几分。你知道这国土吗?

船　　长　　是的,姑娘,很熟悉;因为我就是在离这儿不到三小时旅程的地方生长的。

薇奥拉　　谁统治着这地方?

船　　长　　一位名实相符的高贵的公爵。

薇奥拉　　他叫什么名字?

船　　长　　奥西诺。

薇奥拉　　奥西诺!我曾经听见我父亲说起过他;那时他还没有娶亲。

船　　长　　现在他还是这样,至少在最近我还不曾听见他娶亲的消息;因为只一个月之前我从这儿出发,那时刚刚有一种新鲜的风传——您知道大人物的一举一动,都会被一般人纷纷议论着的——说他在向美貌的奥丽维娅求爱。

薇奥拉　　她是谁呀?

船　　长　　她是一位品德高尚的姑娘;她的父亲是位伯爵,约莫在

---

①　阿里翁(Arion),希腊诗人和音乐家,传说他在某次乘船自西西里至科林多,途中为水手所迫害,因跃入海中,为海豚负至岸上,盖深感其音乐之力云。

一年前死去,把她交给他的儿子,她的哥哥照顾,可是他不久又死了。他们说为了对于她哥哥的深切的友爱,她已经发誓不再跟男人们在一起或是见他们的面。

薇奥拉　唉!要是我能够侍候这位小姐,就可以不用在时机没有成熟之前泄露我的身份了。

船　长　那很难办到,因为她不肯接纳无论哪一种请求,就是公爵的请求她也是拒绝的。

薇奥拉　船长,你瞧上去是个好人;虽然造物常常用一层美丽的墙来围蔽住内中的污秽,但是我可以相信你的心地跟你的外表一样好。请你替我保守秘密,不要把我的真相泄露出去,我以后会重谢你的;你得帮助我假扮起来,好让我达到我的目的。我要去侍候这位公爵,你可以把我送给他作为一个净了身的侍童;也许你会得到些好处的,因为我会唱歌,用各种的音乐向他说话,使他重用我。

　　以后有什么事以后再说;

　　我会使计谋,你只须静默。

船　长　我便当哑巴,你去做近侍;

　　倘多话挖去我的眼珠子。

薇奥拉　谢谢你;领着我去吧。(同下。)

第三场　奥丽维娅宅中一室

托比·培尔契爵士及玛利娅上。

托　比　我的侄女见什么鬼把她哥哥的死看得那么重?悲哀是要损寿的呢。

玛利娅　真的,托比老爷,您晚上得早点儿回来;您那侄小姐很反对您深夜不归呢。

托　　比　哼,让她去今天反对、明天反对,尽管反对下去吧。

玛利娅　嗷,但是您总得有个分寸,不要太失身份才是。

托　　比　身份!我这身衣服难道不合身份吗?穿了这种衣服去喝酒,也很有身份的了;还有这双靴子,要是它们不合身份,就叫它们在靴带上吊死了吧。

玛利娅　您这样酗酒会作践了您自己的,我昨天听见小姐说起过;她还说起您有一晚带到这儿来向她求婚的那个傻骑士。

托　　比　谁?安德鲁·艾古契克爵士吗?

玛利娅　嗷,就是他。

托　　比　他在伊利里亚也算是一表人才了。

玛利娅　那又有什么相干?

托　　比　哼,他一年有三千块钱收入呢。

玛利娅　嗷,可是一年之内就把这些钱全花光了。他是个大傻瓜,而且是个浪子。

托　　比　呸!你说出这种话来!他会拉低音提琴;他会不看书本讲三四国文字,一个字都不模糊;他有很好的天分。

玛利娅　是的,傻子都是得天独厚的;因为他除了是个傻瓜之外,又是一个惯会惹是招非的家伙;要是他没有懦夫的天分来缓和一下他那喜欢吵架的脾气,有见识的人都以为他就会有棺材睡的。

托　　比　我举手发誓,这样说他的人,都是一批坏蛋,信口雌黄的东西。他们是谁啊?

玛利娅　他们又说您每夜跟他在一块儿喝酒。

托　　比　我们都喝酒祝我的侄女健康呢。只要我的喉咙里有食道,伊利里亚有酒,我便要为她举杯祝饮。谁要是不愿为我的侄女举杯祝饮,喝到像抽陀螺似的天旋地转,他就是个不中用的汉子,是个卑鄙小人。嘿,丫头!放正经些!安德鲁·艾古契克爵士来啦。

  安德鲁·艾古契克爵士上。

安德鲁 托比·培尔契爵士!您好,托比·培尔契爵士!

托 比 亲爱的安德鲁爵士!

安德鲁 您好,美貌的小泼妇!

玛利娅 您好,大人。

托 比 寒暄几句,安德鲁爵士,寒暄几句。

安德鲁 您说什么?

托 比 这是舍侄女的丫环。

安德鲁 好寒萱姊姊,我希望咱们多多结识。

玛利娅 我的名字是玛丽,大人。

安德鲁 好玛丽·寒萱姊姊,——

托 比 你弄错了,骑士;"寒暄几句"就是跑上去向她应酬一下,招呼一下,客套一下,来一下的意思。

安德鲁 嗳哟,当着这些人我可不能跟她打交道。"寒暄"就是这个意思吗?

玛利娅 再见,先生们。

托 比 要是你让她这样走了,安德鲁爵士,你以后再不用充汉子了。

安德鲁 要是你这样走了,姑娘,我以后再不用充汉子了。好小姐,你以为你手边是些傻瓜吗?

玛利娅 大人,可是我还不曾跟您握手呢。

安德鲁 那很好办,让我们握手。

玛利娅 好了,大人,思想是无拘无束的。请您把这只手带到卖酒的柜台那里去,让它喝两盅吧。

安德鲁　这怎么讲,好人儿?你在打什么比方?

玛利娅　我是说它怪没劲的。

安德鲁　是啊,我也这样想。不管人家怎么说我蠢,应该好好保养两手的道理我还懂得。可是你说的是什么笑话?

玛利娅　没劲的笑话。

安德鲁　你一肚子都是这种笑话吗?

玛利娅　不错,大人,满手里抓的也都是。得,现在我放开您的手了,我的笑料也都吹了。(下。)

托　比　骑士啊!你应该喝杯酒儿。几时我见你这样给人愚弄过?

安德鲁　我想你从来没有见过;除非你见我给酒弄昏了头。有时我觉得我跟一般基督徒和平常人一样笨;可是我是个吃牛肉的老饕,我相信那对于我的聪明很有妨害。

托　比　一定一定。

安德鲁　要是我真那样想的话,以后我得戒了。托比爵士,明天我要骑马回家去了。

托　比　Pourquoi①,我的亲爱的骑士?

安德鲁　什么叫 Pourquoi?好还是不好?我理该把我花在击剑、跳舞和耍熊上面的工夫学几种外国话的。唉!要是我读了文学多么好!

托　比　要是你花些工夫在你的鬈发钳②上头,你就可以有一头很好的头发了。

---

① 法文:"为什么"之意。
② 原文鬈发钳(tongs)与外国话(tongues)音相近。

11

安德鲁　怎么,那跟我的头发有什么关系?

托　比　很明白,因为你瞧你的头发不用些工夫上去是不会鬈曲起来的。

安德鲁　可是我的头发不也已经够好看了吗?

托　比　好得很,它披下来的样子就像纺杆上的麻线一样,我希望有哪位奶奶把你夹在大腿里纺它一纺。

安德鲁　真的,我明天要回家去了,托比爵士。你侄女不肯接见我;即使接见我,多半她也不会要我。这儿的公爵也向她求婚呢。

托　比　她不要什么公爵不公爵;她不愿嫁给比她身份高、地位高、年龄高、智慧高的人,我听见她这样发过誓。嘿,老兄,还有希望呢。

安德鲁　我再耽搁一个月。我是世上心思最古怪的人;我有时老是喜欢喝酒跳舞。

托　比　这种玩意儿你很擅胜场的吗,骑士?

安德鲁　可以比得过伊利里亚无论哪个不比我高明的人;可是我不愿跟老手比。

托　比　你跳舞的本领怎样?

安德鲁　不骗你,我会旱地拔葱。

托　比　我会葱炒羊肉。

安德鲁　讲到我的倒跳的本事,简直可以比得上伊利里亚的无论什么人。

托　比　为什么你要把这种本领藏匿起来呢?为什么这种天才要覆上一块幕布?难道它们也会沾上灰尘,像大姑娘的画像一样吗?为什么不跳着"加里阿"到教堂里去,跳着"科兰多"一路回家?假如是我的话,我要走步路也是"捷格"

舞,撒泡尿也是五步舞呢。你是什么意思?这世界上是应该把才能隐藏起来的吗?照你那双出色的好腿看来,我想它们是在一个跳舞的星光底下生下来的。

安德鲁　噢,我这双腿很有气力,穿了火黄色的袜子倒也十分漂亮。我们喝酒去吧?

托　比　除了喝酒,咱们还有什么事好做?咱们的命宫不是金牛星吗?

安德鲁　金牛星!金牛星管的是腰和心。

托　比　不,老兄,是腿和股。跳个舞给我看。哈哈!跳得高些!哈哈!好极了!(同下。)

第四场　公爵府中一室

凡伦丁及薇奥拉男装上。

凡伦丁　要是公爵继续这样宠幸你,西萨里奥,你多半就要高升起来了;他认识你还只有三天,你就跟他这样熟了。

薇奥拉　看来你不是怕他的心性捉摸不定,就是怕我会玩忽职守,所以你才怀疑他会不会继续这样宠幸我。先生,他待人是不是有始无终的?

凡伦丁　不,相信我。

薇奥拉　谢谢你。公爵来了。

公爵、丘里奥及侍从等上。

公　爵　喂!有谁看见西萨里奥吗?

薇奥拉　在这儿,殿下,听候您的吩咐。

公　爵　你们暂时走开些。西萨里奥,你已经知道了一切,我已经把我秘密的内心中的书册向你展示过了;因此,好孩子,到她那边去,别让他们把你摈之门外,站在她的门口,对他们说,你要站到脚底下生了根,直等她把你延见为止。

薇奥拉　殿下,要是她真像人家所说的那样沉浸在悲哀里,她一定不会允许我进去的。

公　爵　你可以跟他们吵闹,不用顾虑一切礼貌的界限,但一定不要毫无结果而归。

薇奥拉　假定我能够和她见面谈话了,殿下,那么又怎样呢?

公　爵　噢!那么就向她宣布我的恋爱的热情,把我的一片挚诚说给她听,让她吃惊。你表演起我的伤心来一定很出色,你这样的青年一定比那些面孔板板的使者们更能引起她的注意。

薇奥拉　我想不见得吧,殿下。

公　爵　好孩子,相信我的话;因为像你这样的妙龄,还不能算是个成人;狄安娜的嘴唇也不比你的更柔滑而红润;你的娇细的喉咙像处女一样尖锐而清朗;在各方面你都像个女人。我知道你的性格很容易对付这件事情。四五个人陪着他去;要是你们愿意,就全去也好;因为我欢喜孤寂。你倘能成功,那么你主人的财产你也可以有份。

薇奥拉　我愿意尽力去向您的爱人求婚。(旁白)

唉,怨只怨多阻碍的前程!

但我一定要做他的夫人。(各下。)

第五场　奥丽维娅宅中一室

玛利娅及小丑上。

玛利娅　不,你要是不告诉我你到哪里去来,我便把我的嘴唇抿得紧紧的,连一根毛发也钻不进去,不替你说句好话。小姐因为你不在,要吊死你呢。

小　　丑　让她吊死我吧;好好地吊死的人,在这世上可以不怕敌人。

玛利娅　把你的话解释解释。

小　　丑　因为他看不见敌人了。

玛利娅　好一句无聊的回答。让我告诉你"不怕敌人"这句话是怎么来的吧。

小　　丑　怎么来的,玛利娅姑娘?

玛利娅　是从打仗里来的;下回你再撒赖的时候,就可以放开胆子这样说。

小　　丑　好吧,上帝给聪明与聪明人;至于傻子们呢,那只好靠他们的本事了。

玛利娅　可是你这么久在外边鬼混,小姐一定要把你吊死的,否则把你赶出去,那不是跟把你吊死一样好吗?

小　　丑　好好地吊死常常可以防止坏的婚姻;至于赶出去,那在夏天倒还没甚要紧。

玛利娅　那么你已经下了决心了吗?

小　　丑　不,没有;可是我决定了两端。

玛利娅　假如一端断了,一端还连着;假如两端都断了,你的裤子也落下来了。

小　　丑　妙,真的很妙。好,去你的吧;要是托比老爷戒了酒,你在伊利里亚的雌儿中间也好算是个门当户对的调皮角色了。

玛利娅　闭嘴,你这坏蛋,别胡说了。小姐来啦;你还是好好地想出个推托来。(下。)

小　丑　才情呀,请你帮我好好地装一下傻瓜!那些自负才情的人,实际上往往是些傻瓜;我知道我自己没有才情,因此也许可以算做聪明人。昆那拍勒斯①怎么说的?"与其做愚蠢的智人,不如做聪明的愚人。"

　　　　奥丽维娅偕马伏里奥上。

小　丑　上帝祝福你,小姐!

奥丽维娅　把这傻子撵出去!

小　丑　喂,你们没听见吗?把这位小姐撵出去。

奥丽维娅　算了吧!你是个干燥无味的傻子,我不要再看见你了;而且你已经变得不老实起来了。

小　丑　我的小姐,这两个毛病用酒和忠告都可以治好。只要给干燥无味的傻子一点酒喝,他就不干燥了。只要劝不老实的人洗心革面,弥补他从前的过失:假如他能够弥补的话,他就不再不老实了;假如他不能弥补,那么叫裁缝把他补一补也就得了。弥补者,弥而补之也:道德的失足无非补上了一块罪恶;罪恶悔改之后,也无非补上了一块道德。假如这种简单的论理可以通得过去,很好;假如通不过去,还有什么办法?当忘八是一件倒霉的事,美人好比鲜花,这都是无可怀疑的。小姐吩咐把傻子撵出去;因此我再说一句,把她撵出去吧。

奥丽维娅　尊驾,我吩咐他们把你撵出去呢。

小　丑　这就是大错而特错了!小姐,"戴了和尚帽,不定是和尚";那就好比是说,我身上虽然穿着愚人的彩衣,可是我并不一定连头脑里也穿着它呀。我的好小姐,准许我证明

---

① 似为杜撰的人名。

您是个傻子。

奥丽维娅　你能吗？

小　丑　再便当也没有了,我的好小姐。

奥丽维娅　那么证明一下看。

小　丑　小姐,我必须把您盘问;我的贤淑的小乖乖,回答我。

奥丽维娅　好吧,先生,为了没有别的消遣,我就等候着你的证明吧。

小　丑　我的好小姐,你为什么悲伤？

奥丽维娅　好傻子,为了我哥哥的死。

小　丑　小姐,我想他的灵魂是在地狱里。

奥丽维娅　傻子,我知道他的灵魂是在天上。

小　丑　这就越显得你的傻了,我的小姐;你哥哥的灵魂既然在天上,为什么要悲伤呢？列位,把这傻子撵出去。

奥丽维娅　马伏里奥,你以为这傻子怎样？是不是更有趣了？

马伏里奥　是的,而且会变得越来越有趣,一直到死。老弱会使聪明减退,可是对于傻子却能使他变得格外傻起来。

小　丑　大爷,上帝保佑您快快老弱起来,好让您格外傻得厉害！托比老爷可以发誓说我不是狐狸,可是他不愿跟人家打赌两便士说您不是个傻子。

奥丽维娅　你怎么说,马伏里奥？

马伏里奥　我不懂您小姐怎么会喜欢这种没有头脑的混账东西。前天我看见他给一个像石头一样冥顽不灵的下等的傻子算计了去。您瞧,他已经毫无招架之功了;要是您不笑笑给他一点题目,他便要无话可说。我说,听见这种傻子的话也会那么高兴的聪明人们,都不过是些傻子们的应声虫罢了。

17

奥丽维娅　啊！你是太自命不凡了，马伏里奥；你缺少一副健全的胃口。你认为是炮弹的，在宽容慷慨、气度汪洋的人看来，不过是鸟箭。傻子有特许放肆的权利，虽然他满口骂人，人家不会见怪于他；君子出言必有分量，虽然他老是指摘人家的错处，也不能算为谩骂。

小　　丑　麦鸠利赏给你说谎的本领吧，因为你给傻子说了好话！
　　　　　　玛利娅重上。

玛利娅　小姐，门口有一位年轻的先生很想见您说话。

奥丽维娅　从奥西诺公爵那儿来的吧？

玛利娅　我不知道，小姐；他是一位漂亮的青年，随从很盛。

奥丽维娅　我家里有谁在跟他周旋呢？

玛利娅　是令亲托比老爷，小姐。

奥丽维娅　你去叫他走开；他满口都是些疯话。不害羞的！（玛利娅下）马伏里奥，你给我去；假若是公爵差来的，说我病了，或是不在家，随你怎样说，把他打发走。（马伏里奥下）你瞧，先生，你的打诨已经陈腐起来，人家不喜欢了。

小　　丑　我的小姐，你帮我说话就像你的大儿子也会是个傻子一般；愿上帝在他的头颅里塞满脑子吧！瞧你的那位有一副最不中用的头脑的令亲来了。
　　　　　　托比·培尔契爵士上。

奥丽维娅　哎哟，又已经半醉了。叔叔，门口是谁？

托　比　一个绅士。

奥丽维娅　一个绅士！什么绅士？

托　比　有一个绅士在这儿——这种该死的咸鱼！怎样，蠢货！

小　　丑　好托比爷爷！

奥丽维娅　叔叔，叔叔，你怎么这么早就昏天黑地了？

托　　比　声天色地！我打倒声天色地！有一个人在门口。

小　　丑　是呀,他是谁呢？

托　　比　让他是魔鬼也好,我不管；我说,我心里耿耿三尺有神明。好,都是一样。（下。）

奥丽维娅　傻子,醉汉像个什么东西？

小　　丑　像个溺死鬼,像个傻瓜,又像个疯子。多喝了一口就会把他变成个傻瓜；再喝一口就发了疯；喝了第三口就把他溺死了。

奥丽维娅　你去找个验尸的来吧,让他来验验我的叔叔；因为他已经喝酒喝到了第三个阶段,他已经溺死了。瞧瞧他去。

小　　丑　他还不过是发疯呢,我的小姐；傻子该去照顾疯子。（下。）

　　　　　马伏里奥重上。

马伏里奥　小姐,那个少年发誓说要见您说话。我对他说您有病；他说他知道,因此要来见您说话。我对他说您睡了；他似乎也早已知道了,因此要来见您说话。还有什么话好对他说呢,小姐？什么拒绝都挡他不了。

奥丽维娅　对他说我不要见他说话。

马伏里奥　这也已经对他说过了；他说,他要像州官衙门前竖着的旗杆那样立在您的门前不去,像凳子脚一样直挺挺地站着,非得见您说话不可。

奥丽维娅　他是怎样一个人？

马伏里奥　呃,就像一个人那么的。

奥丽维娅　可是是什么样子的呢？

马伏里奥　很无礼的样子；不管您愿不愿意,他一定要见您说话。

19

奥丽维娅　他的相貌怎样？多大年纪？

马伏里奥　说是个大人吧，年纪还太轻；说是个孩子吧，又嫌大些：就像是一颗没有成熟的豆荚，或是一只半生的苹果，又像大人又像小孩，所谓介乎两可之间。他长得很漂亮，说话也很刁钻；看他的样子，似乎有些未脱乳臭。

奥丽维娅　叫他进来。把我的侍女唤来。

马伏里奥　姑娘，小姐叫着你呢。（下。）

玛利娅重上。

奥丽维娅　把我的面纱拿来；来，罩住我的脸。我们要再听一次奥西诺来使的说话。

薇奥拉及侍从等上。

薇奥拉　哪一位是这里府中的贵小姐？

奥丽维娅　有什么话对我说吧；我可以代她答话。你来有什么见教？

薇奥拉　最辉煌的、卓越的、无双的美人！请您指示我这位是不是就是这里府中的小姐，因为我没有见过她。我不大甘心浪掷我的言辞；因为它不但写得非常出色，而且我费了好大的辛苦才把它背熟。两位美人，不要把我取笑；我是个非常敏感的人，一点点轻侮都受不了的。

奥丽维娅　你是从什么地方来的，先生？

薇奥拉　除了我背熟了的以外，我不能说别的话；您那问题是我所不曾预备作答的。温柔的好人儿，好好儿地告诉我您是不是府里的小姐，好让我陈说我的来意。

奥丽维娅　你是个唱戏的吗？

薇奥拉　不，我的深心的人儿；可是我敢当着最有恶意的敌人发誓，我并不是我所扮演的角色。您是这府中的小姐吗？

奥丽维娅　是的,要是我没有篡夺了我自己。

薇奥拉　假如您就是她,那么您的确是篡夺了您自己了;因为您有权力给与别人的,您却没有权力把它藏匿起来。但是这种话跟我来此的使命无关;我要继续着恭维您的言辞,然后告知您我的来意。

奥丽维娅　把重要的话说出来;恭维免了吧。

薇奥拉　唉!我好容易才把它背熟,而且它又是很有诗意的。

奥丽维娅　那么多半是些鬼话,请你留着不用说了吧。我听说你在我门口一味顶撞;让你进来只是为要看看你究竟是个什么人,并不是要听你说话。要是你没有发疯,那么去吧;要是你明白事理,那么说得简单一些:我现在没有那样心思去理会一段没有意思的谈话。

玛利娅　请你动身吧,先生;这儿便是你的路。

薇奥拉　不,好清道夫,我还要在这儿闲荡一会儿呢。亲爱的小姐,请您劝劝您这位"彪形大汉"别那么神气活现。

奥丽维娅　把你的尊意告诉我。

薇奥拉　我是一个使者。

奥丽维娅　你那种礼貌那么可怕,你带来的信息一定是些坏事情。有什么话说出来。

薇奥拉　除了您之外不能让别人听见。我不是来向您宣战,也不是来要求您臣服;我手里握着橄榄枝,我的话里充满了和平,也充满了意义。

奥丽维娅　可是你一开始就不讲礼。你是谁?你要的是什么?

薇奥拉　我的不讲礼是我从你们对我的接待上学来的。我是谁,我要些什么,是个秘密;在您的耳中是神圣,别人听起来就是亵渎。

奥丽维娅　你们都走开吧;我们要听一听这段神圣的话。(玛利娅及侍从等下)现在,先生,请教你的经文?

薇奥拉　最可爱的小姐——

奥丽维娅　倒是一种叫人听了怪舒服的教理,可以大发议论呢。你的经文呢?

薇奥拉　在奥西诺的心头。

奥丽维娅　在他的心头!在他的心头的哪一章?

薇奥拉　照目录上排起来,是他心头的第一章。

奥丽维娅　噢!那我已经读过了,无非是些旁门左道。你没有别的话要说了吗?

薇奥拉　好小姐,让我瞧瞧您的脸。

奥丽维娅　贵主人有什么事要差你来跟我的脸接洽的吗?你现在岔开你的正文了;可是我们不妨拉开幕儿,让你看看这幅图画。(揭除面幕)你瞧,先生,我就是这个样子;它不是画得很好吗?

薇奥拉　要是一切都出于上帝的手,那真是绝妙之笔。

奥丽维娅　它的色彩很耐久,先生,受得起风霜的侵蚀。

薇奥拉　那真是各种色彩精妙地调和而成的美貌;那红红的白白的都是造化亲自用他的可爱的巧手敷上去的。小姐,您是世上最忍心的女人,要是您甘心让这种美埋没在坟墓里,不给世间留下一份副本。

奥丽维娅　啊!先生,我不会那样狠心;我可以列下一张我的美貌的清单,一一开陈清楚,把每一件细目都载在我的遗嘱上,例如:一款,浓淡适中的朱唇两片;一款,灰色的倩眼一双,附眼睑;一款,玉颈一围,柔颐一个,等等。你是奉命到这儿来恭维我的吗?

薇奥拉　我明白您是个什么样的人了。您太骄傲了；可是即使您是个魔鬼，您是美貌的。我的主人爱着您；啊！这么一种爱情，即使您是人间的绝色，也应该酬答他的。

奥丽维娅　他怎样爱着我呢？

薇奥拉　用崇拜，大量的眼泪，震响着爱情的呻吟，吞吐着烈火的叹息。

奥丽维娅　你的主人知道我的意思，我不能爱他；虽然我想他品格很高，知道他很尊贵，很有身份，年轻而纯洁，有很好的名声，慷慨，博学，勇敢，长得又体面；可是我总不能爱他，他老早就已经得到我的回音了。

薇奥拉　要是我也像我主人一样热情地爱着您，也是这样的受苦，这样了无生趣地把生命拖延，我不会懂得您的拒绝是什么意思。

奥丽维娅　啊，你预备怎样呢？

薇奥拉　我要在您的门前用柳枝筑成一所小屋，不时到府中访谒我的灵魂；我要吟咏着被冷淡的忠诚的爱情的篇什，不顾夜多么深我要把它们高声歌唱；我要向着回声的山崖呼喊您的名字，使饶舌的风都叫着"奥丽维娅"。啊！您在天地之间将要得不到安静，除非您怜悯了我！

奥丽维娅　你的口才倒是颇堪造就的。你的家世怎样？

薇奥拉　超过于我目前的境遇，但我是个有身份的士人。

奥丽维娅　回到你主人那里去；我不能爱他，叫他不要再差人来了；除非或者你再来见我，告诉我他对于我的答复觉得怎样。再会！多谢你的辛苦；这几个钱赏给你。

薇奥拉　我不是个要钱的信差，小姐，留着您的钱吧；不曾得到报酬的，是我的主人，不是我。但愿爱神使您所爱的人也是心如铁石,好让您的热情也跟我主人的一样遭到轻蔑!再会,忍心的美人!(下。)

奥丽维娅　"你的家世怎样?""超过于我目前的境遇,但我是个有身份的士人。"我可以发誓你一定是的;你的语调,你的脸,你的肢体、动作、精神,各方面都可以证明你的高贵。——别这么性急。且慢!且慢!除非颠倒了主仆的名分。——什么!这么快便染上那种病了?我觉得好像这个少年的美处在悄悄地蹑步进入我的眼中。好,让它去吧。喂!马伏里奥!

马伏里奥重上。

马伏里奥　有,小姐,听候您的吩咐。

奥丽维娅　去追上那个无礼的使者,公爵差来的人,他不管我要不要,硬把这戒指留下;对他说我不要,请他不要向他的主人献功,让他死不了心,我跟他没有缘分。要是那少年明天还打这儿走过,我可以告诉他为什么。去吧,马伏里奥。

马伏里奥　是,小姐。(下。)

奥丽维娅　我的行事我自己全不懂,
　　　　　怎一下子便会把人看中?
　　　　　一切但凭着命运的吩咐,
　　　　　谁能够作得了自己的主!(下。)

第 二 幕

第一场　海　滨

安东尼奥及西巴斯辛上。

安东尼奥　您不愿住下去了吗？您也不愿让我陪着您去吗？

西巴斯辛　请您原谅，我不愿。我是个倒霉的人，我的晦气也许要连累了您，所以我要请您离开我，好让我独自担承我的恶运；假如连累到您身上，那是太辜负了您的好意了。

安东尼奥　可是让我知道您的去向吧。

西巴斯辛　不瞒您说，先生，我不能告诉您；因为我所决定的航行不过是无目的的漫游。可是我看您这样有礼，您一定不会强迫我说出我所保守的秘密来；因此按礼该我来向您表白我自己。安东尼奥，您要知道我的名字是西巴斯辛，罗德利哥是我的化名。我的父亲便是梅萨林的西巴斯辛，我知道您一定听见过他的名字。他死后丢下我和一个妹妹，我们两人是在同一个时辰出世的；我多么希望上天也让我们两人在同一个时辰死去！可是您，先生，却来改变我的命运，因为就在您把我从海浪里搭救起来之前不久，我的妹妹已经淹死了。

安东尼奥　唉,可惜!

西巴斯辛　先生,虽然人家说她非常像我,许多人都说她是个美貌的姑娘;我虽然不好意思相信这句话,但是至少可以大胆说一句,即使妒嫉她的人也不能不承认她有一颗美好的心。她是已经给海水淹死的了,先生,虽然似乎我要用更多的泪水来淹没对她的记忆。

安东尼奥　先生,请您恕我招待不周。

西巴斯辛　啊,好安东尼奥!我才是多多打扰了您哪!

安东尼奥　要是您看在我的交情分上,不愿叫我痛不欲生的话,请您允许我做您的仆人吧。

西巴斯辛　您已经打救了我的生命,要是您不愿让我抱愧而死,那么请不要提出那样的请求,免得您白白救了我一场。我立刻告辞了;我的心是怪软的,还不曾脱去我母亲的性质,为了一点点理由,我的眼睛里就会露出我的弱点来。我要到奥西诺公爵的宫廷里去;再会了。(下。)

安东尼奥　一切神明护佑着你!我在奥西诺的宫廷里有许多敌人,否则我就会马上到那边去会你——

　　　　　但无论如何我爱你太深,

　　　　　履险如夷我定要把你寻。(下。)

第二场　街　道

　　　　薇奥拉上,马伏里奥随上。

马伏里奥　您不是刚从奥丽维娅伯爵小姐那儿来的吗?

薇奥拉　是的,先生;因为我走得慢,所以现在还不过在这儿。

马伏里奥　先生,这戒指她还给您;您当初还不如自己拿走呢,免得我麻烦。她又说您必须叫您家主人死了心,明白她不要跟他来往。还有,您不用再那么莽撞地到这里来替他说话了,除非来回报一声您家主人已经对她的拒绝表示认可。好,拿去吧。

薇奥拉　她自己拿了我这戒指去的;我不要。

马伏里奥　算了吧,先生,您使性子把它丢给她;她的意思也要我把它照样丢还给您。假如它是值得弯下身子拾起来的话,它就在您的眼前;不然的话,让什么人看见就给什么人拿去吧。(下。)

薇奥拉　我没有留下戒指呀;这位小姐是什么意思?但愿她不要迷恋了我的外貌才好!她把我打量得那么仔细;真的,我觉得她看得我那么出神,连自己讲的什么话儿也顾不到了,那么没头没脑,颠颠倒倒的。一定的,她爱上我啦;情急智生,才差这个无礼的使者来邀请我。不要我主人的戒指!嘿,他并没有把什么戒指送给她呀!我才是她意中的人;真是这样的话——事实上确是这样——那么,可怜的小姐,她真是做梦了!我现在才明白假扮的确不是一桩好事情,魔鬼会乘机大显他的身手。一个又漂亮又靠不住的男人,多么容易占据了女人家柔弱的心!唉!这都是我们生性脆弱的缘故,不是我们自身的错处;因为上天造下我们是哪样的人,我们就是哪样的人。这种事情怎么了结呢?我的主人深深地爱着她;我呢,可怜的小鬼,也是那样恋着他;她呢,认错了人,似乎在思念我。这怎么了呢?因为我是个男人,我没有希望叫我的主人爱上我;因为我是个女人,唉!可怜的奥丽维娅也要白费无数的叹息了!

　　这纠纷要让时间来理清;

叫我打开这结儿怎么成!(下。)

第三场　奥丽维娅宅中一室

托比·培尔契爵士及安德鲁·艾古契克爵士上。

托　比　过来,安德鲁爵士。深夜不睡即是起身得早;"起身早,身体好",你知道的——

安德鲁　不,老实说,我不知道;我知道的是深夜不睡便是深夜不睡。

托　比　一个错误的结论;我听见这种话就像看见一个空酒瓶那么头痛。深夜不睡,过了半夜才睡,那就是到大清早才睡,岂不是睡得很早?我们的生命不是由四大原素组成的吗?

安德鲁　不错,他们是这样说;可是我以为我们的生命不过是吃吃喝喝而已。

托　比　你真有学问;那么让我们吃吃喝喝吧。玛利娅,喂!开一瓶酒来!

小丑上。

安德鲁　那个傻子来啦。

小　丑　啊,我的心肝们!咱们刚好凑成一幅《三个臭皮匠》。

托　比　欢迎,驴子!现在我们来一个轮唱歌吧。

安德鲁　说老实话,这傻子有一副很好的喉咙。我宁愿拿四十个先令去换他这么一条腿和这么一副可爱的声音。真的,你昨夜打诨打的很好,说什么匹格罗格罗密忒斯哪,维比亚人越过了丘勃斯的赤道线哪,真是好得很。我送六便士给你的姘头,收到了没有?

小　　丑　你的恩典我已经放进了我的口袋;因为马伏里奥的鼻子不是鞭柄,我的小姐有一双玉手,她的跟班们不是开酒馆的。

安德鲁　好极了!嗯,无论如何这要算是最好的打诨了。现在唱个歌吧。

托　　比　来,给你六便士,唱个歌吧。

安德鲁　我也有六便士给你呢;要是一个骑士大方起来——

小　　丑　你们要我唱支爱情的歌呢,还是唱支劝人为善的歌?

托　　比　唱个情歌,唱个情歌。

安德鲁　是的,是的,劝人为善有什么意思。

小　　丑　(唱)

你到哪儿去,啊我的姑娘?
听呀,那边来了你的情郎,
　嘴里吟着抑扬的曲调。
不要再走了,美貌的亲亲;
恋人的相遇终结了行程,
　每个聪明人全都知晓。

安德鲁　真好极了!

托　　比　好,好!

小　　丑　(唱)

什么是爱情?它不在明天;
欢笑嬉游莫放过了眼前,
　将来的事有谁能猜料?
不要蹉跎了大好的年华;
来吻着我吧,你双十娇娃,
　转眼青春早化成衰老。

29

安德鲁　凭良心说话,好一副流利的歌喉!

托　比　好一股恶臭的气息!

安德鲁　真的,很甜蜜又很恶臭。

托　比　用鼻子听起来,那么恶臭也很动听。可是我们要不要让天空跳起舞来呢?我们要不要唱一支轮唱歌,把夜枭吵醒;那曲调会叫一个织工听了三魂出窍?

安德鲁　要是你爱我,让我们来一下吧;唱轮唱歌我挺拿手啦。

小　丑　对啦,大人,有许多狗也会唱得很好。

安德鲁　不错不错。让我们唱《你这坏蛋》吧。

小　丑　《闭住你的嘴,你这坏蛋》,是不是这一首,骑士?那么我可不得不叫你做坏蛋啦,骑士。

安德鲁　人家不得不叫我做坏蛋,这也不是第一次。你开头,傻子;第一句是,"闭住你的嘴"。

小　丑　要是我闭住我的嘴,我就再也开不了头啦。

安德鲁　说得好,真的。来,唱起来吧。(三人唱轮唱歌。)

　　　　玛利娅上。

玛利娅　你们在这里猫儿叫春似的闹些什么呀!要是小姐没有叫起她的管家马伏里奥来把你们赶出门外去,再不用相信我的话好了。

托　比　小姐是个骗子;我们都是大人物;马伏里奥是拉姆西的佩格姑娘;"我们是三个快活的人"。我不是同宗吗?我不是她的一家人吗?胡说八道,姑娘!

　　　　巴比伦有一个人,姑娘,姑娘!

小　丑　要命,这位老爷真会开玩笑。

安德鲁　嗷,他高兴开起玩笑来,开得可是真好,我也一样;不过他的玩笑开得富于风趣,而我的玩笑开得更为自然。

托　　比

啊！十二月十二——

玛利娅　看在上帝的面上,别闹了吧!

马伏里奥上。

马伏里奥　我的爷爷们,你们疯了吗,还是怎么啦?难道你们没有脑子,不懂规矩,全无礼貌,在这种夜深时候还要像一群发酒疯的补锅匠似的乱吵?你们把小姐的屋子当作一间酒馆,好让你们直着喉咙,唱那种鞋匠的歌儿吗?难道你们全不想想这是什么地方,这儿住的是什么人,或者现在是什么时刻了吗?

托　　比　老兄,我们的轮唱是严守时刻的。你去上吊吧!

马伏里奥　托比老爷,莫怪我说句不怕忌讳的话。小姐吩咐我告诉您说,她虽然把您当个亲戚留住在这儿,可是她不能容忍您那种胡闹。要是您能够循规蹈矩,我们这儿是十分欢迎您的;否则的话,要是您愿意向她告别,她一定会让您走。

托　　比

既然我非去不可,那么再会吧,亲亲!

玛利娅　别这样,好托比老爷。

小　　丑

他的眼睛显示出他末日将要来临。

马伏里奥　岂有此理!

托　　比

可是我决不会死亡。

小　　丑　托比老爷,您在说谎。

马伏里奥　真有体统!

托　　比

31

我要不要叫他滚蛋？

小　丑　　叫他滚蛋又怎样？

托　比　　要不要叫他滚蛋,毫无留贷？

小　丑　　啊！不,不,不,你没有这种胆量。

托　比　唱的不入调吗？先生,你说谎！你不过是一个管家,有什么可以神气的？你以为你自己道德高尚,人家便不能喝酒取乐了吗？

小　丑　是啊,凭圣安起誓,生姜吃下嘴去也总是辣的。

托　比　你说得一点也不错。——去,朋友,用面包屑去擦你的项链吧。开一瓶酒来,玛利娅！

马伏里奥　玛利娅姑娘,要是你没有把小姐的恩典看作一钱不值,你可不要帮助他们做这种胡闹；我一定会去告诉她的。(下。)

玛利娅　滚你的吧！

安德鲁　向他挑战,然后失约,愚弄他一下子,倒是个很好的办法,就像人肚子饿了喝酒一样。

托　比　好,骑士,我给你写挑战书,或者代你去口头通知他你的愤怒。

玛利娅　亲爱的托比老爷,今夜请忍耐一下子吧；今天公爵那边来的少年会见了小姐之后,她心里很烦。至于马伏里奥先生,我去对付他好了；要是我不把他愚弄得给人当作笑柄,让大家取乐儿,我便是个连直挺挺躺在床上都不会的蠢东西。我知道我一定能够。

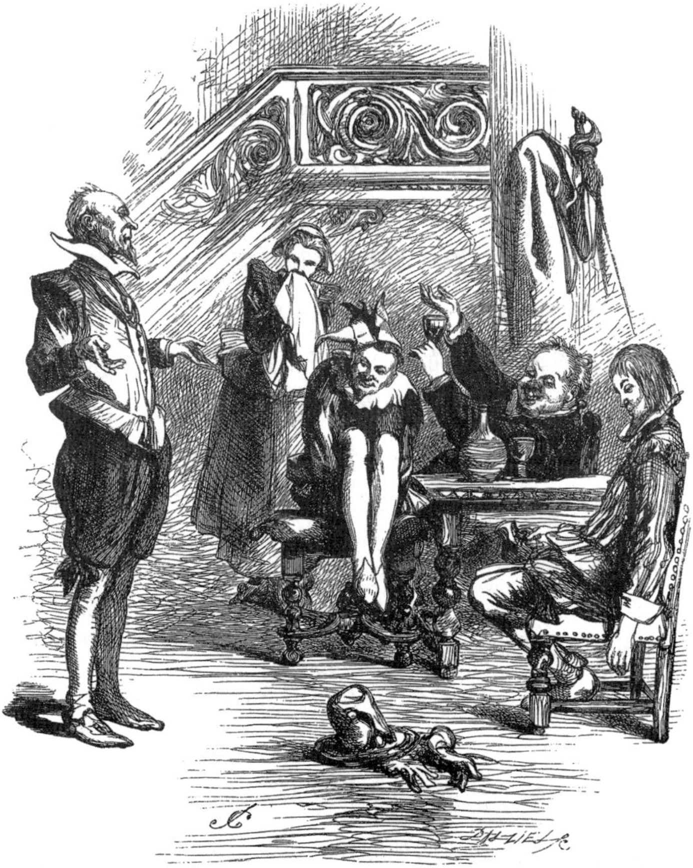

托　　比　　告诉我们,告诉我们;告诉我们一些关于他的事情。

玛利娅　　好,老爷,有时候他有点儿像清教徒。

安德鲁　　啊!要是我早想到了这一点,我要把他像狗一样打一顿呢。

托　　比　　什么,为了像清教徒吗?你有什么绝妙的理由,亲爱的骑士?

安德鲁　　我没有什么绝妙的理由,可是我有相当的理由。

玛利娅　　他是个鬼清教徒,反复无常、逢迎取巧是他的本领;一头装腔作势的驴子,背熟了几句官话,便倒也似的倒了出来;自信非凡,以为自己真了不得,谁看见他都会爱他;我可以凭着那个弱点堂堂正正地给他一顿教训。

托　　比　　你打算怎样?

玛利娅　　我要在他走过的路上丢下一封暧昧的情书,里面活生生地描写着他的胡须的颜色、他的腿的形状、他走路的姿势、他的眼睛、额角和脸上的表情;他一见就会觉得是写的他自己。我会学您侄小姐的笔迹写字;在已经忘记了的信件上,我们连自己的笔迹也很难辨认呢。

托　　比　　好极了,我嗅到了一个计策了。

安德鲁　　我鼻子里也闻到了呢。

托　　比　　他见了你丢下的这封信,便会以为是我的侄女写的,以为她爱上了他。

玛利娅　　我的意思正是这样。

安德鲁　　你的意思是要叫他变成一头驴子。

玛利娅　　驴子,那是毫无疑问的。

安德鲁　　啊!那好极了!

玛利娅　　出色的把戏,你们瞧着好了;我知道我的药对他一定生效。我可以把你们两人连那傻子安顿在他拾着那信的地方,瞧他怎样把它解释。今夜呢,大家上床睡去,梦着那回事吧。再见。(下。)

托　比　晚安,好姑娘!

安德鲁　我说,她是个好丫头。

托　比　她是头纯种的小猎犬,很爱我;怎样?

安德鲁　我也曾经给人爱过呢。

托　比　我们去睡吧,骑士。你应该叫家里再寄些钱来。

安德鲁　要是我不能得到你的侄女,我就大上其当了。

托　比　去要钱吧,骑士;要是你结果终不能得到她,你就叫我傻子。

安德鲁　要是我不去要,就再不要相信我,随你怎么办。

托　比　来,来,我去烫些酒来;现在去睡太晚了。来,骑士;来,骑士。(同下。)

第四场　公爵府中一室

公爵、薇奥拉、丘里奥及余人等上。

公　爵　给我奏些音乐。早安,朋友们。好西萨里奥,我只要听我们昨晚听的那支古曲;我觉得它比目前轻音乐中那种轻佻的乐调和警炼的字句更能慰解我的痴情。来,只唱一节吧。

丘里奥　启禀殿下,会唱这歌儿的人不在这儿。

公　爵　他是谁?

丘里奥　是那个弄人费斯特,殿下;他是奥丽维娅小姐的尊翁所宠幸的傻子。他就在这儿左近。

公　爵　去找他来,现在先把那曲调奏起来吧。(丘里奥下。奏乐)过来,孩子。要是你有一天和人恋爱了,请在甜蜜的痛苦中记着我;因为真心的恋人都像我一样,在其他一切情感上都是轻浮易变,但他所爱的人儿的影像,却永远铭刻在他的心头。你喜不喜欢这个曲调?

薇奥拉　它传出了爱情的宝座上的回声。

公　爵　你说得很好。我相信你虽然这样年轻,你的眼睛一定曾经看中过什么人;是不是,孩子?

薇奥拉　略为有点,请您恕我。

公　爵　是个什么样子的女人呢?

薇奥拉　相貌跟您差不多。

公　爵　那么她是不配被你爱的。什么年纪呢?

薇奥拉　年纪也跟您差不多,殿下。

公　爵　啊,那太老了!女人应当拣一个比她年纪大些的男人,这样她才跟他合得拢来,不会失去她丈夫的欢心;因为,孩子,不论我们怎样自称自赞,我们的爱情总比女人们流动不定些,富于希求,易于反复,更容易消失而生厌。

薇奥拉　这一层我也想到,殿下。

公　爵　那么选一个比你年轻一点的姑娘做你的爱人吧,否则你的爱情便不能常青——

　　　　　　女人正像是娇艳的蔷薇,
　　　　　　花开才不久便转眼枯萎。

薇奥拉　是啊,可叹她刹那的光荣,
　　　　　　早枝头零落留不住东风!

　　　　　丘里奥偕小丑重上。

公　爵　啊,朋友!来,把我们昨夜听的那支歌儿再唱一遍。好好听着,西萨里奥。那是个古老而平凡的歌儿,是晒着太阳的纺线工人和织布工人以及无忧无虑的制花边的女郎们常唱的;歌里的话儿都是些平常不过的真理,搬弄着纯朴的古代的那种爱情的纯洁。

小　　丑　您预备好了吗,殿下?

公　　爵　好,请你唱吧。(奏乐。)

小　　丑　(唱)

  过来吧,过来吧,死神!
   让我横陈在凄凉的柏棺①的中央;
  飞去吧,飞去吧,浮生!
   我被害于一个狠心的美貌姑娘。
  为我罩上白色的殓衾铺满紫杉;
  没有一个真心的人为我而悲哀。

  莫让一朵花儿甜柔,
   撒上了我那黑色的、黑色的棺材;
  没有一个朋友迎候
   我尸身,不久我的骨骼将会散开。
  免得多情的人们千万次的感伤,
  请把我埋葬在无从凭吊的荒场。

公　　爵　这是赏给你的辛苦钱。

小　　丑　一点不辛苦,殿下;我以唱歌为乐呢。

公　　爵　那么就算赏给你的快乐钱。

---

① 此处"柏棺"原文为 Cypress,自来注家均肯定应作 Crape(丧礼用之黑色绉纱)解释;按字面解 Cypress 为一种杉柏之属,径译"柏棺",在语调上似乎更为适当,故仍将错就错,据字臆译。

小　丑　不错,殿下,快乐总是要付出代价的。

公　爵　现在允许我不再见你吧。

小　丑　好,忧愁之神保佑着你!但愿裁缝用闪缎给你裁一身衫子,因为你的心就像猫眼石那样闪烁不定。我希望像这种没有恒心的人都航海去,好让他们过着五湖四海,千变万化的生活;因为这样的人总会两手空空地回家。再会。(下。)

公　爵　大家都退开去。(丘里奥及侍从等下)西萨里奥,你再给我到那位忍心的女王那边去;对她说,我的爱情是超越世间的,泥污的土地不是我所看重的事物;命运所赐给她的尊荣财富,你对她说,在我的眼中都像命运一样无常;吸引我的灵魂的是她的天赋的灵奇,绝世的仙姿。

薇奥拉　可是假如她不能爱您呢,殿下?

公　爵　我不能得到这样的回音。

薇奥拉　可是您不能不得到这样的回音。假如有一位姑娘——也许真有那么一个人——也像您爱着奥丽维娅一样痛苦地爱着您;您不能爱她,您这样告诉她;那么她岂不是必得以这样的答复为满足吗?

公　爵　女人的小小的身体一定受不住像爱情强加于我心中的那种激烈的搏跳;女人的心没有这样广大,可以藏得下这许多;她们缺少含忍的能力。唉,她们的爱就像一个人的口味一样,不是从脏腑里,而是从舌尖上感觉到的,过饱了便会食伤呕吐;可是我的爱就像饥饿的大海,能够消化一切。不要把一个女人所能对我发生的爱情跟我对于奥丽维娅的爱情相提并论吧。

薇奥拉　嗳,可是我知道——

公　　爵　你知道什么？

薇奥拉　我知道得很清楚女人对于男人会怀着怎样的爱情；真的，她们是跟我们一样真心的。我的父亲有一个女儿，她爱上了一个男人，正像假如我是个女人也许会爱上了您殿下一样。

公　　爵　她的历史怎样？

薇奥拉　一片空白而已，殿下。她从来不向人诉说她的爱情，让隐藏在内心中的抑郁像蓓蕾中的蛀虫一样，侵蚀着她的绯红的脸颊；她因相思而憔悴，疾病和忧愁折磨着她，像是墓碑上刻着的"忍耐"的化身，默坐着向悲哀微笑。这不是真的爱情吗？我们男人也许更多话，更会发誓，可是我们所表示的，总多于我们所决心实行的；不论我们怎样山盟海誓，我们的爱情总不过如此。

公　　爵　但是你的姊姊有没有殉情而死，我的孩子？

薇奥拉　我父亲的女儿只有我一个，儿子也只有我一个——可她有没有殉情我不知道。殿下，我要不要就去见这位小姐？

公　　爵　对了，这是正事——
　　　　　快前去，送给她这颗珍珠；
　　　　　说我的爱情永不会认输。（各下。）

第五场　奥丽维娅的花园

托比·培尔契爵士、安德鲁·艾古契克爵士及费边上。

托　　比　来吧，费边先生。

费　　边　噢，我就来；要是我把这场好戏略为错过了一点点儿，让我在懊恼里煎死了吧。

托　　比　让这个卑鄙龌龊的丑东西出一场丑,你高兴不高兴?

费　　边　我才要快活死哩!您知道那次我因为耍熊,被他在小姐跟前说我坏话。

托　　比　我们再把那头熊牵来激他发怒;我们要把他作弄得体无完肤。你说怎样,安德鲁爵士?

安德鲁　要是我们不那么做,那才是终身的憾事呢。

托　　比　小坏东西来了。

　　　　　玛利娅上。

托　　比　啊,我的小宝贝!

玛利娅　你们三人都躲到黄杨树后面去。马伏里奥正从这条道上走过来了;他已经在那边太阳光底下对他自己的影子练习了半个钟头仪法。谁要是喜欢笑话,就留心瞧着他吧;我知道这封信一定会叫他变成一个发痴的呆子。凭着玩笑的名义,躲起来吧!你躺在那边;(丢下一信)这条鲟鱼已经来了,你不去撩撩他的痒处是捉不到手的。(下。)

　　　　　马伏里奥上。

马伏里奥　不过是运气;一切都是运气。玛利娅曾经对我说过小姐喜欢我;我也曾经听见她自己说过那样的话,说要是她爱上了人的话,一定要选像我这种脾气的人。而且,她待我比待其他的下人显得分外尊敬。这点我应该怎么解释呢?

托　　比　瞧这个自命不凡的混蛋!

费　　边　静些!他已经痴心妄想得变成一头出色的火鸡了;瞧他那种蓬起了羽毛高视阔步的样子!

安德鲁　他妈的,我可以把这混蛋痛打一顿!

托　　比　别闹啦!

马伏里奥　做了马伏里奥伯爵!

托　　比　啊,混蛋!

安德鲁　给他吃手枪!给他吃手枪!

托　　比　别闹!别闹!

马伏里奥　这种事情是有前例可援的;斯特拉契夫人也下嫁给家臣。

安德鲁　该死,这畜生!

费　　边　静些!现在他着了魔啦;瞧他越想越得意。

马伏里奥　跟她结婚过了三个月,我坐在我的宝座上——

托　　比　啊!我要弹一颗石子到他的眼睛里去!

马伏里奥　身上披着绣花的丝绒袍子,召唤我的臣僚过来;那时我刚睡罢午觉,撇下奥丽维娅酣睡未醒——

托　　比　大火硫磺烧死他!

费　　边　静些!静些!

马伏里奥　那时我装出一副威严的神气,先目光凛凛地向众人瞟视一周,对他们表示我知道我的地位,他们也必须明白自己的身份;然后吩咐他们去请我的托比老叔过来——

托　　比　把他铐起来!

费　　边　别闹!别闹!别闹!好啦!好啦!

马伏里奥　我的七个仆人恭恭敬敬地前去找他。我皱了皱眉头,或者给我的表上了上弦,或者抚弄着我的——什么珠宝之类。托比来了,向我行了个礼——

托　　比　这家伙可以让他活命吗?

费　　边　哪怕有几辆马车要把我们的静默拉走,也不要闹吧!

马伏里奥　我这样向他伸出手去,用一副庄严的威势来抑住我的亲昵的笑容——

托　　比　那时托比不就给了你一个嘴巴子吗?

马伏里奥 说,"托比叔父,我已蒙令侄女不弃下嫁,请您准许我这样说话——"

托 比 什么?什么?

马伏里奥 "你必须把喝酒的习惯戒掉。"

托 比 他妈的,这狗东西!

费 边 嗳,别生气,否则我们的计策就要失败了。

马伏里奥 "而且,您还把您的宝贵的光阴跟一个傻瓜骑士在一块儿浪费——"

安德鲁 说的是我,一定的啦。

马伏里奥 "那个安德鲁爵士——"

安德鲁 我知道是我;因为许多人都管我叫傻瓜。

马伏里奥 (见信)这儿有些什么东西呢?

费 边 现在那蠢鸟走近陷阱旁边来了。

托 比 啊,静些!但愿能操纵人心意的神灵叫他高声朗读。

马伏里奥 (拾信)嗳哟,这是小姐的手笔!瞧这一钩一弯一横一直,那不正是她的笔锋吗?没有问题,一定是她写的。

安德鲁 她的一钩一弯一横一直,那是什么意思?

马伏里奥 (读)"给不知名的恋人,至诚的祝福。"完全是她的口气!对不住,封蜡。且慢!这封口上的钤记不就是她一直用作封印的鲁克丽丝的肖像吗?一定是我的小姐。可是那是写给谁的呢?

费 边 这叫他心窝儿里都痒起来了。

马伏里奥

> 知我者天,
> 我爱为谁?
> 慎莫多言,

　　　　　　莫令人知。

　　"莫令人知。"下面还写些什么？又换了句调了！"莫令人知"：说的也许是你哩，马伏里奥！

托　　比　嘿，该死，这獾子！

马伏里奥

　　　　　我可以向我所爱的人发号施令；
　　　　　　但隐秘的衷情如鲁克丽丝之刀，
　　　　　杀人不见血地把我的深心割刃：
　　　　　我的命在M,O,A,I的手里飘摇。

费　　边　无聊的谜语！

托　　比　我说是个好丫头。

马伏里奥　"我的命在M,O,A,I的手里飘摇。"不，让我先想一想，让我想一想，让我想一想。

费　　边　她给他吃了一服多好的毒药！

托　　比　瞧那头鹰儿多么饿急似的想一口吞下去！

马伏里奥　"我可以向我所爱的人发号施令。"嗷，她可以命令我；我侍候着她，她是我的小姐。这是无论哪个有一点点脑子的人都看得出来的；全然合得拢。可是那结尾一句，那几个字母又是什么意思呢？能不能牵附到我的身上？——慢慢！M,O,A,I——

托　　比　哎，这应该想个法儿；他弄糊涂了。

费　　边　即使像一头狐狸那样臊气冲天，这狗子也会闻出味来，汪汪地叫起来的。

马伏里奥　M,马伏里奥；M,嘿，那正是我的名字的第一个字母哩。

费　　边　我不是说他会想出来的吗？这狗的鼻子在没有味的地方也会闻出味来。

43

马伏里奥　M——可是这次序不大对；这样一试，反而不成功了。跟着来的应该是个 A 字，可是却是个 O 字。

费　边　我希望 O 字应该放在结尾的吧？

托　比　对了，否则我要揍他一顿，让他喊出个"O!"来。

马伏里奥　A 的背后又跟着个 I。

费　边　哼，要是你背后生眼睛①的话，你就知道你眼前并没有什么幸运，你的背后却有倒霉的事跟着呢。

马伏里奥　M,O,A,I；这隐语可跟前面所说的不很合辙；可是稍为把它颠倒一下，也就可以适合我了，因为这几个字母都在我的名字里。且慢！这儿还有散文呢。"要是这封信落到你手里，请你想一想。照我的命运而论，我是在你之上，可是你不用惧怕富贵：有的人是生来的富贵，有的人是挣来的富贵，有的人是送上来的富贵。你的好运已经向你伸出手来，赶快用你的全副精神抱住它。你应该练习一下怎样才合乎你所将要做的那种人的身份，脱去你卑恭的旧习，放出一些活泼的神气来。对亲戚不妨分庭抗礼，对仆人不妨摆摆架子；你嘴里要鼓唇弄舌地谈些国家大事，装出一副矜持的样子。为你叹息的人儿这样吩咐着你。记着谁曾经赞美过你的黄袜子，愿意看见你永远扎着十字交叉的袜带；我对你说，你记着吧。好，只要你自己愿意，你就可以出头了；否则让我见你一生一世做个管家，与众仆为伍，不值得抬举。再会！我是愿意跟你交换地位的，幸运的不幸者。"青天白日也没有这么明白，平原旷野也没有这么显豁。我要摆起架子来，谈起国家大事来；我要叫托比丧气，我要断绝那些

---

①　眼睛原文为 eye，与 I 音相近。

鄙贱之交,我要一点不含糊地做起这么一个人来。我没有自己哄骗自己,让想像把我愚弄;因为每一个理由都指点着说,我的小姐爱上了我了。她最近称赞过我的黄袜子和我的十字交叉的袜带;她就是用这方法表示她爱我,用一种命令的方法叫我打扮成她所喜欢的样式。谢谢我的命星,我好幸福!我要放出高傲的神气来,穿了黄袜子,扎着十字交叉的袜带,立刻就去装束起来。赞美上帝和我的命星!这儿还有附启:"你一定想得到我是谁。要是你接受我的爱情,请你用微笑表示你的意思;你的微笑是很好看的。我的好人儿,请你当着我的面前永远微笑着吧。"上帝,我谢谢你!我要微笑;我要做每一件你吩咐我做的事。(下。)

费　边　即使波斯王给我一笔几千块钱的恩俸,我也不愿错过这场玩意儿。

托　比　这丫头想得出这种主意,我简直可以娶了她。

安德鲁　我也可以娶了她呢。

托　比　我不要她什么妆奁,只要再给我想出这么一个笑话来就行了。

安德鲁　我也不要她什么妆奁。

费　边　我那位捉蠢鹅的好手来了。

　　　　玛利娅重上。

托　比　你愿意把你的脚搁在我的头颈上吗?

安德鲁　或者搁在我的头颈上?

托　比　要不要我把我的自由作孤注一掷,做你的奴隶?

安德鲁　是的,要不要我也做你的奴隶?

托　比　你已经叫他大做其梦,要是那种幻象一离开了他,他一定会发疯的。

玛利娅　可是您老实对我说,他中计了吗?

托　比　就像收生婆喝了烧酒一样。

玛利娅　要是你们要看看这场把戏会闹出些什么结果来,请看好他怎样到小姐跟前去:他会穿起了黄袜子,那正是她所讨厌的颜色;还要扎着十字交叉的袜带,那正是她所厌恶的式样;他还要向她微笑,照她现在那样悒郁的心境,她一定会不高兴,管保叫他大受一场没趣。假如你们要看的话,跟我来吧。

托　比　好,就是到地狱门口也行,你这好机灵鬼!

安德鲁　我也要去。(同下。)

第 三 幕

第一场　奥丽维娅的花园

　　　　薇奥拉及小丑持手鼓上。

薇奥拉　上帝保佑你和你的音乐,朋友！你是靠着打手鼓过日子的吗？

小　丑　不,先生,我靠着教堂过日子。

薇奥拉　你是个教士吗？

小　丑　没有的事,先生。我靠着教堂过日子,因为我住在我的家里,而我的家是在教堂附近。

薇奥拉　你也可以说,国王住在叫化窝的附近,因为叫化子住在王宫的附近；教堂筑在你的手鼓旁边,因为你的手鼓放在教堂旁边。

小　丑　您说得对,先生。人们一代比一代聪明了！一句话对于一个聪明人就像是一副小山羊皮的手套,一下子就可以翻了转来。

薇奥拉　嗯,那是一定的啦；善于在字面上翻弄花样的,很容易流于轻薄。

小　丑　那么,先生,我希望我的妹妹不要有名字。

薇奥拉　为什么呢,朋友?

小　丑　先生,她的名字不也是个字吗?在那个字上面翻弄翻弄花样,也许我的妹妹就会轻薄起来。可是文字自从失去自由以后,也就变成很危险的家伙了。

薇奥拉　你说出理由来,朋友?

小　丑　不瞒您说,先生,要是我向您说出理由来,那非得用文字不可;可是现在文字变得那么坏,我真不高兴用它们来证明我的理由。

薇奥拉　我敢说你是个快活的家伙,万事都不关心。

小　丑　不是的,先生,我所关心的事倒有一点儿;可是凭良心说,先生,我可一点不关心您;如果不关心您就是无所关心的话,先生,我倒希望您也能够化为乌有才好。

薇奥拉　你不是奥丽维娅小姐府中的傻子吗?

小　丑　真的不是,先生。奥丽维娅小姐不喜欢傻气;她要嫁了人才会在家里养起傻子来,先生;傻子之于丈夫,犹之乎小鱼之于大鱼,丈夫不过是个大一点的傻子而已。我真的不是她的傻子,我是给她说说笑话的人。

薇奥拉　我最近曾经在奥西诺公爵的地方看见过你。

小　丑　先生,傻气就像太阳一样环绕着地球,到处放射它的光辉。要是傻子不常到您主人那里去,如同常在我的小姐那儿一样,那么,先生,我可真是抱歉。我想我也曾经在那边看见过您这聪明人。

薇奥拉　哼,你要在我身上打趣,我可要不睬你了。拿去,这个钱给你。(给他一枚钱币。)

小　丑　好,上帝保佑您长起胡子来吧!

薇奥拉　老实告诉你,我倒真为了胡子害相思呢;虽然我不要在自己脸上长起来。小姐在里面吗?

小　丑　（指着钱币）先生,您要是再赏我一个钱,凑成两个,不就可以养儿子了吗?

薇奥拉　不错,如果你拿它们去放债取利息。

小　丑　先生,我愿意做个弗里吉亚的潘达洛斯,给这个特洛伊罗斯找一个克瑞西达来。①

薇奥拉　我知道了,朋友;你很善于乞讨。

小　丑　我希望您不会认为这是非分的乞讨,先生,我要乞讨的不过是个叫化子——克瑞西达后来不是变成个叫化子了吗?小姐就在里面,先生。我可以对他们说明您是从哪儿来的;至于您是谁,您来有什么事,那就不属于我的领域之内了——我应当说"范围",可是那两个字已经给人用得太熟了。(下。)

薇奥拉　这家伙扮傻子很有点儿聪明。装傻装得好也是要靠才情的:他必须窥伺被他所取笑的人们的心情,了解他们的身份,还得看准了时机;然后像窥伺着眼前每一只鸟雀的野鹰一样,每个机会都不放松。这是一种和聪明人的艺术一样艰难的工作:

傻子不妨说几句聪明话,

聪明人说傻话难免笑骂。

托比·培尔契爵士、安德鲁·艾古契克爵士同上。

托　比　您好,先生。

薇奥拉　您好,爵士。

---

① 关于特洛伊罗斯(Troilus)与克瑞西达(Cressida)恋爱的故事可参看莎士比亚所著悲剧《特洛伊罗斯与克瑞西达》。潘达洛斯(Pandarus)系克瑞西达之舅,为他们居间撮合者。克瑞西达因生性轻浮,后被人所弃,沦为乞丐。

安德鲁　上帝保佑您,先生。

薇奥拉　上帝保佑您,我是您的仆人。

安德鲁　先生,我希望您是我的仆人;我也是您的仆人。

托　比　请您进去吧。舍侄女有请,要是您是来看她的话。

薇奥拉　我来正是要拜见令侄女,爵士;她是我的航行的目标。

托　比　请您试试您的腿吧,先生;把它们移动起来。

薇奥拉　我的腿倒是听我使唤,爵士,可是我却听不懂您叫我试试我的腿是什么意思?

托　比　我的意思是,先生,请您走,请您进去。

薇奥拉　好,我就移步前进。可是人家已经先来了。

　　　　奥丽维娅及玛利娅上。

薇奥拉　最卓越最完美的小姐,愿诸天为您散下芬芳的香雾!

安德鲁　那年轻人是一个出色的廷臣。"散下芬芳的香雾"!好得很。

薇奥拉　我的来意,小姐,只能让您自己的玉耳眷听。

安德鲁　"香雾"、"玉耳"、"眷听",我已经学会了三句话了。

奥丽维娅　关上园门,让我们两人谈话。(托比、安德鲁、玛利娅同下)把你的手给我,先生。

薇奥拉　小姐,我愿意奉献我的绵薄之力为您效劳。

奥丽维娅　你叫什么名字?

薇奥拉　您仆人的名字是西萨里奥,美貌的公主。

奥丽维娅　我的仆人,先生!自从假作卑恭认为是一种恭维之后,世界上从此不曾有过乐趣。你是奥西诺公爵的仆人,年轻人。

薇奥拉　他是您的仆人,他的仆人自然也是您的仆人;您的仆人的仆人便是您的仆人,小姐。

奥丽维娅　我不高兴想他；我希望他心里空无所有，不要充满着我。

薇奥拉　小姐，我来是要替他说动您那颗温柔的心。

奥丽维娅　啊！对不起，请你不要再提起他了。可是如果你肯为另外一个人求爱，我愿意听你的请求，胜过于听天乐。

薇奥拉　亲爱的小姐——

奥丽维娅　对不起，让我说句话。上次你到这儿来把我迷醉了之后，我叫人拿了个戒指追你；我欺骗了我自己，欺骗了我的仆人，也许欺骗了你；我用那种无耻的狡狯把你明知道不属于你的东西强纳在你手里，一定会使你看不起我。你会怎样想呢？你不曾把我的名誉拴在桩柱上，让你那残酷的心所想得到的一切思想恣意地把它虐弄吧？像你这样敏慧的人，我已经表示得太露骨了；掩藏着我的心事的，只是一层薄薄的蝉纱。所以，让我听你的意见吧。

薇奥拉　我可怜你。

奥丽维娅　那是到达恋爱的一个阶段。

薇奥拉　不，此路不通，我们对敌人也往往会发生怜悯，这是常有的经验。

奥丽维娅　啊，听了你的话，我倒是又要笑起来了。世界啊！微贱的人多么容易骄傲！要是作了俘虏，那么落于狮子的爪下比之豺狼的吻中要幸运多少啊！（钟鸣）时钟在谴责我把时间浪费。别担心，好孩子，我不会留住你。可是等到才情和青春成熟之后，你的妻子将会收获到一个出色的男人。向西是你的路。

薇奥拉　那么向西开步走！愿小姐称心如意！您没有什么话要我向我的主人说吗，小姐？

51

奥丽维娅　且慢,请你告诉我你以为我这人怎样?
薇奥拉　我以为你以为你不是你自己。
奥丽维娅　要是我以为这样,我以为你也是这样。
薇奥拉　你猜想得不错,我不是我自己。
奥丽维娅　我希望你是我所希望于你的那种人!
薇奥拉　那是不是比现在的我要好些,小姐?我希望好一些,因为现在我不过是你的弄人。
奥丽维娅　唉!他嘴角的轻蔑和怒气,
　　　　　冷然的神态可多么美丽!
　　　　　爱比杀人重罪更难隐藏;
　　　　　爱的黑夜有中午的阳光。
　　　　　西萨里奥,凭着春日蔷薇、
　　　　　贞操、忠信与一切,我爱你
　　　　　这样真诚,不顾你的骄傲,
　　　　　理智拦不住热情的宣告。
　　　　　别以为我这样向你求情,
　　　　　你就可以无须再献殷勤;
　　　　　须知求得的爱虽费心力,
　　　　　不劳而获的更应该珍惜。
薇奥拉　我起誓,凭着天真与青春,
　　　　我只有一条心一片忠诚,
　　　　没有女人能够把它占有,
　　　　只有我是我自己的君后。
　　　　别了,小姐,我从此不再来
　　　　为我主人向你苦苦陈哀。
奥丽维娅　你不妨再来,也许能感动

我释去憎嫌把感情珍重。(同下。)

第二场　奥丽维娅宅中一室

托比·培尔契爵士,安德鲁·艾古契克爵士及费边上。

安德鲁　不,真的,我再不能住下去了。

托　比　为什么呢,恼火的朋友?说出你的理由来。

费　边　是啊,安德鲁爵士,您得说出个理由来。

安德鲁　嘿,我见你的侄小姐对待那个公爵的用人比之待我好得多;我在花园里瞧见的。

托　比　她那时也看见你吗,老兄?告诉我。

安德鲁　就像我现在看见你一样明白。

费　边　那正是她爱您的一个很好的证据。

安德鲁　啐!你把我当作一头驴子吗?

费　边　大人,我可以用判断和推理来证明这句话的不错。

托　比　说得好,判断和推理在挪亚①还没有上船以前,已经就当上陪审官了。

费　边　她当着您的脸对那个少年表示殷勤,是要叫您发急,唤醒您那打瞌睡的勇气,给您的心里燃起火来,在您的肝脏里加点儿硫磺罢了。您那时就该走上去向她招呼,说几句崭新的俏皮话儿叫那年轻人哑口无言。她盼望您这样,可是您却大意错过了。您放过了这么一个大好的机会,我的小姐自然要冷淡您啦;您目前在她心里的地位就像挂在荷兰人胡须上的冰柱一样,除非您能用勇气或是手段干出一些

---

①　挪亚(Noah)及其方舟的故事,见《圣经·创世记》第六章。

53

出色的勾当,才可以挽回过来。

安德鲁　无论如何,我宁愿用勇气;因为我顶讨厌使手段。叫我做个政客,还不如做个布朗派①的教徒。

托　比　好啊,那么把你的命运建筑在勇气上吧。给我去向那公爵差来的少年挑战,在他身上戳十来个窟窿,我的侄女一定会注意到。你可以相信,世上没有一个媒人会比一个勇敢的名声更能说动女人的心了。

费　边　此外可没有别的办法了,安德鲁大人。

安德鲁　你们谁肯替我向他下战书?

托　比　快去用一手虎虎有威的笔法写起来;要干脆简单;不用说俏皮话,只要言之成理,别出心裁就得了。尽你的笔墨所能把他嘲骂;要是你把他"你"啊"你"的"你"了三四次,那不会有错;再把纸上写满了谎,即使你的纸大得足以铺满英国威尔地方的那张大床②。快去写吧。把你的墨水里掺满着怨毒,虽然你用的是一支鹅毛笔。去吧。

安德鲁　我到什么地方来见你们?

托　比　我们会到你房间里来看你;去吧。(安德鲁下。)

费　边　这是您的一个宝货,托比老爷。

托　比　我倒累他破费过不少呢,孩儿,约莫有两千多块钱的样子。

费　边　我们就可以看到他的一封妙信了。可是您不会给他送去的吧?

托　比　要是我不送去,你别相信我;我一定要把那年轻人激出

---

① 布朗派为英国伊丽莎白时代清教徒布朗(Robert Browne)所创的教派。
② 该床方十一呎,今尚存。

一个回音来。我想就是叫牛儿拉着车绳也拉不拢他们两人在一起。你把安德鲁解剖开来,要是能在他肝脏里找得出一滴可以沾湿一只跳蚤的脚的血,我愿意把他那副臭皮囊吃下去。

费　边　他那个对头的年轻人,照那副相貌看来,也不像是会下辣手的。

托　比　瞧,一窠九只的鹡鸰中顶小的一只来了。

　　　　　玛利娅上。

玛利娅　要是你们愿意捧腹大笑,不怕笑到腰酸背痛,那么跟我来吧。那只蠢鹅马伏里奥已经信了邪道,变成一个十足的异教徒了;因为没有一个相信正道而希望得救的基督徒,会做出这种丑恶不堪的奇形怪状来的。他穿着黄袜子呢。

托　比　袜带是十字交叉的吗?

玛利娅　再难看不过的了,就像个在寺院里开学堂的塾师先生。我像是他的刺客一样紧跟着他。我故意掉下来诱他的那封信上的话,他每一句都听从;他笑容满面,脸上的皱纹比增添了东印度群岛的新地图上的线纹还多。你们从来不曾见过这样一个东西;我真忍不住要向他丢东西过去。我知道小姐一定会打他;要是她打了他,他一定仍然会笑,以为是一件大恩典。

托　比　来,带我们去,带我们到他那儿去。(同下。)

第三场　街　道

　　　　　西巴斯辛及安东尼奥上。

西巴斯辛　我本来不愿意麻烦你;可是你既然这样欢喜自己劳

碌,那么我也不再向你多话了。

安东尼奥　我抛不下你;我的愿望比磨过的刀还要锐利地驱迫着我。虽然为了要看见你,再远的路我也会跟着你去;可并不全然为着这个理由:我担心你在这些地方是个陌生人,路上也许会碰到些什么;一路没人领导没有朋友的异乡客,出门总有许多不方便。我的诚心的爱,再加上这样使我忧虑的理由,迫使我来追赶你。

西巴斯辛　我的善良的安东尼奥,除了感谢、感谢、永远的感谢之外,再没有别的话好回答你了。一件好事常常只换得一声空口的道谢;可是我的钱财假如能跟我的衷心的感谢一样多,你的好心一定不会得不到重重的酬报。我们干些什么呢?要不要去瞧瞧这城里的古迹?

安东尼奥　明天吧,先生;还是先去找个下处。

西巴斯辛　我并不疲倦,到天黑还有许多时候呢;让我们去瞧瞧这儿的名胜,一饱眼福吧。

安东尼奥　请你原谅我;我在这一带街道上走路是冒着危险的。从前我曾经参加海战,和公爵的舰队作过对;那时我很立了一点功,假如在这儿给捉到了,可不知要怎样抵罪哩。

西巴斯辛　大概你杀死了很多的人吧?

安东尼奥　我的罪名并不是这么一种杀人流血的性质;虽然照那时的情形和争执的激烈看来,很容易有流血的可能。本来把我们夺来的东西还给了他们,就可以和平解决了,我们城里大多数人为了经商,也都这样做了;可是我却不肯屈服:因此,要是我在这儿给捉到了的话,他们决不会轻轻放过我。

西巴斯辛　那么你不要太出来招摇吧。

安东尼奥　那的确不大妥当。先生,这儿是我的钱袋,请你拿着吧。南郊的大象旅店是最好的下宿的地方,我先去定好膳宿;你可以在城里逛着见识见识,再到那边来见我好了。

西巴斯辛　为什么你要把你的钱袋给我?

安东尼奥　也许你会看中什么玩意儿想要买下;我知道你的钱不够买这些非急用的东西,先生。

西巴斯辛　好,我就替你保管你的钱袋;过一个钟头再见吧。

安东尼奥　在大象旅店。

西巴斯辛　我记得。(各下。)

第四场　奥丽维娅的花园

奥丽维娅及玛利娅上。

奥丽维娅　我已经差人去请他了。假如他肯来,我要怎样款待他呢?我要给他些什么呢?因为年轻人常常是买来的,而不是讨来或借来的。我说得太高声了。马伏里奥在哪儿呢?他这人很严肃,懂得规矩,以我目前的处境来说,很配做我的仆人。马伏里奥在什么地方?

玛利娅　他就来了,小姐;可是他的样子古怪得很。他一定给鬼迷了,小姐。

奥丽维娅　啊,怎么啦?他在说胡话吗?

玛利娅　不,小姐;他只是一味笑。他来的时候,小姐,您最好叫人保护着您,因为这人的神经有点不正常呢。

奥丽维娅　去叫他来。(玛利娅下。)

　　他是痴汉,我也是个疯婆;

　　他欢喜,我忧愁,一样糊涂。

玛利娅偕马伏里奥重上。

奥丽维娅　怎样,马伏里奥!
马伏里奥　亲爱的小姐,哈哈!
奥丽维娅　你笑吗?我要差你做一件正经事呢,别那么快活。
马伏里奥　不快活,小姐!我当然可以不快活,这种十字交叉的袜带扎得我血脉不通;可是那有什么要紧呢?只要能叫一个人看了欢喜,那就像诗上所说的"一人欢喜,人人欢喜"了。
奥丽维娅　什么,你怎么啦,家伙?究竟是怎么一回事?
马伏里奥　我的腿儿虽然是黄的,我的心儿却不黑。那信已经到了他的手里,命令一定要服从。我想那一手簪花妙楷我们都是认得出来的。
奥丽维娅　你还是睡觉去吧,马伏里奥。
马伏里奥　睡觉去!对了,好人儿;我一定奉陪。
奥丽维娅　上帝保佑你!为什么你这样笑着,还老是吻你的手?
玛利娅　您怎么啦,马伏里奥?
马伏里奥　多承见问!是的,夜莺应该回答乌鸦的问话。
玛利娅　您为什么当着小姐的面前这样放肆?
马伏里奥　"不用惧怕富贵,"写得很好!
奥丽维娅　你说那话是什么意思,马伏里奥?
马伏里奥　"有的人是生来的富贵,"——
奥丽维娅　嘿!
马伏里奥　"有的人是挣来的富贵,"——
奥丽维娅　你说什么?
马伏里奥　"有的人是送上来的富贵。"
奥丽维娅　上天保佑你!

马伏里奥　"记着谁曾经赞美过你的黄袜子,"——

奥丽维娅　你的黄袜子!

马伏里奥　"愿意看见你永远扎着十字交叉的袜带。"

奥丽维娅　扎着十字交叉的袜带!

马伏里奥　"好,只要你自己愿意,你就可以出头了,"——

奥丽维娅　我就可以出头了?

马伏里奥　"否则让我见你一生一世做个管家吧。"

奥丽维娅　哎哟,这家伙简直中了暑在发疯了。

　　一仆人上。

仆　人　小姐,奥西诺公爵的那位青年使者回来了,我好容易才请他回来。他在等候着小姐的意旨。

奥丽维娅　我就去见他。(仆人下)好玛利娅,这家伙要好好看管。我的托比叔父呢?叫几个人加意留心着他;我宁可失掉我嫁妆的一半,也不希望看到他有什么意外。(奥丽维娅、玛利娅下。)

马伏里奥　啊,哈哈!你现在明白了吗?不叫别人,却叫托比爵士来照看我!我正合信上所说的:她有意叫他来,好让我跟他顶撞一下;因为她信里正要我这样。"脱去你卑恭的旧习;"她说,"对亲戚不妨分庭抗礼,对仆人不妨摆摆架子;你嘴里要鼓唇弄舌地谈些国家大事,装出一副矜持的样子;"随后还写着怎样装出一副严肃的面孔、庄重的举止、慢声慢气的说话腔调,学着大人先生的样子,诸如此类。我已经捉到她了;可是那是上帝的功劳,感谢上帝!而且她刚才临去的时候,她说,"这家伙要好好看管;"家伙!不说马伏里奥,也不照我的地位称呼我,而叫我家伙。哈哈,一切都符合,一点儿没有疑惑,一点儿没有阻碍,一点儿没有不放心的地方。还有什么好说呢?什么也不能阻止我达到我的全部的希望。好,干这种事情的是上帝,不是我,感谢上帝!

  玛利娅偕托比·培尔契爵士及费边上。

托 比 凭着神圣的名义,他在哪儿?要是地狱里的群鬼都缩小了身子,一起走进他的身体里去,我也要跟他说话。

费 边 他在这儿,他在这儿。您怎么啦,大爷?您怎么啦,老兄?

马伏里奥 走开,我用不着你;别搅扰了我的安静。走开!

玛利娅 听,魔鬼在他嘴里说着鬼话了!我不是对您说过吗?托比老爷,小姐请您看顾看顾他。

马伏里奥 啊!啊!她这样说吗?

托 比 好了,好了,别闹了吧!我们一定要客客气气对付他;让我一个人来吧。——你好,马伏里奥?你怎么啦?嘿,老兄!抵抗魔鬼呀!你想,他是人类的仇敌呢。

马伏里奥 你知道你在说些什么话吗?

玛利娅 你们瞧!你们一说了魔鬼的坏话,他就生气了。求求上帝,不要让他中了鬼迷才好!

费 边 把他的小便送到巫婆那边去吧。

玛利娅 好,明天早晨一定送去。我的小姐舍不得他哩。

马伏里奥 怎么,姑娘!

玛利娅 主啊!

托 比 请你别闹,这不是个办法;你不见你惹他生气了吗?让我来对付他。

费 边 除了用软功之外,没有别的法子;轻轻地、轻轻地,魔鬼是个粗坯,你要跟他动粗是不行的。

托　比　喂,怎么啦,我的好家伙!你好,好人儿?

马伏里奥　爵士!

托　比　噉,小鸡,跟我来吧。嘿,老兄!跟魔鬼在一起玩可不对。该死的黑鬼!

玛利娅　叫他念祈祷,好托比老爷,叫他祈祷。

马伏里奥　念祈祷,小淫妇!

玛利娅　你们听着,跟他讲到关于上帝的话,他就听不进去了。

马伏里奥　你们全给我去上吊吧!你们都是些浅薄无聊的东西;我不是跟你们一样的人。你们就会知道的。(下。)

托　比　有这等事吗?

费　边　要是这种情形在舞台上表演起来,我一定要批评它捏造得出乎情理之外。

托　比　这个计策已经把他迷得神魂颠倒了,老兄。

玛利娅　还是追上他去吧;也许这计策一漏了风,就会毁掉。

费　边　噉,我们真的要叫他发起疯来。

玛利娅　那时屋子里可以清静些。

托　比　来,我们要把他捆起来关在一间暗室里。我的侄女已经相信他疯了;我们可以这样依计而行,让我们开开心,叫他吃吃苦头。等到我们开腻了这玩笑,再向他发起慈悲来;那时我们宣布我们的计策,把你封作疯人的发现者。可是瞧,瞧!

安德鲁·艾古契克爵士上。

费　边　又有别的花样来了。

安德鲁　挑战书已经写好在此,你读读看;念上去就像酸醋胡椒的味道呢。

费　边　是这样厉害吗?

61

安德鲁　对了,我向他保证的;你只要读着好了。

托　比　给我。(读)"年轻人,不管你是谁,你不过是个下贱的东西。"

费　边　好,真勇敢!

托　比　"不要吃惊,也不要奇怪为什么我这样称呼你,因为我不愿告诉你是什么理由。"

费　边　一句很好的话,这样您就可以不受法律的攻击了。

托　比　"你来见奥丽维娅小姐,她当着我的面把你厚待;可是你说谎,那并不是我要向你挑战的理由。"

费　边　很简单明白,而且百分之百地——不通。

托　比　"我要在你回去的时候埋伏着等候你;要是命该你把我杀死的话——"

费　边　很好。

托　比　"你便是个坏蛋和恶人。"

费　边　您仍旧避过了法律方面的责任,很好。

托　比　"再会吧;上帝超度我们两人中一人的灵魂吧!也许他会超度我的灵魂;可是我比你有希望一些,所以你留心着自己吧。你的朋友(这要看你怎样对待他),和你的誓不两立的仇敌,安德鲁·艾古契克上。"——要是这封信不能激动他,那么他的两条腿也不能走动了。我去送给他。

玛利娅　您有很凑巧的机会;他现在正在跟小姐谈话,等会儿就要出来了。

托　比　去,安德鲁大人,给我在园子角落里等着他,像个衙役似的;一看见他,便拔出剑来;一拔剑,就高声咒骂;一句可怕的咒骂,神气活现地从嘴里厉声发出来,比之真才实艺更能叫人相信他是个了不得的家伙。去吧!

安德鲁　好,骂人的事情我自己会。(下。)

托　比　我可不去送这封信。因为照这位青年的举止看来,是个很有资格很有教养的人,否则他的主人不会差他来拉拢我的侄女的。这封信写得那么奇妙不通,一定不会叫这青年害怕;他一定会以为这是一个呆子写的。可是,老兄,我要口头去替他挑战,故意夸张艾古契克的勇气,让这位仁兄相信他是个勇猛暴躁的家伙;我知道他那样年轻一定会害怕起来的。这样他们两人便会彼此害怕,就像眼光能杀人的毒蜥蜴似的,两人一照面,就都呜呼哀哉了。

费　边　他和您的侄小姐来了;让我们回避他们,等他告别之后再追上去。

托　比　我可以想出几句可怕的挑战话儿来。(托比、费边、玛利娅下。)

　　　　奥丽维娅偕薇奥拉重上。

奥丽维娅　我对一颗石子样的心太多费唇舌了,卤莽地把我的名誉下了赌注。我心里有些埋怨自己的错;可是那是个极其倔强的错,埋怨只能招它一阵讪笑。

薇奥拉　我主人的悲哀也正和您这种痴情的样子相同。

奥丽维娅　拿着,为我的缘故把这玩意儿戴在你身上吧,那上面有我的小像。不要拒绝它,它不会多话讨你厌的。请你明天再过来。你无论向我要什么,只要于我的名誉没有妨碍,我都可以给你。

薇奥拉　我向您要的,只是请您把真心的爱给我的主人。

奥丽维娅　那我已经给了你了,怎么还能凭着我的名誉再给他呢?

薇奥拉　我可以奉还给你。

奥丽维娅　好,明天再来吧。

　　　　　　再见!像你这样一个恶魔,
　　　　　　我甘愿被你向地狱里拖。(下。)

　　　　　　　　托比·培尔契爵士及费边重上。

托　　比　先生,上帝保佑你!

薇奥拉　上帝保佑您,爵士!

托　　比　准备着防御吧。我不知道你做了什么对不起他的事情;可是你那位对头满心怀恨,一股子的杀气在园子尽头等着你呢。拔出你的剑来,赶快预备好;因为你的敌人是个敏捷精明而可怕的人。

薇奥拉　您弄错了,爵士,我相信没人会跟我争吵;我完全不记得我曾经得罪过什么人。

托　　比　你会知道事情是恰恰相反的,我告诉你;所以要是你看重你的生命的话,留点神吧;因为你的冤家年轻力壮,武艺不凡,火气又那么大。

薇奥拉　请问爵士,他是谁呀?

托　　比　他是个不靠军功而受封的骑士;可是跟人吵起架来,那简直是个魔鬼:他已经叫三个人的灵魂出壳了。现在他的怒气已经一发而不可收拾,非把人杀死送进坟墓里去决不甘心。他的格言是不管三七二十一,拼个你死我活。

薇奥拉　我要回到府里去请小姐派几个人给我保镖。我不会跟人打架。我听说有些人故意向别人寻事,试验他们的勇气;这个人大概也是这一类的。

托　　比　不,先生,他的发怒是有充分理由的,因为你得罪了他;所以你还是上去答应他的要求吧。你不能回到屋子里去,除非你在没有跟他交手之前先跟我比个高低。横竖都得冒险,你何必不去会会他呢?所以上去吧,把你的剑赤条条地拔出来;无论如何你非得动手不可,否则以后你再不用带剑了。

薇奥拉　这真是既无礼又古怪。请您帮我一下忙,去问问那骑士我得罪了他什么。那一定是我偶然的疏忽,决不是有意的。

托　比　我就去问他。费边先生,你陪着这位先生等我回来。(下。)

薇奥拉　先生,请问您知道这是怎么一回事吗?

费　边　我知道那骑士对您很不乐意,抱着拼命的决心;可是详细的情形却不知道。

薇奥拉　请您告诉我他是个什么样子的人?

费　边　照他的外表上看起来,并没有什么惊人的地方;可是您跟他一交手,就知道他的厉害了。他,先生,的确是您在伊利里亚无论哪个地方所碰得到的最有本领、最凶狠、最厉害的敌手。您就过去见他好不好?我愿意替您跟他讲和,要是能够的话。

薇奥拉　那多谢您了。我是个宁愿亲近教士不愿亲近骑士的人;我这副小胆子,即使让别人知道了,我也不在乎。(同下。)

　　　托比及安德鲁重上。

托　比　嘿,老兄,他才是个魔鬼呢;我从来不曾见过这么一个泼货。我跟他连剑带鞘较量了一回,他给我这么致命的一刺,简直无从招架;至于他还起手来,那简直像是你的脚踏在地上一样万无一失。他们说他曾经在波斯王宫里当过剑师。

安德鲁　糟了！我不高兴跟他动手。

托　比　好,但是他可不肯甘休呢;费边在那边简直拦不住他。

安德鲁　该死！早知道他有这种本领,我再也不去惹他的。假如他肯放过这回,我情愿把我的灰色马儿送给他。

托　比　我去跟他说去。站在这儿,摆出些威势来;这件事情总可以和平了结的。(旁白)你的马儿少不得要让我来骑,你可大大地给我捉弄了。

　　　　　费边及薇奥拉重上。

托　比　(向费边)我已经叫他把他的马儿送上议和。我已经叫他相信这孩子是个魔鬼。

费　边　他也是十分害怕他,吓得心惊肉跳脸色发白,像是一头熊追在背后似的。

托　比　(向薇奥拉)没有法子,先生;他因为已经发过了誓,非得跟你决斗一下不可。他已经把这回吵闹考虑过,认为起因的确是微不足道的;所以为了他所发的誓起见,拔出你的剑来吧,他声明他不会伤害你的。

薇奥拉　(旁白)求上帝保佑我！一点点事情就会给他们知道我是不配当男人的。

费　边　要是你见他势不可当,就让让他吧。

托　比　来,安德鲁爵士,没有办法,这位先生为了他的名誉起见,不得不跟你较量一下,按着决斗的规则,他不能规避这一回事;可是他已经答应我,因为他是个堂堂君子又是个军人,他不会伤害你的。来吧,上去!

安德鲁　求上帝让他不要背誓！(拔剑。)

薇奥拉　相信我,这全然不是出于我的本意。(拔剑。)

　　　　　安东尼奥上。

安东尼奥　放下你的剑。要是这位年轻的先生得罪了你,我替他担个不是;要是你得罪了他,我可不肯对你甘休。(拔剑。)

托　　比　你,朋友!咦,你是谁呀?

安东尼奥　先生,我是他的好朋友;为了他的缘故,无论什么事情说得出的便做得到。

托　　比　好吧,你既然这样喜欢管人家的闲事,我就奉陪了。(拔剑。)

费　　边　啊,好托比老爷,住手吧!警官们来了。

托　　比　过会儿再跟你算账。

薇奥拉　(向安德鲁)先生,请你放下你的剑吧。

安德鲁　好,放下就放下,朋友;我可以向你担保,我的话说过就算数。那匹马你骑起来准很舒服,它也很听话。

　　　　二警吏上。

警吏甲　就是这个人;执行你的任务吧。

警吏乙　安东尼奥,我奉奥西诺公爵之命来逮捕你。

安东尼奥　你看错人了,朋友。

警吏甲　不,先生,一点没有错。我很认识你的脸,虽然你现在头上不戴着水手的帽子。——把他带走,他知道我认识他的。

安东尼奥　我只好服从。(向薇奥拉)这场祸事都是因为要来寻找你而起;可是没有办法,我必得服罪。现在我不得不向你要回我的钱袋了,你预备怎样呢?叫我难过的倒不是我自己的遭遇,而是不能给你尽一点力。你吃惊吗?请你宽心吧。

警吏乙　来,朋友,去吧。

67

安东尼奥　那笔钱我必须向你要几个。

薇奥拉　什么钱,先生?为了您在这儿对我的好意相助,又看见您现在的不幸,我愿意尽我的微弱的力量借给您几个钱;我是个穷小子,这儿随身带着的钱,可以跟您平分。拿着吧,这是我一半的家私。

安东尼奥　你现在不认识我了吗?难道我给你的好处不能使你心动吗?别看着我倒霉好欺侮,要是激起我的性子来,我也会不顾一切,向你一一数说你的忘恩负义的。

薇奥拉　我一点不知道;您的声音相貌我也完全不认识。我痛恨人们的忘恩,比之痛恨说谎、虚荣、饶舌、酗酒,或是其他存在于脆弱的人心中的陷入的恶德还要厉害。

安东尼奥　唉,天哪!

警吏乙　好了,对不起,朋友,走吧。

安东尼奥　让我再说句话,你们瞧这个孩子,他是我从死神的掌握中夺了来的,我用神圣的爱心照顾着他;我以为他的样子是个好人,才那样看重着他。

警吏甲　那跟我们有什么相干呢?别耽误了时间,去吧!

安东尼奥　可是唉!这个天神一样的人,原来却是个邪魔外道!西巴斯辛,你未免太羞辱了你这副好相貌了。

　　　心上的瑕疵是真的垢污;

　　　无情的人才是残废之徒。

　　　善即是美;但美丽的奸恶,

　　　是魔鬼雕就文彩的空椟。

警吏甲　这家伙发疯了;带他去吧!来,来,先生。

安东尼奥　带我去吧。(警吏带安东尼奥下。)

薇奥拉　他的话儿句句发自衷肠;

>　　他坚持不疑,我意乱心慌。
>　　但愿想像的事果真不错,
>　　是他把妹妹错认作哥哥!

托　比　过来,骑士;过来,费边;让我们悄悄地讲几句聪明话。

薇奥拉　他说起西巴斯辛的名字,
>　　我哥哥正是我镜中影子,
>　　兄妹俩生就一般的形状,
>　　再加上穿扮得一模一样;
>　　但愿暴风雨真发了慈心,
>　　无情的波浪变作了多情!(下。)

托　比　好一个刁滑的卑劣的孩子,比兔子还胆怯!他坐视朋友危急而不顾,还要装作不认识,可见他刁恶的一斑,至于他的胆怯呢,问费边好了。

费　边　一个懦夫,一个把怯懦当神灵一样敬奉的懦夫。

安德鲁　他妈的,我要追上去把他揍一顿。

托　比　好,把他狠狠地揍一顿,可是别拔出你的剑来。

安德鲁　要是我不——(下。)

费　边　来,让我们去瞧去。

托　比　我可以赌无论多少钱,到头来不会有什么事发生的。(同下。)

第 四 幕

第一场　奥丽维娅宅旁街道

　　西巴斯辛及小丑上。

小　丑　你要我相信我不是差来请你的吗?
西巴斯辛　算了吧,算了吧,你是个傻瓜;给我走开去。
小　丑　装腔装得真好!是的,我不认识你;我的小姐也不会差我来请你去讲话;你的名字也不是西萨里奥大爷。什么都不是。
西巴斯辛　请你到别处去大放厥辞吧;你又不认识我。
小　丑　大放厥辞!他从什么大人物那儿听了这句话,却来用在一个傻瓜身上。大放厥辞!我担心整个痴愚的世界都要装腔作态起来了。请你别那么怯生生的,告诉我应当向我的小姐放些什么"厥辞"。要不要对她说你就来?
西巴斯辛　傻东西,请你走开吧;这儿有钱给你;要是你再不去,我可就要不客气了。
小　丑　真的,你倒是很慷慨。这种聪明人把钱给傻子,就像用十四年的收益来买一句好话。

　　安德鲁上。

安德鲁　呀,朋友,我又碰见你了吗?吃这一下。(击西巴斯辛。)

西巴斯辛　怎么,给你尝尝这一下,这一下,这一下!(打安德鲁)所有的人们都疯了吗?

　　　　　托比及费边上。

托　比　停住,朋友,否则我要把你的刀子摔到屋子里去了。

小　丑　我就去把这事告诉我的小姐。我不愿凭两便士就代人受过。(下。)

托　比　(拉西巴斯辛)算了,朋友,住手吧。

安德鲁　不,让他去吧。我要换一个法儿对付他。要是伊利里亚是有法律的话,我要告他非法殴打的罪;虽然是我先动手,可是那没有关系。

西巴斯辛　放下你的手!

托　比　算了吧,朋友,我不能放走你。来,我的青年的勇士,放下你的家伙。你打架已经够了;来吧。

西巴斯辛　你别想抓住我。(挣脱)现在你要怎样?要是你有胆子的话,拔出你的剑来吧。

托　比　什么!什么!那么我倒要让你流几滴莽撞的血呢。(拔剑。)

　　　　　奥丽维娅上。

奥丽维娅　住手,托比!我命令你!

托　比　小姐!

奥丽维娅　有这等事吗?忘恩的恶人!只配住在从来不懂得礼貌的山林和洞窟里的。滚开!——别生气,亲爱的西萨里奥。——莽汉,走开!(托比、安德鲁、费边同下)好朋友,你是个有见识的人,这回的惊扰实在太失礼、太不成话了,请你不要生气。跟我到舍下去吧;我可以告诉你这个恶人曾经

多少次无缘无故地惹是招非,你听了就可以把这回事情一笑置之了。你一定要去的:

　　　　　　别推托!他灵魂该受天戮,

　　　　　　为你惊起了我心头小鹿。

西巴斯辛　滋味难名,不识其中奥妙;

　　　　　是疯眼昏迷?是梦魂颠倒?

　　　　　愿心魂永远在忘河沉浸;

　　　　　有这般好梦再不须梦醒!

奥丽维娅　请你来吧;你得听我的话。

西巴斯辛　小姐,遵命。

奥丽维娅　但愿这回非假!(同下。)

第二场　奥丽维娅宅中一室

　　　　玛利娅及小丑上;马伏里奥在相接的暗室内。

玛利娅　嗳,我请你把这件袍子穿上,这把胡须套上,让他相信你是副牧师托巴斯师傅。快些,我就去叫托比老爷来。(下。)

小　丑　好,我就穿起来,假装一下;我希望我是第一个扮作这种样子的。我的身材不够高,穿起来不怎么神气;略为胖一点,也不像个用功念书的;可是给人称赞一声是个老实汉子和很好的当家人,也就跟一个用心思的读书人一样好了。——那两个同党的来了。

　　　　托比·培尔契爵士及玛利娅上。

托　比　上帝祝福你,牧师先生!

小　丑　早安,托比大人!目不识丁的布拉格的老隐士曾经向高波杜克王的侄女说过这么一句聪明话："是什么,就是什么。"因此,我既是牧师先生,也就是牧师先生;因为"什么"即是"什么","是"即是"是"。

托　比　走过去,托巴斯师傅。

小　丑　呃哼,喂!这监狱里平安呀!

托　比　这小子装得很像,好小子。

马伏里奥　(在内)谁在叫?

小　丑　副牧师托巴斯师傅来看疯人马伏里奥来了。

马伏里奥　托巴斯师傅,托巴斯师傅,托巴斯好师傅,请您到我小姐那儿去一趟。

小　丑　滚你的,胡言乱道的魔鬼!瞧这个人给你缠得这样子!只晓得嚷小姐吗?

托　比　说得好,牧师先生。

马伏里奥　(在内)托巴斯师傅,从来不曾有人给人这样冤枉过。托巴斯好师傅,别以为我疯了。他们把我关在这个暗无天日的地方。

小　丑　啐,你这不老实的撒旦!我用最客气的称呼叫你,因为我是个最有礼貌的人,即使对于魔鬼也不肯失礼。你说这屋子是黑的吗?

马伏里奥　像地狱一样,托巴斯师傅。

小　丑　嘿,它的凸窗像壁垒一样透明,它的向着南北方的顶窗像乌木一样发光呢;你还说看不见吗?

马伏里奥　我没有发疯,托巴斯师傅。我对您说,这屋子是黑的。

小　丑　疯子,你错了。我对你说,世间并无黑暗,只有愚昧。埃及人在大雾中辨不清方向,还不及你在愚昧里那样发昏。

73

马伏里奥　我说,这座屋子简直像愚昧一样黑暗,即使愚昧是像地狱一样黑暗。我说,从来不曾有人给人这样欺侮过。我并不比您更疯;您不妨提出几个合理的问题来问我,试试我疯不疯。

小　　丑　毕达哥拉斯对于野鸟有什么意见?

马伏里奥　他说我们祖母的灵魂也许曾经在鸟儿的身体里寄住过。

小　　丑　你对于他的意见觉得怎样?

马伏里奥　我认为灵魂是高贵的,绝对不赞成他的说法。

小　　丑　再见,你在黑暗里住下去吧。等到你赞成了毕达哥拉斯的说法之后,我才可以承认你的头脑健全。留心别打山鹬,因为也许你要害得你祖母的灵魂流离失所了。再见。

马伏里奥　托巴斯师傅!托巴斯师傅!

托　　比　我的了不得的托巴斯师傅!

小　　丑　嘿,我可真是多才多艺呢。

玛利娅　你就是不挂胡须不穿道袍也没有关系;他又看不见你。

托　　比　你再用你自己的口音去对他说话;怎样的情形再来告诉我。我希望这场恶作剧快快告个段落。要是不妨把他释放,我看就放了他吧;因为我已经大大地失去了我侄女的欢心,倘把这玩意儿尽管闹下去,恐怕不大妥当。等会儿到我的屋子里来吧。(托比、玛利娅下。)

小　　丑
　　　　　嗨,罗宾,快活的罗宾哥,
　　　　　问你的姑娘近况如何。

马伏里奥　傻子!

小　　丑

    不骗你,她心肠有点硬。

马伏里奥 傻子!

小 丑

    唉,为了什么原因,请问?

马伏里奥 喂,傻子!

小 丑

    她已经爱上了别人。

  ——嘿!谁叫我?

马伏里奥 好傻子,谢谢你给我拿一支蜡烛、笔、墨水和纸张来,以后我不会亏待你的。君子不扯谎,我永远感你的恩。

小 丑 马伏里奥大爷吗?

马伏里奥 是的,好傻子。

小 丑 唉,大爷,您怎么会发起疯来呢?

马伏里奥 傻子,从来不曾有人给人这样欺侮过。我的头脑跟你一样清楚呢,傻子。

小 丑 跟我一样?那么您真的是疯了,要是您的头脑跟傻子差不多。

马伏里奥 他们把我当作一件家具看待,把我关在黑暗里,差牧师们——那些蠢驴子!——来看我,千方百计想把我弄昏了头。

小 丑 您说话留点神吧;牧师就在这儿呢。——马伏里奥,马伏里奥,上天保佑你明白过来吧!好好地睡睡觉儿,别噜哩噜苏地讲空话。

马伏里奥 托巴斯师傅!

小 丑 别跟他说话,好伙计。——谁?我吗,师傅?我可不要跟他说话哩,师傅。上帝和您同在,好托巴斯师傅!——

呃,阿门!——好的,师傅,好的。

马伏里奥　傻子,傻子,傻子,我对你说!

小　　丑　唉,大爷,您耐心吧!您怎么说,师傅?——师傅怪我跟您说话哩。

马伏里奥　好傻子,给我拿一点儿灯火和纸张来。我对你说,我跟伊利里亚无论哪个人一样头脑清楚呢。

小　　丑　唉,我巴不得这样呢,大爷!

马伏里奥　我可以举手发誓我没有发疯。好傻子,拿墨水、纸和灯火来;我写好之后,你去替我送给小姐。你送了这封信去,一定会到手一笔空前的大赏赐的。

小　　丑　我愿意帮您的忙。但是老实告诉我,您是不是真的疯了,还是装疯?

马伏里奥　相信我,我没有发疯,我老实告诉你。

小　　丑　嘿,我可信不过一个疯子的话,除非我能看见他的脑子。我去给您拿蜡烛、纸和墨水。

马伏里奥　傻子,我一定会重重报答你。请你去吧。

小　　丑

　　　　大爷我去了,
　　　　请您不要吵,
　　　　不多一会的时光,
　　　　小鬼再来见魔王;
　　　　手拿木板刀,
　　　　胸中如火烧,
　　　　向着魔鬼打哈哈,
　　　　样子像个疯娃娃:
　　　　爹爹不要恼,

给您剪指爪,

再见,我的魔王爷!(下。)

第三场　奥丽维娅的花园

　　西巴斯辛上。

西巴斯辛　这是空气;那是灿烂的太阳;这是她给我的珍珠,我看得见也摸得到;虽然怪事这样包围着我,然而却不是疯狂。那么安东尼奥到哪儿去了呢?我在大象旅店里找不到他;可是他曾经到过那边,据说他到城中各处寻找我去了。现在我很需要他的指教;因为虽然我心里很觉得这也许是出于错误,而并非是一种疯狂的举动,可是这种意外和飞来的好运太有些未之前闻,无可理解了,我简直不敢相信我的眼睛;无论我的理智怎样向我解释,我总觉得不是我疯了便是这位小姐疯了。可是,真是这样的话,她一定不会那样井井有条,神气那么端庄地操持她的家务,指挥她的仆人,料理一切的事情,如同我所看见的那样。其中一定有些蹊跷。她来了。

　　奥丽维娅及一牧师上。

奥丽维娅　不要怪我太性急。要是你没有坏心肠的话,现在就跟我和这位神父到我家的礼拜堂里去吧;当着他的面前,在那座圣堂的屋顶下,你要向我充分证明你的忠诚,好让我小气的、多疑的心安定下来。他可以保守秘密,直到你愿意宣布出来按照着我的身份的婚礼将在什么时候举行。你说怎样?

西巴斯辛　我愿意跟你们两位前往;

　　　　　　立过的盟誓永没有欺罔。
奥丽维娅　走吧,神父;但愿天公作美,
　　　　　　一片阳光照着我们酣醉!(同下。)

第 五 幕

第一场　奥丽维娅宅前街道

小丑及费边上。

费　边　看在咱们交情的分上,让我瞧一瞧他的信吧。

小　丑　好费边先生,允许我一个请求。

费　边　尽管说吧。

小　丑　别向我要这封信看。

费　边　这就是说,把一条狗给了人,要求的代价是,再把那条狗要还。

公爵、薇奥拉、丘里奥及侍从等上。

公　爵　朋友们,你们是奥丽维娅小姐府中的人吗?

小　丑　是的,殿下;我们是附属于她的一两件零星小物。

公　爵　我认识你;你好吗,我的好朋友?

小　丑　不瞒您说,殿下,我的仇敌使我好些,我的朋友使我坏些。

公　爵　恰恰相反,你的朋友使你好些。

小　丑　不,殿下,坏些。

公　爵　为什么呢?

小　丑　呃,殿下,他们称赞我,把我当作驴子一样愚弄;可是我的仇敌却坦白地告诉我说我是一头驴子；因此，殿下，多亏我的仇敌我才能明白我自己，我的朋友却把我欺骗了；因此，结论就像接吻一样，说四声"不"就等于说两声"请"，这样一来，当然是朋友使我坏些，仇敌使我好些了。

公　爵　啊，这说得好极了！

小　丑　凭良心说，殿下，这一点不好；虽然您愿意做我的朋友。

公　爵　我不会使你坏些；这儿是钱。

小　丑　倘不是恐怕犯了骗人钱财的罪名，殿下，我倒希望您把它再加一倍。

公　爵　啊，你给我出的好主意。

小　丑　把您的慷慨的手伸进您的袋里去，殿下；只这一次，不要犹疑吧。

公　爵　好吧，我姑且来一次罪上加罪，拿去。

小　丑　掷骰子有幺二三；古话说，"一不做，二不休，三回才算数"；跳舞要用三拍子；您只要听圣班纳特教堂的钟声好了，殿下——一，二，三。

公　爵　你这回可骗不动我的钱了。要是你愿意去对你小姐说我在这儿要见她说话，同着她到这儿来，那么也许会再唤醒我的慷慨来的。

小　丑　好吧，殿下，给您的慷慨唱个安眠歌，等着我回来吧。我去了，殿下；可是我希望您明白我的要钱并不是贪财。好吧，殿下，就照您的话，让您的慷慨打个盹儿，我等一会儿再来叫醒他吧。（下。）

薇奥拉　殿下，这儿来的人就是打救了我的。

　　　　　安东尼奥及警吏上。

公　爵　他那张脸我记得很清楚；可是上次我见他的时候，他脸上涂得黑黑的,就像烽烟里的乌尔冈一样。他是一只吃水量和体积都很小的舰上的舰长,可是却使我们舰队中最好的船只大遭损失,就是心怀嫉恨的、给他打败的人也不得不佩服他。为了什么事?

警　吏　启禀殿下,这就是在坎迪地方把"凤凰号"和它的货物劫了去的安东尼奥;也就是在"猛虎号"上把您的侄公子泰特斯削去了腿的那人。我们在这儿的街道上看见他穷极无赖,在跟人家打架,因此抓了来了。

薇奥拉　殿下,他曾经拔刀相助,帮过我忙,可是后来却对我说了一番奇怪的话,似乎发了疯似的。

公　爵　好一个海盗!在水上行窃的贼徒!你怎么敢凭着你的愚勇,投身到被你用血肉和巨量的代价结下冤仇的人们的手里呢?

安东尼奥　尊贵的奥西诺,请许我洗刷去您给我的称呼;安东尼奥从来不曾做过海盗或贼徒,虽然我有充分的理由和原因承认我是奥西诺的敌人。一种魔法把我吸引到这儿来。在您身边的那个最没有良心的孩子,是我从汹涌的怒海的吞噬中救了出来的,否则他已经毫无希望了。我给了他生命,又把我的友情无条件地完全给了他;为了他的缘故,纯粹出于爱心,我冒着危险出现在这个敌对的城里,见他给人包围了,就拔剑相助;可是我遭了逮捕,他的狡恶的心肠因恐我连累他受罪,便假装不认识我,一霎眼就像已经睽违了二十年似的,甚至于我在半点钟前给他任意使用的我自己的钱袋,也不肯还给我。

薇奥拉　怎么会有这种事呢?

公　爵　他在什么时候到这城里来的?

安东尼奥　今天,殿下;三个月来,我们朝朝夜夜都在一起,不曾有一分钟分离过。

　　　　奥丽维娅及侍从等上。

公　爵　这里来的是伯爵小姐,天神降临人世了!——可是你这家伙,完全在说疯话;这孩子已经侍候我三个月了。那种话等会儿再说吧。把他带到一旁去。

奥丽维娅　殿下有什么下示?除了断难遵命的一件事之外,凡是奥丽维娅力量所能及的,一定愿意效劳。——西萨里奥,你失了我的约啦。

薇奥拉　小姐!

公　爵　温柔的奥丽维娅!——

奥丽维娅　你怎么说,西萨里奥?——殿下——

薇奥拉　我的主人要跟您说话;地位关系我不能开口。

奥丽维娅　殿下,要是您说的仍旧是那么一套,我可已经听厌了,就像奏过音乐以后的叫号一样令人不耐。

公　爵　仍旧是那么残酷吗?

奥丽维娅　仍旧是那么坚定,殿下。

公　爵　什么,坚定得不肯改变一下你的乖僻吗?你这无礼的女郎!向着你的无情的不仁的祭坛,我的灵魂已经用无比的虔诚吐露出最忠心的献礼。我还有什么办法呢?

奥丽维娅　办法就请殿下自己斟酌吧。

公　爵　假如我狠得起那么一条心,为什么我不可以像临死时的埃及大盗①一样,把我所爱的人杀死了呢?蛮性的嫉妒

---

① 事见赫利俄多洛斯(Heliodorus)所著希腊浪漫故事《埃塞俄比亚人》(Ethiopica)。

有时也带着几分高贵的气质。但是你听着我吧:既然你漠视我的诚意,我也有些知道谁在你的心中夺去了我的位置,你就继续做你的铁石心肠的暴君吧;可是你所爱着的这个宝贝,我当天发誓我曾经那样宠爱着他,我要把他从你的那双冷酷的眼睛里除去,免得他傲视他的主人。来,孩子,跟我来。我的恶念已经成熟:

    我要牺牲我钟爱的羔羊,

    白鸽的外貌乌鸦的心肠。(走。)

薇奥拉 我甘心愿受一千次死罪,

    只要您的心里得到安慰。(随行。)

奥丽维娅 西萨里奥到哪儿去?

薇奥拉 追随我所爱的人,

    我爱他甚于生命和眼睛,

    远过于对于妻子的爱情。

    愿上天鉴察我一片诚挚,

    倘有虚谎我决不辞一死!

奥丽维娅 嗳哟,他厌弃了我!我受了欺骗了!

薇奥拉 谁把你欺骗?谁给你受气?

奥丽维娅 才不久你难道已经忘记?——请神父来。(一侍从下。)

公 爵 (向薇奥拉)去吧!

奥丽维娅 到哪里去,殿下?西萨里奥,我的夫,别去!

公 爵 你的夫?

奥丽维娅 是的,我的夫;他能抵赖吗?

公 爵 她的夫,嘿?

薇奥拉 不,殿下,我不是。

奥丽维娅　唉！是你的卑怯的恐惧使你否认了自己的身份。不要害怕,西萨里奥;别放弃了你的地位。你知道你是什么人,要是承认了出来,你就跟你所害怕的人并肩相埒了。

　　　　牧师上。

奥丽维娅　啊,欢迎,神父！神父,我请你凭着你的可尊敬的身份,到这里来宣布你所知道的关于这位少年和我之间不久以前的事情;虽然我们本来预备保守秘密,但现在不得不在时机未到之前公布了。

牧　师　一个永久相爱的盟约,已经由你们两人握手缔结,用神圣的吻证明,用戒指的交换确定了。这婚约的一切仪式,都由我主持作证;照我的表上所指示,距离现在我不过向我的坟墓走了两小时的行程。

公　爵　唉,你这骗人的小畜生！等你年纪一大了起来,你会是个怎样的人呢?
　　　　也许你过分早熟的奸诡,
　　　　反会害你自己身败名毁。
　　　　别了,你尽管和她论嫁娶;
　　　　可留心以后别和我相遇。

薇奥拉　殿下,我要声明——
奥丽维娅　　　　　不要发誓;
　　　　放大胆些,别亵渎了神祇!

　　　　安德鲁·艾古契克爵士头破血流上。

安德鲁　看在上帝的分上,叫个外科医生来吧！立刻去请一个来瞧瞧托比爵士。

奥丽维娅　什么事?

安德鲁　他把我的头给打破了,托比爵士也给他弄得满头是血。

看在上帝的分上,救救命吧!谁要是给我四十镑钱,我也宁愿回到家里去。

奥丽维娅　谁干了这种事,安德鲁爵士?

安德鲁　公爵的跟班名叫西萨里奥的。我们把他当作一个屌头,哪晓得他简直是个魔鬼。

公　爵　我的跟班西萨里奥?

安德鲁　他妈的!他就在这儿。你无缘无故敲破我的头!我不过是给托比爵士怂恿了才动手的。

薇奥拉　你为什么对我说这种话呢?我没有伤害你呀。你自己无缘无故向我拔剑;可是我对你很客气,并没有伤害你。

安德鲁　假如一颗血淋淋的头可以算得是伤害的话,你已经把我伤害了;我想你以为满头是血,是算不了一回事的。托比爵士一跷一拐地来了——

　　　　托比·培尔契爵士由小丑搀扶醉步上。

安德鲁　你等着瞧吧:如果他刚才不是喝醉了,你一定会尝到他的厉害手段。

公　爵　怎么,老兄!你怎么啦?

托　比　有什么关系?他把我打坏了,还有什么别的说的?傻瓜,你有没有看见狄克医生,傻瓜?

小　丑　喔!他在一个钟头之前喝醉了,托比老爷;他的眼睛在早上八点钟就昏花了。

托　比　那么他便是个踱着八字步的混蛋。我顶讨厌酒鬼。

奥丽维娅　把他带走!谁把他们弄成这样子的?

安德鲁　我来扶着您吧,托比爵士;咱们一块儿裹伤口去。

托　比　你来扶着我?蠢驴,傻瓜,混蛋,瘦脸的混蛋,笨鹅!

奥丽维娅　招呼他上床去,好好看顾一下他的伤口。(小丑、费边、托比、安德鲁同下。)

　　　　西巴斯辛上。

西巴斯辛　小姐,我很抱歉伤了令亲;可是即使他是我的同胞兄弟,为了自卫起见我也只好出此手段。您用那样冷淡的眼光瞧着我,我知道我一定冒犯了您了;原谅我吧,好人,看在不久以前我们彼此立下的盟誓分上。

公　　爵　一样的面孔,一样的声音,一样的装束,化成了两个身体;一副天然的幻镜,真实和虚妄的对照!

西巴斯辛　安东尼奥!啊,我的亲爱的安东尼奥!自从我不见了你之后,我的时间过得多么痛苦啊!

安东尼奥　你是西巴斯辛吗?

西巴斯辛　难道你不相信是我吗,安东尼奥?

安东尼奥　你怎么会分身呢?把一只苹果切成两半,也不会比这两人更为相像。哪一个是西巴斯辛?

奥丽维娅　真奇怪呀!

西巴斯辛　那边站着的是我吗?我从来不曾有过一个兄弟;我又不是一尊无所不在的神明。我只有一个妹妹,但已经被盲目的波涛卷去了。对不住,请问你我之间有什么关系?你是哪一国人?叫什么名字?谁是你的父母?

薇奥拉　我是梅萨林人。西巴斯辛是我的父亲;我的哥哥也是一个像你一样的西巴斯辛,他葬身于海洋中的时候也穿着像你一样的衣服。要是灵魂能够照着在生时的形状和服饰出现,那么你是来吓我们的。

西巴斯辛　我的确是一个灵魂;可是还没有脱离我的生而具有的物质的皮囊。你的一切都能符合,只要你是个女人,我一定会让我的眼泪滴在你的脸上,而说,"大大地欢迎,溺死了的薇奥拉！"

薇奥拉　我的父亲额角上有一颗黑痣。

西巴斯辛　我的父亲也有。

薇奥拉　他死的时候薇奥拉才十三岁。

西巴斯辛　唉！那记忆还鲜明地留在我的灵魂里。他的确在我妹妹刚满十三岁的时候完毕了他人世的任务。

薇奥拉　假如只是我这一身僭妄的男装阻碍了我们彼此的欢欣，那么等一切关于地点、时间、遭遇的枝节完全衔接，证明我确是薇奥拉之后，再拥抱我吧。我可以叫一个在这城中的船长来为我证明，我的女衣便是寄放在他那里的；多亏他的帮忙，我才侥幸保全了生命，能够来侍候这位尊贵的公爵。此后我便一直奔走于这位小姐和这位贵人之间。

西巴斯辛　（向奥丽维娅）小姐；原来您是弄错了；但那也是心理上的自然的倾向。您本来要跟一个女孩子订婚；可是拿我的生命起誓，您的希望并没有落空。您现在同时是一个女人和一个男人的未婚妻了。

公　　爵　不要惊骇；他的血统也很高贵。要是这回事情果然是真，看来似乎不是一面骗人的镜子，那么在这番最幸运的覆舟里我也要沾点儿光。（向薇奥拉）孩子，你曾经向我说过一千次决不会像爱我一样爱着一个女人。

薇奥拉　那一切的话我愿意再发誓证明；那一切的誓我都要坚守在心中，就像分隔昼夜的天球中蕴藏着的烈火一样。

公　　爵　把你的手给我；让我瞧你穿了女人的衣服是怎么样子。

薇奥拉　把我带上岸来的船长那里存放着我的女服；可是他现在跟这儿小姐府上的管家马伏里奥有点讼事，被拘留起来了。

奥丽维娅　一定要他把他放出来。去叫马伏里奥来。——唉。我现在记起来了,他们说,可怜的人,他的神经病很厉害呢。因为我自己在大发其疯,所以把他的疯病完全忘记了。

　　　　小丑持信及费边上。

奥丽维娅　他怎样啦,小子?

小　　丑　启禀小姐,他总算很尽力抵挡着魔鬼。他写了一封信给您。我本该今天早上就给您的;可是疯人的信不比福音,送没送到都没甚关系。

奥丽维娅　拆开来读给我听。

小　　丑　傻子要念疯子的话了,请你们洗耳恭听。(读)"凭着上帝的名义,小姐——"

奥丽维娅　怎么!你疯了吗?

小　　丑　不,小姐,我在读疯话呢。您小姐既然要我读这种东西,那么您就得准许我疯声疯气地读。

奥丽维娅　请你读得清楚一些。

小　　丑　我正是在这样做,小姐;可是他的话怎么清楚,我就只能怎么读。所以,我的好公主,请您还是全神贯注,留意倾听吧。

奥丽维娅　(向费边)喂,还是你读吧。

费　　边　(读)"凭着上帝的名义,小姐,您屈待了我;全世界都要知道这回事。虽然您已经把我幽闭在黑暗里,叫您的醉酒的令叔看管我,可是我的头脑跟您小姐一样清楚呢。您自己骗我打扮成那个样子,您的信还在我手里;我很可以用它来证明我自己的无辜,可是您的脸上却不好看哩。随您把我怎么看待吧。因为冤枉难明,不得不暂时僭越了奴仆的身份,请您原谅。被虐待的马伏里奥上。"

奥丽维娅　这封信是他写的吗？

小　　丑　是的，小姐。

公　　爵　这倒不像是个疯子的话哩。

奥丽维娅　去把他放出来，费边；带他到这儿来。（费边下）殿下，等您把这一切再好好考虑一下之后，如果您不嫌弃，肯认我作一个亲戚，而不是妻子，那么同一天将庆祝我们两家的婚礼，地点就在我家，费用也由我来承担。

公　　爵　小姐，多蒙厚意，敢不领情。（向薇奥拉）你的主人解除了你的职务了。你事主么勤劳，全然不顾那种职务多么不适于你的娇弱的身份和优雅的教养；你既然一直把我称作主人，从此以后，你便是你主人的主妇了。握着我的手吧。

奥丽维娅　你是我的妹妹了！

　　　　　费边偕马伏里奥重上。

公　　爵　这便是那个疯子吗？

奥丽维娅　是的，殿下，就是他。——怎样，马伏里奥！

马伏里奥　小姐，您屈待了我，大大地屈待了我！

奥丽维娅　我屈待了你吗，马伏里奥？没有的事。

马伏里奥　小姐，您屈待了我。请您瞧这封信。您能抵赖说那不是您写的吗？您能写几笔跟这不同的字，几句跟这不同的句子吗？您能说这不是您的图章，不是您的大作吗？您可不能否认。好，那么承认了吧；凭着您的贞洁告诉我：为什么您向我表示这种露骨的恩意，吩咐我见您的时候脸带笑容，扎着十字交叉的袜带，穿着黄袜子，对托比大人和底下人要皱眉头？我满心怀着希望，一切服从您，您怎么要把我关起来，禁锢在暗室里，叫牧师来看我，给人当作闻所未

89

闻的大傻瓜愚弄？告诉我为什么？

奥丽维娅　唉！马伏里奥，这不是我写的，虽然我承认很像我的笔迹；但这一定是玛利娅写的。现在我记起来了，第一个告诉我你发疯了的就是她；那时你便一路带笑而来，打扮和动作的样子就跟信里所说的一样。你别恼吧；这场诡计未免太恶作剧，等我们调查明白原因和主谋的人之后，你可以自己兼作原告和审判官来判断这件案子。

费　边　好小姐，听我说，不要让争闹和口角来打断了当前这个使我惊喜交加的好时光。我希望您不会见怪，我坦白地承认是我跟托比老爷因为看不上眼这个马伏里奥的顽固无礼，才想出这个计策来。因为托比老爷央求不过，玛利娅才写了这封信；为了酬劳她，他已经跟她结了婚了。假如把两方所受到的难堪衡情酌理地判断起来，那么这种恶作剧的戏谑可供一笑，也不必计较了吧。

奥丽维娅　唉，可怜的傻子，他们太把你欺侮了！

小　丑　嘿，"有的人是生来的富贵，有的人是挣来的富贵，有的人是送上来的富贵。"这本戏文里我也是一个角色呢，大爷；托巴斯师傅就是我，大爷；但这没有什么相干。"凭着上帝起誓，傻子，我没有疯。"可是您记得吗？"小姐，您为什么要对这么一个没头脑的混蛋发笑？您要是不笑，他就开不了口啦。"六十年风水轮流转，您也遭了报应了。

马伏里奥　我一定要出这一口气，你们这批东西一个都不放过。（下。）

奥丽维娅　他给人欺侮得太不成话了。

公　爵　追他回来，跟他讲个和；他还不曾把那船长的事告诉我们哩。等我们知道了以后，假如时辰吉利，我们便可以举行郑重的结合的典礼。贤妹,我们现在还不会离开这儿。西萨里奥,来吧;当你还是一个男人的时候,你便是西萨里奥——

等你换过了别样的衣裙,

你才是奥西诺心上情人。(除小丑外均下。)

歌

小　丑

当初我是个小儿郎,

　嗨,呵,一阵雨儿一阵风;

做了傻事毫不思量,

　朝朝雨雨呀又风风。

年纪长大啦不学好,

　嗨,呵,一阵雨儿一阵风;

闭门羹到处吃个饱,

　朝朝雨雨呀又风风。

娶了老婆,唉! 要照顾,

　嗨,呵,一阵雨儿一阵风;

法螺医不了肚子饿,

　朝朝雨雨呀又风风。

一壶老酒往头里灌,

　嗨,呵,一阵雨儿一阵风;

掀开了被窝三不管,

　朝朝雨雨呀又风风。

开天辟地有几多年,
　　嗨,呵,一阵雨儿一阵风;
咱们的戏文早完篇,
　　愿诸君欢喜笑融融!(下。)

ions
亨利六世上篇

章　　益译

KING HENRY VI
PART I.

Act II. Sc. 3.

剧 中 人 物

亨利六世

葛罗斯特公爵　护国公,亨利王之叔父

培福公爵　总管法国事务大臣,亨利王之叔父

托马斯·波福　爱克塞特公爵,亨利王之叔祖

亨利·波福　温彻斯特主教,后晋升为红衣主教,亨利
　　　　　　王之叔祖

约翰·波福　萨穆塞特伯爵,后晋升为公爵

理查·普兰塔琪纳特　已故剑桥伯爵理查之子,后受
　　　　　　　　　　封为约克公爵

华列克伯爵

萨立斯伯雷伯爵

萨福克伯爵

塔尔博勋爵　后受封为索鲁斯伯雷伯爵

约翰·塔尔博　塔尔博勋爵之子

爱德蒙·摩提默　马契伯爵

约翰·福斯托夫爵士

威廉·路西爵士

威廉·葛兰斯台尔爵士

托马斯·嘉格莱夫爵士

伍德维尔　伦敦塔卫队长

伦敦市长

看守摩提默的狱卒们

律师

凡农　约克党

巴塞特　兰开斯特党

查理　法国皇太子,后继承王位

瑞尼埃　安佐公爵,兼那不勒斯国王称号

勃艮第公爵

阿朗松公爵

奥尔良庶子

巴黎市长

奥尔良炮兵队长及其子

波尔多地区法国统兵官

法军军曹

看门人

牧羊老人　贞德之父

玛格莱特　瑞尼埃之女,后与亨利六世结婚

奥凡涅伯爵夫人

贞德

群臣、伦敦塔守兵、司礼官、传令官、吏员、兵士、使者、
　　侍从等对贞德显灵的幽灵

地　　点

英国;法国

第 一 幕

第一场　威司敏斯特寺院

　　内奏丧礼哀乐。英王亨利五世葬仪队上场,送葬者培福、葛罗斯特、爱克塞特、华列克、温彻斯特、司礼官等同上。

培　福　让天空张起黑幕,叫白天让位给黑夜!预兆时世盛衰、国家兴亡的彗星,望你们在空中挥动你们的万丈光芒的尾巴!用你们的尾巴鞭挞那些恶毒的叛逆的星辰,以惩治它们坐视先王崩殂的罪戾!我们的先王亨利五世,因威名过盛,以致不克永年!在英格兰逝去的君王当中,有谁比得上他的高贵?

葛罗斯特　英格兰有史以来,他是唯一的真命之主。他的德行足以服众;他挥动起来的宝剑的光辉,使人不敢对他逼视;他张开的两臂比龙翼更为广阔;他那双神威奕奕的眸子比正午时分的骄阳更使他的敌人目眩神昏,退避不遑。我该说些什么呢?他的功业绝非言语所能罄述;他征服四方真是易如反掌。

爱克塞特　我们穿着丧服志哀,我们为什么不用鲜血来表示哀悼?先王晏驾,再也不能返回人世了。我们跟随在灵柩后边,好像拴在敌人的得胜战车后面的俘虏一般,这简直是用我们的庄严行列来为死神的可耻的胜利增光。嘿,难道我们只对那些断送我们荣光的灾星诅咒一番就算完事了吗?倒是让我们认真想一想,那些狡诈的法兰西巫师们,因为畏惧先王,竟然使用妖术和符咒来夺去他的寿算,他们的这个罪该怎样惩处才好!

温彻斯特　我们的先王是受到万王之王①的福佑的。法兰西人见了他,吓得战战兢兢,甚至比末日审判的时候更加害怕。先王是替天行讨,我们教会的颂祷使他的国运昌隆。

葛罗斯特　说什么教会!教会在哪儿?若不是你们那班僧侣们胡乱祈祷,他还不会如此短寿哩。你们最喜欢的是孱弱的幼主,像小学生一样,能受你们的摆布。

温彻斯特　葛罗斯特,不管我们喜欢的是什么,反正你是护国公,太子也好,国家也好,都在你的掌握之中。你的老婆是个骄横的女人,她把你治得服服帖帖,比上帝或是教士都更有灵验。

葛罗斯特　别提教会啦,你爱的是肉体的享乐,你除了要去诅咒你的仇人以外,终年也不见你走进礼拜堂的大门。

培　福　得啦,停止你们的争吵,大家和和气气的吧。让我们到祭坛那边去;司礼官们,随侍我们。我们不用金银作祭礼,我们要献上我们的武器,因为先王已死,武器已经无用。后代的人们,等着过苦日子吧。婴儿们将从母亲湿淋淋的眼眶里吮吸泪水,我们的岛国将变成咸泪遍地的沼泽,男人们将死尽杀绝,只剩下妇女们为死者哀号。亨利五世我的先

---

① 指上帝。

王啊,我恳求您在天之灵保佑这片国土太平兴旺,不要让内战发生,把天上的灾星全都击退!您的英灵是一颗灿烂的明星,您的光辉远胜过裘力斯·恺撒和任何亮晶晶的……

一使者上。

使　　者　列位大人,敬祝你们政躬安泰!我从法兰西给你们带来了损失、屠杀、挫败的悲惨消息:居恩、香槟、里姆、奥尔良、巴黎、纪莎、波亚叠全都沦陷了。

培　　福　汉子,你在老王的灵前说的是什么话?轻声一点,要不然,这些名城沦陷的消息会使老王爷砸碎铅制的棺盖,从棺材里爬出来。

葛罗斯特　巴黎丢了吗?卢昂投降了吗?假使老王果真复活,他听到这样的噩耗,还是要撒手归天的。

爱克塞特　这些城池是怎样丢掉的?他们使用了什么诡计?

使　　者　没有什么诡计;只是因为缺少兵丁和钱粮。兵士们都在纷纷议论,说你们这里派系纷争,在这样的决战关头还举棋不定,争吵不休:一位大巨要节省开支,宁愿把战事拖长;另一位恨不得插翅飞翔,可是又缺乏羽翼;第三位的主张是,一文不费,只靠甜言蜜语来赢得和平。醒来吧,醒来吧,英格兰的贵胄们!不要再徘徊迁缓,让新近博得的荣光黯然失色。绣在你们铠甲上的百合花纹章[①]已被剪去尖儿了,英格兰的国徽已被割去半幅了。

爱克塞特　假如我们在丧礼中没有流泪,听到这些噩耗,也禁不住要泪如泉涌的。

---

① 百合花纹章代表法兰西,英国占有法兰西土地,所以在英国国徽上也绣有百合花。

培　福　我既身为总管法国事务的大臣,这是我义不容辞的任务。我要抛开这些不体面的丧服,穿上我的戎装,我要为保卫我们在法兰西的领土而作战。我要让法兰西人的身上多开几个像眼睛一样的伤口,好让他们血泪交流,来哀悼他们层出不穷的灾祸。

　　　　又一使者上。

使者乙　大人们,请读一读这些充满灾殃的信简吧。法兰西除开几个无关紧要的小城镇以外,已经全面地对英国背叛了。查理太子在里姆斯已经登上法国王位;奥尔良的庶子已经依附在他的身边;安佐公爵瑞尼埃表示对他赞助;阿朗松公爵也投奔了他。

爱克塞特　那太子竟然登上王位!大伙儿都投奔了他!嗳哟,面对着这样的耻辱,叫我们向哪里投奔呢?

葛罗斯特　我们哪儿也不投奔,除非奔向敌人的咽喉。培福,要是你迟疑不决,就由我亲自出征。

培　福　葛罗斯特,你对我勇往直前的性格难道还有什么怀疑吗?我心里已在盘算如何集合大军去踏遍法兰西全境了。

　　　　使者丙上。

使者丙　仁慈的大人们,当你们正为老王的遗体洒泪的时候,我不免要增添列位的烦恼。我不得不把骁勇的塔尔博爵爷败于法兰西人的消息向您报告。

温彻斯特　怎么!塔尔博在战事中屈服了吗?是这样的吗?

使者丙　唔,他没有屈服;塔尔博爵爷是在战争中被打垮了。当时的情况请容我详细说明。在八月十号那天,这位威风凛凛的爵爷,从围攻奥尔良的阵地上撤下来,那时他手下的部队不足六千人,而包围他的敌军却有二万三千之众。他来不及将队伍列成阵势;他弄不到掩护弓箭手的木栅,只能从篱笆上拆下一些尖端的木杙草草地插在地面上,用以代替栅栏,作为防御骑兵进攻的障碍物。战斗进行了三个钟头;英勇的塔尔博以超人的气概挥动他的长矛和宝剑建立了奇功:上百的敌人在他的矛、剑下丧命,他左冲右突,所向披靡。法国人把他当作煞神下降,全部敌军望见他都吓得魄散魂飞。我方士兵受到他的鼓舞,齐声欢呼"塔尔博!塔尔博!"一下子都冲到垓心。这一天本可稳稳地打一个漂亮的胜仗,要不是福斯托夫爵士干出懦夫的勾当。按照作战的部署,福斯托夫爵士的队伍留在后面担当接应的任务,却不料他一仗未打,就怯懦地临阵脱逃。这一来就引起全军崩溃,陷入敌人的重围,遭到一场屠杀。一个名叫瓦鲁恩的无耻之徒,为了博取法国太子的欢心,从塔尔博的背后擗了他一枪;这位盖世英雄,连整个法兰西集中了精锐的兵力也不敢对他正视的,却不料就这样遭了暗算。

培　福　塔尔博阵亡了吗?要是这样一位高贵的统帅因为力尽援绝,遭到怯懦的敌人的暗算,而我还安享尊荣,那我也宁愿自刎而死。

使者丙　啊,他没有阵亡,他还活着,不过他已被俘,一同被俘的还有斯凯尔斯勋爵和亨格福德勋爵。其余的人有的被杀,有的也被俘。

培　福　他的赎金是不会有别人担承的,只好由我来支付,我要把法国太子从他的宝座上一把拖下来,用他的王冠作为我朋友的赎金。我要用四个从法军捉来的将军换回我们的一名大将。列位大人,再见;我立刻去料理出征的事。我要在法国燃起庆功的焰火,在那里欢度我们伟大的圣乔治节日。

我要率领一万大军出征,在那里用鲜血干下的事迹将使全欧洲为之震动。

使者丙　只怕是不得不如此了;奥尔良还在围攻之中,英国军队日益疲惫了。萨立斯伯雷伯爵渴盼援军,他由于兵力单薄,在以寡敌众的形势之下,要防止军心涣散已感到十分吃力。

爱克塞特　列位大人,请记住你们对亨利老王的誓言,你们曾经表示,若不将法国太子彻底摧毁,也要强迫他俯首归降。

培　福　我记住的。我现在就向列位告别,立即收拾启程。(下。)

葛罗斯特　我要尽快到伦敦塔去检阅枪炮和弹药,然后我还要宣布幼主亨利登基。(下。)

爱克塞特　我要赶往埃尔萨姆宫,那是新王驻跸的所在。我被任为他的侍从大臣,就应当竭力保卫他的安全。(下。)

温彻斯特　他们每人都有职位,都有公事要办,只剩下我独自一人无事可做。可我也不是一个久甘寂寞的人。我打算把新王从埃尔萨姆宫哄出来,好让我坐上掌握国运的最高舵楼。(同下。)

第二场　法国。奥尔良城前

喇叭奏花腔。法国太子查理、阿朗松、瑞尼埃率鼓乐及兵士同上。

查　理　战神这座星宿在人世间的行程,就像他在天上的行程一样,到底是采取怎样的路线,至今还没法猜透;不久以前他还照耀在英国人的头顶上,而现在我们却成为胜利者,他在对着我们微笑了。现在哪一座重要的城市不是掌握在我们的手中？我们驻扎在奥尔良附近,好不逍遥自在！英国的饿鬼们,像苍白的幽灵一样,只能在偶尔之间向我们进行一次虚弱无力的围攻。

阿朗松　英国佬都是些贪嘴的家伙,爱的是菜汤和肥牛肉。你得像喂骡子一样饲养他们,把草料拴在他们的嘴上,不然的话,他们就同淹死的老鼠一般,垂头丧气。

瑞尼埃　让我们立刻去解奥尔良之围,干吗还要呆在这里？我们素来所怕的那个塔尔博已被我们捉住了,剩下来的只有那个笨蛋萨立斯伯雷。他在那里只能干着急,手里既无兵、又无钱,没法把仗打下去。

查　理　吩咐他们擂起鼓来！我们要向他们进攻。为了我们颠沛流离的法兰西人民的荣誉,猛攻呀！谁要是看见我退却一步,就拔出刀来杀掉我,我决不加罪于他。（同下。）

　　　　　　内擂鼓；两军交锋,法军败退。查理、阿朗松及瑞尼埃等同重上。

查　理　谁见过这样的事情？在我手下的都是一班什么人！都是些狗崽子！懦夫！胆小鬼！我本来不想逃,可他们竟把我丢在敌人当中不管了。

瑞尼埃　萨立斯伯雷简直是个亡命之徒,他打起仗来简直像活够了似的。其余的将军们也像饿狮一般,把我们当作他们的口中之食。

阿朗松　我国一位历史家傅瓦萨写过这样的记载,他说,英王爱德华三世在位时代,猛将如云,战士如雨,现在看起来,这话倒是真实的。他们派出来的将士,都和巨无霸一样,真是一以当十。这些骨瘦如柴的恶棍呀！谁料得到他们竟是如此的勇敢善战？

查　理　我们还是快点离开这里吧,那些轻举妄动的奴才,为饥饿所迫,是会更加拼命的。我早就知道他们的性格,他们宁可用牙齿啃下城墙,也决不肯把围城的兵丁撤退。
瑞尼埃　我猜想他们的胳膊一定像自鸣钟上的小槌一样,是用什么机械装上的,能自动地敲打,不然的话,他们怎能一直坚持下去?依我的愚见,还是不要惹他们的好。
阿朗松　我也同意。

　　　　奥尔良庶子上。

庶　子　太子殿下在哪里?我有要事向他禀报。
查　理　奥尔良贤卿,我万分欢迎你来到这里。
庶　子　我看到殿下似乎有些闷闷不乐,您的一团高兴已经消逝了,是不是因为新近吃了败仗的缘故?且请殿下宽心,我们有了救星了。我带来了一位圣女,她受到上苍的启示,奉命前来替这危城解围,还要把英国兵逐出我们的国境。她具有很深的道行,比古罗马的九天仙女的道行还要高。无论往古来今,她都洞如观火。请殿下降旨,可否由我引她来晋见?请您相信我的报告,并无半句虚言。
查　理　好,带她来见我。(庶子下)让我们先来考验她一下,瑞尼埃,你暂且扮作本太子的模样,拿起架子来和她对话,你要摆出十分的气派,这样才能试得出她到底有没有道行。
(退至台后。)

　　　　奥尔良庶子引贞德同上。

瑞尼埃　好姑娘,是由你来承担这非常的任务吗?
贞　德　瑞尼埃,是你打算来哄骗我吗?太子在哪里?嗨,请从后边走出来吧。我虽没有见过您,可我对您是熟悉的。不要感到惊奇,天下事全都瞒不过我。请您屏去左右,我要单独和您谈话。列位大人,暂请退下,让我和太子交谈。

瑞尼埃　她这一开头气派就不小哇。

贞　德　太子殿下,我的出身是个牧人的女儿,我没有受过什么教育。可是上帝和仁慈的圣母对我垂青,用他们的荣光照耀在我的卑微的身世之上。有一天,我正在照料着我的温柔的羊群,我的双颊曝晒在烈日之下,圣母忽然向我显灵,显出庄严法象,命令我离开我的低微职业,去挽救我们国家的灾难。她允诺给我支援,保证我一定胜利。她的法象充满荣光。我本来生得黝黑,她却用圣洁的光辉注射在我的身上,把我变成一个美好的女子,正如您现在看到的模样。请您向我提出任何的问题,我可以不假思索,对答如流。假如您有胆量和我比武,您可以试试我的勇力,您会发现我绝非寻常女流可比。只要您下定决心,和我结为战友,包管你无往不利。

查　理　你这样大的口气,已经使我吃惊。我只须再试一试你的勇力,我要和你单人比武,如果你得胜,我就相信你所说的全是真话,否则你就得不到我的信任。

贞　德　我已经准备好了。这是我的锋利的宝剑,两边都镂有五朵百合花的花纹。我这口剑是我在土瑞恩省圣凯瑟琳礼拜堂的后院里从一堆废铁里拣出来的。

查　理　来吧,凭上帝的名义;女人是吓不倒我的。

贞　德　我只要还有一口气,就决不在男人面前退缩。

　　　　　两人交手,贞德胜。

查　理　停下来,快住手!你是一个女英雄,使起剑来赛过底波拉[①]。

[①] 底波拉(Deborah),《圣经》里的女先知,曾帮助以色列人战败迦南王的大将西西拉。事见《旧约》:《士师记》第四章。

贞　德　我是得到圣母的助力,要不然,我哪有这般力气。

查　理　不管助你的是谁,反正你是非给我助力不可了。我心头燃烧着爱慕你的烈火,你不单降伏了我的手,你也降伏了我的心。超群绝伦的贞德呵,假如你的名字是这两个字,不要把我当作你的君主,把我当作你的臣仆吧。法国太子在这里向你求爱了。

贞　德　我乃是奉天意前来救世,在此刻谈不到儿女私情;等我把国境内狼烟扫净,那时节再和你叙叙衷情。

查　理　只求你对我这匍匐在你面前的奴仆表示一点怜恤之意吧。

瑞尼埃　我看我们的主公谈话的时间够长啦。

阿朗松　他听取这女人的报告一直听到她贴肉的衣服里去了,否则怎么会把谈话的时间拉得这么长。

瑞尼埃　他既然这样漫无节制,要不要叫他一声?

阿朗松　他总有他的道理,我们这些可怜人是猜不透的。这种女人口齿利落,怪会迷人的。

瑞尼埃　殿下,您在哪儿啦?您在打什么主意呀?我们是不是放弃奥尔良,嗯?

贞　德　哪儿的话,你们这些多疑的胆小鬼!当然不放弃,我说。战斗到最后一口气,我担当你们的守护人。

查　理　她说的话我全批准,我们要作战到底。

贞　德　我是奉了天命来讨伐英国人的,今晚就一定把奥尔良解围。等我一加入战争,太平日子就快到来了。光荣如同水面上的水花一样,从一个小圆圈变成大圆圈,不停地扩大,直到无可再大,归于消灭。英王亨利一死,英国的光荣圈也完蛋了,圈儿里的荣光也就消逝无余了。我好比是那座巍峨壮丽的楼船,上面装载着恺撒和他的好运。①

查　理　据说穆罕默德是由一只鸽子将天意传授给他的,那么,传授天意给你的一定是只天鹰。无论是当年康士坦丁大帝的海伦娜母后②,或是圣腓力的女儿们③,谁都比不上你。从天而降的司理美丽与爱情的女神呵,无论我怎样对你膜拜顶礼,也表达不出我的爱慕之情呵!

阿朗松　别再耽搁啦,赶快去解围要紧。

瑞尼埃　那一女子听着,拿出你的本领来挽救我们的荣誉,把敌人从奥尔良赶走,你就将名垂不朽了。

查　理　我们马上就试试,来吧,让我们立即动手。假如她的话不灵验,以后我就再也不相信什么先知了。(同下。)

第三场　伦敦。伦敦塔前

　　　　葛罗斯特率蓝制服的亲兵来至塔门。

葛罗斯特　我今天来到这里视察伦敦塔。自从亨利老王去世以后,我很担心有人在搞什么阴谋。守兵们都往哪里去了,怎不在这里值班?把门打开,是我葛罗斯特公爵来叫门。(亲兵敲门。)

守兵甲　(内)谁在大惊小怪地敲门?

亲兵甲　是尊贵的葛罗斯特爵爷在叫门。

守兵乙　(内)不管是谁,别想进来。

---

① 这里是引用普鲁塔克关于恺撒的传记中恺撒对一个舵工说的话:"我的好人,不用害怕,因为你船上装载着恺撒和他的好运。"
② 据基督教传说,海伦娜太后重新发现了耶稣受难的十字架。
③ 据基督教传说,圣腓力的女儿们能预知未来。

亲兵甲　混账东西,你们对护国公大人是这样回话的吗?

守兵甲　(内)让老天爷护着他吧!我们就是这样回他的话。我们奉命怎么办就怎么办。

葛罗斯特　奉谁的命?除了我的命令,还有谁的命令算数?朝廷里只有我是护国公。快把门打开,我保证你们不会错。难道一群粪夫们也敢在我面前调皮捣鬼?(葛罗斯特的亲兵们冲打塔门,守塔的卫队长伍德维尔在内白。)

伍德维尔　(内)什么事这样喊叫?什么人想在这里造反?

葛罗斯特　卫队长,我是听见你的声音在说话吗?开开门,本公爵要进来。

伍德维尔　(内)对不起,尊贵的爵爷,我不能开门,温彻斯特红衣主教有令不准开门。他特地吩咐我不准放你和你的手下人进来。

葛罗斯特　糊涂的伍德维尔,你把他看得比我更重吗?那个大胆的温彻斯特,那个肆无忌惮的、老王在日一直不能容忍的主教?你这样做,既得罪了上帝,也得罪了王上。快开门,否则我立即要把你撵出去。

亲兵甲　开门让护国公进去。如果你们不快点开,我们就要冲进来了。

　　　　　温彻斯特率领褐制服的亲兵上。

温彻斯特　怎么啦,野心的亨弗雷!这是怎么回事?

葛罗斯特　光脑袋的和尚,是你命令他们把我关在门外的吗?

温彻斯特　是我。你哪里是我们朝廷里的护国公?倒不如说你是一个揽权僭位的窃国公。

葛罗斯特　退下,你这明目张胆的阴谋家,你打着坏主意想害死

110

  老王,你纵容娼妓们干罪孽的勾当①。你如果再这样荒唐下去,我要把你盛在你的宽边的红衣主教帽子里,抛上去再扔下来。

温彻斯特　胡说,你给我退下,我是一步也不后退的。只要你敢,你就把这地方当作大马士革,亲自扮演那个杀死亲兄弟的罪犯该隐吧。

葛罗斯特　我不杀你,我只把你赶回去。我要用你的大红袍当作送婴儿受洗的襁褓,把你从这里抬走。

温彻斯特　你敢怎样就怎样,我当面刮你的胡子。

葛罗斯特　什么!你对我挑衅,你刮我胡子?亲兵们,拔出刀来,保卫这个特权地带。蓝号衣对付褐号衣。和尚,留心你的胡子,我要抓着你的胡子,把你好好地揍一顿。(葛罗斯特及亲兵攻打红衣主教)我要把你的红衣主教的帽子放在脚底下踩。不管教皇和教会里的权威怎样,我要拧着你的腮帮,把你拖来拖去。

温彻斯特　葛罗斯特,你这样胡闹,看你怎样对教皇交代。

葛罗斯特　婊子儿,我说,给他带上络头,带上络头!把他们赶走,你们为什么让他们呆在这里?你这披着羊皮的狼,我要把你赶走。滚开,褐号衣的家伙!滚开,穿大红袍的伪善者!

    葛罗斯特的亲兵击退红衣主教的亲兵。在混战中伦敦市长率吏员上。

市　长　嗳哟,大人们!你们这些高级官长怎么不怕难为情,公然扰乱治安!

----

① 伦敦泰晤士河南岸娼妓受温彻斯特主教管辖,向他纳税,领取执照。

111

葛罗斯特　还说什么治安,市长!你哪知道我受的什么气。波福这家伙,目无上帝,目无王上,竟把伦敦塔占为私有啦。

温彻斯特　这个葛罗斯特是人民的公敌,他挑拨战争,破坏和平,他用苛刻的罚金榨取你们自由人的钱袋,他企图推翻教会。他当上了护国公,就一心想把这塔里的军械弄到手,好让他迫害太子,篡夺王位。

葛罗斯特　我不用舌头答复你,要用拳头答复你。(双方又混战。)

市　长　这样闹下去我没有其他办法,只好给他们一个公开宣告了。来吧,吏员,提高嗓子大声宣告吧。大声点。

吏　员　一切携带武器聚集在此地破坏上帝和王上的治安的各色人等听着:我以王上陛下的名义责成和命令你们各自回到本人的住处,今后不得携带和使用任何刀剑、匕首或其他兵器,违者处死。

葛罗斯特　红衣主教,我不愿违犯法律,过一天我再和你碰头,大家把心里的话尽情说出来。

温彻斯特　葛罗斯特,我们还会碰头的;毫无问题,吃亏的将是你。你今天这样横行霸道,我非叫你洒出心头的鲜血不可。

市　长　你们如果再不散走开,我要叫他们使用警棍了。这个红衣主教比魔鬼更不讲理。

葛罗斯特　市长,再见,你这是照章办事。

温彻斯特　可恶的葛罗斯特,当心你的脑袋。等不到很久,我一定会把它取下来。(葛罗斯特、温彻斯特率领自己的亲兵分头下。)

市　长　看看还有闲人没有,我们也要走了。我的老天爷,这些贵族们怎么这样爱闹事！我在四十年当中一次架也没打过。（同下。）

第四场　法国。奥尔良城前

炮兵队长及其子上至城头。

炮兵队长　孩子,奥尔良围困的情形你清楚吗？咱们的近郊都被英国人占领啦。

儿　子　父亲,我全知道；我向他们射击过好多次,可惜我运气不好,没能打中。

炮兵队长　现在你就不会打不中啦。你依照我的吩咐行事；我是本城炮兵的总队长,一定要干出一点出色的事情来。咱们王爷的侦察兵告诉我,英国人在城外把我们围得水泄不通,还老从一座塔楼上铁窗棂的秘密洞口窥探我们城中的虚实,想找出一个最有利的办法,或用炮火,或用冲锋,来对我们进行骚扰。要叫他们不再捣乱,我已经安好一尊大炮,对准那座塔楼；这三天里我一直在监视着他们,等他们一露面我就动手。现在我要到别处走一走,暂且由我瞭望。你一看到有什么动静,就立刻跑来告诉我,你到指挥官那里就能找到我。（下。）

儿　子　父亲,我向您保证；您放心好了；若是我看到他们,决不误您的事。（下。）

萨立斯伯雷、塔尔博、威廉·葛兰斯台尔、托马斯·嘉格莱夫等登上塔楼。

萨立斯伯雷　塔尔博,我重新见到你,我的活力、我的欢乐,都又回复过来了！你被俘期间,他们是怎样对待你的？你又是用了什么办法获得释放的？我请求你，在这塔楼顶上，跟我谈谈吧。

塔尔博　培福公爵捉到一个俘虏，一个名叫彭东·德·桑特莱勋爵的勇将，是用他来和我交换，才把我赎回。他们曾想用一个身份低得多的人来换我，那是存心污辱我，我怎能把那样的人放在眼里？我是宁愿一死也不能忍受那样的蔑视的。到后来，终于依照我的要求把我赎回了。可是，哼，那背信弃义的福斯托夫真伤透我的心了，要是此刻我能把他捉回来，我就是用一双拳头也要揍死他。

萨立斯伯雷　可是你还没有告诉我你受到了怎样的待遇呢。

塔尔博　他们把我拖到街心，对我百般凌辱，要叫我在老百姓面前丢脸。他们口里还说，"这家伙就是我们法国人的死对头，就是吓唬我们的孩子们的稻草人。"后来我从监押我的军官们的手里挣脱出来，用我的指甲挖出地上的石子，向那些看我出丑的观众们扔过去。他们看到我这样凶狠，都吓得四散奔逃，一个也不敢靠近我，唯恐死于非命。他们把我关在铜墙铁壁里还不放心，只因我的威名早使他们慑服，他们甚至以为我能将钢条折断，能将花岗石的柱子碎为齑粉。因此，他们派了一队精选的射击手充当我的守兵，守兵们每分钟都在我周围巡逻，万一我一翻身从床上跌下来，他们也会立刻射穿我的心脏。

　　　　炮兵队长之子手持火绳杆上。

萨立斯伯雷　听到您受了这些苦难，我心里好难过啊，这个仇我们得好好报一下。现在是奥尔良城里吃晚饭的时候了，瞧，我从这个窗棂眼里，可以清清楚楚地看到那些法国人，看到他们的防御工事。大家来看吧，你看到那边的情形会觉得好笑的。嘉格莱夫爵士,葛兰斯台尔爵士,我想征求你们两位的意见,此后我们的炮位安在什么地方最好?

嘉格莱夫　我以为,放在北门最好,因为他们的首脑都集聚在那边。

葛兰斯台尔　依我看,可以安装在桥头堡上。

塔尔博　照我所看到的情形判断起来,城里是缺粮啦,经过这几阵小仗以后,他们的力量是削弱啦。(城上向塔楼开炮,萨立斯伯雷及嘉格莱夫两人倒地。)

萨立斯伯雷　主啊,对我们这些可怜的罪人大发慈悲吧!

嘉格莱夫　主啊,垂怜我这个遭难的人吧!

塔尔博　怎么陡然之间发生这场横祸?说呀,萨立斯伯雷。你这位军人的模范,若是你还能开口,至少让我们知道你还能行吗?你一只眼睛和一个腮帮是打掉了!这个可诅咒的塔楼!还有那可诅咒的肇祸凶手!萨立斯伯雷曾打过十三场胜仗,我们的老王也曾跟他学习过军事。只要号筒在吹,战鼓在响,他的大刀在战场上就从不曾歇过手。萨立斯伯雷,你还活着吗?虽然你是不能说话了,可是你还有一只眼睛可以望着上苍,得到上苍的福佑呀。太阳不就是用一只眼睛看着整个世界的吗?老天爷呀,如果萨立斯伯雷得不到您的慈悲,那您就不用再降福给任何活人了!把他的身体抬过去,我要亲自照料他的葬礼。嘉格莱夫爵士,你还有命吗?对塔尔博说呀。唉,你不能开口,就对他看一眼吧。萨立斯伯雷,请你宽心,你是不会白死的,只要——他还向我招手,对我微笑呢,他似乎想说:"我死之后,别忘记在法国人身上替我报仇。"普兰塔琪纳特,我一定替你报仇。我要像罗马的尼禄王一样,一面弹着琵琶,一面观赏那燃烧着的城市。只要有我在,就叫法兰西遭殃。(一阵鼓角声,天空鸣雷闪电)这阵骚乱是怎么一回事?天上怎么也是乱七八糟的?哪里来的这阵鼓角声和喧哗?

    一使者上。

使 者 大人,大人,法国的人马增添了。一个新露面的女圣贤,叫做什么贞德的,扶持着法国太子,率领着一支大军来替奥尔良解围了。(萨立斯伯雷抬起身子,发出呻吟之声。)

塔尔博 听呀,听听萨立斯伯雷临终的呻吟够多惨呀!他报不了仇,心里一定沉痛得很。法兰西人听着,萨立斯伯雷死了,还有我哪!贞德也罢,针潲也罢;太子也罢,弹子也罢,我要用我的马蹄踩出你们的心肺,我要把你们的脑浆捣成稀泥。替我把萨立斯伯雷抬到他的营帐里去,我们倒要试试看这些胆小怕死的法兰西人敢干些什么。(众舁尸体同下。)

第五场　同前。城门外

    鼓角声。两军交战。塔尔博追法国太子下。随后,贞德追逐英军上,绕场后同下。稍顷,塔尔博重上。

塔尔博 我的膂力、我的勇气、我的力量,都往哪里去了?我们英国军队退了下来,我止不住他们,一个穿盔戴甲的女人追赶着他们。

    贞德重上。

塔尔博 嘿,她来了。我要和你决一胜负。你是雄鬼也好,雌鬼也好,我要驱除你这邪魔。你既是一个巫婆,我就抽出你的血来,径直地打发你的灵魂到你侍奉的魔王那里去。

贞　　德　来吧,来吧,你是一定要败在我手里的。(两人交战。)

塔尔博　老天呀,您能允许魔鬼这般猖獗吗?我奋力过度,我的胸膛要炸开了,我的胳膊要从肩头折裂下来了,但我非把这狂妄的娼妇惩治一下不可。(两人再交战。)

贞　　德　算了吧,塔尔博,你的死期还未到。我要赶快把粮食送进奥尔良城里去了。(短短一阵鼓角声,贞德率领兵丁进城)你若是有本领,就来追我,你那点气力真不在我眼里。去吧,去吧,去抚慰你手下的饿鬼们吧。去帮着萨立斯伯雷写他的遗嘱吧。今天这日子是属于我们的了,以后许多日子还将属于我们。(下。)

塔尔博　我的头脑好像陶工的辘轳盘一样在打转。我不知道我此刻是在什么地方,也不知道我是在干什么。这巫婆如同当年汉尼拔使用火牛阵一般,取胜不是凭着兵力,而是凭着制造恐怖,把我们的军队压迫回来。好比是用浓烟把蜜蜂熏出蜂房,用腥臊的臭气把鸽子赶出窠巢。法国人因为我们凶猛善战,管我们叫作英国的恶狗,可我们却像脓包的小狗一样,一面嗥吠,一面逃跑了。(短短一阵鼓角声)同胞们,听我说!如果我们不能重新战斗下去,那就干脆把我们国徽上的狮子撕掉吧,那就放弃你们的土地,用绵羊来代替狮子吧。绵羊见了狼,牛马见了豹子,也绝不像你们见了屡次败在我们手中的奴隶这样胆怯,逃得这样快。(鼓角声,又一次混战)没有用,退到你们的战壕里去吧。你们全都愿意让萨立斯伯雷白白死掉的,谁也不肯出一把力,替他报仇雪恨。尽管有我们的大军在此,也不管我们干了些什么,贞德是进了奥尔良城了。唉,我宁愿和萨立斯伯雷一同阵亡!这种败阵的耻辱简直使我抬不起头来。(鼓角声;吹退军号;

塔尔博率军队下。)

第六场　同　前

    喇叭奏花腔。贞德、查理、瑞尼埃、阿朗松率兵士登上城头。

贞　德　树起我们的国旗,让它在城头飘扬。奥尔良城已经从英国人手中解救出来了,贞德已经履行了她的诺言。

查　理　尽美至善的人儿,公理之神的女儿,对你这样的丰功伟绩,我怎样才能表示我的敬意呢?你实现你的诺言,又快又好,好比阿都尼的花园,第一天才开的花,第二天就结了果子。法兰西哟,为你的光荣的女先知而高唱凯歌吧!奥尔良已经光复了。在我们国家,这真是一件空前的喜事。

瑞尼埃　为什么不叫全城鸣钟击鼓?太子殿下,请您颁发谕旨,叫全城公民燃起庆祝的烟火,在大街上摆下庆功的筵席,来欢庆上帝赐给我们的这桩喜事。

阿朗松　当整个法兰西听到我们的英勇事迹时,到处都将充满欢乐。

查　理　赢得今天胜利的,不是我们,而是贞德。为了酬谢她的大功,我要和她共享这顶王冠。我要命令全国僧侣列队游行,歌颂她无穷的功德。我要为她兴建一座比孟菲斯更为庄严的金字塔。将来如果她一旦逝世,为了纪念她的遗徽,我们要用七宝香车,装殓她的骨殖,在盛大的仪仗中,运送到法兰西的先王、先后的陵寝中去安葬。以后我们就不用再向圣丹尼斯祈祷了,贞德圣女将成为法兰西的保护神。随我来吧,在这黄金般的胜利日子里,让我们举觞痛饮吧。

    (喇叭奏花腔。同下。)

第 二 幕

第一场　法国。奥尔良城前

　　　　法军军曹及两哨兵同至城门口。

军　曹　弟兄们,站好岗位,小心提防着。如果你们听到城脚边有什么声响,或是看到敌兵,就马上用明白的信号,通知我们守卫室里的人。

哨兵甲　队长,一定随时向您报告。(军曹下)我们这些当杂差的活该倒楣,别人都在床上睡大觉,我们却不管风里雨里,得在黑地里站岗。

　　　　塔尔博、培福、勃艮第率领众兵士上。他们带着云梯,低沉地敲着军鼓。

塔尔博　总管大人,还有您,勇猛的勃艮第,仗托您的拉拢,阿陀亚、瓦隆和毕卡第这些地区都已和我们建立了友谊。今天法国人大吃大喝了一整天,他们今夜里正在放心大胆地睡觉,这是一个极好的机会,我们要趁此把他们依靠诡计和巫术给我们吃的亏,回敬给他们。

培　福　法兰西的懦夫哟！他对自己的武力已经丧失信心,只得结交巫婆,向地狱求救,这是多么不顾体面啊！

勃艮第　奸诈的人除了巫、鬼以外,还能有什么朋友?可是那个名叫贞德的,他们把她说得那样纯洁,到底是个怎样的角色?

塔尔博　据他们说,她是一个姑娘。

培　福　一个姑娘!竟这般勇武!

勃艮第　上帝明鉴,如果她在法国人的旗帜下面当兵当下去,像她已经开始那样做的,她那雄赳赳的气概是不会长久保持的。

塔尔博　好吧,让他们扮神弄鬼好啦。上帝是我们的堡垒,凭着上帝的威名,让我们下定决心攀登那座石城。

培　福　爬上城去,勇敢的塔尔博,我们跟随你。

塔尔博　大家不要从一处上去,我想最好是分头进攻。万一一路失败,另一路还可以得手。

培　福　就这么办。我去进攻那边一个城角。

勃艮第　我担任这一边。

塔尔博　我塔尔博就在这里上城,上不去就葬在这里。嗨,萨立斯伯雷呀,为了你,也为了英王亨利的权利,今夜里我要表明我对你们两位是如何的忠心耿耿呵!(英军攀登城头,同时呐喊:"圣乔治!""塔尔博主帅!"全部进入城内。)

哨兵甲　快来呀!快来呀!敌人攻城啦!

　　　　穿内衣的法国兵士纷纷跳城。奥尔良庶子、阿朗松及瑞尼埃皆衣冠不整,分头上。

阿朗松　怎么啦,大人们!瞧,一个个的衣裳怎么都是这样七零八落的?

庶　子　七零八落!哎,逃得性命就是万幸啦。

瑞尼埃　我听到房门口鼓角的声音,我想,那正该是醒过来起床的时候了。

阿朗松　自从我从军以来,也经历过不少风险,可我从来还没听见过,有像这一次仓皇应战的狼狈情形哩。

庶　子　我想这个塔尔博简直是从地狱出来的魔鬼。

瑞尼埃　如果他不是从地狱来的,那就一定是上天对他特别垂青。

阿朗松　查理来啦。我很奇怪他是怎样逃出来的。

庶　子　喏,有什么奇怪,他有贞德神女替他保镖呀!

　　　　查理及贞德上。

查　理　这是你干的把戏吗,你这女骗子?你开头要哄我们,先让我们尝到一点儿甜头,然后再叫我们大吃苦头,这不就是你干的吗?

贞　德　查理太子对待朋友怎么这样容易动火?您要叫我不分昼夜都把全副本领施展出来吗?难道叫我睡着也好,醒着也好,随时都得负责,否则您就对我大发脾气吗?你们这些粗心大意的兵丁们,若是你们守夜守得好,决不会有这场祸事。

查　理　阿朗松公爵,这就是你的不是了。今夜的守卫归你领班,你没把这份重担子担起来。

阿朗松　如果各处阵地都像我负责的那一段同样小心防守,我们就不会这样可耻地受到袭击。

庶　子　我的阵地是牢固的。

瑞尼埃　我的阵地也没出毛病,殿下。

查　理　我自己呢,今夜里大部分时间我都在她的防区和我自己的防区,往来逡巡,监督着哨兵们换岗。这样说来,敌人是从哪一路、是怎样攻进来的呢?

贞　德　大人们,我看不必再推敲这个问题了。不管他们是从哪儿来,是怎样来,反正敌人是找到了一处守卫力量薄弱的地方攻进来的。现在也没有其他办法,我们只得重新集合我们溃散了的兵丁,再定计策,重创敌人。

　　　　鼓角声。一英国兵士上,口中叫喊:"塔尔博主帅！塔尔博！"法国太子等逃去,将衣服丢在地上。

兵　士　他们留下的这些东西,我就不客气地收下了。我喊了一声塔尔博,赛过使了一把钢刀。瞧,我只不过用他的名字当武器,其余的兵器啥也没有使,可我浑身就堆满了这么多的战利品啦。(下。)

第二场　同前。奥尔良城内

　　　　塔尔博、培福、勃艮第、一队长及余人上。

培　福　天将破晓了,用墨色大袍掩盖大地的黑夜即将离去了。现在吹起收队的号音,停止我们的追击。(吹起收兵号。)

塔尔博　把萨立斯伯雷老将军的遗体抬过来,送到这个可恶的城的中心市场上去。我对他英魂立下的誓言,现在已经实践了。他流出的每一滴血,今夜里至少有五个法国人用性命抵偿了。我要在本城最大的一座庙宇里,替他建起坟墓,安葬他的尸体,使后代的人可以看到,为了替他报仇,我把这座城糟蹋成什么样子。在墓碑上,我要将他如何威镇法兰西,如何遭到暗算而惨死,以及我们攻克奥尔良的事实,全都铭记下来,让大家都能阅览。可是,大人们,在我们的血腥屠杀中,我们好像没有遇见法国太子本人,也未遇到他的新来的保驾人,那位贤良的贞德,也未遇到他那一群奸诈的党羽。

培　福　塔尔博大人,这大概是在战斗开始的时候,他们从睡梦中陡然惊醒,就混在兵士中间,越城逃到野外去了。

勃艮第　我相信,如果在夜晚的烟雾中我没有看错的话,是我把那法国太子和他的那个姘妇惊动起来,他俩手搀手儿,飞快逃跑,好似一对恩爱鸳鸯一般,片刻不忍分离。等这里的事情安顿好了,我们再尽力去追赶他们。

　　　　　　一使者上。

使　者　敬礼,大人们! 在列位贵人中间,哪一位是塔尔博将军? 这位将军的事迹,在法兰西国土上,到处受到赞扬。

塔尔博　我就是塔尔博,谁要跟我说话?

使　者　一位贤德的夫人,奥凡涅伯爵夫人,久仰您的盛名,特地差我来请您,伟大的将军,慨允光临她的府邸,使她能以瞻仰威震遐迩的伟人的丰采为荣。

勃艮第　居然有这样的事? 好啦,我看咱们的战争快要变成和平的玩意儿啦,连夫人太太们也要求和将军会见啦。我的将军,您可不能过拂人家的好意呀!

塔尔博　我怎能那样不近情理? 在男人们中间不能用辞令来说服的时候,女人一表示好意,就会占到上风。请你向她转达我的谢意,我一定登门拜访。列位大人,可否劳驾和我同去?

培　福　恕我不能奉陪,因为那是不合乎礼节的。我常听人说,不速之客只在告辞以后才最受欢迎。

塔尔博　那么,没有办法,我只好独自前往,去领受这位夫人的盛情了。队长,你过来。(耳语)你懂得我的意思吗?

队　长　我懂得的,大人,一定遵命办理。(同下。)

123

第三场　奥凡涅。伯爵夫人邸宅

　　　　伯爵夫人及看门人上。

伯爵夫人　看门的,记着我交代给你的任务,等你办妥以后,把钥匙交来给我。

看门人　夫人,遵命。(下。)

伯爵夫人　计策已经安排好了。如果一切进行顺利,我就能和弄死居鲁士的唐米莉的声名媲美了①。外边都传说这个将军厉害得很,说他干了不少惊天动地的事情。耳闻不如目见,我要把这些传说亲自证实一下。

　　　　使者及塔尔博上。

使　者　夫人,您所邀请并希望见到的塔尔博将军来到了。

伯爵夫人　欢迎他到来。怎么!这就是他吗?

使　者　夫人,这位就是他。

伯爵夫人　人称作法兰西的丧门神的就是这人吗?这个人就是人人提到都害怕、母亲们用他的名字来制止孩子啼哭的那个塔尔博吗?我看外面的传说是言过其实了。我原指望他是一个顶天立地、魁梧奇伟的汉子,这个人却是一个小娃儿,一个貌不惊人的侏儒!要说这样一个软弱无力、缩头缩脑的矮人儿,能叫敌人望而生畏,才没人信呢。

塔尔博　夫人,我斗胆前来拜访,是过于唐突了。今天夫人既然无暇,我就改日再来吧。

伯爵夫人　他说些什么?你去问他要到哪儿去。

―――――――

①　唐米莉是西徐亚王后,她击败居鲁士入侵的军队,并捕杀了居鲁士本人。

使　者　请暂停一下,塔尔博将军,我们的夫人要想知道您为什么突然告辞。

塔尔博　哎,你们的夫人既然不肯见信,我要向她证明一下塔尔博的确是在这里。

　　　　　看门人持钥匙重上。

伯爵夫人　你既然就是他,那么你已经成为俘虏了。

塔尔博　成为俘虏?成为谁的俘虏?

伯爵夫人　成为我的俘虏了,好杀成性的爵爷,正是为了这个目的,我才把你诓到这儿来的。你的影子早就是我的奴隶,因为你的画像早就挂在我的画廊里,可是现在你的身子也将遭到同样的待遇。这许多年来,你残暴地蹂躏我们的国土,杀戮我们的人民,奴役我们的儿子和丈夫,我现在要把你的手脚用链索捆绑起来。

塔尔博　哈,哈,哈!

伯爵夫人　你还笑吗,倒楣鬼?只怕你笑不成还要哭呢。

塔尔博　我看夫人满以为除了塔尔博的影子以外,还可以把您的威严用到什么别的东西上,不由得我要笑起来。

伯爵夫人　怎么,难道你不是塔尔博吗?

塔尔博　我的确是他。

伯爵夫人　那么你的身子也在我掌握之中了。

塔尔博　这却不然,其实我也不过是我自己的影子罢了。您是上了当了,我的身子并不在这里。您所看到的只不过是我这人的极小的一个部分,一个最不重要的部分。容我告诉您,夫人,如果我全身在此的话,那是太高、太大了,只怕您的府第是装不下它的。

伯爵夫人　这人真会打哑谜,叫人猜不透。他是在这里,可他又不在这里,这个矛盾怎样才能解决?

塔尔博　我马上就可替您解决。(塔尔博取出喇叭吹奏。)

　　　　　内擂鼓、鸣炮。众兵破门而入。

塔尔博　您以为如何,夫人?我说塔尔博不过是他自己的影子,您现在信了吗?这些人才是他的身子,才是他的筋腱、他的胳膊、他的膂力。他用这个身子拴住你们企图反抗的颈项,铲平你们的城池,毁灭你们的郡邑,把它们在俄顷之间变成一片荒原。

伯爵夫人　胜利的塔尔博将军!刚才冒犯虎威,请你宽恕了吧。我现在已经明白,你确是名不虚传,不能只凭外貌来估量你。我多有得罪的地方,务必请你原谅。我没有用应有的礼貌接待你,实在万分抱歉。

塔尔博　美貌的夫人,您不用担忧。刚才您看错了塔尔博的外貌,请您不要再误会他的内心吧。您刚才的举动,我并不见怪。我对您也没有其他的要求,我只请求您,如蒙慨允的话,拿出您的佳肴美酒,让我们尝一尝,因为军人的胃口对于这些东西,总是来者不拒的。

伯爵夫人　我竭诚欢迎。我能在寒舍款待您这位伟大的将军,实是不胜荣幸。(同下。)

第四场　伦敦。国会花园

　　　　　萨穆塞特、萨福克、华列克、理查·普兰塔琪纳特、凡农及一律师上。

普兰塔琪纳特　列位大人,诸位先生,大家怎么都不开口呀?难道没有人敢说一句公道话吗?

萨福克　在议会大厅里我们争得太厉害了,在这里谈谈更方便些。

普兰塔琪纳特　那么就请干脆说一句,我是不是站在真理的一边,或者说这个争论不休的萨穆塞特是不是错了。

萨福克　说实话,我对于法律问题实在外行,我从来不能叫我的意志受法律支配,我宁可叫法律顺从我的意志。

萨穆塞特　那么就请您,华列克爵爷,替我们判断一下吧。

华列克　要叫我判断两只鹰,哪一只飞得更高;判断两条狗,哪一条吠得更响;判断两柄剑,哪一柄更锋利;判断两匹马,哪一匹跑得更稳;判断两个姑娘,哪一个的眼睛更媚人;我倒是略知一二;可是关于法律上的细致精微的论点,说老实话,我并不比一个傻子懂的更多。

普兰塔琪纳特　嗳哟哟,这都是些虚文客套,推托之词。真理明明是属于我这方面,瞎子也能看得出的。

萨穆塞特　在我这方面,真理是如此鲜明,如此明白,如此明亮,如此明显,即便映到盲人的眼里,也会发光。

普兰塔琪纳特　既然诸位都是守口如瓶,不愿说话,就请用一种无言的符号,表达你们的意见吧。谁要是一个出身高贵的上等人,愿意维持他门第的尊严,如果他认为我的主张是合乎真理的,就请他从这花丛里替我摘下一朵白色的玫瑰花。

萨穆塞特　谁要不是一个懦夫,不是一个阿谀奉承的人,而是敢于坚持真理的,就请他替我摘下一朵红色的玫瑰花。

华列克　我不喜欢五颜六色的东西,我也不愿沾上阿谀奉承的色彩,我替普兰塔琪纳特摘下这朵白玫瑰。

萨福克　我替年轻的萨穆塞特摘下这朵红玫瑰,我还要说一句,我认为他所持的理由是正确的。

凡　农　请停一停,大人们,先生们,暂时不要摘了,让我们先取得一致的意见,得到较少的玫瑰花的一方应该向另一方服输。

萨穆塞特　凡农,我的好先生,这主意提得很好。如果我得的花少,我就认输。

普兰塔琪纳特　我也如此。

凡　农　那么,为了表明本案中的真理显然属于何方,我摘下这朵无色的处女花,我的判决是站在白玫瑰方面的。

萨穆塞特　你采花的时候要当心,不要让花刺戳了你的手,否则你的血把白花染红了,你就不由自主地站到我这一边来了。

凡　农　我的大人,如果我为了坚持我的主张而流血,我的主张能像医生一样,治好我的创伤,使我仍然站在原先的一边。

萨穆塞特　行,行,来吧,谁再来摘?

律　师　(向萨穆塞特)除非我的法律知识没有学到家,您所举的理由是错误的。为了表示我的看法,我也摘下一朵白玫瑰。

普兰塔琪纳特　瞧,萨穆塞特,哪儿还有你的论点?

萨穆塞特　我的论点藏在我的刀鞘里,它打算把你的白玫瑰染成血一般红。

普兰塔琪纳特　可是你的腮帮子也比得上我们的白玫瑰花了,大概是看到真理属于我这一边,吓得发白了吧。

萨穆塞特　不对,普兰塔琪纳特,不是吓得发白,是怒得发白,你的腮帮子羞得发红,也比得上我们的玫瑰花,可是你的舌头还不肯承认你的错误。

普兰塔琪纳特　萨穆塞特,你的玫瑰树上不是生着烂皮疮吗?

萨穆塞特　普兰塔琪纳特,你的玫瑰树上不是长着刺吗?

普兰塔琪纳特　是呀,又尖又利的刺,为了更能维护真理;你的烂皮疮却把你的虚伪烂出来了。

萨穆塞特　哼,我总有朋友替我佩戴这血红的玫瑰花,他们要在虚伪的普兰塔琪纳特不敢露面的地方,为我证明我说的全是事实。

普兰塔琪纳特　不讲理的孩子,我用我手里的这朵处女花表示我对你和你的党羽的鄙视。

萨福克　不要把鄙视的话牵涉到我,普兰塔琪纳特。

普兰塔琪纳特　骄傲的波勒①,我偏要;我鄙视他,也鄙视你。

萨福克　我要把你鄙视我的话塞回你的咽喉里去。

萨穆塞特　走吧,走吧,我的好威廉·德·拉·波勒!我们跟平民说话,反而是抬高他的身价了。

华列克　唔,凭上帝的旨意,你委屈了他了,萨穆塞特。他是英王爱德华三世陛下的第三子,克莱伦斯公爵的曾孙,他是有根有源的人,怎能说他是个没有身份的平民?

普兰塔琪纳特　他是沾着这个地方的光,否则像他那么个胆小鬼,是不敢说这话的。

萨穆塞特　凭着造物主,我在基督教国度里的任何地方,我都坚持我所说过的话。你能说老王在世的时候,你父亲剑桥伯爵不是犯了叛逆大罪,被执行死刑的吗?你父亲既是个叛逆,你不就是一个有罪的、堕落的、从古老的世家门第开除出来的人吗?他的罪恶还存留在你的血里。除非让你复袭世职,你就只是一个平民。

普兰塔琪纳特　我父亲是被逮捕的,但并未证实他的罪名,他是

---

① 萨福克伯爵的本名是威廉·德·拉·波勒。

129

被控为叛逆而判处死刑的,但他绝不是叛徒。等到形势好转,我更能称心如意的时候,我要把当年的事实向那些比萨穆塞特更有价值的人们详细说明。至于你的党羽波勒和你本人,你们这样诬蔑我父子,我定把你们记在心里,以后是要对付你们的。你们要小心些,不要说我没有预先给你警告。

萨穆塞特　嗯,我们会准备好等着你来的。我的朋友们为了反对你,都将佩戴着红玫瑰,所以你不难认出你的敌人。

普兰塔琪纳特　我凭我的灵魂起誓,我要和我的同道们永远佩戴这无色的、含怒的玫瑰,作为我的血海深仇的标记。如果我不幸死亡,它就和我一同枯萎;如果我的官阶步步高升,它就和我一同茂盛。

萨福克　随你的便吧,小心别给你自己的野心噎死了!现在就此告别,我们后会有期。(下。)

萨穆塞特　波勒,我和你同走。再见,野心的理查。(下。)

普兰塔琪纳特　他们这样糟蹋我,而我还只能忍受!

华列克　他们指摘你的关于家世的污点,到下届议会开会为温彻斯特和葛罗斯特进行调解的时候,就能替你洗刷干净。到那时,如果你还得不到约克公爵的封号,我就连我这华列克的爵位也不要了。为了表示我对你的爱护,也表示我对骄傲的萨穆塞特和威廉·波勒的敌意,我要佩戴你们一党的白玫瑰。我说一句预言在这里:今天在这议会花园里由争论而分裂成为红、白玫瑰的两派,不久将会使成千的人丢掉性命。

普兰塔琪纳特　凡农我的好先生,您赞助我,摘了一朵白玫瑰,我非常感激。

凡　农　为了赞助您,我还要把白玫瑰佩戴在身上。

律　师　我也佩戴白玫瑰。

普兰塔琪纳特　谢谢您,我的好先生。来吧,今天由我做东,我们四位一同吃饭去。我敢说,为了这场争端,此后是要洒出鲜血的。(同下。)

第五场　同前。伦敦塔中一室

两狱卒用椅舁摩提默上。

摩提默　看守我这衰弱的老头子的好人们,让垂死的摩提默在这儿歇一歇吧。我由于长期监禁,肢体痛楚不堪,好像刚从刑架上拖下来的人一般。我这满头白发,是在苦难的岁月中折磨出来的,它预示着摩提默的死期不远了。我的眼睛,好比灯油耗尽的油灯,愈来愈模糊,快到尽头了。我的疲惫的双肩,被沉重的悲愁压得抬不起来;我这软弱的两臂,好比是一条枯藤,干枯的枝叶都已低垂到地上。我的脚已经麻痹,支撑不住我的身子,却恨不能急速地奔进坟墓,因为我除死以外,不能指望得到什么安慰了。不过请你告诉我,看守人,我的外甥能不能来?

狱卒甲　大人,理查·普兰塔琪纳特说准来。我们送信到议会里,送到他的办公室里,回话说他一定来。

摩提默　那就好,那我就心满意足了。可怜的好人儿,他遭受的冤枉跟我也相差无几了。我先前本是军功煊赫的风云人物,自从亨利·蒙穆斯当国以后,我就被抄了家,从那时起,理查也失了势,荣誉和世职都被剥夺了。现在,解救人类绝望、消除人们痛苦的死神,马上要把我从这苦难的人世解脱出去了。我希望他的灾难也能结束,他所失去的东西能够物归原主。

    理查·普兰塔琪纳特上。

狱卒甲 大人,您的孝顺的外甥已经来到了。

摩提默 我的朋友,你说理查已经来了吗?

普兰塔琪纳特 哎,尊贵的舅舅,您委屈了。您的外甥,就是新近受辱的理查,现在是在您的面前。

摩提默 把我的胳膊放到他的脖子上,让我好拥抱他,让我在他的怀里喘我最后的一口气。啊,告诉我,我的嘴唇是不是碰上他的面颊了,我要慈爱地轻轻吻他一下。现在对我讲一讲,伟大的约克血统的嫩芽,你为什么说你新近受了辱?

普兰塔琪纳特 先把您的衰老的肩背倚在我的臂上,等您舒服一点,我再把我的怨愤说给您听。今天因为争论一桩事情,我和萨穆塞特斗了嘴。他用毒辣的舌头辱骂我,说我父亲死得不体面。这种辱骂堵住了我的嘴,使我不能用同样的话回骂他。因此,我的好舅舅,看在我父亲的分上,也是为了我们普兰塔琪纳特家族的荣誉和团结起见,请您告诉我,我父亲剑桥伯爵是为了什么事情丧失他的头颅的。

摩提默 贤甥,我同你父亲是在同一个案子里遭了毒手,我被关进了这座可恨的牢狱,虚掷了我的青春,在这里憔悴待死,你的父亲则送了性命。

普兰塔琪纳特 请您把那案情说得更详细一些,因为我全不知道,而且也无从揣测。

摩提默 我是要说的,如果我的一口气不断,还来得及把那桩案件说完的话。今王的祖父亨利四世把他的侄儿就是爱德华三世的长子和合法继承人爱德华的儿子理查废掉,自己坐上王位。当他在位的时候,北方的潘西家族不服他非法篡位,就起兵拥戴我继承王位。这些北方军人所持的理由是:理查幼王既已被废,他又没有留下亲生的嗣子,我在血统上就是他最亲的人。我在母系方面,是爱德华三世第三子克莱伦斯公爵的后裔,而亨利四世则是爱德华王第四子刚特公爵的子孙。按房份的顺序来说,我是在他之先的。你看,在这一场拥戴合法继承人嗣承王位的斗争中,我丧失了自由,他们牺牲了生命。之后,过了很久,亨利五世继承他父波林勃洛克登了基,这时你父剑桥伯爵——他是有名的约克公爵爱德蒙·兰格雷的儿子——娶了我的姐姐——那就是你的母亲。他同情我的不幸遭遇,又征集了一支人马,想把我救出牢狱,扶上王座,可是他和前人一样,又失败了,终于上了断头台。我们摩提默家族,本应享有继承权的,就这样硬被排挤掉了。

普兰塔琪纳特　这样说来,我的舅舅,您是摩提默家族中最后一人了。

摩提默　是的,你知道我没有子嗣,我现在上气不接下气,眼看就要死了,我要你做我的嗣子,其余的事,你自己琢磨吧。不过在你策划的时候,务必处处留神。

普兰塔琪纳特　您的郑重训诲我已经领会了,不过我心里总在想,我父亲被杀,对方实在太毒辣了。

摩提默　贤甥,你要少开口,多耍手腕。兰开斯特家族已经是根深蒂固的了,好比是一座推不翻的大山。现在你舅舅快要离开人世了,好像王爷们在一个地方住得太久了,感到腻烦,就将宫廷迁往别处一般。

普兰塔琪纳特　啊,舅舅,我恨不能将我的寿算拿出几个年头来替您延年益寿。

摩提默　你如那样,反而是害了我了,我的刽子手正是用这个法子对付我的,明明一刀就可送命,却偏叫我活受零罪。你也不要伤心,你的悲伤不会对我有什么好处,我只要你替我把丧事料理好。再见了,祝你事事称心,祝你平时和战时的生活都能昌盛。(死。)

普兰塔琪纳特　祝您离去的灵魂平安无事。您在牢狱里走完了天路历程,像一个虔修的隐士度过了一生。好,我要把他的训示深藏在心里,我的一切计谋都要暂时隐忍在心里。看守人,你们把他抬出去,我要亲自把他的葬礼安排妥帖,使他比生前更能受到应有的尊崇。(众狱卒抬摩提默尸体下)摩提默家族的昏暗的火炬就这样熄灭了,是被一些比他低微的人们压灭的。至于萨穆塞特加在我的家族上的诬蔑和伤害,我一定能够洗刷得干干净净。我现在就赶到议会里去,要求恢复我的世职,把我的不利地位转为有利。(下。)

第 三 幕

第一场　伦敦。国会会场

　　　　喇叭奏花腔。亨利王、爱克塞特、葛罗斯特、华列克、萨穆塞特、萨福克、温彻斯特、理查·普兰塔琪纳特及余人上。葛罗斯特正拟宣读一个提案，温彻斯特将提案抢去撕碎。

温彻斯特　亨弗雷·葛罗斯特，你是预先做好文章、打好稿子，带到这儿来的吗？如果你敢控告我，加给我任何罪名，就不准预先写稿子，要临时随口说出来。不管你说我什么，我都能随口回答你。

葛罗斯特　狂悖的和尚！我在这地方不得不耐着点儿性子，要不然你就会发现你这样污辱我会有什么后果。不要以为我用书面列举你极恶的罪名就是出于捏造，也不要以为我笔底下写出的东西，我口里就背不出来。主教，你错了。你是如此罪恶昭彰，荒淫无耻，连三岁孩子也说你这人是惹不得的。你重利盘剥、刚愎自用、扰乱治安；你淫乱荒唐，辱没了你在教会中窃据的高位。至于你的阴险奸诈，那更是一望而知的。你在伦敦桥上和伦敦塔里，三番五次地想谋害我的性命。这还不算，如果把你心里想的摊出来看看，只怕你那愈来愈大的野心是连王上你也不肯饶过的。

温彻斯特　葛罗斯特,我说你是满口胡言。众位大人,请容许我对他的控诉进行答辩。他说我贪财、狂悖,那么请问,为什么我至今还是一贫如洗?他说我野心勃勃,我又为什么守着本职,不求升迁?至于说我喜欢闹事,要不是有人对我挑衅,还有谁比我更爱好和平?不对的,众位大人,不是这些事情惹他生气,这不是公爵动怒的原因。真正的原因是他要一个人独揽大权,由他一人包围王上,他不能称心如愿,就不由得怒气填胸、咆哮如雷。但他应该知道我是一个好——

葛罗斯特　好个鬼!你不过是我祖父的一个私生子罢了!

温彻斯特　嗳,大人,你又是个什么呢,我请问?不过是个依仗别人的王位,狐假虎威的角色罢了。

葛罗斯特　难道我不是护国公吗,刁钻的和尚?

温彻斯特　难道我不是教会里的一位主教吗?

葛罗斯特　是呀,你躲在教会里,好比是强盗躲在城堡里,只是为了便于掩护他的贼赃。

温彻斯特　不敬畏上帝的葛罗斯特哟!

葛罗斯特　你也不过在职务上敬畏上帝,你在私生活上何尝敬畏上帝?

温彻斯特　我要向罗马申诉的。

华列克　那么你就骑着骡马去吧。

萨穆塞特　大人,您该容忍一点才是。

华列克　是呀,不能叫主教过于难堪。

萨穆塞特　我想您爵爷应该有点宗教意识,知道怎样对待教会里有职位的人。

华列克　我想咱们的主教也该谦逊一些,这样争辩是有失身份的。

萨穆塞特　对啦,触动他的圣职地位,他不得不争。

华列克　什么圣职不圣职,那有什么关系?难道公爷不是王上的护国公吗?

普兰塔琪纳特　(旁白)我看我还是不开口的好,免得他们要说:"小伙子,等你该说话的时候再说吧,我们爵爷们在谈话,你能插嘴吗?"不然的话,我倒可以对准温彻斯特放一支冷箭。

亨利王　葛罗斯特叔父,温彻斯特叔公,你们都是我们英国的国家栋梁,我要恳求你们,如果恳求是有效的话,务必要和衷共济、言归于好才好。倘若两位重臣互相排挤,岂不是朝廷的耻辱?贤卿们,我虽然年事还轻,可我也知道,臣僚不和,好比是一条毒蛇,会把国家的心脏给啃掉的。

　　　　内喊声:"打倒穿褐色号衣的野种们!"

亨利王　这是什么人在起哄?

华列克　我敢保证,这一定是主教手下的人,存心在闹事。

　　　　内喊声又起:"扔石头呀!扔石头呀!"伦敦市长率随员上。

市　长　啊呀,列位大人,吾王陛下,可怜可怜伦敦市吧,可怜可怜我们吧!主教和葛罗斯特公爵的手下人成群结队地打起架来啦。我曾禁止他们携带武器,他们就在衣袋里装满石子,用石子投击对方,已经有好些人的脑浆被砸出来了。每条街上的门窗都打坏了,铺子都吓得关了门啦。

　　　　双方的亲兵们上,彼此混战,打得头破血流。

亨利王　你们既是我的忠顺臣民,我命令你们立即住手,维持秩序。葛罗斯特叔父,请你制止这场纷争。

亲兵甲　不行,要是不准我们扔石头,我们就用牙咬。

亲兵乙　你爱怎么干就怎么干,我们也不含糊。(混战又起。)

葛罗斯特　我方的弟兄们,别再闹了,不要再械斗了。

亲兵丙　大人,我们知道您是一个公正、正直的人,除了王上陛下,您的身份最高贵。您是我们国家的仁慈的父亲,我们不能看着您这位贵人受一个书生的欺负,我们的妻儿老小和我们自己都愿意为您效死,纵然被您的敌人杀死也甘心。

亲兵甲　不错,我们死后,我们剪下的指甲也能聚成一队人马,再和他们交战。(重复交战。)

葛罗斯特　住手,我说,住手呀!如果你们是爱护我的,你们已说过是爱护我的,就听从我的劝解,暂时忍耐一下。

亨利王　唉,这场争吵叫我心里好难受呀!温彻斯特贤卿,你看着我涕泪交流,竟是无动于衷吗?如果你没有恻隐之心,谁还有恻隐之心?如果供奉圣职的人爱争吵,还能教谁笃爱和平?

华列克　让步吧,护国公大人,让步吧,温彻斯特主教。难道你们要固执到底,逼死你们的王上,摧毁你们的国家吗?你们看,由于你们两人互相仇视,已经酿成惨祸了。除非你们居心要想流血,就言归于好吧。

温彻斯特　叫他先认错,否则我决不退让。

葛罗斯特　看在王上的分上,我只得屈从,否则我要挖出那和尚的心肝,也不能让他占我的上风。

华列克　温彻斯特主教,你看,公爷的怒火已经平息了,从他舒展的眉宇间可以看出来,您为什么还这样剑拔弩张呢?

葛罗斯特　来吧,温彻斯特,我向你伸出和解的手来。

亨利王　呸,波福叔公!我听你讲道时曾说过,害人之心是极恶的大罪。难道你言行不一,首先违犯你自己的训示吗?

华列克　王上说得真好!主教碰了一个软钉子啦。温彻斯特主教大人,不怕难为情吗?宽容点吧!嘿嘿,你要让一个孩子教导你怎样做人吗?

温彻斯特　好吧,葛罗斯特公爵,我对你让步。我用好意回敬你的好意,我伸出手来回敬你伸出的手。

葛罗斯特　(旁白)哼,我看这都是虚情假意——我的朋友们,亲爱的同胞们,瞧吧,我们两人握手,这等于一面休战的旗子,表示我们两人和我们的一切手下人之间,已经和好了。上帝垂鉴,我决没有丝毫虚假。

温彻斯特　(旁白)上帝鉴察,我不是口不应心的!

亨利王　啊,亲爱的叔父,慈爱的葛罗斯特公爵,你们讲了和,我真高兴呀!去吧,你们众人!不要再搅扰我们了。你们的主人已经讲和,你们也和好吧。

亲兵甲　我满意了,我到外科医生那里去医伤。

亲兵乙　我也去。

亲兵丙　我到酒店去看看有什么治伤的东西。(市长及众亲兵等下。)

华列克　吾王陛下,我们有一道奏章保荐理查·普兰塔琪纳特,敬请陛下赐阅。

葛罗斯特　华列克爵爷,保奏得好。我的好王上,您的恩泽无所不施,对于理查一定要加恩的。此中的原委,我在埃尔萨姆宫里已经奏明陛下了。

亨利王　叔父,你提到的那些情节是有道理的,因此,众位贤卿,我们决定让理查恢复世职。

华列克　让理查恢复世职,他父亲的冤枉也得到昭雪了。

139

温彻斯特　大家既然同意,我也同意。

亨利王　理查,只要你真心效忠,我不仅赏还你的世职,还要将你祖上约克家族的全部产业发还给你。

普兰塔琪纳特　微臣立誓效忠,一定尽心竭力,死而后已。

亨利王　你可以跪到我的面前。为了酬庸你的忠心,我把约克的军剑赏你佩戴。站起来,理查,做一个真正的普兰塔琪纳特,你已被封为尊崇的约克公爵了。

普兰塔琪纳特　只要理查在职一天,决不允许陛下的敌人猖獗;我一定鞠躬尽瘁,铲除一切对陛下心怀贰意的人!

众　人　欢迎您,高贵的爵爷,威武的约克公爵!

萨穆塞特　(旁白)死亡吧,卑鄙的爵爷,下贱的约克公爵!

葛罗斯特　现在一切很好,就请吾王陛下渡海到法兰西,在那里举行加冕大典吧。国王临幸的地方,足以激发他的臣民和忠实朋友的爱戴之心,使他的敌人气馁。

亨利王　凡是葛罗斯特叔父说的,本王无不照办,因为忠荩之言,可以消除许多隐患。

葛罗斯特　陛下的坐船已经准备好了。(内奏乐,喇叭奏花腔。除爱克塞特外,余人俱下。)

爱克塞特　唉,我们尽管在英格兰或在法兰西耀武扬威,可是谁能预料大局怎样变化?现在朝内大臣,各立党派,表面上虽然假装和好,心里却燃烧着敌对的毒焰,总有一天要爆发出烈火来的。有如生着痈疽的肢体,慢慢溃烂下去,直到骨头和筋肉都一齐脱落,如今两派的恶意倾轧,也将会产生同样的结果。只怕当年亨利五世在位时的一句童谣现在要应验了。那童谣说:"出生在蒙穆斯的亨利赢得一切,出生在温莎的亨利毫无所得。"这苗头是越来越明显了,我但愿在那不幸的日子到来之前,我的寿命已经结束了才好。(下。)

第二场　法国。卢昂城前

　　　　　贞德化装上,兵士们化装成农民,背麻袋随在后面。

贞　　德　前面已经是卢昂的城门了,我们现在要用计拿下这座城。你们行动要小心,说话要谨慎。你们要装作乡下人的口气,装作是进城卖玉米的。如果我们混进了城——我想我们是能混进去的——要是这些懒散的守兵们防卫不严,我就用暗号通知我们那边的人,请查理太子来攻城。

兵士甲　我们背的是麻袋,我们就用它把这座城装起来。我们又将是卢昂的主人啦。现在就敲门吧。(敲门。)

守　　兵　(内白)是谁?

贞　　德　是老百姓,法兰西的穷苦老百姓。我们是到城里赶集卖玉米的。

守　　兵　(开城)进来,进来吧,集上的钟声已经响了。

贞　　德　嗨,卢昂,你的防御要被我摧毁了。(贞德等入城。)

　　　　　查理、奥尔良庶子、阿朗松率军队上。

查　　理　愿圣丹尼斯保佑我们妙计成功!我们又可以在卢昂城里高枕无忧了。

庶　　子　贞德已经带着她的帮手们进了城。她到了那里以后,要用什么办法通知我们从哪里进攻最好呢?

阿朗松　她约好在城楼上举起一把火炬,一见火炬,就可以明白她的意思是:她进去的那个城门是全城防御最弱之处。

　　　　　贞德登上城头,高举火炬。

141

贞　德　瞧,这是一把幸福的结婚火炬,它把卢昂和它的同胞们结合起来,它把塔尔博的党徒烧得片甲不留。(下。)

庶　子　看哪,尊贵的查理殿下,我们的朋友已经把火炬插上城楼啦!

查　理　让这火炬像复仇的彗星一样散发光辉吧!让它预兆我们敌人的全部崩溃吧!

阿朗松　不能耽搁了,迁延会误事的。马上攻城,大家呐喊:"太子万岁!"把守兵们立刻干掉。(全体入城。)

　　　　　鼓角声。塔尔博在混战中上场。

塔尔博　法兰西呀,你施用诡计,不要自鸣得意,只要塔尔博还活着,以后你要懊悔不迭、痛哭流涕的。那贞德巫婆,趁我们冷不防,搞了一个鬼鬼祟祟的把戏,我们几乎落到法国人的手里了。(下。)

　　　　　鼓角声。两军交锋。培福病笃,卧椅中,由众兵自城中异出。塔尔博及勃艮第率英军至城外。贞德、查理、奥尔良庶子、阿朗松及余人上城头。

贞　德　英雄们,早安!你们要玉米粉蒸馍馍吃吗?我知道勃艮第爵爷宁可饿着肚子,决不肯再花这么大的价钱买我们的玉米。上次卖给你们的,稗子太多了。你们觉得味道如何?

勃艮第　恶鬼,尽你讥笑吧,不要脸的婊子!我不久就要用你自己的玉米堵住你的嘴,叫你咒骂你自己种的庄稼。

查　理　只怕你爵爷还没来得及那样做,先就饿死啦。

培　福　哼,我们不用空话,我们要用实际行动来报复你们的诡计。

贞　德　你想干什么,老头儿?你想比枪吗?你想躺在椅子上冲锋吗？

塔尔博　法兰西的恶鬼呀,该死的骚货呀,你给你的姘头们缠昏啦！人家已经上了年纪,况且又病到这个样子,你还挖苦他,是应该的吗？雌儿,我要和你再较量一次,不然的话,塔尔博是死不瞑目的。

贞　德　将军,你何必发这么大脾气？你看贞德还是心平气和的。塔尔博一发雷霆,跟着就要来倾盆大雨啦。(塔尔博和英军将领互相耳语,商量对策。)

贞　德　祝你们的议会顺利进行！你们当中谁要发言？

塔尔博　你敢出城和我们交战吗？

贞　德　你这位大人大概把我们都当作傻子,一定要掂一掂我们的分量。

塔尔博　我不跟那贫嘴的女妖说话,我是对你,阿朗松,和其余的人说的。你们敢不敢像堂堂的军人那样,出城和我们决一死战？

阿朗松　回禀大人,我们不来。

塔尔博　大人,上吊吧！下流的法国骡夫们！你们只能躲在城里装蒜,没有胆量做上等人,和我们比一比高低。

贞　德　走吧,将军们！我们下城去。看塔尔博的样子,是不怀好意的。大人,愿上帝保佑你。我们跟你见面,不过是告诉你,我们已经在这儿了。(从城头同下。)

塔尔博　你放心,我们不久也要来的,要不然,塔尔博就枉有盖世的英名了！勃艮第,请你用你家族的荣誉起誓,为了报复你在法国受到的公开侮辱,一定要拼着命把这座城池夺回来。至于我,我发誓一定要拼着命把这座城池夺回来,我的誓言就像亨利王好端端地活着、先王是这片国土的征服者、

143

伟大的狮心王理查的遗骸埋葬在这座新近丧失的城池内一样真实,没有一点儿虚假。

勃艮第　你说的誓言也就是我们两人说的。

塔尔博　我们开仗以前,让我先把这位垂危的老将军培福公爵安顿一下。老公爷,我想把您送到一个比较舒适的地方,好让您安心养病。

培　福　塔尔博将军,你那样是跟我过不去了。我决定坐在卢昂城的前面,和你们同生共死。

勃艮第　英勇的爵爷,还是请您俯允我们的请求吧。

培　福　我决不离开这里。我在史书上读到过,从前亚瑟王的父亲彭德拉贡曾抱病来到阵前,打败敌人。我想我平日和士兵们情同骨肉,我留在这里,一定能鼓舞士气。

塔尔博　好一位视死如归的老英雄!就这么办吧。愿上天保佑培福爵爷平安无事!勇敢的勃艮第将军,现在没有别的,马上集合队伍,发动进攻。(只培福及其侍从留在场上,余人同下。)

　　　　鼓角声。两军混战。在混战中约翰·福斯托夫及队长上。

队　长　福斯托夫爵士,您急急忙忙往哪儿去?

福斯托夫　往哪儿去!逃命要紧,我们又要吃败仗了。

队　长　什么!您想逃,撇下塔尔博爵爷不管?

福斯托夫　是的,不论有多少个塔尔博爵爷,我也管不了,保住我自己的性命是第一。(下。)

队　长　胆小的骑士呵!但愿你到处碰壁!(下。)

　　　　吹退军号。兵士混战。贞德、阿朗松及查理等自城中逃出,过场下。

培　福　平静的灵魂,现在可以遵从天意,离去尘世了。我已经看到敌人的失败。愚而好自用,有什么结果?不久以前还说大话、挖苦别人的人,现在也急于逃命了。(培福死于椅中,两人舁下。)

　　　　鼓角声。塔尔博、勃艮第及余人重上。

塔尔博　一天之内,失而复得!这是双倍的荣誉,勃艮第。这次的胜利,真是托天之福。

勃艮第　骁勇善战的塔尔博,我对你是五体投地,不胜敬佩,我要将你的崇高业绩,永铭心版。

塔尔博　谢谢,温良的公爵。那贞德哪里去了?我想她的老相好大概是睡着了。奥尔良庶子的俏皮话、查理的刻薄话,怎么都不响了?怎么,都没精打采了吗?那一帮好汉们都已逃之夭夭,害得卢昂伤心得抬不起头了。现在我们留下几名干练的官员,把城里的秩序整顿一下,随后就前往巴黎去见王上,因为我们的幼主和他的廷臣们都已驻扎在那里了。

勃艮第　塔尔博爵爷怎么说,就怎么办。

塔尔博　不过在我们动身以前,不要忘了新近逝世的培福公爵,我们得把他的丧礼在卢昂举行。他生前确是一位杰出的军人,一位心地和善的大臣,可是王侯将相总不免一死,悲惨的人生,总是如此结局的呵。(同下。)

第三场　同前。卢昂附近平原

　　　　查理、奥尔良庶子、阿朗松、贞德率队伍上。

贞　德　兵家偶然胜败,不足挂怀。众位贵人,不必因为卢昂一城的得失,就心灰意懒。对于已成之局,徒然悲伤,非但无益,而且有损。别看狂妄的塔尔博暂时趾高气扬,像一只孔雀摇晃着尾巴,我们不久就要拔掉他的羽毛,剪除他的羽翼。只要太子和诸公慎重行事,定能成功。

查　理　我们一向都是依从贤卿的策划的,你足智多谋,我们完全信赖。决不因为一次失利,就有所怀疑。

庶　子　请你再定下巧计,我们一定使你名扬天下。

阿朗松　我们要选一处俗尘不染的地方,为你建立雕像,把你当作一位圣贤,向你膜拜顶礼。贤德的贞女,望你为我们多多造福。

贞　德　既蒙列位大人谆谆嘱托,我自当竭力效劳。有一计策在此,不知是否符合尊意。要想削弱塔尔博的势力,必须使他和勃艮第分离,我想用甜言蜜语,把勃艮第拉拢过来,塔尔博就孤立无援了。

查　理　真是一条妙计。如果勃艮第归顺过来,亨利的军队在法国一定站不住脚,他就休想吞并我们的国土,我们一定能把他赶出国境。

阿朗松　我们要将他们永远赶走,即便他们想在法国得到一块采邑,我们也断断不能答应。

贞　德　列位大人等着看吧,我一定使这条计策圆满成功。(远处鼓声)听,从这鼓声里可以听得出英国军队是向巴黎进发。

　　　　内吹英军进军号。塔尔博率队上,在远处绕场下。

贞　德　塔尔博走过去了,那是他的军旗在飘扬,后面走的是他全部的英国军队。

　　　　内吹法国进军号。勃艮第率队上。

贞　德　这后面的队伍是勃艮第和他的部属。他的队伍落在后边,真是天假其便。赶快吹起召开谈判的号音,我们要和他会谈。(内吹召开谈判的号音。)

查　理　我们要求和勃艮第公爵会谈！

勃艮第　谁要和我会谈？

贞　德　是法国查理太子,你的同胞。

勃艮第　查理,你有什么话要说？我要向别处出发了。

查　理　贞德,你说呀,快用言语打动他。

贞　德　英勇的勃艮第将军,法兰西的救星哟！请你暂停一会儿,容许你的卑微的侍婢向你说几句话。

勃艮第　有话快说,不要过于絮叨。

贞　德　请你看看你的祖国,看看富饶的法兰西,这许多名城大邑,被残暴的敌人践踏到什么地步了。你好比是一位母亲,眼见自己的无辜的婴儿,命在旦夕,不久即将合上幼嫩的眼睛,你心里不觉得难过吗？你看,颠连困苦的法兰西,现在已经遍体鳞伤,最可叹的是,这些创伤,有许多是你亲手造成的。唉,倒转你的矛头吧。你要分清敌我,不要把亲人当作仇人呀。从祖国胸怀刺出的一滴血,会比千万个外国人的血流成河,更使人触目惊心。回到祖国怀抱里来吧。用你如同涌泉一般的泪水,洗净祖国身上的污痕吧。

勃艮第　我是怎么的？是她这番话使我着了魔吗？还是我的爱国天性使我动摇了呢？

贞　德　我还要告诉你,整个法兰西,全体法国人民,都在奇怪,你到底是哪一国的人。你甘心为它服务的那个国家,无非是利用你来增进它的利益,它却对你毫无信任之心。现在塔尔博把你当作逞凶的工具,可是一旦他在法国立定脚跟,法国成为英王亨利的天下,他就会把你一脚踢出去的。我提醒你一件事,这桩事可以证明我的话。那奥尔良公爵不是你的仇人吗？他原先不是被英国人拘禁着的吗？可是英国人一听说他是你的仇人，就立即将他释放，连赎金都不要，这不是有心对你和你的朋友过不去吗？想一想吧，你何苦自绝于祖国，反替异族效劳？只怕有一天鸟尽弓藏，你自己也不免受他人宰割。来吧，归来吧！迷途的将军，急速归来，查理太子和所有的法国官兵都等候着和你拥抱呢。

勃艮第　我被征服了，她这些义正辞严的话攻进我的心坎，比强烈的炮火更加厉害，使我几乎要匍匐在地了。祖国呀，亲爱的同胞呀，宽恕我吧；列位大人，接受我的衷心拥抱吧。我率领全部军队听候你们指挥。再会，塔尔博，我不再信赖你了。

贞　德　真像一个法国人干的，今天吃东家，明天吃西家，说变卦，就变卦。

查　理　欢迎你，勇敢的公爵！你的友谊给我们以极大鼓舞。

庶　子　使我们的心头平添了一股勇气。

阿朗松　这件事贞德办得真出色，若是赐给她一顶金冠，她也可受之无愧。

查　理　众位贤卿，发动我们的队伍，和勃艮第一同进军，彻底击败敌人。（同下。）

第四场　巴黎。宫中一室

亨利王、葛罗斯特、温彻斯特、约克、萨福克、萨穆塞特、华列克、爱克塞特；凡农、巴塞特及余人上。塔尔博率兵士来见。

塔尔博　吾王陛下，列位大人。我听到您来到这里的消息，就把战事暂时停止，特地赶来向陛下致敬。我曾用这条臂膊替吾王克服了五十座城堡,十二个城市,七处坚强的城池,还俘获了五百名高级将领。为了表示我的敬意,我用同一条臂膊将我的佩剑放到王上的脚前,(跪)并以恭顺的忠忱,将战绩的光荣,献给上帝和吾王陛下。

亨利王　葛罗斯特叔父,这位将军就是长期转战在法兰西的塔尔博勋爵吗?

葛罗斯特　吾王鉴察,这就是他。

亨利王　欢迎你,百战百胜的将军!我现在还年轻,但我从小就听我父王说你是一员超群绝伦的名将。近年来,我们更确实知道,你是赤忱为国,劳苦功高。只因迄今尚未和你见面,未能给你以应得的封赏。现在请你站起来,为了酬庸你的功绩,特封你为索鲁斯伯雷伯爵,并准你参加我的加冕典礼。(喇叭奏花腔。除凡农及巴塞特外俱下。)

凡　农　我对你说,你在渡海的时候对我那样无礼,竟敢糟蹋我为表示对约克公爵的敬意而佩戴的花朵,你那时说过的话,现在还敢坚持吗?

巴塞特　当然坚持。你那天用你刁滑的舌头,说了我的主人萨穆塞特爵爷许多坏话。你不改口,我为什么要改口?

凡　农　你的东家是个什么样的人,我就按照什么样子对待他。

巴塞特　你说他是什么样的人?我东家总不见得比不上约克。

凡　农　你听着,我说他比不上。为了证明我的话,叫你吃一拳。(打巴塞特。)

巴塞特　混账东西,你知道宫廷里的规矩,不准比剑,违者立即处死,不然的话,我一剑就砍出你的血来。我要去见王上,请他批准我雪耻的权利,到那时我们再碰头,叫你知道我的厉害。

凡　农　好吧,恶棍,我也去见王上,以后要碰头,我比你更早到。(各下。)

第 四 幕

第一场　巴黎。宫中正殿

　　亨利王、葛罗斯特、爱克塞特、约克、萨福克、萨穆塞特、温彻斯特主教、华列克、塔尔博、巴黎市长及余人上。

葛罗斯特　主教大人,请为王上加冕。

温彻斯特　愿上帝保佑吾王亨利六世!

葛罗斯特　来,巴黎市长,你来宣誓。(市长跪)你要立誓除亨利六世陛下以外,决不拥戴别人为王;凡是拥护他的,就是你的朋友,凡是阴谋背叛他的政权的,就是你的敌人。你必须恪遵誓言,上帝就赐福给你。(市长及随员下。)

　　约翰·福斯托夫上。

福斯托夫　吾王陛下,我从卡莱赶来参加您的加冕大典,在路上接到一封信,是勃艮第公爵写给您的。

塔尔博　你和勃艮第两个不顾廉耻的人!我已经立过誓,卑鄙的骑士,我若碰到你,定要把你骑士职位的绶带从你这懦夫的腿上剥下来。(扯去其绶带)因为你不配享有这种高贵的头衔,所以我剥下它。陛下,众位大人,请恕我鲁莽,只因这个胆小鬼,在帕台开仗的时候,我军只有六千人,法军人数比我方多十倍,双方还未交锋,还未动手打,这家伙就逃得不知去向了。这一仗我军损失了一千二百人,我本人和好几位其他将领受到袭击,成了俘虏。众位大人,请你们公断,我该不该这样做,像他这样的懦夫有没有资格佩戴骑士的绶带。

葛罗斯特　说实话,这种行为,即便出自一个寻常的老百姓,也是可耻的,何况他是一个骑士,还是一个带队的军官。

塔尔博　列位大人,当初建立这个制度的时候,佩戴绶带的骑士都是出身高贵、勇敢正直的人,他们都是身经百战、建功立业、具有豪迈的气概,他们都能临危不惧,临难不苟,在极端困苦之中,勇往直前。如果有人缺乏这种品质,混进骑士的行列,这种人就是盗窃名位,亵渎骑士的高贵称号,依我看来,我们对于这样的人,应该像对待一个冒充世家子弟的村夫那样,褫夺他的职衔。

亨利王　你这英国人的败类,听候我们对你的宣判吧!我们革去你的骑士职衔,驱逐你出境,你如敢逗留,定杀不赦。(福斯托夫下)护国公,现在请你把勃艮第公爵的来信读一下。

葛罗斯特　(看到信上开头的称呼)这封信的格式怎么改了,公爵的用意何在?这信一开头就是突突兀兀的一句话:"致书于英王",没有一句恭顺的辞藻,难道他忘了他是以臣下的身份上书给君王的吗?这种粗鲁的称呼是不是表示他有反侧之意?啊呀,他写的是些什么话?(读信)"鉴于我的国家惨遭蹂躏,你们的残暴行为已引起人民的怨愤,我决定和你们的恶势力断绝关系,归附我法国的合法国王查理。"啊呀,毫无人性的奸贼!竟有这样的事!那时的海誓山盟,竟都是一片虚情假意!

亨利王　什么！勃艮第反了吗？

葛罗斯特　反了,陛下,他成为您的敌人了。

亨利王　信里还有什么更坏的话吗？

葛罗斯特　没有了,陛下,他说的坏话就是这些。

亨利王　既然如此,我们就派遣塔尔博伯爵前去讨伐,质问他反复无常之罪。将军,你有什么意见,你愿去吗？

塔尔博　愿去,陛下！若不是王上先已下了谕旨,我也要向王上讨这差使的。

亨利王　那么你就立即集合人马前往声讨吧。你此番前去,要叫他知道,背叛朝廷,出卖朋友,该当何罪。

塔尔博　我这就去,陛下,我希望此番出征,仍和以往一样,把敌人杀得豕突狼奔。（下。）

　　　　凡农及巴塞特上。

凡　农　陛下,请批准我进行决斗。

巴塞特　陛下,也请批准我进行决斗。

约　克　这人是我的仆人,陛下,请垂听他的陈诉。

萨穆塞特　这人是我的仆人,陛下,请您赐以恩宠。

亨利王　等一等,两位贤卿,让他们说说是为了什么事。说吧,先生们,你们的争执是为了何事？你们为什么要求决斗？跟谁决斗？

凡　农　跟他决斗,陛下,因为他得罪我了。

巴塞特　我要跟他决斗,因为他得罪我了。

亨利王　你们两人都说被得罪了,到底是为了什么事？你们先说给我听,然后我再替你们判断。

巴塞特　我们从英国渡海到法国的时候,这个人用他刻薄的舌头,讥笑我佩戴的这朵玫瑰花。他说这红色的花瓣好比是

153

我主人发赤的面颊,因为我主人和约克公爵曾为法律上一个理论问题争持不下,我主人曾气得面红耳赤。他还说了许多恶毒刺耳的话。为了驳斥他的无耻谰言,捍卫我主人的尊严,我要求使用比剑的权利。

凡　农　我也正是为了请求使用比剑的权利而来,陛下。他虽然花言巧语,推诿责任,其实是他先向我挑衅的。是他首先责备我不该佩戴白花,他说这朵花惨白的颜色透露出我主人心头的怯弱。

约　克　萨穆塞特,你对我的怀恨,不能和解吗?

萨穆塞特　我的约克爵爷,你对我何尝不恨之切骨?你虽然巧于掩饰,但是终究会暴露的。

亨利王　我的主啊,脑筋不清的人够多么糊涂,为了一些无聊琐屑的小事,竟会闹到这样地步!约克和萨穆塞特两位好堂兄,请你们冷静一下,和和气气的吧!

约　克　先让他们用决斗解决争端,然后再请陛下下令和解。

萨穆塞特　这场争闹是我们两人的私事,让我们两人亲自来解决。

约　克　好,这是我挑战的信物,萨穆塞特,你接受我的挑战吧。

凡　农　不,谁最先要求决斗,就让谁去执行。

巴塞特　请您同意这样办,我的尊贵的主人。

葛罗斯特　同意这样办!闭上你争吵不休的嘴!带着你爱说大话的舌头死去吧!僭越职分的陪臣们,你们这样喧哗无礼,闹得王上和大臣们都不得安静,你们不觉得羞愧吗?两位爵爷,你们放纵家臣胡闹,我很不以为然,况且你们听了他俩的挑唆,自己也吵闹起来,那就更不成体统了。我奉劝你们不要如此。

爱克塞特　这件事叫王上不安了,两位大人,言归于好吧。

亨利王　到这边来,你们两个要求决斗的人,你们如果希望得到我的恩遇,今后就要遵照我的谕旨,把这场争吵和引起争吵的原因,置之度外,永不再提。两位贤卿,我请你们不要忘记我们所处的环境。我们是在法兰西境内,我们的周围是一个反复无常、变化多端的民族。如果他们察言观色,知道我们内部不和,他们的叛志就会炽旺起来,进而还会兴兵作乱!还有各国的诸侯,如果他们听到英国的亲贵大臣,为了无关紧要的琐事,互相倾轧,以至丧失我们在法兰西的领土,岂不要引为笑谈!唉,望你们顾念先王创业不易,顾念我尚在冲龄,不要把先人血汗换来的基业,视同儿戏。让我把这场无谓的纠纷,替你们秉公处理。比如我戴上这一朵玫瑰。(戴上一朵红玫瑰)我看任何人也没有理由,因此就可以揣测我是偏袒萨穆塞特,而薄视约克。你们两家都是皇族,我和你们都是骨肉至亲。犹如我这里戴上王冠,不能因为苏格兰王也戴王冠,就说我做的不对。不过我想你们都是明理之人,无须我谆谆劝导,你们自己也会省悟的。我们来的时候既是和谐无间,就让我们继续保持和谐吧。约克堂兄,我派你继任总管法国事务大臣。萨穆塞特爱卿,派你率领骑兵协助他的步兵,共同驻扎法境。望你们尽忠报国,发扬祖德。尤其要消除宿怨,戮力同心,如果你们还有余怒未息,就发泄在敌人的身上吧。我和护国公以及群臣,稍稍休息以后,就要取道卡莱回国。我希望你们不久就能生擒查理、阿朗松和其他叛贼,向我献俘。(喇叭奏花腔。除约克、华列克、爱克塞特、凡农外均下。)

华列克　约克公爵,王上这篇演说,可算得情辞并茂了。

约　克　话说得确是好，不过他为什么佩戴萨穆塞特的标记，我看了有些不受用。

华列克　唏，那不过是出于偶然，你不要介意，我看他并无歹意。

约　克　如果我知道他有什么深意——算了，不谈吧，我们还有别的事情需要料理。（除爱克塞特外均下。）

爱克塞特　理查，你不说下去也好；你若把心事尽情吐露出来，只怕其中所包藏的深仇积恨，有许多是出人意表的哩。无论如何，任何普通人也看得出来，亲贵们意见分歧，互相排挤，还纵容各自的亲信遇事生风，日后总要闹出大祸来的。目今幼主在位，人心已是惶惶不安，再加上大臣们争权结党，我看分崩离析的局面，是势所难免的了。（下。）

第二场　波尔多城前

塔尔博率军队上。

塔尔博　号手，你去到波尔多城门口，召唤他们的统帅上城答话。

号角吹会谈信号。法国统帅及余人上至城头。

塔尔博　将军们，现在是英王亨利陛下的司令官塔尔博向你们训话。我命令你们：敞开你们的城门，向我们俯首纳降，承认我们英国国王为你们的王上，并向他表示臣服之礼。如果你们件件依从，我就撤退我的兵马；如果你们拒绝这些议和的条款，你们就将激怒我的三个侍从：饥饿、刀兵和烈火，它们在俄顷之间就能将你们的深沟高垒夷为平地。

统　帅　你这预兆死亡的恶毒的枭鸟，你是我们国家的灾殃！你对我们肆虐的日子快完结了。你想攻进我们的城池，你只能自取灭亡。我们不但防御坚强,我们还有强大的兵力出城和你交战。你想撤退也难逃脱,因为我们的太子,料事如神,早已设下埋伏,等你自投陷阱。四面八方全有我们的部队,赛如天罗地网,准备将你擒拿。你已大难临头,死在眼前,无论如何也不能幸免。一万名法军已在领圣餐时宣誓,他们的强烈炮火不打任何别的基督徒,专打你这英国人塔尔博。瞧,你此刻站在那里,还是一个雄赳赳、气昂昂、不可一世的英雄!可是这句颂扬的话,是我作为你的敌人最后奉送给你的,因为现在已开始运行的沙漏,在它没有走完一个时辰的行程以前,我所看到的肤色红润的你,就要变成一个干瘪瘪的、血淋淋的、面色惨白的尸体了。(远处战鼓声)听,听!这是法国太子的战鼓,它是对你怯弱的灵魂敲起警钟,等到我的战鼓一敲响,那就是为你送终的丧钟了。(法国统帅及余人同下。)

塔尔博　他说的不是假话,我已听到敌人的行动。派几名骑兵出去侦察一下敌人两翼的情况。嗳哟,我们是失算了!我们已经陷入重重包围,好像一小群英国的驯鹿,被一窝狂吠的法国恶犬吓得胆战心惊。即使我们是英国的麋鹿,我们也要做个壮实的鹿,不能像瘦弱的麋鹿那样,不堪一击;我们要像被逼得发了蛮劲的雄鹿那样,掉转头来,面对着猎犬,用尖利的鹿角去触它们,使那胆怯的猎犬不敢进攻。我的朋友们,只要你们能像我一样肯硬拼,敌人即便拿下我们这群鹿,也得付出重大代价。上帝跟圣乔治、塔尔博跟英格兰的权利,在这场恶斗中,把我们的旗帜举得更高吧!(同下。)

第三场　加斯堪尼平原

约克率军队上。一名使者来见。

约　克　派去尾随法国太子率领的大军的侦察兵回来没有？

使　者　大人，他们已经回来，据他们报告，法国太子已经率领他的军队前往波尔多，准备和塔尔博交战。正当他们进军的时候，我们的侦察兵又见到两支更强大的队伍和他们会合，一起向波尔多进发。

约　克　该死的萨穆塞特，我征调他的骑兵去支援塔尔博，并且已和塔尔博约定，他怎么迟迟不去！鼎鼎大名的塔尔博正在渴望我的支援，我却被那奸贼误了事，不能给我们崇高的将军以及时的援助。在他的急难之中，愿上帝赐以慰藉吧！万一他作战失利，法国的战局就完蛋了。

威廉·路西上。

路　西　我们英军的最高统帅大人，在这空前紧急关头，请您迅速派队伍驰援塔尔博将军吧！他现在好比是被一条铁箍紧紧束住了腰臀，受困在险恶的毁灭之中。英勇的公爵，快往波尔多去吧！快去吧！要不然，塔尔博、法兰西以及英国的荣誉，全都完了。

约　克　上帝呵，我恨不能用这个跋扈不听号令的萨穆塞特去代替塔尔博的地位！那样倒可以去掉一个懦夫和奸贼，保全一位骁勇的将军。如今是好人牺牲，恶人稳卧，真使我怒火中烧，涕泗交流。

路　西　快派部队去支援那位四面受敌的将军吧！

约　克　他死亡，我们失败；我背弃军人的诺言；我们悲伤，法兰西微笑；我们失败，他们得意；这一切都是万恶的萨穆塞特造成的。

路　西　那么恳求上帝垂怜勇敢的塔尔博的灵魂，垂怜他的幼子约翰吧！两个小时以前我遇到小塔尔博，他正赶往他的父亲那里。他们父子已经分离七年，不想今日重逢，却将同归于尽。

约　克　想不到塔尔博刚见到儿子就同进坟墓，叫他的崇高的胸怀能有什么欢乐？久别的朋友重逢在死亡的时刻，我心中不胜烦忧，我忍不住喉头哽咽。别了，路西，别指望我能做什么，我束手无策，徒唤奈何。缅因、布罗亚、波亚叠和都尔相继沦亡，都由于萨穆塞特迁延之罪，由于他的荒唐。

（率兵士下。）

路　西　当悖逆的鹫鸟啄食大将的胸膛的时候，却有人高枕而卧，无动于衷。深得民心的亨利五世老王，他的尸骨未寒，他挣下的基业却将轻轻断送。将军们争吵不休，生命、荣誉和土地都付诸东流。（下。）

第四场　加斯堪尼另一平原

萨穆塞特率军队上。塔尔博部下一军官随上。

萨穆塞特　已经太迟了，我现在已没法派出队伍。这次约克和塔尔博定下的进军计划过于鲁莽，我们用主力部队去攻城，本就有被包围的危险。好大喜功的塔尔博，这一次冒险轻进，使他过去的辉煌战绩，蒙上一层阴影。约克怂恿他作战，是别有用心的，他希望塔尔博战败而死，以便独享盛名。

军　官　威廉·路西爵士来了，我们二人都是在我们的部队受到严重压迫时被派来求援的。

　　威廉·路西上。

萨穆塞特　怎么啦,威廉爵士!你从哪里来的?

路　　西　问我从哪里来,大人?我是从受人玩弄的塔尔博将军那里来的。他受到强大敌人的包围,向尊贵的约克和萨穆塞特呼吁,请你们帮助他的削弱了的军队,击退死亡的进攻。当这位忠义的将军流着血汗,死守阵地,力战待援的时候,您身膺国家重寄,却辜负了他的信赖,为了一些无聊的争执,竟然按兵不动,袖手旁观。请您不要因为私人的嫌隙,就把应受征调的援兵扣留不遣,坐视那位名将在众寡悬殊的形势之下丧失生命。如今奥尔良庶子、查理、勃艮第、阿朗松、瑞尼埃从四面八方将他紧紧包围,塔尔博命在旦夕,这都是由于您失约之过啊。

萨穆塞特　约克怂恿他去,就应由约克派兵驰援。

路　　西　约克也会向您反唇相讥,他发誓说他特地为这次战役征调的人马被您耽误了。

萨穆塞特　那他是在说谎,他为什么不直接派骑兵去?我对他没有什么义务,更谈不上有什么感情;我断不屑于借派兵来讨他的好。

路　　西　忠勇高义的塔尔博,不是陷在法国军队的手里,而是陷在英国人的尔虞我诈之中。他一定不能生还英国了,他的命是被你们的内讧断送的。

萨穆塞特　好,去,我立即派骑兵去,六个小时以内就能到达。

路　　西　救兵已经太迟了,他如没有被俘,就一定阵亡了;他即便想逃,也是逃不脱的,但他即便能逃,他也断不肯逃。

萨穆塞特　万一他死了,那么,勇敢的塔尔博,愿你和上帝在一起!

路　西　他的英名将永垂于世,他的败亡则必须归咎于你。(同下。)

第五场　波尔多附近英军营地

　　塔尔博及其子约翰上。

塔尔博　唉,年轻的约翰!我召唤你到这儿来,原想让你随在我的身旁,学习一些韬略;今后我年老力衰,退归林下,指望你重振家声。唉,预兆不祥的星宿呵!谁料到你赶到这里,恰恰遇到形势险恶、命在旦夕的时节。现在事不宜迟,亲爱的孩子,赶快骑上我的快马,我指点你怎样冲出重围。来,不要耽搁,快走,快走。

约　翰　我的姓氏是不是塔尔博?我是不是您的儿子?叫我逃吗?啊,如果您是爱我母亲的,就请不要叫我变成一个私生子,变成一个奴才,来玷辱她的清白的名字吧!因为世人都会说,这人一定不是塔尔博的亲骨血,他高贵的父亲还在苦战,他怎么狼狈而逃?

塔尔博　逃吧,如果我被杀,你替我报仇雪恨。

约　翰　一个人处在这样的局面,若是肯逃,他根本就负不起复仇的责任。

塔尔博　如果我们两人都不走,两人都必死无疑。

约　翰　那就让我留下;父亲,你速走莫迟。您身系国家安危,您的生死关系非轻;我若死了却不算什么损失,因为我尚未成名。法国人杀了我,并不能借此来夸张战绩;您如遭到不幸,他们就会大肆吹嘘,而我们的一切希望也将成为泡影

161

了。您的盖世勋名不会因为一次退却就受到玷辱；我还寸功未立，若是离开阵地，就成为莫大污点。您如撤退，人人都能谅解，说是出于战略的要求；我若退让一步，大家定将骂我胆怯。如果我第一次遇到危险就逃避不遑，以后就再也不能指望我坚持到底了。我这里跪告苍天，唯求一死，决不肯含羞忍耻，苟且偷生。

塔尔博　难道叫你母亲的一切亲人同归于尽？

约　翰　哎，宁可如此，也不能叫她死后蒙羞，九泉抱恨。

塔尔博　我为你祝福，我命令你赶快逃生。

约　翰　叫我作战，我愿意；叫我逃命，万万不能。

塔尔博　你有活命，你父亲就通过你而部分得救。

约　翰　那并不足百世流芳，只能万年遗臭。

塔尔博　你还没有建立勋名，所以不至于声名扫地。

约　翰　是呀，您既已功名盖世，退却一次又何足芥蒂？

塔尔博　你逃生是出于父命，人家不能对你苛求。

约　翰　可是您已为国捐躯，谁来为我证明原由？既然死亡迫在眉睫，我父子就一同逃走吧。

塔尔博　难道留下我的官兵，叫他们作战至死吗？我活了这把年纪，从未做过这样丢人的事。

约　翰　难道我这年轻小伙子反而不顾羞耻？无论情况如何，我决不离开您的身畔，犹如您自己不能把自己劈成两半。留也罢，走也罢，您怎么办，我也怎么办；您如果献身报国，我也决不苟延残喘。

塔尔博　那么，别了，我的好儿子。你生不逢辰，今天下午就是你授命之日。好，我们肩并肩，臂靠臂，同生同死；在这法兰西的土地上，我们父子的灵魂要一同飞上天庭。（同下。)

第六场　战　场

　　号角声,两军交战,塔尔博之子四面受敌,塔尔博赴援。

塔尔博　圣乔治保佑我们胜利！杀呀,兵士们,杀呀！那总管大臣,他对我失约,救兵不到,我们只得奋勇作战,抵挡法国人的凶猛的枪刀。我儿约翰在哪里？啊,你歇一歇,喘口气吧。你的生命是我给你的,我又从死亡中救出你来。

约　翰　哎呀,您是我再度的父亲,我是您再度的儿子了。您第一次给我的生命已经丧失了,多亏您挥舞神勇的宝剑才挽回颓局,赐给我再生之日。

塔尔博　我看到你用剑砍下法国太子的盔缨,你那英俊的雄姿暖了你老父的心,使我决心争取最后的胜利。在我年迈的胸膛里燃起少年般的烈火,我击退了阿朗松和勃艮第那一群庑酋,把你从法国的精锐部队中救了出来。凶恶的奥尔良庶子欺负你年轻,叫你挂了彩；我随即和他交手,砍得那私生子流出血来。我用鄙薄的口吻骂他："下流的杂种,从你身上淌出的卑污的血,怎能和我儿纯洁的血相比！"我奋勇救你,也想趁此把那庶子剪除。我的爱子啊,告诉我,你困乏了吗？你身子怎样？你已显示过你的身手,不愧为将门之子,现在你总可以离开阵地了吧。快走,等我死后,你替我报仇。多留下一个帮手在这里,对我也无益。若把全体的生命都载在一只小舟上去和风浪搏斗,那真是愚不可及。我年已老迈,即便今天不死在法国人的手里,也没有多少时候好活。我留在这里,法国人占不到什么便宜,最多不过叫我少活一两天罢了。可是你和我不同,在你身上寄托着你母亲的遗志,我们家族的声名,为我复仇的重任,你自己的青春,以及英国的威望。如果你留,这一切都将付之流水;如果你走,这一切就赖以保全。
约　翰　奥尔良的宝剑并未叫我吃惊。您这一番话却使我心头滴血。为了那一点儿便宜,就出卖廉耻;为了保全一条卑微的生命,就毁弃令名;如果我竟做出这等事来,就叫我这懦夫骑的马在举步以前,颠蹶而亡!就把我比作法国的村童,叫我受尽一切耻辱的讪谤,遭遇一切的灾殃!有您这样一位顶天立地的父亲,如果我逃走,我就不配做塔尔博之子。别再提逃走二字吧,那是丝毫没用的。我是塔尔博之子,我一定死在塔尔博的跟前。
塔尔博　既然如此,你就学着伊卡洛斯的榜样,紧跟在他父亲代达罗斯的身边①。你是我最最疼爱的爱子,让我们寸步不离,一同作战,表现出我们高贵的品质,光荣地献出我们的生命。(同下。)

第七场　战场的另一处

　　　　　号角声,两军对战。塔尔博负伤,由仆人扶上。

塔尔博　我的另一条生命在哪儿?我自己的生命是完结了。啊,小塔尔博在哪儿?英勇的约翰在哪儿?赢得胜利的死神哟,我浴血死战,身负重伤,即将落到你的掌握之中,但我儿子的英勇表现,使我能对你微笑了。我儿约翰看到我力

---

① 希腊神话,伊卡洛斯和他父亲代达罗斯一起用蜡制的翅膀逃离克里特,他因飞近太阳,坠海而死。

不能支,就挥动他涂满血污的宝剑为我掩护,他那生龙活虎的雄姿,使敌人望风披靡。当他独自站在我的跟前看护我的伤痕的时候,他怒火中烧,目眦欲裂,突然从我的身旁冲到法军最密集的地方,以无比的威力沐浴在敌人的血海之中,我的伊卡洛斯,我的生命的英华,就这样光荣牺牲了。

众兵士舁小塔尔博尸体上。

仆　人　我的亲爱的主人,瞧,他们把您的儿子抬来了。

塔尔博　你这爱扮鬼脸的死神,不要带着讥讽的恶意对我狂笑,我们父子马上就要不受你的压制,摆脱你的牢笼,插上双翼,飞向柔和的天空,再也不在尘世里忍受折磨了。我的儿呵,你负伤而死,不失勇士的气概,在你停止呼吸以前,对你父亲说句话呀!你说一句话,就足以表示你对死神的蔑视;我要你把死神当作一个法国人,当作你的仇敌。可怜的孩子,他微笑了,他似乎在说:"如果死神果真是个法国人,那么死神今天已经死去了。"请你们帮个忙,把他放到他父亲的怀里来,我已经精神恍惚,支撑不住了。兵士们,我向你们告别了!我能用我这老年人的怀抱作为我爱子的坟墓,我已心满意足了。(死。)

阵阵鼓角声。兵士及仆人下,留下塔尔博父子尸体。查理、阿朗松、勃艮第、奥尔良庶子、贞德率军队上。

查　理　倘若约克和萨穆塞特及时派到救兵,今天这场血战一定是够惨烈的。

庶　子　那小塔尔博狗崽子像发了疯,他用法国人的血来试他的剑锋。

贞　德　我曾和他遭遇,我对他说:"乳臭未干的小伙子,叫你败在姑娘的手里。"他却昂然不屑地回答我:"天生我堂堂男子,岂肯和你这浪妇交锋!"说完他就冲到我军的垓心里去,傲慢地离开了我,似乎我是不值他一顾的。

勃艮第　有他那样的骁勇,他是不难成为一员高贵的骑士的。瞧,他现在躺在他老子的怀里,他这般凶横都是那嗜杀的老子教出来的。

庶　子　他们父子活着的时候,是英国的荣光,却是我们法国的灾殃,现在他们死了,我要把他们剁成肉酱。

查　理　不可如此!他们生前既为我们所畏惧,他们死后我们也别加以糟蹋。

　　　　　威廉·路西由法军传令官导引,率随从等上。

路　西　传令官,领我到太子的营帐里,我要知道今天的光荣是属于谁的。

查　理　谁派你来投递降书的?

路　西　什么降不降,太子!只有你们法国才有这个字眼,我们英国军人不懂得这个字的意思。我来见你,是为了调查一下哪些人被你俘获,还要看一看我方阵亡将士的尸体。

查　理　你要打听俘虏吗?你只能到地狱去找他们了。你干脆告诉我,你要打听的是谁。

路　西　我说给你,我要打听的是今天战场上的天字第一号英雄,就是那位英勇的塔尔博将军,由于卓越的战功,他已晋封为索鲁斯伯雷伯爵、兼瓦虚福及凡仑司伯爵、兼古德立及欧钦菲勋爵、兼白拉克米勋爵、兼阿尔顿勋爵、兼温菲勋爵、兼舍菲勋爵、兼联捷三次的福康勃立琪勋爵,加授圣乔治、圣米迦勒及金羊毛骑士称号,实授亨利六世驾前统领法境英军大元帅——这位将军在哪里?

贞　德　好一串嘟嘟囔囔的头衔!占有五十二个国家的土耳其

可汗也没有这样噜苏的衔名。你用那么多的官衔来表示的那个人,现在正躺在我们的脚前,被苍蝇叮着,发出恶臭。

路　西　哎呀,那位威震法国、作为惩罚法国人的鞭子的塔尔博将军,他遇害了吗?如果我能叫我的眼珠变成子弹,在我的愤怒之下,我定把它们射到你们的脸上!我恨不能叫他父子死而复生,只要有他父子,就能叫你们全国的人颤栗不止!不,只须把他的画像悬在这里,就足使你们中间最骄傲的人心惊胆战。把他父子的尸体交还给我,我要把他们运还本土,以礼安葬。

贞　德　这个莽汉一定有老塔尔博的鬼魂附在身上,你听他说起话来,好大的口气。看在上帝的分上,把尸体给他吧,留在这里,只能发臭,把空气都弄得污浊了。

查　理　算了,把尸体带走吧。

路　西　我是要把他们运走的。等我将他们火化以后,从他们的尸灰里会生出一只凤凰,使你们整个法国不得安生。

查　理　只要你把他们带走,随便你怎么办都行。现在趁着此番胜利,我们要一鼓作气,直取巴黎。塔尔博已死,我们可以为所欲为了。(同下。)

第 五 幕

第一场 伦敦。宫廷

　　　　礼号声。亨利王,葛罗斯特及爱克塞特上。

亨利王　教皇、罗马皇帝和阿玛涅克伯爵的来信,你看过了没有?

葛罗斯特　我都看过了,陛下。信里的大意是:他们恳求陛下和法国议和。

亨利王　贤卿的意见如何?

葛罗斯特　这个——陛下。为了不再叫基督徒们流血,恢复各方面的安宁,只有议和才是个办法。

亨利王　哎,真的,叔父。我素来认为,我们两国人民都奉行同一的宗教,如果互相残杀,那是既违天意,又悖人情。

葛罗斯特　此外,陛下,还有一桩有利的条件,可使和议早日达成,和议达成以后,也可得到更好的保证:法国太子查理的亲密盟友,阿玛涅克伯爵,在法国是一个握有实力的人,他愿将他的独生女儿嫁给王上,并赠送一笔丰厚的妆奁。

亨利王　嫁给我!叔父,我还年轻呀!我现在专心读书才是正理,还不到谈情说爱的时期。不过,依着贤卿的意见,我们就召见各国使臣,给他们一个答复吧。只要能为上帝增光,为社稷谋福,任何建议,我都可以嘉纳的。

　　温彻斯特穿红衣主教服饰偕一教廷使臣及两大使上。

爱克塞特　(旁白)怎么!温彻斯特升了官了,他什么时候升为红衣主教的?我看亨利五世老王的一句预言果真要应验了。他曾说过:"他一旦当上了红衣主教,他就想和国王分庭抗礼了。"

亨利王　各位使臣,你们递来的国书,我们已经慎重考虑过了。你们的来意很好,所提办法,也很合理,因此,我们决定提出议和的条款,特派温彻斯特钦差赍往法国。

葛罗斯特　(向一使臣)至于您的主人阿玛涅克伯爵的提议,我已经详细奏明王上。关于你们郡主的淑德美貌,以及妆奁的价值,都已一一奏明。王上听了甚为中意,决定要你家郡主为我国王后。

亨利王　这里有一份珠宝,请你带去,作为订婚礼物,并借以表示我对她的倾慕之忱。护国公贤卿,你派人护送这几位使臣前往多佛,在那里搭船归国,并祝他们海上平安。(除温彻斯特及教廷使臣外均下。)

温彻斯特　请等一等,钦差大人。这次承蒙教皇提拔,使我能够穿上这身庄严的服饰,不胜感激。我曾约定奉呈一笔款项,聊表寸心,在您动身回国以前,请将这项银子代为收纳。

教　使　等您闲暇的时候,我来领教。

温彻斯特　(旁白)从今以后,我温彻斯特站在爵位最高的贵族面前,也不寒伧了。葛罗斯特哟,我要叫你知道,无论讲到

169

身世,无论讲到权力,本主教再也不受你的欺负了。除非你低头认罪,我定要把我们的国家闹得天翻地覆。(同下。)

第二场　法国。安佐平原

　　　　　查理、勃艮第、阿朗松、贞德率兵士列队行进。

查　　理　众位贤卿,我们得到振奋人心的消息。据报告,坚强的巴黎人民已经叛离英国,回到我们法国方面来了。
阿朗松　那么,殿下,我们就立刻进军巴黎,不要耽搁吧。
贞　　德　若是巴黎人民归顺我国,就祝福他们共享太平;如若不然,就叫那里的楼台殿阁,化为灰烬!

　　　　　侦察兵上。

侦察兵　愿我主马到成功,各位大人政躬安泰!
查　　理　你带来什么消息?快说吧。
侦察兵　英国军队本是分裂为两派的,现在他们又联合起来,马上就要对您开仗。
查　　理　众位贤卿,这警报来得过于仓促了,我们必须立即应敌。
勃艮第　殿下,反正塔尔博已死,他的鬼魂不会出现,我们不必惊慌。
贞　　德　在一切卑劣的情感之中,恐惧是最最要不得的。殿下,只要您号召一声,说是非胜不可,胜利就是您的。我们要叫亨利坐立不安,要叫全世界都为他气沮。
查　　理　那么,干他一下吧,贤卿们!祝我法兰西幸运无疆!
　　　　　(同下。)

第三场　同前。安及尔斯城前

号角声。两军对战。贞德上。

贞　德　英国总管得胜了,法国军队崩溃了。各种各样的符箓咒语,你们救救我吧;向我预报未来事件的鬼魂们,救救我吧。(雷声)北方鬼王的大小神差们,你们是能救苦救难的,快来解救我这次的危机吧。

众幽灵上。

贞　德　你们听我召唤,立刻就来,可见你们还和往常一样,是愿意为我出力的。众位熟识的精灵们,你们都是从地下王国精选出来的,请再帮一次忙,使法国获胜。(幽灵等来往走动,默不作声)哎呀,别老不开口呀!我以前用我的血供养你们,我这一次要砍下一条胳膊送给你们,来换取你们对我更大的帮助,请你们俯允,救我一救吧。(幽灵等将头低垂)无法挽救吗?如果你们答应我的请求,我愿将我的身子送给你们作为酬谢。(幽灵等摇头)难道用我的身子、用我的鲜血作为祭品,都不能博得你们素常给我的援助吗?那么就把我的灵魂,我的躯体,我的一切,统统拿去,可千万别叫法国挫败在英军的手中。(幽灵等离去)不好了,他们把我抛弃了!看起来是运数已到,法兰西必须卸下她颤巍巍的盔缨,向英格兰屈膝了。我往日使用的咒语都已不灵,我无法抵挡来自地狱的强大势力。法兰西哟,你定是一败涂地了。(下。)

鼓角声。两军对战。贞德重上,与约克交战,贞德被擒,法军溃退。

约　克　法国娘儿,我想我是把你牢牢地捉住了。你不妨再念念咒语试试,看能不能唤来妖精,把你救走。这次的战利品确是不坏,就是献给魔鬼也一定能蒙他赏收。瞧,那丑巫婆低下头来,怕是想用什么魔法把我变成不知怎么个模样儿呢!

贞　德　你的模样已经够坏了,没法再变得更坏了。

约　克　哦,查理太子才最中你的意,除了他的模样儿,你是谁也看不上眼的。

贞　德　叫你和查理都遭殃!愿你们两个睡在床上都被血手掐死!

约　克　开口就咒人的泼妇,住口!

贞　德　对不起,我还要咒骂一会儿。

约　克　恶贼,你要咒骂,等把你绑在火刑柱上再咒骂吧。(同下。)

　　　　　号角声。萨福克牵玛格莱特上。

萨福克　不管你要怎样,你已是我的俘虏了。(向她注视)呀,美人儿,不用害怕,不要逃跑。我除了向你施礼,决不碰你一下。我吻你的纤指,是为了预祝永久和平,你看,我又温存地把它们放到你的轻盈的腰肢那边了。你是谁家的闺秀?告诉我,我才好馨香供养呀。

玛格莱特　不管你是谁,我名叫玛格莱特,我是国王的女儿,我父亲是那不勒斯国王。

萨福克　我也不寒伧,我是一位伯爵,萨福克是我的封号。世间稀有的宝贝儿,不要见怪,我们是前生有缘,才使你落到我的手中。我要像母天鹅保护她的小天鹅那样,把你藏在我的翅膀底下,虽说是俘虏,却是非常疼爱的。如果这样你还不称心,那你就作为萨福克的朋友,爱到哪里就到哪里去吧。(玛格莱特欲走开)啊,等一等!我怎能放她走?我的手肯放,但我的心不肯放呀。她那映丽的姿容,照得我眼花缭乱,好似太阳抚弄着平滑的水面,折射回来的波光炫人眼目。我很想向她求爱,但我不敢开口。我要拿过笔墨,写出我热恋的心情。呀,呸,波勒哟,你为什么这样瞧不起自己?你不是惯会甜言蜜语的吗?她不是落在你的手掌之中了吗?你见到一个娘儿们就弄得手足无措了吗?哎,的确,一张标致的面庞,真能使人神魂颠倒,连舌头也不听使唤了。

玛格莱特　请问你,萨福克伯爵——如果我没有弄错你的名字——你要多少赎金才肯放我?我这样问你,因为看光景我已是你的俘虏了。

萨福克　(旁白)你还没有试一试向她求爱,你怎能断定她会拒绝你?

玛格莱特　你为什么不回答我?要我出多少赎金?

萨福克　(旁白)她既是美如天仙,就该向她求爱;她既是个女人,就可以将她占有。

玛格莱特　你肯不肯接受赎金?你肯还是不肯?

萨福克　(旁白)痴情人呵,你已经有了老婆,你忘了吗?你怎能又把玛格莱特当作情妇?

玛格莱特　我说的话,他好似不愿听,我走吧。

萨福克　(旁白)想到这里,事情就难办了,好似浇了一盆冷水。

玛格莱特　他乱七八糟的说的是些什么话?这人一定是疯了。

萨福克　(旁白)可是办法总是有的。

玛格莱特　可是我请你答复我。

萨福克　(旁白)我一定把玛格莱特郡主弄到手。弄给谁呢?

哼,给我们的王上。嗨,木头脑瓜子!
玛格莱特　(偶然听到)他在说到什么木头,他大概是个木匠吧。
萨福克　(旁白)这样一来,我的想头也能实现了,两国之间也可以言归于好了。不过这其中还有一层顾虑:她父亲虽是那不勒斯国王,兼任安佐和缅因公爵,可是他财产不丰,只怕我们的大臣们未必赞同这门亲事。
玛格莱特　听见吗,将军?你现在没有空闲吗?
萨福克　(旁白)一定这样办,他们反对也反不了的。亨利还年轻,他一听说是位美貌佳人,他耳朵就会软的。郡主,我要跟你谈一件秘密事。
玛格莱特　(旁白)我现在被他捉住,他不会有什么歹意吧?看上去他还是个正派的骑士,大概不至于糟蹋我。
萨福克　小姐,请垂听我的话。
玛格莱特　(旁白)法国军队也许能救我出去,我就不须恳求他的优待了。
萨福克　温柔的小姐,请听我谈一件正经事——
玛格莱特　算了,女人向来是受人摆布的。
萨福克　小姐,你为什么说这话呀?
玛格莱特　我向你乞怜,还不就是这么一回事。
萨福克　我说,温良的郡主,如果你这次被俘,由此而成为一国的王后,你不觉得你的拘禁是幸福的吗?
玛格莱特　在拘禁中当王后比在下贱的奴役中当奴才更糟糕,君王们应该是自由的。
萨福克　如果幸福的英国王上是自由的,你也就是自由的。
玛格莱特　怎么,他的自由与我何干?
萨福克　我要设法使你成为亨利的王后,使你手里拿着金色的皇杖,头上戴着贵重的王冠,只要你俯允做我的——
玛格莱特　什么?
萨福克　他的爱人。
玛格莱特　我不配当亨利的妻子。
萨福克　不,温良的小姐,我替他求得这样一位标致的小姐做妻子,这桩好事却于我无份,我才是不配呢。小姐,你对这门亲事有什么意见?满意不满意?
玛格莱特　如果中我父亲的意,我就满意。
萨福克　那我就召集我们的将领,展开我们的旌旗,小姐,我们到你父亲的城边,要求一次会谈,来商量这件事。(队伍向前移动。)

　　　　　吹起议和的军号。瑞尼埃上城头。

萨福克　看吧,瑞尼埃,看!你的女儿成为俘虏啦!
瑞尼埃　被谁俘去的?
萨福克　被我。
瑞尼埃　萨福克,你要怎么办?我是一个军人,我不会因为碰到倒楣的事,就哭哭啼啼,呼天抢地的。
萨福克　是的,办法尽有,殿下。只要你应允,只要你慨然应允,将你女儿嫁给英王,一切都好办啦。我费了一番唇舌,向令媛提亲,得到她的同意。她受了一次不太吃苦的囚禁,却获得了至高无上的自由。
瑞尼埃　萨福克说的是真心话吗?
萨福克　你问你的女儿就知道了,我是从不虚情假意、口是心非的。
瑞尼埃　凭着你的冠冕堂皇的保证,我下城来答复你的正当的请求。(从城头下。)

175

萨福克　我在这里恭候了。

　　　　　吹奏喇叭。瑞尼埃来至城下。

瑞尼埃　英勇的伯爵,欢迎你到敝境来,在安佐郡内,尊驾如有吩咐,无不从命。

萨福克　多谢,瑞尼埃,你有这样温柔的一位千金,能和国君匹配,你是好福气呵。殿下对于我的请求,有何高见?

瑞尼埃　承蒙眷顾,为小女做媒,配给英国大君主为妻,我只要求安享我缅因与安佐两郡之地,不受外力压迫,不受战争惊扰,如能同意我这个条件,我就应允将女儿嫁给亨利。

萨福克　这就作为她的赎金,我将她交还给你。至于那两郡之地,我一定尽力说合,保证殿下可以安享无虞。

瑞尼埃　我再一次表示我同意将小女许配给英王,今天一言为定,望你以亨利陛下的名义,代表那位仁慈的君王,接受我的诚意。

萨福克　法兰西的瑞尼埃,我对你表示王室的谢意,这是咱们为国王办的事。(旁白)可是如果这件婚事是为我自己办的,那就更妙了。我马上返回英国,报告这个喜讯,筹备结婚大典。再见,瑞尼埃,把你这颗掌上明珠放在黄金屋里,好好保藏着吧。

瑞尼埃　我拥抱你,如同我拥抱那位信奉基督教的君主亨利一样,如果他是在这里的话。

玛格莱特　再见,大人,玛格莱特向萨福克致以无穷的敬意和祝福。(欲行。)

萨福克　再见,温柔的小姐。且慢,玛格莱特,你对我的王上不想说几句颂词吗?

玛格莱特　请你为我转致适合于一个待字的女子、一个臣下对君王的颂词吧。

萨福克　这句话真是既得体,又动听。不过,小姐,我还得麻烦你,你没有一件定情的礼物送给我的王上吗?

玛格莱特　有的,大人,我献给王上一颗纯洁无瑕的、从未动情过的处女的心。

萨福克　还有这一吻。(吻玛格莱特。)

玛格莱特　那只能代表你自己。这样粗疏的礼物,我不能冒昧地献给王上。(瑞尼埃、玛格莱特同下。)

萨福克　啊,我自己若能弄你到手,那是多么好!可是,且慢,萨福克,不要再心猿意马啦,这样下去是危险的。替她多说儿句好话,去打动亨利的心。要多吹嘘她的过人的贤淑,她不假修饰而独具的自然丰韵。在海上的旅途中,我要把这些绘声绘影的词句多温习几遍,以便晋见亨利王上的时候,说得天花乱坠,使他不能不堕入彀中。(下。)

第四场　同前。安佐境内约克公爵营帐

　　　约克、华列克及余人上。

约　克　将那判决受火刑的巫婆带上来。

　　　兵士押贞德上,一牧羊老人随上。

牧　人　哎呀,贞德呀,你父亲的心肝要碎啦!我走遍了全国,到处找你,今天是找到了,却要看着你死于非命吗?唉,贞德,我心爱的女儿贞德呀,你死我就和你同死!

贞　德　老朽的守财奴!下贱的可怜虫!我出身高贵,哪有你这父亲,哪有你这朋友!

牧　人　哪里的话,哪里的话!众位大人,别信她。她是我生的,

全教区都知道。她母亲还活着,她能证明贞德是我头生的女儿。

华列克　没人伦的东西!你连亲生的父亲也不认吗?

约　克　这就说明她一生是个什么样的人,极邪极恶,这样处死她毫不足惜。

牧　人　呀,贞德,你怎么这样倔强?上帝鉴察,你明明是我的亲骨血,我不知为你哭过多少次啦。我求求你,我的好贞德,认了我吧。

贞　德　乡下人,走开!你是故意替他们做假证人来诬蔑我的高贵出身的。

牧　人　真的,我和她母亲结婚的那天早晨,我是付出一块金洋给那牧师的。跪下来接受我的祝福吧,我的好女儿。怎么,你不肯下跪吗?叫你从出生的日子起就倒楣!我愿你母亲喂你的乳汁变成杀鼠的毒药!要不然,我就愿你在替我放羊的时候被贪馋的豺狼吃掉!你这狠心的婊子,连父亲都不认吗?好,烧死她,烧死她!若是吊死她,就太便宜她了。(下。)

约　克　把她带走,这种伤风败俗的贱人,在世上已经活得太久了。

贞　德　先让我告诉你们被你们判处死刑的是个什么人。我不是牧羊的村夫所生,我乃是皇族的苗裔。我志行芳洁,气宇神明。我受上天的鼓舞,来到人世,要做下一番惊天动地的事业。我从来没有差遣过邪魔恶鬼。只因你们被肉欲冲昏了头脑,被无辜者的鲜血沾染了灵魂;只因你们无恶不作,腐朽不堪,缺乏一般人所具有的恻隐之心;所以你们才认为除了乞援于恶鬼,就不能创造奇迹。错了,你们这些坚持谬见的人!贞德从降生以来就是一个贞女,她的心地是纯洁

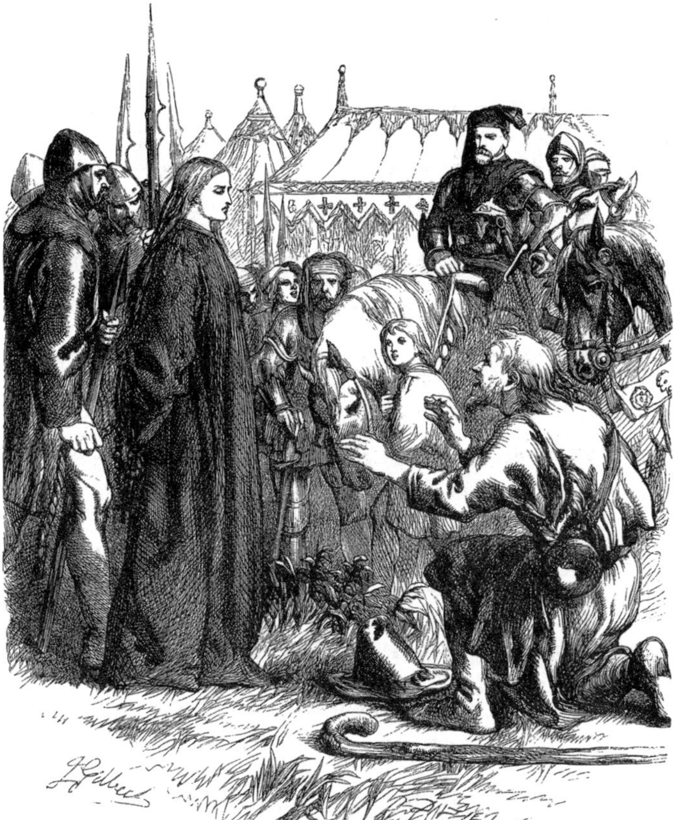

无疵的,她惨遭你们的屠杀,她要上叩天阍,申求昭雪。

约　　克　嗯,嗯,把她带走,立即行刑!

华列克　众位,请听我说。姑念她是一个女子,你们在火刑柱前,多堆一些柴草,浇上几桶油脂,让她死得快些,少受一些折磨。

贞　　德　我说了半晌,还不能叫你们回心转意吗?那么,贞德,宣布你的隐衷吧,依照法律,你是应当受照顾的。嗜杀的凶手们,告诉你,我是个孕妇。你们只能叫我本人惨死,你们不能杀害我胎里的婴儿。

约　　克　皇天不许的!圣女竟会怀胎!

华列克　这要算是你干下的最伟大的奇迹了。你那样的规行矩步,居然也干出这等事来。

约　　克　她跟那太子一向就是鬼鬼祟祟的,我早料到她会以此为借口来要求活命的。

华列克　哼,想得美;我们偏不饶私生子的命,特别是查理的孽种。

贞　　德　我是骗你们的,我的孩子不是他的,阿朗松才和我有过爱情。

约　　克　阿朗松!那个臭名昭彰的恶霸!这孩子非死不可,即便他有一千条命也叫他活不成。

贞　　德　啊,对不起,我又骗了你们了。也不是查理,也不是阿朗松,是那不勒斯的国王瑞尼埃。

华列克　一个已经有老婆的人!那更叫人不能容忍!

约　　克　呸,这还算是个大姑娘哪!我看她相好的实在太多了,她简直不知道指控谁好。

华列克　可见得她是一个放荡的女人。

约　　克　可是她还自称为童贞女哪。淫妇,凭你自己的话,就该把你和你那小杂种处死。不要讨饶了,怎么说也不行。

贞　　德　把我带走吧,我要咒骂你们一顿:叫你们居住的地方永远照不到太阳的荣光,叫你们的周围尽是黑暗和死亡的阴影,叫各种各样的灾祸逼你们去上吊,或者折断你们的颈项!(押下。)

约　　克　你这来自地狱的恶阴差,叫你碎成齑粉,化为灰尘!

　　　　　波福红衣主教即温彻斯特率侍从上。

红衣主教　总管大人,我携带王上的谕旨特来和您联系。奉告两位大人,有几个信奉基督教的国家,有感于频年战祸,民不聊生,竭力劝导我国与发愤图强的法国进行和解,法国太子率领他的廷臣不久就要到来,和我们议和。

约　　克　我们多年的努力就得到这样的结果吗?我们多少贵族、多少将军、多少骑士、多少士兵,一个个为了国家的利益,奋不顾身,战死沙场,到末了只落得个委屈求和吗?我们的先人苦战得来的城市,不是大部分都被阴谋诡计所卖而丧失了吗?唉,华列克,华列克!我痛心地预料到,我们在法兰西的领土将要丧失无余了。

华列克　宽心点,约克。如果和议成功,我们一定规定下严厉的条款,使法国人讨不到任何便宜。

　　　　　查理率扈从上,阿朗松、奥尔良庶子、瑞尼埃及余人随上。

查　　理　英国的列位爵爷,我们双方既已同意在法兰西境内缔结和约,我们特来听取你们提出什么条款。

约　　克　温彻斯特,请你说吧。我一见到可恨的敌人,不由得怒气填胸,喧得我说不出话来。

红衣主教　查理和众人听着。奉英王陛下谕旨:"本王仁厚为怀,不忍尔国人民流离失所,特准签订和约,俾尔等稍抒喘息,尔即应仰体德意,俯首称臣。"查理,如果你向我王矢效忠诚,他就任命你为法国总督,你同时还可享有国王的待遇。

阿朗松　这样他就只剩一个空衔了。他头上虽然戴着王冠,但在实权上他将与平民无异。这样的条件是太苛刻了。

查　理　大家都知道,法国土地已有一大部分在我的掌握之中,而且在这些地区以内,我被公认为合法的国王。我岂能为了企图收复其余的领土,反把我原已享有的实权大大削弱,仅担任全境总督一个空名?不行,钦差大人,我宁愿保持我原有的东西,不愿为了贪多,反使恢复全境的希望落空。

约　克　傲慢无礼的查理!你偷偷摸摸地请人出来调停,及至进行和议,你又把你幻想能得到的东西来和我们提出的条件比较,争多较少,推三阻四。要么你就接受我们王上赏给你的头衔——其实你并无丝毫贡献值得封赏,要么我们就对你大动干戈,使你不得安宁。

瑞尼埃　殿下,关于和约条文,不要过于固执、吹毛求疵吧。难得能够和平解决,机会一错过,就再也不来了。

阿朗松　(对查理旁白)说实在的,您是不忍战火蔓延,生灵涂炭,想要拯救您的百姓的,为了执行您的政策,就接受这个和约吧。反正以后看形势如何,遵守不遵守您还可以相机行事的。

华列克　怎么样,查理?我们的条款你同意吗?

查　理　我同意,但须附带这一条件:现在由我们驻防的城市,你们不得染指。

约　克　那么你就宣誓效忠于英王陛下;你以骑士的身份,决不反抗或背叛英王陛下的权力,你和你部下的将领都不得背

叛。(查理等表示臣服)你宣誓之后,在适当的时间以内,要
偃旗息鼓,解散你的军队,让我们实现庄严肃穆的和平。
(各下。)

第五场　伦敦。宫中一室

亨利王与萨福克上,两人边走边谈。葛罗斯特及爱克塞特随
上。

亨利王　尊贵的伯爵,那美貌的玛格莱特,经你这一番描绘,真
　　使我心神向往。她称得起是秀外慧中,我心中的爱情之苗
　　已经茁壮起来了。犹如劲吹的狂飙激荡着艨艟巨舰去和波
　　涛搏斗一般,她的芳名使我心旌摇摇,不能自持了;我若是
　　不能驶进她爱河的港口,我宁愿覆舟而亡。
萨福克　喏,我的好王上,我的拙口笨腮,还不能将她的高贵品
　　德形容于万一呢。如果我长于文采,能将这位绝代佳人的
　　幽姿淑质尽情描述,简直可以写成一部动人心弦的诗歌,就
　　是一个缺乏想象的人听了,也不免神魂颠倒。还有一层,尽
　　管她是尽善尽美,多才多艺,但她却是谦恭克己,对陛下一
　　定能够唯命是从。唯命是从,我的意思是说,在礼法的范围
　　以内,她对陛下一定是敬爱备至的。
亨利王　那我就不作他想了。照此情形,护国公贤卿,你就同意
　　将玛格莱特立为英国王后吧。
葛罗斯特　如果我同意,那就是逢君之恶了。陛下,您大概还记
　　得,您已和另一位高贵的小姐订了婚的。怎能取消那桩婚
　　约而无损于陛下的威信呢?
萨福克　那也没有什么了不起。一国之君对于不合法的誓言是

可以打消的。有如和人约定比武,如果发现对方不是平等的对手,也可以中途停止比斗。一个穷伯爵的女儿哪能和国王匹配?取消这种婚约,有什么要紧?

葛罗斯特　哼,我请问,玛格莱特又能高贵多少?她父亲也不过是个伯爵,虽然他还另有个虚衔。

萨福克　是呀,她父亲是个国王,他是那不勒斯和耶路撒冷的国王。况且他在法国很有权力,和他攀了亲,更可保障和平,使法国人始终臣服。

葛罗斯特　关于这一点,阿玛涅克伯爵也能办到,他是查理的近派宗支。

爱克塞特　再说呢,阿玛涅克家资雄厚,陪嫁的妆奁一定丰盛。瑞尼埃么,非但陪不出什么,只怕还要向这边叨光一点哩。

萨福克　谈什么妆奁,大人们!不要把咱们的王上说得这般难堪吧,难道他是那样的无聊、那样的卑贱、那样的贫困,以至于必须为金钱而结婚,不是为爱情而结婚吗?咱们王上有的是钱,只有他送钱给王后,他哪会向王后要钱?下流的乡下人才拿婚姻当买卖,好像在市集上交易牛羊驴马一般。婚姻是一桩郑重的大事,不能依靠掮客们的撺掇的。什么人做他的卧榻上的伴侣,不能决定于我们要谁,而应决定于他爱的是谁。既然王上最爱的是玛格莱特,那么,大人们,在一切理由之中,这一项就是最为重要的理由,它支使我们非选中她不可。不如意的婚姻好比是座地狱,一辈子鸡争鹅斗,不得安生;相反的,选到一个称心如意的配偶,就能百年谐和、幸福无穷。亨利王上,作为一国之君,除了玛格莱特,一个国君的女儿之外,还能娶谁?她的绝色仙姿,加上她高贵的身世,也只有国王才有资格娶她为妻。她那刚毅果断的性格,是女性中罕见的,也使我们关于诞育一位英俊的皇储的希望能于实现。亨利王上的父亲是一位英明圣主,他本人和意志坚强的玛格莱特由爱情而结为夫妇,将会诞育出许许多多的英明圣主。大人们,别坚持成见吧,咱们一致同意选定玛格莱特为王后,别再考虑别人吧。

亨利王　我不知道是由于萨福克伯爵的话打动了我的心,还是由于我年事太轻,受不住炽热的爱情的冲击,我只觉得心烦意乱,又热望,又担忧,忐忑不宁,我连想都不愿意再想下去了。萨福克爱卿,你就马上乘船,前往法国,不论他们提出什么条件,只要能使玛格莱特郡主应允渡海来到英格兰做我的王后就行。你的一切开支用费,可向百姓们征收什一税来支应。快去吧,在你回国以前,我是千头万绪,不得片刻安宁的。还有你,我的好叔父,请你不要见怪。你若是像你过去那样,而不是像你现在这样,来衡量我,我知道你一定能够原谅我做出这突然的决断的。现在让我到一所清静的去处,不要有人来打搅我,我要仔细回味一下我心头的烦恼。(下。)

葛罗斯特　不错,烦恼——只怕从此以后,烦恼的日子多着哩。

(葛罗斯特、爱克塞特同下。)

萨福克　萨福克是胜利了。我此番前往法国,好比当年特洛亚的青年帕里斯去到希腊做下一番风流韵事一样,但我的结局会比那特洛亚的青年更好。玛格莱特立为王后,她就能控制王上,而我呢,我既能控制她,也能控制王上和整个英国。(下。)

185

亨利六世中篇

章　　益译

KING HENRY VI. PART SECOND.

Act IV. Sc. 2.

剧 中 人 物

亨利六世

亨弗雷　葛罗斯特公爵,亨利王之叔父

波福红衣主教　原任温彻斯特主教,亨利王之叔祖

理查·普兰塔琪纳特　约克公爵

爱德华 ⎫
理　查 ⎬ 约克公爵之子

萨穆塞特公爵
萨福克公爵
勃金汉公爵　　　　　　王党
克列福勋爵
小克列福　克列福勋爵之子

萨立斯伯雷伯爵 ⎫
华列克伯爵　　 ⎬ 约克党

斯凯尔斯勋爵　伦敦塔总管

亨弗雷·史泰福德爵士

威廉·史泰福德　史泰福德爵士之弟

赛伊勋爵

船长、大副、二副

华特·水忒满

约翰·斯丹莱爵士

二绅士　与萨福克一同被俘之俘虏

浮士

马太·高夫

约翰·休姆 ⎫
约翰·骚士威尔 ⎭ 教士

波林勃洛克　魔法师

幽灵

托马斯·霍纳　军械匠

彼得　霍纳之学徒

切特姆之书吏

圣奥尔本镇长

辛普考克斯　骗子

二刺客

杰克·凯德　叛逆者

乔治·培维斯 ⎫
约翰·霍兰德 ｜
狄克　屠户　⎬ 凯德之党羽
史密斯　织工 ｜
迈克尔 ⎭

亚历山大·艾登　肯特郡绅士

玛格莱特　亨利六世之后

艾丽诺　葛罗斯特公爵夫人

玛吉利·乔登　巫婆

辛普考克斯之妻

群臣、贵夫人、侍从、传令官、申诉人、乡董、公差、执行吏、官吏、市民、学徒、饲鹰人、卫士、兵丁、差官、信差及其他人等

地　　点

英国各地

第 一 幕

第一场　伦敦。宫中正殿

　　喇叭奏花腔。笛声。亨利王、葛罗斯特、萨立斯伯雷、华列克及波福红衣主教自一侧上；萨福克引玛格莱特王后自另侧上，约克、萨穆塞特及勃金汉随上。

萨福克　我恭唧圣命，前往法国，代表吾王陛下，迎娶玛格莱特郡主；在古老的都尔名城举行了隆重的代婚仪式，参加典礼的有法兰西及西西里两国国王，奥尔良、卡拉贝、布列塔尼及阿朗松等公爵，七位伯爵，十二位男爵和二十位主教。我已经完成使命，现在我屈膝于王上及列位公卿之前，谨申明取消我代婚人的名义，将王后敬介于王上的御前。王后淑德懿行，足以母仪天下，我深为陛下庆幸。

亨利王　萨福克贤卿，起来。欢迎您，玛格莱特王后。我用这亲切的一吻表示我真挚的爱情。啊，造物主呵，您赐给我生命，再赐给我充满感激之情的胸怀吧！您为我选下了这位美貌的王后，使我们两情缱绻，鱼水和谐，人间幸福莫过于此了。

玛格莱特王后　英格兰大君主，我的仁慈的主公，自从良缘缔合以来，我不分昼夜，无论在朝会之中，或在私人祷祝之时，无时无刻不梦魂萦绕于我至爱的君王左右；这种精神契合使我敢于不借辞藻的修饰，将我款款的衷曲，直率贡陈于吾王之前。

亨利王　她的外貌已使我目眩魂迷，她的婉转的辞令又十分庄重得体，更使我欢情洋溢，热泪盈眶。我心中充满愉悦。众位贤卿，望你们用欢乐的心情同声欢迎我的爱妻。

群　臣　玛格莱特王后万岁，英格兰幸运无疆！

玛格莱特王后　多谢各位。（喇叭奏花腔。）

萨福克　护国公阁下，这是我们王上和法王查理订立的和约条款，有效期间为十八个月。

葛罗斯特　（读和约）"主文：兹经法王查理与英王亨利之特使，萨福克侯爵威廉·德·拉·波勒议定：英王亨利娶那不勒斯、西西里及耶路撒冷国王瑞尼埃之女玛格莱特为后，并定于五月三十日以前为王后举行加冕典礼。附件：并经议定，英军由安佐及缅因两郡撤退，并将两郡移交于王后之父——"（失手，和约坠地。）

亨利王　叔父，怎么啦！

葛罗斯特　恕我失礼，陛下，我心里忽然一阵恶心，眼睛昏花，读不下去了。

亨利王　温彻斯特叔公，请你接着念。

红衣主教　（接读和约）"附件：并经议定，英军由安佐及缅因两郡撤退，并将两郡移交于王后之父。王后来英旅费全部由英王支付，不携带妆奁。"

亨利王　和约条款甚合我意。侯爵，跪下来，我封你为萨福克一等公爵，并将宝剑赐你佩带。约克堂兄，在和约有效期间十八个月内,暂停你总管法国事务大臣的职务。温彻斯特、葛罗斯特、约克、勃金汉、萨穆塞特、萨立斯伯雷、华列克,诸位伯叔兄弟,多谢你们,多谢你们热忱招待我们的王后。来吧,我们此刻散朝,赶快筹备她的加冕大典吧。(亨利王、王后及萨福克下。)

葛罗斯特　英国的公卿大臣们,国家的栋梁们,亨弗雷公爵要把他自己的悲哀、你们众位的悲哀以及全国的共同悲哀,向你们倾吐。想一想,我皇兄亨利先王不是把他的青春和勇力,把他国家的财赋和人民,全都耗费在战争之中吗?不管冬天的严寒,不管夏天的酷暑,他不是整天驰骋在疆场之上,才把法兰西征服下来,成为他的基业吗?我的兄长培福不是伤透脑筋、运用政治手腕,才把先王征服的土地保持下来吗?你们各位,萨穆塞特、勃金汉、勇敢的约克、萨立斯伯雷以及胜利的华列克,你们在法兰西和诺曼底的战场上不都是负过伤、留下了创伤的疤痕吗?还有波福叔父和我自己以及国内具有识见的人士早早晚晚地坐在议事厅里,反复研究,反复讨论,如何使法国和法国人俯首帖耳,服从我们的统治,并且扶保我们冲龄的幼主,在敌人环伺的巴黎城内举行加冕典礼,不也是吃尽了千辛万苦吗?这一切艰难困苦、这一切光荣奋斗,难道都白费了吗?先王的武功、培福的策略、诸位的战绩以及我们的筹谋,难道也都白费了吗?唉,英国的公卿大臣们,这个和约是一个丧权辱国的和约,这桩婚姻是一个不祥的婚姻!它使你们的威名烟消云散,它使你们的名字不能永垂青史,它使你们的业绩功败垂成,它使你们在法兰西的建树化为乌有,它毁坏了一切,使一切都完全落空!

红衣主教　贤侄,你为什么大发牢骚,你对当前的局势为什么得出这样的结论?法兰西还在我们的手中,我们不会失去它的。

葛罗斯特　嗳,叔父,我们如果能够保住法兰西,自然不愿把它丢失,但现在看来是保不住的了。新近晋升为公爵的萨福克正得到王上的宠幸,他已经毫不吝惜地把安佐和缅因两郡白送给那两袖空空而善于挥霍的瑞尼埃了。

萨立斯伯雷　凭着我主耶稣,这两郡是诺曼底的咽喉之地呀。喂,华列克,我的勇敢的儿子,你为什么流泪呀?

华列克　我想到这两郡地方落到他人手中,永无恢复之望,不由得要心酸。倘若还有一线恢复的希望,那我只会仗着我的宝剑去流血,决不流泪的。安佐和缅因!那是我亲手克服的土地,那两处都是我挣得来的,难道我用创伤换取来的城池,就凭着几句轻松的话给断送了吗?该死哟,该死哟!

约　克　萨福克只顾自己升官,竟把我们这武功彪炳的岛国弄得暗淡无光,愿他被新到手的官阶噎死!我宁可让法兰西撕碎我的心,也不能承认这次的和约。我从史册上见到的,英国君王在大婚中总是接受到大批妆奁和货币,从未听说过有像亨利王上这样赔了许多东西去换来一个空无所有的新娘的事。

葛罗斯特　还有一桩前所未闻的笑话:萨福克为了开支迎娶的费用,竟向每一个英国臣民征收了个人财产的百分之十五的税!干脆把她留在法国,饿死在法国,也不该——

红衣主教　葛罗斯特爵爷,你说得过火了吧,那是王上叫办的呀。

葛罗斯特　温彻斯特爵爷,我知道你的心事。你不止讨厌我说的话,你是看到我这个人就生气。恶念是隐藏不住的。傲慢的教士,从你的脸上就看得出你是怒气冲冲。如果我再呆下去,我们又要吵起来了。众位大人,再见。等我走了以后,请你们再想想,我已预言我们不久将会失去法兰西的。(下。)

红衣主教　看,我们的护国公是含怒而去了。诸位都知道他是我的死敌,并且也是你们诸位的死敌,恐怕他对于王上也未必是衷心拥护的。众位大人,请想一想,他是王室的嫡系宗支,他是英国王位的继承人。即使亨利王上通过婚姻关系取得一个帝国,取得西方所有的富厚王国,也有某种原因会使他感到不高兴的。众位大人,留点神吧。不要让他的甜言蜜语迷惑了你们的心,你们要明智一些,要考虑得周密一些。尽管老百姓们喜欢他,向他鼓掌,向他高呼什么:"亨弗雷,葛罗斯特好公爵","耶稣保佑公爵殿下","上帝保佑亨弗雷好公爵!"尽管他表面上讨人喜欢,可是,众位大人,我很担心,他实际上是一个心怀叵测的护国公。

勃金汉　我们的王上已经成年,是可以亲政的了,为什么还要他来摄政?萨穆塞特堂兄,望你和我联合起来,加上萨福克公爵,大家团结在一起,很快就能把亨弗雷公爵轰下台。

红衣主教　这桩大事,不能拖延,我马上就去找萨福克公爵商量。(下。)

萨穆塞特　勃金汉堂兄,像亨弗雷那样盘踞高位,气势凌人,固然使人痛恨,可是我们对于这个不可一世的红衣主教,也得留神。他那种傲慢的神气,比起任何其他的王侯,更令人难于容忍。如果葛罗斯特下了台,一定是由他继任护国公的职位。

197

勃金汉　萨穆塞特,管他亨弗雷公爵也好,红衣主教也好,谁也不能阻挡你我当上护国公。(勃金汉、萨穆塞特同下。)

萨立斯伯雷　傲慢在前头走,野心在后边跟。这一帮子都在千方百计想叫自己升官,我们却应该替国家出一把力。我看葛罗斯特公爵的为人,的确不失为一个正人君子。倒是那个倨傲的红衣主教,与其说他是一位教士,还不如说他是个军人。他一向是昂头阔步,目中无人,说起话来,完全是流氓口吻,很不合乎国家统治者的身份。华列克,我的儿,你是我晚年的慰藉;你为国家建立的功业、你的开朗的性格、你的好客的风度,已经博得了公众的极大好感,除开善良的亨弗雷公爵以外,你是最得人心的了。再有你,约克老弟,你在爱尔兰的措施,使那里的人民俯首就范;你在管理法国事务大臣任内,对于法兰西的经营部署,使那里的人民对你敬畏。让我们联合起来,为了公众的利益,尽我们力所能及,来对骄横的萨福克和红衣主教、野心的萨穆塞特和勃金汉,加以约束;同时,对于亨弗雷公爵的行动,只要是符合国家的利益,我们就给以支持。

华列克　愿上帝降福给华列克吧,因为他是热爱祖国、热爱国家的公共福利的。

约　克　(旁白)这样的话约克也可以说,因为他是心怀大志的。

萨立斯伯雷　那么我们就赶快去考察一下,看看时局变化有什么眉目吧。

华列克　有什么眉目! 嗳,爸爸,缅因已经丢掉啦。那缅因地区是我华列克费了好大劲儿才夺取过来的;我也曾想,只要我有一口气,我一定要保住它! 爸爸,您说的是时局的眉目,我说的却是缅因那个地区,这个地区我还要从法国夺取过来，除非他们夺去我的生命。(华列克、萨立斯伯雷同下。)

约　　克　安佐和缅因白白送给了法国人，巴黎已经丧失了，这些地区丢了以后，诺曼底省就处于极不安全的地位。萨福克签订了和约条款，贵族们都已同意，亨利也愿意用两个公爵的采邑换取一个公爵的标致女儿。为了这些事，我也怪不得他们；在他们看来，这些都算得什么？他们送掉的原是你的东西，而不是他们自己的东西。海盗们把抢来的财富尽情挥霍，收买朋友，赏赐娼妓，直到花费干净，也毫不吝惜。而那不幸的物主却只能唉声叹气，搓手摇头，战兢兢地站在一旁，眼看着自己的东西被人分配完毕，全都带走，自己只能忍饥挨饿，对自己的财产连碰都不敢碰一下。我约克正是处于这样的地位：我自己的土地被人家换掉了、出卖了，我只能坐在一旁，忍气吞声。在我看来，英格兰、法兰西、爱尔兰，这些国土都是我心头之肉，都是我生命的寄托。而他们竟然把安佐和缅因送给了法国人！这真是一件令人泄气的消息，那法兰西，如同英格兰的肥沃土地一样，原是我想要弄到手的。总有一天我约克要把自己的东西收归己有。为了这个目的，我不妨站到萨立斯伯雷父子这一边来，在外表上对骄横的亨弗雷公爵表现一下拥戴的态度。等到时机一到，我就提出对王冠的要求，那才是我所追求的最高目标。即便那气派十足的兰开斯特[1]，也不能让他篡夺我应得的权利，不能让他把王杖拿在他那幼稚的手里，不能让他把王冠戴在头上，他那种像老和尚一样的性格是不配当王上的。可是，约克呵，你得耐心一点，要等待时机成熟。当

---

[1]　指的是亨利六世。亨利六世属于兰开斯特家族，约克家族与之对立。

别人入睡的时候,你得保持清醒,留心伺察,把国家的内幕刺探清楚。亨利替英国花了许多钱买来一位王后,他正陶醉在新媳妇的爱河之中,等他和亨弗雷同其他的贵族们一旦发生破裂,那时节,我就要高举乳白色的玫瑰,使那空气里充满它的芬芳,我要树起绣有约克家族徽记的旗帜,对兰开斯特家族进行搏斗。我要使用武力,迫使他交出王冠,这些年来,在他的书呆子般的统治之下,英格兰的威望是一天天低落了。(下。)

第二场 同前。葛罗斯特公爵邸宅中一室

葛罗斯特公爵及其妻公爵夫人上。

公爵夫人 我的夫主,你怎么耷拉着脑袋,好像熟透了的谷穗一般?伟大的亨弗雷公爵为什么愁眉不展,难道这样的荣华富贵还不能使你称心吗?你为什么两眼直勾勾地望着地下,好像越看越看不清?你在地上看到了什么?是亨利王上那个围裹在世上一切荣誉之中的王冠吗?如果你看到的是那顶王冠,就盯住它看吧,你还该对准它爬过去,直到那王冠套在你脑袋上才停止。伸出你的手,去抓那金晃晃的宝物。怎么,你的胳膊不够长吗?我来用我的胳膊接上你的胳膊,咱们一同把它扛起来,以后咱俩就可以昂头望着青天,再也不用低下咱们的头,向地上瞥一瞥了。

葛罗斯特 啊,耐儿,亲爱的耐儿!你如果真心爱你的夫主,就把这些野心勃勃的邪念抛弃掉吧!我对我的侄儿,心地纯厚的亨利王上,若是稍存恶意,就叫我立即死亡!我闷闷不乐,是因为昨夜做了一个噩梦。

公爵夫人　我的夫君做了怎样的一个梦?说给我听,我也可以把我做的一个美梦说给你听,让你宽宽心。

葛罗斯特　我梦见我手里这根代表我的职位的手杖断成了两截。我已经忘了是谁把它折断的,好像是红衣主教干的。在断杖上面放着萨穆塞特和萨福克两人的脑袋。我做的就是这个梦,它是什么预兆,只有天晓得。

公爵夫人　得啦,这有什么难解的,这梦正好说明,谁要是胆敢侵犯葛罗斯特的权力,谁就丢掉脑袋。你听我说,我的亨弗雷,我的亲爱的公爷。我梦见我坐在威司敏斯特大寺院的宝座上,就是国王和王后们接受加冕时坐的那个宝座上;亨利和那个玛格莱特婆娘跪在我的面前,把王冠放到我的头上。

葛罗斯特　哼,这就不怪我当面斥责你了。任意胡为的女人,缺乏教养的艾丽诺,你在女人当中不是一人之下、万人之上吗?你不是护国公的心爱的妻子吗?世上的享受,你不是要什么就有什么吗,你还有什么地方不能称心如意?你现在还在捣鬼,难道要把你的丈夫和你自己,从富贵尊荣的地位弄成一败涂地吗?走开吧,我不要再听你胡说了。

公爵夫人　嗳哟哟,我的夫主!艾丽诺不过对你讲讲梦,你就对她大动其火吗?以后我就把梦关在自己的肚里,省得挨骂。

葛罗斯特　唣,不要生气,我已经不怪你了。

　　　　　使者上。

使　者　护国公大人,王上请您准备骑马到圣奥尔本围场,王上和王后要在那里放鹰取乐。

葛罗斯特　我就去。来吧,耐儿,和我们一同骑马去好吧?

公爵夫人　好的,我的好夫君,我随后就来。(葛罗斯特与使者同下)我必须随后再去;要是葛罗斯特怀着这种自卑的心情,我是不能早去的。如果我是一个男子,是一个公爵,是一个亲贵,我一定要把这些讨厌的绊脚石搬开,我一定要踩在他们无头的尸体上前进;可是,作为一个女人,我也不甘落后,我一定要在命运的舞台上扮演我自己的角色。喂,你在哪儿?约翰爵士!嗨,汉子,不用害怕,这里没有外人,这里只有你和我两个人。

　　休姆上。

休　姆　耶稣保佑王后陛下!
公爵夫人　你说什么?陛下?我只是一位殿下呀。
休　姆　可是,托上帝的福庇,凭着休姆的献策,您殿下的称号就要高升啦。
公爵夫人　汉子,你说的是什么?你已经跟机灵的玛吉利·乔登巫婆和罗杰·波林勃洛克魔法师商量过了吗?他们愿意为我效力吗?
休　姆　他们已经答应,从地下召唤一个精灵来见您,殿下如果提出问题,那精灵能一一回答。
公爵夫人　那就行啦,我来准备几个问题。等我们从圣奥尔本回来,我们要把这些事情好好地办一办。好,休姆,这是给你的赏金。汉子,你拿去跟你那些参加这个重大任务的伙伴们一块儿乐一乐吧。(下。)
休　姆　我休姆要拿公爵夫人的钱去乐一乐,哼,就去乐一乐吧。可是约翰·休姆爵士,现在怎么办!把你的嘴封起来,什么话也别说;这个交易非严守秘密不可。艾丽诺那婆娘花钱叫我找女巫,有钱能使鬼推磨,就是要找一个鬼怪也找得来。可是我还别有生财之道哪。我不敢说,我还向阔绰的红衣主教和新近升官的萨福克公爵领取津贴,但事实确是这样的呀。坦白说吧,他们两个知道艾丽诺婆娘野心勃勃,特地雇我来腐蚀她,把这些呼神唤鬼的事情灌进她的脑子。人家说:"诡计多端的坏蛋不需要掮客帮忙";可我却当上了萨福克和红衣主教的掮客。休姆,你说话得小心点,不然的话,你差不多要把他俩叫作一对诡计多端的坏蛋啦。好吧,话就说到这里吧。这样下去,只怕休姆的坏心眼儿要叫公爵夫人栽跟头的;公爵夫人一栽跟头,亨弗雷势必也跟着垮台了。不管结果如何,反正我从各方面都可拿钱。(下。)

第三场　同前。宫中一室

　　　　三四申诉人上,其中之一为军械匠之学徒彼得。

申诉人甲　诸位老哥,我们站得靠紧一些,等一会儿护国公大人就要来到,我们可以把禀帖一齐递上去。

申诉人乙　嚹,嚹,他真是一个好人,愿上帝保佑他吧!恳求耶稣赐福给他!

　　　　萨福克及玛格莱特王后上。

申诉人甲　他来啦,还有王后同他一道哩。我第一个递禀帖,我来递。

申诉人乙　退下来,呆瓜,来的是萨福克公爵,不是护国公大人。

萨福克　什么事,汉子!有什么事求我吗?

申诉人甲　对不起,大人,我把您错当作护国公大人啦。

玛格莱特王后　(略看禀帖)"敬上护国公大人!"你们的禀帖是写给护国公的吗?拿来让我看看,你告的是谁?

申诉人甲　　回禀殿下,我告的是约翰·古德曼,他是红衣主教的手下人,他霸占了我的房子、田地、老婆和别的许多东西不还我。

萨福克　　连你老婆他也霸占了!那你真是受了屈了。你的是什么事?这上面写的什么?(读禀帖)"状告萨福克公爵,他强圈了我们梅福德地方的公地。"你说的是什么混话,你这坏蛋!

申诉人乙　　哎呀,大人,我是我们区里叫来递状子的呀。

彼　得　　(递上禀帖)我来告发我的师傅,他叫托马斯·霍纳,他说约克公爵是王位的合法继承人。

玛格莱特王后　　你说的什么?约克公爵说他是王位的合法嗣承人吗?

彼　得　　说我师傅是合法继承人?没有,没有。是我师傅说他是的,他说当今王上是个篡位的。

萨福克　　来人哪!(众仆上)把这人押下去,立刻派人去把他师傅带来,我们要当着王上的面把这案子审问清楚。(众仆带彼得下。)

玛格莱特王后　　还有你们这一帮人,你们喜欢躲在护国公的翅膀底下受到保护,你们就重新到他那里去告状吧。(扯碎禀帖)滚吧,下流的贱胚们!萨福克,叫他们都走。

众　人　　喂,我们走吧。(同下。)

玛格莱特王后　　萨福克爵爷,请你说一说,英国朝廷的风尚是这样的吗?不列颠岛国的政治,阿尔宾①王上的王权是这样的吗?难道说,亨利王上老要在乖戾的葛罗斯特管辖之下

---

①　阿尔宾,是英格兰的古名。

当小学生吗？难道说，我只能挂着王后的虚衔，在公爵面前俯首称臣吗？告诉你，波勒，那次你在都尔城为了对我的爱情表示敬意而参加比武，你赢得了法兰西的贵妇们对你的倾慕，我满以为亨利王上一定是和你一样勇敢、潇洒、风度翩翩，谁知他却是一心倾向宗教，整天捻着数珠，诵经祈祷。他心目中的英雄是先知和圣徒，他的武器是经典里的箴言和圣训。他的书斋是他的比武场，他心爱的是圣僧们的铜像。我看最好由红衣主教最高会议选他去当教皇，把他送到罗马，把教皇的三角冕安在他的头上；那样一个地位才是最适合他那一心向道的精神哩。

萨福克　娘娘，请您耐心一点。既然是我把您请到英国，我一定尽力使您称心如意。

玛格莱特王后　除了骄倨的护国公以外，还有那专横的教士波福以及萨穆塞特、勃金汉和悻悻不平的约克等一帮人。这些人当中，哪怕那最不行的一个也比王上更能作威作福。

萨福克　可是这些人当中，那最行的一个也还比不上萨立斯伯雷和华列克他们父子俩哩。这两个贵族可不简单哪。

玛格莱特王后　要说这些大臣们惹我生气，那还比不上护国公的老婆，那骄傲的女人才更是加倍地惹我生气哩。她常常带着一大群太太、小姐们，在宫廷里像旋风一般冲来冲去，哪像是一个公爵的老婆，简直赛过一位王后。初到宫里来的人真以为她就是王后。她仗着一份公爵的进款，心底里瞧不起咱们没有钱。我今生能不对她报复吗？她尽管是个出身卑贱的下流女人，她那天竟然对她那一帮狐群狗党们吹嘘说，在萨福克用两个公爵的采邑向我父亲把我换来以前，我父亲所有的全部土地，还比不上她的一件旧袍子的袍角值钱呢。
萨福克　娘娘,我已经亲自替她安排了陷阱,并且放了一群鸟儿做饵,勾引她飞落下来听那些鸟儿唱歌,等她落了下来,她就再也飞不出去,再也不能惹您生气了。所以我们不妨暂时把她放一放。我还有句话想请娘娘垂听,因为我对您是知无不言的。我们虽然不喜欢那红衣主教,可是我们此刻不得不和他以及其余的大臣们拉拢拉拢,等把亨弗雷公爵搞垮以后再说。至于那约克公爵,在刚才告发的案子里,就叫他多少吃点苦头。等到我们把这一帮子一个一个地剪除干净,那时节,您就可以高枕无忧,大权独揽了。

　　　　喇叭声。亨利王、约克、萨穆塞特;葛罗斯特公爵及公爵夫人、波福红衣主教、勃金汉、萨立斯伯雷及华列克上。

亨利王　众位贤卿,在我看来,哪一个来担当都是无所谓的。萨穆塞特也好,约克也好,对于我都是一样的。
约　克　如果约克在法国有什么措置失当之处,就不叫他当总管大臣好了。
萨穆塞特　如果萨穆塞特不配担当,就让约克去做总管,我让给他。
华列克　大人,您配不配,倒可不必争论,反正约克是更配一些的。
红衣主教　趾高气扬的华列克,让你的上级先说话。
华列克　在战场上,红衣主教未必是我的上级。
勃金汉　华列克,今天在场的人都是你的上级。
华列克　安知道今后华列克不成为人人的上级?
萨立斯伯雷　我儿别说啦!勃金汉,你也该讲点道理,为什么要选中萨穆塞特?

玛格莱特王后　这是王上要这样办的呀。

葛罗斯特　娘娘,王上已经成年,可以拿出自己的主张来,用不到妇女们干政的。

玛格莱特王后　王上既然已经成年,那么为什么还需要您来摄政呢?

葛罗斯特　娘娘,我摄行的是国家的政事,如果王上要我辞职,我就辞职。

萨福克　那么你就辞职好了,不要这样盛气凌人。自从你当了王上——事实上不是你当王上,还有谁当王上?——咱们国家就一天糟似一天。在海外,那法国太子已经猖獗起来;在国内,所有的亲贵大臣都受到你的奴役。

红衣主教　你虐待百姓,你还把教士们的钱袋榨干。

萨穆塞特　你那豪华的公馆和你老婆的服装,都要国库支付大量的款项来供应。

勃金汉　你对罪人们滥施刑罚,超越法律的规定,你自己就应受法律的制裁。

玛格莱特王后　你在法国卖官鬻爵,嫌疑重大,一旦受到揭发,只怕你的脑袋是保不住的。(葛罗斯特下。王后故意将扇子落在地上)把扇子拾起来给我。哼,贱人,你不肯拾吗?(打公爵夫人一个耳光)啊呀,对不起,夫人,刚才是您吗?

公爵夫人　刚才是我吗!嘿,不是我还是谁,骄横的法国女人!要是我能挨近你这美人儿的身边,我定要左右开弓,打你两巴掌。

亨利王　好婶婶,请息怒,她不是有意的。

公爵夫人　不是有意!好王上,请您早留点神。她会钳制住你,把你当作吃奶的孩子耍着玩儿。虽然这里的老爷们都不买女人的账,我艾丽诺总不见得白白挨了她的打就肯甘休。(下。)

勃金汉　红衣主教大人,我去跟随着艾丽诺,并且打听一下亨弗雷下一步采取什么行动。她现在已经激动起来,她的肝火正旺,不需要给她什么刺激,她就会任性搞一通,造成自己的毁灭。(下。)

> 葛罗斯特重上。

葛罗斯特　嗯,大人们,我刚才在庭院里散了一会儿步,怒气已经平息,我再来和诸位谈一谈国家的政务。你们刚才对我提出许多无中生有的攻讦,只要你们提出证据,我甘受法律制裁。但慈悲的上帝鉴察我的灵魂,我对王上、对国家,是忠心耿耿的!至于目前这个问题,我的意见是,王上陛下,派约克去充任总管法国事务大臣是最为适当的。

萨福克　在我们决定人选以前,请允许我提出一些理由,一些强有力的理由,来说明约克是一个最不适当的人。

约　克　我来告诉你,萨福克,我为什么是最不适当的。第一,我不能逢迎你的虚骄之气;其次,如果我受到任命,我们的萨穆塞特爵爷一定不向我办理移交,不发军饷,不发军装械弹,使我滞留在国内,直到法兰西落到法国太子的手中。前一次,我处处秉承他的意旨,结果是巴黎遭到围困,粮草断绝,终于失陷。

华列克　说到那件事,我可以作见证,再也没有别人做得出比这事更为恶劣的卖国行为了。

萨福克　不要多嘴,自以为是的华列克!

华列克　傲慢的化身,为什么不让我开口?

> 萨福克家丁们押军械匠霍纳及其学徒彼得上。

萨福克　这里有人被控犯了叛国之罪,我希望约克公爵能替自己辩白清楚!

约　克　有人控告约克叛国吗?

亨利王　萨福克,你用意何在?对我说,这些人是怎么一回事?

萨福克　启禀陛下,这人控告他的师傅犯了叛国重罪,他师傅说过:约克公爵理查是英国王位的合法继承人,而陛下则是一个篡位者。

亨利王　汉子,你说,你曾说过这些话吗?

霍　纳　回禀陛下,这种事情我从未说过,并且也从未想过。上帝是我的见证,这坏蛋是诬告我的。

彼　得　凭着我十个指头发誓,众位大人,那天晚上我们在阁楼上拾掇约克公爵盔甲的时候,他亲口对我说过这些话的。

约　克　下贱的忘八蛋手艺人,你说出这种背叛国家的话来,我要掐下你的脑袋。我恳求王上陛下,请把这人按律从严治罪。

霍　纳　哎呀呀,大人哪,如果我说过这些话,就把我吊死好了。告发我的是我的徒弟;有一次他做错了事,我管教他,他就跪在地上发誓要对我报复,这桩事我有很好的见证。我叩求王上陛下,千万不要听信一个坏蛋的诬告,冤屈了好人。

亨利王　叔父,按照法律,这件案子应当怎样处理?

葛罗斯特　主公,照我看来,应该这样决定:既然约克在本案中有了嫌疑,不如就派萨穆塞特去法国担任总管。至于这两个人,既然他能举出见证,证明他徒弟心怀恶意,就可以指定一个日子,叫他们在一处方便的地方单人比武。这就是法律的规定,这就是亨弗雷公爵的判决。

亨利王　就这么办。萨穆塞特贤卿,我派你充任总管法国事务大臣。

萨穆塞特　敬谢吾王陛下。

霍　纳　我情愿和他比武。

彼　得　啊唷唷,大人哪,我不会比武;看在上帝的分上,可怜可怜我吧。这是人家硬来坑害我呀。啊,主啊,慈悲慈悲吧!我一拳也不会打。啊,主啊,我的心啊!

葛罗斯特　小子,你要是不肯比武,就吊死你。

亨利王　把他们都关到监牢里去,比武定在下月底举行。来吧,萨穆塞特,我们替你送行。(喇叭奏花腔。众同下。)

第四场　同前。葛罗斯特公爵邸宅中花园

玛吉利·乔登、休姆、骚士威尔及波林勃洛克上。

休　姆　来吧,诸位先生,我告诉你们,你们对公爵夫人许下的事,她要你们演给她看哩。

波林勃洛克　休姆先生,我们早已准备好了。夫人要亲自看我们念咒召唤鬼魂吗?

休　姆　是喽,不看这个,还看什么?她有胆量,你不用替她担心。

波林勃洛克　听说她性子很刚强。不过,休姆先生,还是请您陪着她在上边看,我们在下面表演,这样更方便些。我请求您,看在上帝分上,到她那边去吧。(休姆下)乔登老太太,你趴在地上;骚士威尔,你来念这纸上写的东西。我们马上就干起来。

休姆随同公爵夫人登上露台。

公爵夫人　说得好,先生们,欢迎诸位。就干起来吧,越早越好。

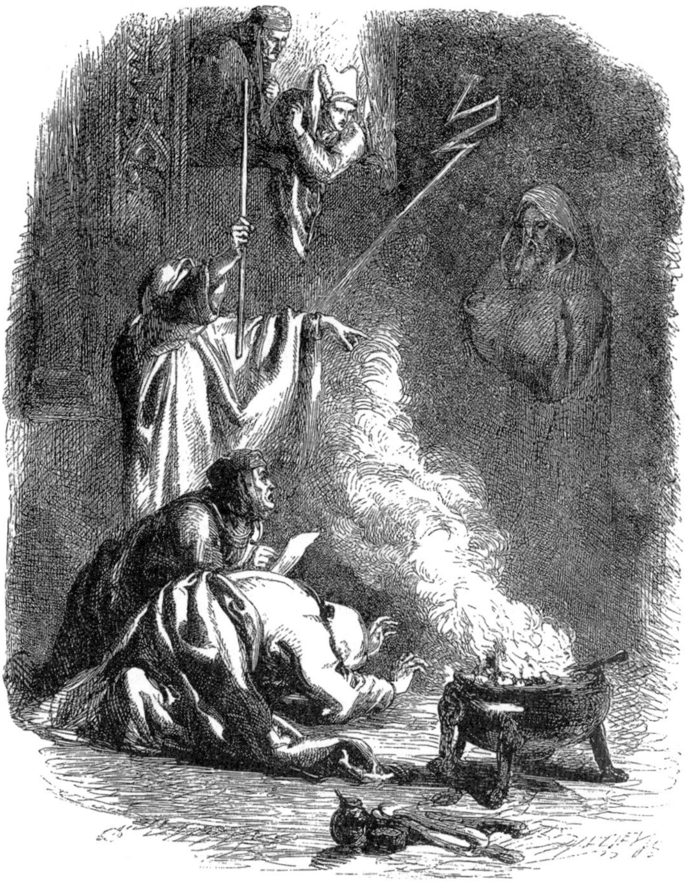

波林勃洛克　请耐心点,好夫人。巫师们知道什么时间最好办事。深夜里,黑夜里,静悄悄的夜里,特洛亚城被火烧的半夜里;枭鸟叫唤的时刻,獒犬狂吠的时刻,幽灵出来游荡、鬼魂从坟墓里钻出来的时刻;那样的时间对我们现在要办的事是最适宜的。夫人,请坐下来,不要害怕。我们从地下召唤来的鬼魂,我们画一道符把他们禁在圈子里,不会到您身边来的。(巫师等作法,在地上画一圆圈。波林勃洛克或骚士威尔口中念念有词——"一心敬礼……"云云。雷鸣电闪,幽灵出现。)

幽　灵　我来也。

乔　登　阿斯麦兹,凭着永恒的上帝——你听到他的名字和法力就会发抖的——回答我提出的问题,你要是不说,我就不放你走。

幽　灵　随便你问吧。我说完了就了事!

波林勃洛克　先谈谈王上:他的下场怎样?

幽　灵　公爵还活着亨利就要下位,但他比他活得更长,后来死于非命。(幽灵说话时,骚士威尔记下答语。)

波林勃洛克　萨福克公爵的命运如何?

幽　灵　他要死在水里,就此完结。

波林勃洛克　萨穆塞特的前途怎样?

幽　灵　他最好不要挨近堡垒。他呆在沙土的平原上,比在堡垒矗立的地方要安全得多。好啦,话已说完,再叫我呆下去我可受不了。

波林勃洛克　沉沦到黑暗和火海里去吧!邪鬼,去你的吧!(雷鸣电闪。幽灵下。)

　　　　　　约克与勃金汉率领卫兵及余人急上。

约　　克　把这些叛贼和他们的党羽们给我抓起来。老妖婆,我们来得不早不迟,恰好看到了你的鬼把戏。嗳哟,夫人,您在这儿吗?您如此费神,王上和国家对您都非常感谢;毫无疑问,您立了这些劳绩,护国公大人一定要使您受到应得的奖赏的。

公爵夫人　我对不起英国王上的地方,和你比起来,一半还赶不上呢;无礼的公爵,你也用不着无事生非地吓唬人。

勃金汉　真的,夫人,真是无事生非;不过这东西您管它叫什么?(举示巫师的记录)把他们都带走!把他们给锁起来,都隔离开来。夫人,您得跟我们一起走一趟。史泰福德,你押着她。(众押公爵夫人及休姆从露台下)您的首饰等等我们即刻给您送过去。大家都走!(众押骚士威尔、波林勃洛克等下。)

约　　克　勃金汉爵爷,我看您把她监视得很好。这条妙计,选得很好,运用得也好。现在,我的爵爷,请把那鬼怪写的东西给我看看。这上面写的是些什么?(读手中纸)"公爵还活着亨利就要下位,但他比他活得更长,后来死于非命。"嗯,这和古希腊人从得尔福得来的神谕一样,模棱两可,怎样解释都行。好,再看下文:"萨福克公爵的命运如何?他要死在水里,就此完结。萨穆塞特公爵的前途怎样?他最好不要挨近堡垒。他呆在沙土的平原上,比在堡垒矗立的地方要安全得多。"得啦,得啦,大人们,这些预言未必会实现,也没法看懂它。王上现在正在前往圣奥尔本的路上,这位贤德夫人的丈夫正陪着他哩。我们派人快马加鞭把这里发生的事情报告给王上,只怕护国公大人听到这消息,好比是吃了一顿很难消化的早餐哩。

勃金汉　约克爵爷,请把这份差使交给我去办,我想去向他领赏哩。

约　克　我的好爵爷,就劳您的驾吧。嗨,来个人呀!

　　　　仆人上。

约　克　去请萨立斯伯雷和华列克两位爵爷明天晚间到我家里去吃饭,去吧!(喇叭奏花腔。同下。)

第 二 幕

第一场　圣奥尔本围场

亨利王、玛格莱特王后、葛罗斯特、波福红衣主教及萨福克上，饲鹰人等口吹唿哨随上。

玛格莱特王后　真的，众位大人，放鹰捉水鸟，要算是七年以来我看到的最好的娱乐了；不过，诸位请看，这风是太猛了些，我看约安那只鹰，多半是未必能飞下来捉鸟儿的。

亨利王　贤卿，您的鹰紧紧地围绕在水鸟集中的地方飞翔，飞得多么好呀，它腾空的高度，别的鹰全都比不上。看到这鸢飞鱼跃，万物的动态，使人更体会到造物主的法力无边！你看，不论人儿也好，鸟儿也好，一个个都爱往高处去。

萨福克　如果陛下喜欢这样，那就怪不得护国公大人养的鹰儿都飞得那么高了。它们都懂得主人爱占高枝儿，它们飞得高，他的心也随着飞到九霄云外了。

葛罗斯特　主公，若是一个人的思想不能比飞鸟上升得更高，那就是一种卑微不足道的思想。

红衣主教　我早就料到，他是要上升得比云彩更高的。

葛罗斯特　嗳，红衣主教大人，您对这个问题是怎样的看法？如果您能飞到天堂,那不是一件好事吗?

亨利王　那就是永生之乐的宝库了。

红衣主教　你的天堂却在这尘世上;你的一双眼睛、你的全部心思都集中在王冠上面,这就是你心上的珍宝。恶毒的护国公,心怀叵测的权臣,你对王上、对公众,掩饰得真妙呀!

葛罗斯特　怎么啦,红衣主教,您是这样的武断吗?一个供奉圣职的人能有这样的感情吗?教士们应该这样容易动火吗?好叔叔,快把坏心眼儿收藏起来,您这样一位道貌岸然的人是不该如此的。

萨福克　这不算什么坏心眼,大人;在这样好的一场争吵中,对待这样坏的一个权臣,即便有点坏心眼儿,也是无妨的。

葛罗斯特　谁是坏的权臣,大人?

萨福克　就是您呀,大人,如果您这位大得无可再大的护国公大人不见怪的话。

葛罗斯特　哼,萨福克,王上知道你是个无礼的人。

玛格莱特王后　也知道你是个有野心的人,葛罗斯特。

亨利王　我请求你,我的好王后,别多嘴吧。这些亲贵们已经闹得不可开交了,别再火上添油吧。世上的和事佬是最有福的。

红衣主教　我要用我的宝剑跟这个骄横的护国公讲和,让我用这办法来取得上帝的福佑!

葛罗斯特　(对红衣主教旁白)真的,神圣的叔父,我巴不得跟您来这么一下!

红衣主教　(对葛罗斯特旁白)嘿,只要你敢!

葛罗斯特　(对红衣主教旁白)不用兴师动众,你自己说了胡话,你就亲自来干一场。

红衣主教　（对葛罗斯特旁白）对,只怕你不敢出头；只要你敢,咱们今晚在林子东头碰头。

亨利王　两位贤卿,你们说的是什么？

红衣主教　真的,葛罗斯特贤侄,要不是你的手下人把水鸟陡然惊跑了,咱们还可以多耍一会儿哩。（对葛罗斯特旁白）带一把双柄剑来。

葛罗斯特　好的,叔父。

红衣主教　你明白了吗？（对葛罗斯特旁白）林子的东头？

葛罗斯特　（对红衣主教旁白）红衣主教,我准来奉陪。

亨利王　呀,葛罗斯特叔父,你们又说些什么呀！

葛罗斯特　我们谈的是关于放鹰的事,没有别的,我的主公。

（对红衣主教旁白）嘿,和尚,凭着上帝的亲娘,我要把你的脑袋瓜儿削得光光的,不然就算我的剑术荒疏。

红衣主教　（对葛罗斯特旁白）"医生先医自己"——护国公,小心点,护着你自己吧。

亨利王　风势越来越猛,你们的脾气也越来越大了,贤卿们。这样的音乐真使我心里烦恼！弦索不调,怎能有和谐的音乐？贤卿们,请你们让我把这争端调停一下吧。

　　　　（圣奥尔本一市民上,口呼:"奇迹呀！"）

葛罗斯特　这样闹嚷嚷的是什么事？汉子,你口里喊的是什么奇迹？

市　民　奇迹呀！真是奇迹呀！

萨福克　到王上的面前来,对他奏明是什么奇迹。

市　民　真的,圣奥尔本庙里一个瞎子,在这半个钟点以内,能看得见东西了,从前他这人一向是什么也看不见的。

亨利王　喔,感谢上帝,他使有信心的人们在黑暗中得到光明,在绝望中得到安慰！

圣奥尔本镇长同手下人上，两人用椅舁辛普考克斯上，辛普考克斯之妻及众市民随上。

红衣主教　镇上的老百姓成群结队来了，他们把那瞎子带来见陛下了。

亨利王　这人重见光明，活在世上该是多么舒服，只怕他能看东西以后，造孽的机会反而会多起来。

葛罗斯特　大家站开，你们众人，把那人送到王上面前来，王上要亲自跟他谈谈。

亨利王　好人，你的眼睛是怎样治好的，说给我们听听，好让我们为你把荣耀归于上帝。你是不是一向瞎眼，刚才治好的？

辛普考克斯　启奏陛下，我生来是个瞎子。

辛普考克斯之妻　嗳，真的，他生来就瞎。

萨福克　这女人是谁？

辛普考克斯之妻　回禀大人，是他的老婆。

葛罗斯特　你要是他的娘，你才能知道他生来瞎不瞎呀。

亨利王　你是在哪里出生的？

辛普考克斯　启奏陛下，我出生在北方的柏立克。

亨利王　可怜的人儿，上帝对你真是深爱呀。从今以后，无论白天夜晚，你都该一心向善，记住上帝赐给你多大恩德。

玛格莱特王后　告诉我，好人，你来到这庙里，是偶然来的呢，还是特地来敬神的呢？

辛普考克斯　上帝知道，我是专程来的。我在睡梦中听到仁慈的奥尔本圣僧的召唤，总有一百多次了，他老人家对我说啦："辛普考克斯，来吧，来到我庙里献祭，我要救济你。"

辛普考克斯之妻　一点不假，实在是这样，有好多次我都听到一个声音,就是这样叫唤他的。

红衣主教　呃,你是个瘸子吗?

辛普考克斯　是呀,全能的上帝救救我吧!

萨福克　你怎么瘸的?

辛普考克斯　是从树上跌下来摔坏的。

辛普考克斯之妻　是从一棵梅子树上摔下来的,老爷。

葛罗斯特　你瞎眼瞎了多少年了?

辛普考克斯　啊,生下来就瞎的,老爷。

葛罗斯特　哼,瞎了眼还爬树吗?

辛普考克斯　我一生只爬过那一次,那时我还年轻。

辛普考克斯之妻　一点不错,他那次爬树,吃的苦头可大啦。

葛罗斯特　呵,你大概十分喜爱梅子,才去冒这个险吧。

辛普考克斯　哎呀,好老爷,我老婆想吃梅子,叫我爬树,几乎叫我把命都送了。

葛罗斯特　好一个调皮鬼,可是他骗不了我。让我看看你的眼睛:闭眼,睁开。照我看,你的视力还不大好吧。

辛普考克斯　很好的,老爷,我看东西像白昼一样清楚,感谢上帝和奥尔本圣僧。

葛罗斯特　这是你对我说的吗?你看看这件袍子是什么颜色?

辛普考克斯　是大红的,老爷,像鲜血一般的红。

葛罗斯特　呃,说得很好。你再看我的长裤是什么颜色?

辛普考克斯　黑的,的确,像黑玉一样的乌黑。

亨利王　呵,这样看来,你是知道黑玉是什么颜色的了?

萨福克　可是,我想,他是从未见过黑玉的。

葛罗斯特　然而,在过去,他看过的袍子和长裤怕是不少吧。

辛普考克斯之妻　没有,从前他一辈子也没见过。

葛罗斯特　浑小子,告诉我,我叫什么名字。

辛普考克斯　啊呀呀,老爷,小人不知道呀。

葛罗斯特　他叫什么名字?

辛普考克斯　小人不知道。

葛罗斯特　他的名字你也不知道吗?

辛普考克斯　不知道,实在不知道,老爷。

葛罗斯特　你自己的名字叫什么?

辛普考克斯　回禀老爷,小的叫桑德·辛普考克斯。

葛罗斯特　好,桑德,你坐在那儿,你这最会说谎的骗子。如果你真是生来就瞎,你居然能说得出我们衣服的颜色,那你也不难说出我们的姓名了。即便你的眼睛治好了,那你也只不过能够辨别颜色罢了,你却能立刻说出各种颜色的名称,那是太不近情理了。众位大人,奥尔本圣僧已经做下了一桩奇迹,如果有人能叫这跛子重能走路,你们不认为他是神通广大吗?

辛普考克斯　啊,老爷,愿您有这样的神通!

葛罗斯特　圣奥尔本镇上的老乡们,你们镇上有没有公差,有没有鞭子一类的东西?

镇　　长　回大人的话,有的,大人。

葛罗斯特　那么马上叫一名公差来。

镇　　长　伙计们,立刻去个人叫公差到这儿来。(一吏役下。)

葛罗斯特　立刻给我拿一张小凳子来。(众取来小凳)哼,小子,要是你想免掉一顿鞭子,你就给我跳过这张凳子,赶快跑开。

辛普考克斯　啊呀呀,老爷,我连站也站不起来呀。您要折磨我是白费的呀。

　　　　　一公差持皮鞭随吏役上。

葛罗斯特　好吧,先生,我们只好来帮你一下,让你恢复你的腿力。公差,给我用鞭子抽他,看他跳不跳凳子。

公　　差　我来鞭他,大人。来吧,小子,快把衣服剥掉。

辛普考克斯　啊呀呀,老爷,叫我怎么办?我连站也站不起来呀。(公差刚鞭辛普考克斯一下,辛普考克斯立即跳过凳子逃去。众随在后面叫喊:"奇迹呀!")

亨利王　上帝哟,您看到这种情形,能容忍下去吗?

玛格莱特王后　看到那恶棍逃跑的样子,我忍不住笑出来了。

葛罗斯特　叫人跟着那坏蛋,把这女的带走。

辛普考克斯之妻　啊呀呀,大人哪,我们是没路走才干出这样的事来的。

葛罗斯特　这夫妻两个的家乡是柏立克,叫人用鞭子一路赶着他们回到柏立克,沿路每过一个村镇就鞭打他们一顿。(辛普考克斯之妻、公差、镇长等同下。)

红衣主教　亨弗雷公爵今天做了一桩奇迹啦。

萨福克　不错,他把一个跛子治得如飞地奔逃。

葛罗斯特　可是您做下的奇迹,我哪里赶得上?您在一天之中,我的爵爷,治得全城的人都逃命不迭啦。

　　　　　勃金汉上。

亨利王　勃金汉堂兄带来了什么消息?

勃金汉　我带来的消息,说起来叫我胆战心惊。有一伙图谋不轨的奸徒,在护国公的妻子艾丽诺夫人的策动和掩护之下,招来一批巫婆和法师,进行危害邦国的活动,公爵夫人是奸党的首领。他们招来地下的鬼魂打听吾王陛下以及朝中的枢密大臣们的寿算和前途。我们已将这些贼徒当场捕获。

陛下如要知道详情,一问便可明白。

红衣主教　（对葛罗斯特旁白）看起来,护国公大人,尊夫人只怕是有了牵累,已羁押在伦敦吧。这桩消息不免使您的威风黯然失色。至于咱们的约会,大人,您还能准时到场吗?

葛罗斯特　妄自尊大的教士,不要再刺痛我的心了。烦闷和忧愁使我六神无主。我既然处于劣势,即便对方是一个下贱的奴才,我也不能跟他对抗,对于你,我只得认输了。

亨利王　呵,上帝呵,奸徒们干下了丧心病狂的事情,害得他们自己也手足无措了!

玛格莱特王后　葛罗斯特,你的窠巢搞得这样稀糟,你还装作无事人吗?

葛罗斯特　王后陛下,说到我自己,我可以对天表白,我是怎样矢忠于吾王,矢忠于邦国。至于我的妻子,我说不出她现在的情况。我听到所传来的消息,我心里十分难过。她为人是正派的,假如她不顾荣誉,不顾德行,竟和那些污浊得像沥青一般足以玷辱贵族身份的人们往来,我就将她从闺房中、从我的身边赶出去,让她受到法律的制裁,在公众面前丢脸,因为她已使葛罗斯特的名誉扫地了。

亨利王　好吧,今晚我们就住在这里,明天返回伦敦,要把这件案子彻底查明,叫一干人犯低头认罪。把这案子放在公理的天平上衡量以后,一定能够是非分明,大张公道。（喇叭奏花腔。同下。）

第二场　伦敦。约克公爵花园

约克、萨立斯伯雷及华列克上。

约　　克　萨立斯伯雷和华列克,我的两位好爵爷,刚才晚间便饭,甚是草率不恭。现在饭罢以后,在这幽静的园子里,我恳求二位,对于我是否有权继承英国王位的问题,不吝指教。二位的高见是决不会错的。

萨立斯伯雷　大人,关于这个问题的根由,我愿闻其详。

华列克　好约克爵爷,请开始说吧。如果你有充分的理由,我们父子首先愿向你输款称臣。

约　　克　事情是这样的:当年爱德华三世老王有七个儿子。长子是爱德华黑王子,封为威尔士亲王;次子是哈特费尔的威廉;三子是里昂纳尔,封为克莱伦斯公爵。下边一个是刚特的约翰,封为兰开斯特公爵。五子是爱德蒙·兰格雷,封为约克公爵;六子是伍德斯道克的托马斯,封为葛罗斯特公爵。温莎的威廉是第七个也就是最小的儿子。爱德华黑王子在他父亲生前就去世,留下一个独子叫理查,理查在爱德华三世驾崩以后,承袭王位。后来刚特约翰的长子及继承人亨利·波林勃洛克继承了兰开斯特公爵的世职。他起兵篡夺了王位,废弃了合法的君王,自己加冕为亨利四世。他把理查王的可怜的王后送回法国娘家,把理查王送到邦弗雷特,后来无辜的理查王就在那里被弑,这是众所周知的事情。

华列克　爸爸,公爷讲的全是事实,兰开斯特家族是这样把王冠弄到手的。

约　　克　这顶王冠是他们用强力霸占而不是合法继承的。因为理查王是长房长孙,他死之后,应由二房的子孙继承王位。

萨立斯伯雷　可是哈特费尔的威廉死时,没有留下嗣子呀。

约　　克　然而三房的克莱伦斯公爵却是有后代的,我要求王位,

223

就是因为我和这一支有着血统关系。克莱伦斯公爵的女儿菲莉裴和马契伯爵爱德蒙·摩提默结了婚,爱德蒙有一个儿子罗杰继任为马契伯爵。罗杰有一儿两女:小爱德蒙、安和艾丽诺。

萨立斯伯雷　据我在史书里看到的,这个爱德蒙当波林勃洛克在位时期曾要求继承王位,当时若不是被奥温·葛兰道厄所击败,是有希望当上国王的。他失败以后,被葛兰道厄囚禁起来,终于瘐死。此后又怎样了呢?

约　克　小爱德蒙的长姊安成为王位的继承人,她和五房的剑桥伯爵理查结了婚。这个理查是爱德华三世的第五子爱德蒙·兰格雷的儿子。安的父亲是马契伯爵罗杰,她的祖父是爱德蒙·摩提默,摩提默和菲莉裴结婚,成为克莱伦斯公爵里昂纳尔的爱婿。因此安是三房的继承人,而我就是安的儿子,我是作为这一支的后裔来要求王位的。如果按照房分的顺序继承大统,那就该轮到我做王上。

华列克　明白极了,没有任何事情比这更明白的了。亨利是以四房子孙的资格要求继承,而约克则是三房。除非三房无后,才轮到四房承嗣。可是三房并未绝后,在您和您的子孙身上,三房还兴旺得很哩。既然如此,萨立斯伯雷我的爸爸,让我们一同跪下。在这个僻静的地方,我们首先对王位的合法继承人致以敬礼。

萨立斯伯雷
华　列　克　我们的君主英王理查万岁!

约　克　谢谢你们,两位贤卿。不过在我还没有加冕以前,在我未将兰开斯特家族诛戮以前,我还不是你们的王上。那件事情也不是轻而易举的,必须慎重从事,并且要保守机密。

望你们在这些危险的日子里,按照我的办法行事:对于萨福克公爵的傲慢、对于波福的骄倨、对于萨穆塞特的野心,以及对于勃金汉和其他一帮人,都得暂时忍耐。要等候他们把那位牧羊人——那位好好先生亨弗雷公爵搞垮以后,我们再动手。他们的目的在此,如果我约克能够言中的话,他们在追求这个目的的时候,必将自取灭亡。

萨立斯伯雷　我的爵爷,我们分手吧,您的心事我们全部了解。

华列克　我的内心向我保证,华列克伯爵一定有一天能够扶持约克公爵登基。

约　　克　纳维尔,我也向自己保证,在理查活着的时候,一定能将华列克伯爵抬举到一人之下、万人之上的地位。(同下。)

第三场　同前。法堂

吹奏号筒。亨利王、玛格莱特王后、葛罗斯特、约克、萨福克及萨立斯伯雷上。众警吏押葛罗斯特公爵夫人、玛吉利·乔登、骚士威尔、休姆及波林勃洛克上。

亨利王　葛罗斯特的妻子,艾丽诺·柯柏汉,站到前面来。在上帝和本王的面前,你们的罪恶是重大的。你们上犯天条,理应处死,现在就按律治罪。把这四名犯人先带回监狱,再从监狱押赴刑场。女巫着即于肉市烧成灰烬,其他三名男犯,应绞刑处死。至于你,夫人,你原是出身高贵,但你却自甘下流,罚你游街示众三天,然后赶出京城,由约翰·斯丹莱爵士押往男子岛囚禁。

公爵夫人　我甘愿充军,即便处死,我也死而无怨。

葛罗斯特　艾丽诺,你看,这是法律给你的制裁,法律所惩治的人，我也无法替他辩解。（众警吏押公爵夫人及其他犯人等下）我眼里充满泪水，我心里充满悲哀。唉，亨弗雷呀，像你现在的年纪，受到这样的耻辱，势必要伤心到死了。我恳求陛下，准我退朝吧，让我排遣一下心头的烦忧，调养一下衰老的身体吧。

亨利王　等一等，葛罗斯特公爵，在你退朝以前，望你交出护国公的权杖，本王要亲自处理政务了。今后我将依靠上帝的庇佑和支持，依靠上帝做我的明灯和引路人。亨弗雷，你宽心回去吧，我对你还会像你做护国公的时候一样，恩眷不衰。

玛格莱特王后　王上既已成年，我看不出还有任何理由，要把他当作孩子一般，由别人来摄行政务。上帝和亨利王上可以治理国家。公爵，交出你的权杖，把政权交还王上吧。

葛罗斯特　权杖吗？好，尊贵的亨利吾王，权杖在这里。当年你父王心甘情愿地将它托付给我，我今天也同样心甘情愿地把它交出来；当我心甘情愿地把它放到您的脚前的时候，大概会有别人跃跃欲试地想把它接受过去。告别了，我的好王上！我死之后，愿您国泰民安！（下。）

玛格莱特王后　哼，现在亨利才真是王上，玛格莱特才真是王后了。葛罗斯特公爵受到这迎头痛击，几乎支撑不住了。这对他是左右夹攻：太太充了军，自己也折了翅。他的权杖既已交了出来，就应该把它放在最适当的地方，那就是放在亨利王上的手里。

萨福克　这算是把一棵高大的松树连枝带叶扳倒了，艾丽诺的威风刚才冒头，随即完结了。

约　克　大人们，把他的事情暂且放下吧。启奏陛下，今天是指定那两个犯人决斗的日子。原告和被告双方,就是那军械匠和他的学徒,已经准备来到比武场,恭请陛下亲临观战。

玛格莱特王后　对啦,我的好主公,我是特地从宫里赶到这里来观看这场决斗的。

亨利王　以上帝的名义,你们去把比武场布置好,一切都安排好以后,就叫他们两个用决斗来解决他们的争端,愿上帝保佑正直的一方!

约　克　众位大人,本案的原告,就是那军械匠的学徒,远不是他师傅的对手,他简直害怕和他师傅交锋,他那种惶恐的样子,真是少见的哩。

> 军械匠霍纳及其邻人从一侧上,邻人请霍纳饮酒,霍纳已大醉,上场时肩荷一杖,杖头缚一沙囊①,一鼓手在前引路;彼得从另一侧上,亦由鼓手前导,荷一杖,上缚沙囊,众学徒以酒饷之。

邻人甲　喝吧,霍纳邻居,咱们喝一杯西班牙酒。不用害怕,邻居,你一定打得很好。

邻人乙　这儿,邻居,这儿是一杯葡萄牙酒。

邻人丙　这是一罇加料麦酒,邻居,喝吧,不要害怕你的徒弟。

霍　纳　随便怎样都行,真的,我向你们大家保证,我全不在乎。那彼得小子,他算个什么!

学徒甲　瞧,彼得,我为你干杯,不要害怕。

学徒乙　提起精神来,彼得,不用害怕你的师傅;好好地打,为我们学徒争一口气。

彼　得　谢谢你们众位。喝吧,替我祷告吧,我恳求你们。我喝了这一杯,这一辈子大概再也不会喝酒了。听着,罗宾,如

---

① 沙囊杖(Sand-bag),是当时一种武器,杖头缚沙囊,用以击人。

果我死掉,我的围裙就送给你。还有你,维尔,我的锤子归你。还有你,汤姆,我留下的钱都归你。啊呀,天上的主保佑我吧!我求求上帝!我师傅的武艺那样好,我决不是他的对手。

萨立斯伯雷　动手吧,不要再喝酒了。小子,你叫什么名字?

彼　　得　彼得,小的叫彼得。

萨立斯伯雷　彼得!你姓什么?

彼　　得　我姓撞。

萨立斯伯雷　撞!那你就对着你师傅撞一撞吧。

霍　　纳　诸位老爷,我被我徒弟所逼,只得到这里来证明他是一个坏蛋,我是一个好人。说到约克公爵,我宁可死掉,也不敢触犯他老人家。还有王上、王后,我也决不敢触犯。都是你这小子,彼得,来,吃我一家伙!

约　　克　快动手,这混蛋想翻供了。喇叭手们,吹奏起来,替双方决斗人助威。(喇叭齐鸣。双方开打,彼得击霍纳倒地。)

霍　　纳　住手,彼得,住手!我招供了,我招供我是犯了叛逆的罪了。(死。)

约　　克　把他的兵器拿开。汉子,你该感谢上帝,还该感谢那好酒的威力,它使你师傅空有本领也施展不出了。

彼　　得　啊,上帝哟,我竟能在这些贵人的面前打败我的仇人吗?啊呀,彼得,你问心无愧才能得胜呵!

亨利王　来几个人,把叛徒的尸首搬开,他在决斗中被击毙,可见他是个罪人。上帝主持公道,已向我们指明这可怜的人儿是诚实无罪的,那叛徒曾想冤枉他把他害死呢。来,汉子,跟着我们去领赏吧。(喇叭奏花腔。同下。)

第四场　同前。街道

　　　　葛罗斯特随带仆从穿丧服上。

葛罗斯特　果然是爽朗的大晴天有时会蒙上一层乌云,在夏季以后不免要有朔风凛冽的严冬。像季节的飞逝一样,人生的哀乐也是变换不停的。家丁们,现在是几点钟了?

仆　人　十点了,主人。

葛罗斯特　我们公爵夫人被判游街,我是被指定在十点钟来观看她的。她那双柔嫩的纤足踏在这石子路上,她如何忍受得了?亲爱的耐儿,你当年高车大马,在这大街上疾驶而过,老百姓们都追随在你车辙的后面,那时你好不威风呀;今天这些可恶的人们,却怀着恶意瞅着你的脸,讪笑你的失势,你那高贵的胸怀怎能容忍呢?呀,别说啦!她快到了,我只得用我热泪盈眶的眼睛,观看她的无限酸辛。

　　　　公爵夫人身披白布,背贴罪状,赤足,手持细烛上,约翰·斯丹莱、执行吏及众官吏随上。

众　仆　请示大人,我们去把夫人从执行吏那边劫过来吧。

葛罗斯特　不行,不准乱动,让她走过去。

公爵夫人　主公,您到这儿是要看我当众受辱吗?你这不是也让自己在示众吗?瞧这些人是怎样瞪着眼望我们!你看这些发了昏的群众都在指手画脚、摇头晃脑地瞪着你!唉,葛罗斯特,赶快避开这些恶毒的目光,把你自己关在书房里,怨叹我所遭受的耻辱,咒诅你我的敌人去吧!

葛罗斯特　耐着点儿,温柔的耐儿,别把这苦痛放在心上。

公爵夫人　啊呀,葛罗斯特,你叫我怎样忘掉我自己!我一想到我是你的结发之妻,而你又是一位亲王,一国的护国公,我就认为我无论如何也不该含羞带愧、背上挂着纸牌、被人牵着游街,让这些流氓们跟在我后边,把我的眼泪和沉痛的呻吟当作他们的笑料。街道上无情的碎石刺痛我的嫩脚,只要我一缩腿,那些恶毒的流氓们就哈哈大笑,叫我走得小心点。唉,亨弗雷呀,这种凌辱我受得了吗?你想我还会留恋这个尘世,把日光下面的生活当作幸福吗?不,我的光明只能是黑暗,我的白天只能是黑夜了,我回想到过去的荣华,更使我觉得是身在地狱。有时我对自己说,我是亨弗雷公爵的妻子,而他又是一位亲王,是国家的统治者,可是尽管他统治着国家,享受着爵位,当他的受难的夫人被那些游手好闲的流氓指指戳戳地当作把戏看的时候,他却袖手旁观。那你就宽宏大量,不动声色吧,也不用管我所受到的羞辱吧,只怕有朝一日死亡的斧子会悬在你的头上,看来这日子是不远的了。萨福克能够随心所欲地操纵那个仇视你的、仇视我们大家的女人。他和约克,以及那个奸诈的和尚波福,合起伙来,设下陷阱,想要坑害你,无论你怎样远走高飞,也出不了他们的罗网。可是在你没有被他们捉住以前,你总是毫不介意,对你的敌人总是毫无戒备的。

葛罗斯特　啊,耐儿,别说下去啦!你的主意全打错了。我如果没犯法,人家总不能判我的罪。只要我奉公守法,忠于国家,哪怕我敌人的人数加上二十倍,哪怕每一家敌人的权力也加上二十倍,他们也无法伤我一根毫毛。你是要我把你从目前的苦难中解救出来,是吧?可是你的污名未必能够洗刷干净,而我因为做了违法的行为,反倒要招来危险了。温柔的耐儿,现在最好的办法只有安心忍受。我恳求你,尽力学会忍耐,这几天的苦难很快就会过去的。

——传令官上。

传令官　王上陛下的国会定于下月一日在柏雷召开,我奉命宣召殿下前去出席。

葛罗斯特　事先没有征询我的同意,就作了决定！这明明是阴谋。好,我一准出席。(传令官下)我的耐儿,我要告辞了。执行官足下,望你把她示众的期限按照王上的谕旨执行,不要超过了。

执行官　奉告殿下,我的任务已经到此为止,以后是由约翰·斯丹莱爵士负责把她送往男子岛去。

葛罗斯特　约翰爵士,我的夫人是在这里由您接管吗？

斯丹莱　我是奉命办理的,回禀殿下。

葛罗斯特　望你多加照顾,不要使她过于难堪。说不定时来运转,我还有酬劳你的机会。好吧,约翰爵士,再见！

公爵夫人　怎么,走了,我的主君,不向我告别就走了吗！

葛罗斯特　你看我两泪如麻,我是不能停下来说话了。(率众仆下。)

公爵夫人　你竟走了吗？你走以后,我是什么安慰也没有了！再也没有体贴我的人了,我现在只求一死。我往日里一听到死,就要害怕,因为那时节,我希望这个世界能够长存。斯丹莱,我请求你,动身吧,带我一同去。带我到哪里都无所谓,我决不求情,你奉命带我到哪里,就到哪里。

斯丹莱　是喽,夫人,我们是奉命到男子岛去。到了那里,你会受到符合于你身份的待遇。

公爵夫人　我的身份是够坏的,我浑身是罪,我大概是要受到罪人的待遇吧？

231

斯丹莱　按照公爵夫人的身份,亨弗雷公爵的夫人的身份,您将受到符合于那种身份的待遇。

公爵夫人　执行官,告别了,愿你比我过得好,虽然我当众受辱的时候你是执行人。

执行官　我是职务在身,概不由己,夫人,请您别见罪吧。

公爵夫人　不错,不错,再见,你的职务是尽了。喂,斯丹莱,我们就走吗?

斯丹莱　夫人,您已经游过了街,这块白布可以扔掉了,我们去让您整理整理衣衫,然后动身。

公爵夫人　我纵然扔掉了这张白布,我的羞辱却是扔不掉的;不,不管我怎样打扮,即便穿上最阔绰的衣服,那耻辱仍然沾在我的身上,随时会表现出来。走吧,请你带路,我急于要见到我的囚牢。(同下。)

第 三 幕

第一场　圣爱德蒙伯雷大寺院

  礼号声。亨利王、玛格莱特王后、波福红衣主教、萨福克、约克、勃金汉及余人来到国会。

亨利王　不知道葛罗斯特爵爷怎么还没来到，他是素来不迟到的，有什么事情绊住他了？

玛格莱特王后　您还看不出吗？他近来的神态有些失常，您或许不大在意？他近来变得目空一切、盛气凌人，那样倨傲，那样自以为是，简直变了一个人了。我们记得他从前总是和颜悦色，平易近人，只要我们远远地望他一眼，他马上就跪下来，朝廷里谁不称赞他的谦逊？可是现在你如果碰见他，譬如说，早晨见到他，在别人总要说声早安，他却皱着眉头，瞪着眼睛，腿也不弯一弯就走了过去，把对我们应有的礼节全不放在心上。常言说，小狗对你龇牙，你可以不加理会，但听到狮子吼叫，就是大人物也要胆战心惊。亨弗雷在英国，不能说是小人物。首先你该想一想，他是你近支宗室，一旦你垮下来，就轮到他上台。依我看，他既然存心不良，又能在你死后继承王位，你还把他当作亲信，留在身边，事事跟他商量,这绝对不是办法。他平日甜言蜜语,取得了平民们的欢心,要是他发动叛乱,老百姓准会跟着他跑。现在还是春天,恶草的根儿还长得不深,如果不趁早锄掉,它就会滋蔓起来,长得遍地皆是,把香花都给挤死了。我一心向着主公,不由得要对那公爵可能给您造成的危害,想得多一点;如果是我的心眼儿太细,那就把我的话当作是一个女人家的神经过敏好了。倘若有人能说出更好的理由,打破我的顾虑,我情愿认输,承认我冤枉了公爵。萨福克、勃金汉、约克,你们几位,要是能驳倒我这些话,就来驳吧,否则的话,你们就该同意我说得对。

萨福克　娘娘分析那公爵的心思,真是洞若观火。如果指定我第一个表示意见,那我要说的话将和娘娘所说的一般无二。我可以用我的生命打赌,那公爵夫人是在他的纵容之下,才做出那些搬神弄鬼的把戏的。他即便不是同谋,但他自诩出身高贵,除了王上就算他是王位继承人,种种夸耀身价的言语,就足以把那个狂妄的公爵夫人鼓动起来,采用恶毒的手段来陷害我们的王上。河床越深,水面越平静。你看他外表像个老实人,心里藏着的诡计才是毒辣呢。狐狸要想偷吃羊羔,它就决不叫唤。不,不,我的君王,葛罗斯特的心思是人们猜不透的,他的阴谋诡计多得很呢。

红衣主教　他不是常常不管法律的规定,自己独出心裁,为了不相干的小过错,就用酷刑把人处死吗?

约　克　在他摄政时期,他不是借口筹措驻扎法国的军费,横征暴敛,搜括了大量金钱,最后却一文不发吗?由于他这种倒行逆施,每天都有城镇发生叛变。

勃金汉　啧、啧,笑面虎的亨弗雷公爵,他的罪行还有许多是人所不知道的,日子久了总要暴露出来,要是和那些罪行比较起来,各位所说的就算是无关紧要的小事了。

亨利王　众位贤卿,一句话,你们对我如此关怀,要把我脚前的荆棘芟除,是值得赞许的。但是,凭我的良心说话,我们的宗室葛罗斯特对于朕躬绝对没有叛逆之心,他比得上吃奶的羊羔、驯良的鸽子一样的纯洁。公爵志行端方,宅心仁厚,绝没有邪恶的念头,绝不会对我进行颠覆。

玛格莱特王后　嗳哟,这样容易相信人家,真是再危险不过了!他像一只鸽子吗?他的羽毛一定是别处借来的,因为他的居心简直是一只讨厌的老鸹。他是一只羊羔吗?他的皮毛一定是别处借来的,因为他的居心简直是一只贪婪的豺狼。谁不会蒙上一张画皮来骗人?留点神吧,我的主公,我们大家的幸福,全靠我们及时揭发那个伪君子。

　　　　萨穆塞特上。

萨穆塞特　愿吾王圣躬康泰!

亨利王　欢迎你,萨穆塞特贤卿。从法兰西带来什么消息?

萨穆塞特　陛下在法国境内的一切权益全都丧失了,全都完结了。

亨利王　这是令人心寒的消息,萨穆塞特贤卿。不过上帝的旨意是不可违反的!

约　　克　(旁白)对我来说,这真是令人心寒的消息。我素来是把法兰西和肥沃的英格兰一样,看作是我的囊中物的。这样一来,我的花朵刚刚发芽就被摧折了,我的青枝绿叶都被毛虫啃光了。这种局面我必须趁早挽救,如不成功,我不惜用我应得的基业,换取死后的光荣。

　　　　葛罗斯特上。

235

葛罗斯特　祝吾王幸福无疆！主公,我来得过迟,望乞恕罪。

萨福克　说什么来得过迟,葛罗斯特,让你知道你是来得过早了,除非你是一个更有忠心的人。我现在根据你叛国之罪,将你逮捕。

葛罗斯特　嗐,萨福克,你别以为将我逮捕就能使我双颊绯红,脸上变色。无愧于心的人什么也不怕。最清洁的泉水还难免含有泥浆,可我的坦白的胸襟绝没有丝毫叛逆之意。谁能对我指控？我的罪状在哪里？

约　克　大人,据说在你当国时期,你接受法国的贿赂,你还克扣军饷,你这种行为,使陛下丧失了法国的土地。

葛罗斯特　不过是据说吗？是什么人在这样说？我从未克扣过军饷,也从未接受法国分文的贿赂。上帝垂鉴,我哪天不是坐守到深更半夜,想尽办法来增进我们英国的福利？倘若我从王上那里占了半点便宜,倘若我有一个小铜子儿上了腰包,就叫我在受审判的日子受到惩罚！绝没有的事,事实上我倒是从我私人财产里拿出过多少金镑来开支驻军的军费,从来没有要求偿还,因为我不愿加重穷苦百姓们的负担。

红衣主教　大人,你絮絮叨叨说了这一大堆,真是替你自己辩解得好。

葛罗斯特　我说的全是实话,上帝鉴察！

约　克　在你摄政时期,你想出了许多骇人听闻的酷刑来处治罪人,以致我们英国被人家看作是一个施行暴政的国家。

葛罗斯特　说哪里的话？谁不知道,在我当国时期,我唯一的过错就是面软心慈？只要罪人一对我流泪,我的心肠就软了下来,只要罪人肯说几句低头认罪的话,他们就得到宽恕。

除非是血淋淋的杀人犯,或是极其奸猾的拐骗钱财的恶贼,我才治以应得之罪。对于犯下血案的杀人犯,我确是毫不留情,一定处以极刑。

萨福克　大人,你对于这些过失,的确不难辩解,但还有更严重的罪名,只怕你是百口莫辩的。我奉陛下之命将你逮捕。现在将你交给红衣主教大人看管,等候开庭审判。

亨利王　葛罗斯特贤卿,我十分盼望你能将一切嫌疑洗刷干净,我的良心告诉我,你是无罪的。

葛罗斯特　啊呀,圣明的主公,这时代实在是太危险了。正人君子都被野心家扼杀了,存心仁厚的人都被辣手的人赶跑了。假誓假证到处风行,公理公道在您的国土上立不住脚。我知道他们的阴谋是要断送我的性命。如果我死之后,我们的岛国能够享受太平,他们的倒行逆施能被揭露,那我就死而无怨了。只怕我的死亡还只是他们所要演出的戏剧的序幕,他们还有无穷的诡计,暂时还未露痕迹,不等到一一搬演出来,他们所计划的悲剧是不会结束的。你看波福的凶光闪闪的红眼珠,透露出他心中的恶念;萨福克阴沉的眉宇透露出风暴般的仇恨;狡诈的勃金汉在言语之中已经露出心中暗藏的嫉妒;还有那倔强的约克,他是欲念包天,只因我对他的轻举妄动曾加以制裁,现在就用莫须有的罪名把我陷害。至于您,我的王后陛下,您和他们一起,无中生有地败坏我的声名,想尽一切办法蛊惑我的最最圣明的主上,使他成为我的敌人。哼,你们这一伙都是串通一气的——我亲眼见到你们多次聚在一起商量——你们的目的无非要置我于死地。你们不难找到伪证人来证明我有罪,也不难制造出许多叛国的资料来加重我的罪名。自古以来就有句成语:"你要打狗,你就不难找到棍子,"这句话就将实现了。

红衣主教 吾王陛下,他这样血口喷人,实在叫人不能忍受。假如让他信口雌黄,把忠心耿耿保卫圣躬不受暗害的人肆意毁谤咒骂,只怕忠臣义士们都要心灰意冷了。

萨福克 他对我们的王后不也是肆口诋毁吗?他虽然闪烁其词,但他的意思是说王后曾经买通伪证来推翻他的权力。

玛格莱特王后 失败者的胡言乱语,我可以不和他计较。

葛罗斯特 不管你心里怎样想,你这话真是说对了。我的确是失败了,胜利者们使用诡计来坑害我,愿他们都遭殃!吃了亏的人还不准说话吗?

勃金汉 若是由着他强词夺理,他就和我们吵一整天也吵不完。红衣主教大人,他是由你看管的。

红衣主教 来人哪,把公爵带下去,严加看管。

葛罗斯特 哎!亨利王上的腿脚还没硬实以前就把拐棍扔掉了。你身边的牧羊人被赶走,豺狼们马上要争先恐后地来咬你了。哎,但愿我担心错了!哎,但愿如此!亨利我的好王上,只怕你是危如累卵呵。(押下。)

亨利王 众卿们,国家政务,你们瞧着该怎么办就怎么办,犹如本王在此一般。

玛格莱特王后 怎么,陛下要离开国会吗?

亨利王 哎,玛格莱特,我的心房已被悲伤淹没,我眼中满含辛酸之泪,我浑身被困苦缠绕,还有什么事情比内心矛盾更使人难过?哎,亨弗雷叔父!我看到你的脸就知道你是多么正直、笃实、忠诚,可是,善良的亨弗雷,竟有这样的一天,要我说你是虚伪,要我怀疑你的忠忱。你是什么恶星照命,以致满朝的王公,甚至我的王后,都非把你置于死地不可?你从未得罪过他们,你也从未得罪过任何人。犹如屠夫牵着小牛,绑起它,用鞭子赶着它,把它牵到血腥的屠场里,他们同样残酷地把他牵走了。我自己呢,就像一条老母牛,哞哞地叫到东、叫到西,眼看着无辜的小牛被牵走,除了哀鸣以外,丝毫也无能为力,我对于葛罗斯特叔父就是这样,只能眼泪汪汪地看着他,没法解救,因为他的敌人是太强大了。我只能为他的命运悲啼,在我的哽咽声中,我要问:到底谁是叛逆?葛罗斯特他绝对不是的。(下。)

玛格莱特王后　众位贤卿,冰冷的雪花一遇到火热的阳光,就要立即溶化。我的亨利主公在大事上总是冷冰冰的,他人太老实、心太软,见到葛罗斯特装出的假仁假义,就被他迷惑住了。那公爵犹如淌着眼泪的鳄鱼,装出一副可怜相,把善心的过路人骗到嘴里;又如同斑斓的毒蛇,蜷曲在花丛里,孩子见它颜色鲜艳,把它当作好东西,它就冷不防螫他一口。众位贤卿,请你们相信我的话,如果没有别人提出比我更好的意见——在这件事情上我认为我的见解是正确的——我看非赶快把这个葛罗斯特从这个世界上清除掉不可,清除了他,我们才能高枕无忧。

红衣主教　把他弄死确是值得一试的策略,不过我们还没有找到杀他的借口,最好是经过法律程序,判他死罪。

萨福克　依我看,那不是好办法。现在王上还要设法救他,老百姓也许会暴动,来挽救他的生命,而我们要证明他的死罪,除了一些嫌疑的罪状以外,证据还是十分不够的。

约　克　如此说来,你是不主张杀他的了。

萨福克　嘿,约克,要说杀他,谁也没有我起劲!

约　　克　　约克才比任何别人更有理由要叫他死哩。不过,红衣主教大人,还有您,萨福克爵爷,请你们两位说句心里话,把葛罗斯特公爵放在王上身边,摄行政务,是不是如同把一只饿鹰放在小鸡身边,靠它防御鸷鸟一样?

玛格莱特王后　　那可怜的小鸡是决难逃命的。

萨福克　　娘娘,一点也不错。叫狐狸看守羊栏,岂不是糊涂透顶吗?一个被人控告的杀人犯,如果说他杀人未遂,就把他的罪名轻轻放过,那样做行吗?不行,必须叫他死。狐狸纵然没有咬出羊的血,但它生性就是羊群的敌人,同样,亨弗雷就是我们王上的敌人。要杀他就杀他,不必拘泥法律的条文。不论使用什么圈套、什么巧计,不论趁他醒着还是睡着,都没关系,只要弄死他就行。他对别人施用诡计,我们即以其人之道还治其人之身,没有什么说不过去的。

玛格莱特王后　　顶呱呱的萨福克,真说得斩钉截铁。

萨福克　　要说到做到,那才是斩钉截铁。往往有人只能说,不能行。可我是心口如一的。我认为做这件事是有功于社稷的,为了捍卫我们的君王,只须您吩咐一声,我就去充当替他送终的教士。

红衣主教　　但是我的萨福克爵爷,我是等不及你取得教士的职位,就要把他弄死的。这件事只要你表示同意、赞成,刽子手由我去找,我对于王上的安全实在是太不放心了。

萨福克　　我和你握手为信,这件事是该做的。

玛格莱特王后　　我也同意。

约　　克　　我也同意。现在我们三人既已表示了意见,那就不论有谁反对,也没有关系。

　　　　　　—差官上。

差　官　诸位大人,我特地从爱尔兰急急赶来向你们报告,那里的人民造反了,到处屠杀英格兰人。诸位大人,请你们赶快派遣救兵,趁早把那些反贼镇压下去。现在叛乱刚开头,还容易挽救,等到事态扩大,就不好办了。

红衣主教　这是必须立即制止的叛乱!诸位对这严重事件有什么高见?

约　克　我看最好派萨穆塞特到爱尔兰去当总督,这种事情是需要一位走鸿运的官儿去处理的,你看他在法兰西的时候运气有多么好。

萨穆塞特　如果法国总管不是我,而是我们的雄才大略的约克爵爷,只怕他还不能维持到我那么长的时间,早就回来啦。

约　克　不见得,总不会像你那样,把法国全给丢掉。我宁可早些丢掉我的性命,也不会在那里呆上那么久,直到一切都丢光,把一桩丢脸的丑事带回英国。你能把你身上的伤痕让我们看看吗?身上连一处伤疤都没有的人,哪会打胜仗哟。

玛格莱特王后　别吵吧,火星儿一冒出头,再被风儿一吹,炭儿一添,就会变成燎原的烈火的。别再说啦,好约克;你也住口,好萨穆塞特。约克你听我说,当时你若是担任法国总管,也许你的运气比他更坏哩。

约　克　怎么,还能比丢光更坏?好,那就让大家都丢脸!

萨穆塞特　你愿意大家都丢脸,丢脸的也有你在内!

红衣主教　我的约克爵爷,不妨试试你的运气看。现在爱尔兰的半开化的土酋们已经造反,他们正把英国人的血洒在土地上。你愿不愿意率领一支人马到爱尔兰去?你的兵马可由各个州郡遴选出来,每郡出一些人,你去和爱尔兰人较量一下如何?

241

约　　克　大人，如果王上批准，我愿意去。

萨福克　嗨，王上已经授权给我们，我们决定下来，他一定批准。那么，尊贵的约克，这项任务你就担当下来吧。

约　　克　我极愿效劳。众位大人，我去料理一下私事，在这时间以内，就请把兵马调拨给我。

萨福克　约克爵爷，调拨兵马的事，由我负责办理。现在让我们再回到如何处理那奸诈的亨弗雷公爵问题上来吧。

红衣主教　无须再谈了。我去对付他，保管他以后再也不会给我们添麻烦了。我们散了吧，天也快晚了。萨福克爵爷，关于那桩事，咱俩再商量一下。

约　　克　我的萨福克爵爷，请你在十四天以内将兵马调拨到勃列斯托尔，我在那儿等候。我打算把军队从那里用船运送到爱尔兰。

萨福克　我一定把事情办妥，我的约克爵爷。（除约克外，余人俱下。）

约　　克　约克哟，你如不趁此把心放狠，把犹疑变为决心，以后就再也没有机会了。你必须做一个你所希望做的人，你目前的地位拼掉了也无所谓，那是不值得留恋的。面色苍白的恐惧只应归于出身微贱的人，在贵胄的胸中决不能掩藏恐惧。我这时思潮起伏，比春天的阵雨来得更为迅速，我每一个念头都想到人世的尊荣。我的头脑比结网的蜘蛛更加忙碌，我要织成罗网来捕捉我的敌人。很好，贵人们，很好，你们把一支大军调拨给我，这件事做得真是好。只恐怕你们把一条饿蛇放在怀里渥暖以后，它会螫你们的心房。我所缺的是兵马，恰好你们就把兵马送给我。我感谢你们，不过请你们相信，你们是把犀利的武器放到狂人的手中了。

等我在爱尔兰培养成一支强大的军旅，然后我就要在英格兰掀起一场墨黑的暴风雨，那场暴风雨将把成万的生灵吹上天堂，或者卷进地狱。那掀江倒海的风暴将要变本加厉，直到那黄金的王冠落到我的头上，到那时才像辉煌耀眼的阳光一般，将那场狂飙平息。我已经把肯特郡里的一名莽汉名叫杰克·凯德的煽动起来，使他作为实现我的野心的工具。他将假冒约翰·摩提默的名义，兴兵作乱。以前我在爱尔兰的时候，我曾见到莽汉凯德。他那次对一群土酋作战，腿上中了无数支箭，好似刺猬一般，他还不肯退阵，到后来我把他救出重围，看见他奋不顾身，勇不可当，身上带着许多雕翎，却摆来摆去，好似佩戴着满身的铃铛一般。他又时常化装成蓬头卷发的土人，混到敌人队伍里去刺探军情，直到他回来向我报告，从未被敌人发觉。这个家伙我将加以利用，作为我的傀儡。反正约翰·摩提默早已去世，无人能够识破，而凯德在容貌、举动、言谈各方面都非常像他。借此我也可以观察一下，人民大众对于约克家族的感情、爱戴，究竟如何。万一这凯德失败被擒，即便在严刑拷打之下，他也断断不会招供是我鼓动他起兵暴动。如果他能得胜呢——我看他是大有成功之望的——那我就从爱尔兰率领大军直捣英格兰，坐收渔人之利。眼见得亨弗雷将被害死，只要把亨利赶开，那王位就非我莫属了。（下。）

第二场　圣爱德蒙伯雷。宫中一室

若干刺客匆匆上。

刺客甲　快到萨福克爵爷那边去，告诉他，我们已经遵照他的命令,把公爵干掉了。

刺客乙　我但愿没干!我们干的什么事?你见过有人像他那样一心忏悔的吗?

　　　　萨福克上。

刺客甲　爵爷来了。

萨福克　喂,众位,事情办妥了吗?

刺客甲　是,大人,他已经死了。

萨福克　嗷,说得很好。去,到我家里去,你们立了这一功,我要重赏你们。王上和朝里大臣们马上就到。你们把他的床铺弄平整了没有?各事是不是按照我的吩咐安排好了?

刺客甲　是的,大人。

萨福克　去吧!走开吧!(刺客均下。)

　　　　吹奏号筒。亨利王、玛格莱特王后、波福红衣主教、萨穆塞特、群臣及余人等上。

亨利王　去叫我们的叔父立刻晋见,告诉他今天开审,要审明他是否犯有被控的罪状。

萨福克　我就去宣召他,我的主公。(下。)

亨利王　众卿们,大家坐好。我请你们对于葛罗斯特叔父的案子,只能根据实实在在的证据,按他所犯的罪予以应得的处分,切不能对他过分严厉。

玛格莱特王后　谁要是存着坏心眼儿,上帝不会饶恕他的。哪能凭空把一位贵人治罪!恳求上帝保佑他能把身上的嫌疑洗刷得一干二净!

亨利王　多谢你,梅格,你这几句话真叫我听了满意。

　　　　萨福克重上。

亨利王　怎么啦!你为什么脸上发青?你为什么发抖?我们的

叔父在哪儿？到底是怎么一回事，萨福克？

萨福克　他死在床上了，主公；葛罗斯特死啦。

玛格莱特王后　天呀，有这样的事！

红衣主教　这是上帝暗中给了判决。我夜里梦见公爵变成了哑巴，一句话也说不出来。（亨利王晕厥。）

玛格莱特王后　我的主公怎么啦？快来呀，众卿们！王上死过去啦！

萨穆塞特　扶起他的身子，快拧他的鼻子。

玛格莱特王后　快来呀，救人哪，快，快！啊呀，亨利呀，睁开眼呀！

萨福克　好了，王上醒过来了，娘娘不用着急了。

亨利王　唉，我的天哪！

玛格莱特王后　王上此刻觉得怎样了？

萨福克　宽心吧，我的君王！仁慈的亨利，宽心吧！

亨利王　啊，是萨福克爵爷叫我宽心吗？他先用乌鸦的调子朝着我叫唤，让我听了他那难听的声音而丧失我全身的活力；难道他以为现在像一只鹩鹩那样虚情假意地叫唤几声，就能给人安慰，把先前感受到的声音驱除掉吗？不要用甜言蜜语掩饰你的恶毒。不要用你的手碰我。不许碰我，我说；你的手一碰到我，就好比是蛇的毒舌使我吃惊。你这个丧门神，不要站在我的面前！你的眼珠里杀气腾腾，世人见了都害怕。不要对我看，你的眼光能伤人。可是，你不要走开；蛇王，到我这边来，用你眼中的凶焰杀死我这无辜的注视你的人吧；我宁愿投身在死亡里，反而可以得到愉悦，现在葛罗斯特已死，我活着比死还加倍难受。

玛格莱特王后　您为什么把萨福克公爵骂得这样苦？他和葛罗

斯特公爵虽然有仇,但他听到葛罗斯特的死耗,就像一个基督徒那样致以哀悼。就拿我自己说吧,虽然葛罗斯特是我的敌人,但是如果涟洏的涕泪、酸心的呻吟,或者败坏血液的叹息能够叫他起死回生,我宁可哭得双目失明,呻吟得疾病缠身,叹息到面色苍白如同樱草一般,只要能使尊贵的公爵复活过来,我受什么罪都情愿。我怎能料到世人对我作何估计?大家都知道我和他很合不来,也许有人以为是我把公爵害死的。说不定我的名誉要受到谣言的伤害,各国的宫廷里将传播着对我的谴责。这都是他的死亡为我招来的,唉,唉,我好痛苦呀!我忝居王后之位,却蒙此不白之羞!

亨利王　唉,葛罗斯特死去好叫我伤心,可怜的人呀!

玛格莱特王后　为我伤心吧,我比他更加可怜。怎么,你掉过脸去不理我吗?我又不是个可厌的麻风病人,对我看看吧。怎么!你像一条蝮蛇一样,聋了吗?那么就放出你的毒液,螫死你的遭到遗弃的王后吧。难道你的一切安慰都关闭到葛罗斯特的坟墓里去了吗?这样看来,玛格莱特是从未使你开心过喽。那你就替他建立一座塑像,奉祀他吧,把我的画像拿去挂在小酒店门口作为招牌吧。当年我航海前来英国,不是几乎遭到覆舟之险,在快要到达英国海岸的时候,又被顶头逆风三番两次吹回到我的本土吗?这是什么预兆,这逆风不是明明在警告我:"不要钻进蝎子窝,不要插足到这个冷酷无情的国家来"吗?我那时不明就里,还咒骂那好意的风,还咒骂那从洞穴里放出风来的风神;我那时还要求他转变风向,把我吹送到英国的幸福的海岸,否则就干脆把我们的船只吹向礁石,让我们触礁而亡。那时候风神不肯充当刽子手,却把杀人的勾当留给你来担承。那白浪滔天的大海不肯将我淹没,因为它知道,你的狠毒心肠要用咸得如同海水一般的泪水,将我在陆地上淹死。那些礁石都低头潜伏在沉沙之下,不肯用嶙峋的石笋触破我的船只,因为你的铁石心肠比礁石更硬,要把我玛格莱特磨死在你的王宫里。我从远处刚刚看到你们滨海的白垩岩石,又被风暴从你们的海岸吹回去的时候,我曾冒着风雨站在甲板上,那时阴沉的天色遮断我的殷切的视线,使我看不见你的国土,我便从项上摘下一块价值连城的首饰——一个用钻石镶成的鸡心,把它抛向你的国土,让大海接受了它,我当时还希望我的心也能同样地被你接受哩。我那时看不到英格兰美丽的国土,恨不得使我的眼睛能依照我的心愿看得更远些,由于它们看不见我所渴望的英国海岸,我就把它们叫做昏眊的眸子。你这薄情人的代表萨福克,三番五次地坐在我的身边,用甜言蜜语来诱惑我,如同古代的埃涅阿斯的儿子阿斯凯尼厄斯代表他父亲去诱惑痴情的狄多一样。我不是像狄多那样被诱惑了吗?你不是像埃涅阿斯那样薄幸吗?唉唉,我是活不下去了!死吧,玛格莱特!你活得太久,已经害得亨利忍受不住而啼哭了。

    后台发出喧声。华列克及萨立斯伯雷上。众市民迫近门口。

华列克 威武的君王,据报告,善良的亨弗雷公爵被萨福克和波福红衣主教两人用计杀害了。大群的市民们,好像一窝失去蜂王的蜜蜂,为了替他复仇,到处乱闯,逢人便刺。我竭力遏制住他们愤怒的暴动,劝他们等到弄清楚公爵的死因以后再说。

亨利王 华列克爱卿,公爵已死,是毫无疑问的了。至于他是怎么死的,只有上帝知道,我亨利是不知道的。你去到他的卧室里,验看他的尸体,看能不能查出他暴死的原因。

华列克　我马上就去,陛下。萨立斯伯雷,请您留在这里安抚着这些气势汹汹的群众,等我回来再说。(华列克去到内室,萨立斯伯雷退下。)

亨利王　主宰万物的天主呵,我内心中不能不认为亨弗雷是遭到了毒手,请您制止我这些念头,不让我想下去吧!如果我是转错了念头,那么上帝啊,请宽恕我,因为只有您才能作出判断。我十分愿意去到亨弗雷的身边,在他的苍白的嘴唇上吻两万次,用汪洋的泪水洒满他的面颊,向他的无知觉的身体表明我的热爱,用我的手指抚摩他失去感觉的双手,但这些无聊的表示都是毫无益处的。再去看到他的遗容,只会徒增我的悲伤。

　　　　　华列克及余人用床舁葛罗斯特尸体重上。

华列克　仁慈的君王,请到这边来,看看这尸身。

亨利王　这如同看到我的坟墓有多么深一样。他的灵魂逝去,我在尘世上的安慰也跟着消逝了;我看到他,犹如看到我自己是个活死人。

华列克　假如我希望我的灵魂能够永生在为世人赎罪的威灵显赫的救主的身边,我就不能不相信这位享有盛名的公爵是惨遭毒手的。

萨福克　这确是用严肃的口气作出的一个可怕的誓言!但华列克爵爷发这个誓,他能提出什么证据呢?

华列克　你只要看一看他的血液怎样凝聚在他的面部。我常看寿终正寝的人,脸上总是灰白、瘦削、毫无血色,因为血液都下降到工作得很辛苦的心脏里去了。心脏在和死亡做斗争

248

的时候，把周身血液都吸引进去，借以增强自己的力量，最后血液就在心房里冷却，不再回升，不能再使面颊红润。但你看这尸体，脸上发紫，充满了血；眼珠暴了出来，像一个吊死的人那样可怕地瞪着；他的毛发耸立，鼻孔张着，像是经过了一番挣扎；他的双手向外伸张，分明是做过垂死的搏斗，后来被强力所制服。你们看，这张被单上还粘着他的头发；他平日修整的胡须变得凌乱不堪，好似被秋风吹倒了的黍秸一般。毫无疑问，他是在这里被谋杀的，这许多迹象中的任何一种都足以证明。

萨福克　嗳哟，华列克，谁能把公爵害死呢？我自己和波福是负责看管公爵的，大人，我们两个总不见得是凶手吧。

华列克　可是你们两个恰恰都是亨弗雷公爵公开的对头，况且你对他确是负有看管之责，看来你是未必把他当作一位朋友来款待的，明摆着他是碰上了对头了。

玛格莱特王后　这样说来，你是怀疑这两位贵胄有谋害亨弗雷公爵的嫌疑了。

华列克　如果有人看见一条小牝牛流着血、死在路旁，又看见附近有一个手拿斧子的屠户，能不叫人怀疑牛就是他杀了的吗？如果有人在鹞鹰的窝巢里发现一只死鹌鹑，尽管鹞鹰的嘴上并无血迹，它还翱翔于高空，能叫人不猜想到鹌鹑的死因吗？眼前这个悲剧显然一样可疑。

玛格莱特王后　你是屠户吗，萨福克？你的刀子在哪儿？你们把波福叫作鹞鹰吗？他的利爪在哪儿？

萨福克　杀害一个睡着的人的刀子，我是从来不带的；可是复仇的刀子我倒带有一把。它长久不用已经生了锈，正好用那血口喷人诬赖我为杀人犯的造谣者的胸膛来把它洗擦干净。傲慢的华列克爵爷,只要你敢,你就说亨弗雷公爵是被我害死的。(波福红衣主教、萨穆塞特及余人等下。)

华列克　如果虚伪的萨福克向他挑衅,华列克有什么不敢的?

玛格莱特王后　纵然萨福克向他挑衅两万次,他也不敢抑制他的骄气,停止他的肆无忌惮的诽谤。

华列克　娘娘,请您别多话,我可以诚惶诚恐地说,您为他辩护的每一句话,会损害您自己的尊严。

萨福克　你这头脑愚蠢、行为卑鄙的爵爷!你娘是个偷汉子的女人,把个愚昧无知的村夫带到她的不干不净的床上,才生下你这个野杂种,你根本不是纳维尔家族高贵血统的后代。

华列克　若不是因为你已犯了杀人的死罪,我杀掉你,倒是抢掉了刽子手的生意,反而免得你出乖露丑;若不是因为王上在此,我不得不温和一点,我就要把你按倒在地,叫你跪在我的面前,向我讨饶,承认你说的那些脏话,都是说你自己的亲娘的,承认你自己才是个小杂种,在这样把你羞辱一顿之后,再叫你吃我一刀,把你的魂灵送到阴司地狱!你这趁人睡着的时候谋杀人命的恶毒吸血鬼。

萨福克　你如果敢从这里跟我一同走出去,我就趁你醒着的时候,叫你洒出鲜血。

华列克　马上就走,不然我就把你拖出去。虽然你不配和我交手,我不妨迁就一次,也算对亨弗雷公爵的英灵尽我一点儿心。(萨福克与华列克同下。)

亨利王　一个问心无愧的人,赛如穿着护胸甲,是绝对安全的,他理直气壮,好比是披着三重盔甲;那种理不直、气不壮、丧失天良的人,即便穿上钢盔钢甲,也如同赤身裸体一般。(后台发出喧声。)

玛格莱特王后　这是什么喧哗？

　　　　萨福克与华列克已各拔出佩剑,二人重上。

亨利王　怎么啦,两位贤卿！你们在本王面前竟敢拔剑相向吗？你们怎敢这般无礼？嗨,外边吵吵嚷嚷是什么事？

萨福克　英明的主公,叛国贼华列克带领着柏雷的老百姓大伙儿向我进攻啦。

　　　　后台发出群众喧声。萨立斯伯雷重上。

萨立斯伯雷　(向后台的市民们)众位,大家站住,你们有话可以向王上奏明。神武的主公,百姓们要我代表,除非您立即将萨福克公爵处死,或将他逐出美好的英格兰国境,他们就要用暴力把他拖出宫廷,把他凌迟碎剐。百姓们都说善良的亨弗雷公爵是他害死的,他们还担心他要暗害陛下的圣躬。他们直率地要求把萨福克逐出国土,只是出于爱戴主上的本性,丝毫没有桀骜不驯的意图,决不是犯上作乱。百姓们都说,为了保护圣躬,即便陛下要想安眠,不准有人惊扰,即便您传下一道严旨,对惊扰者定行重责不贷,甚至处以死刑,但是如果他们看到一条伸着叉形舌头的毒蛇向着陛下悄悄地游过来,他们就不得不将您惊醒,以免您在睡梦之中遭到毒蛇的暗害,从此长眠不醒。因此,尽管您严令禁止,他们也要大声疾呼,不管您愿不愿意,他们一定要护持您,不让您受到像虚伪的萨福克那样的毒蛇的暗害。他们说,您所挚爱的叔父,那位比萨福克的价值高出二十倍的人,已被那条毒蛇鬼鬼祟祟地咬死了。

众市民　(在后台)萨立斯伯雷爵爷,我们要求王上答复我们！

萨福克　要说那些老百姓,那些没有教养的黄泥腿子们向王上提出这种无理的要求,倒还罢了；可是您,我的爵爷,居然高兴替他们当差,还要趁此表演一下您的口才,那真有意思。不过萨立斯伯雷卖了一阵子气力,所能得到的荣誉,只是替一帮子补锅钉碗的小手艺人当了一回钦差大臣罢了。

众市民 （在后台）我们要求王上答复,不然我们就要冲进来了!

亨利王 萨立斯伯雷,你去告诉他们,就说我感谢他们对我的爱戴;即使他们不来向我请愿,我本就立意要执行他们求我做的事情。我心里早就时时刻刻地料到,萨福克耍弄手腕,一定会把灾祸带给我的国家。因此,我向天主发誓,我作为他在尘世上一个很不称职的代表,决不容许萨福克再在我们的周围散布毒素,我限他三天以内离开,否则处死。（萨立斯伯雷下。）

玛格莱特王后 哎呀,亨利,请允许我替善良的萨福克讲个人情吧!

亨利王 不善不良的王后,你把萨福克叫作善良的人吗!不用讲下去了,我说。你如果替他讲情,你只能在我的怒火上添油。我如果说出了我的意见;我就要实行我的意见;我如果是发了誓,那就更加不能收回成命。萨福克,告诉你,如果三天以后,你还敢逗留在我统治的土地之上,你就是用整个世界作为赎金,也赎不了你的命。来,华列克,来,好华列克,跟我来,我有要紧的事情和你商量。（亨利王、华列克、群臣同下。）

玛格莱特王后 叫灾殃和悲惨跟随着你们!叫烦恼和痛苦做你们的伴侣!你们两个呆在一起,叫魔鬼来和你们凑成三个!叫你们走到哪里就在哪里遭到三倍的报复!

萨福克 仁慈的王后,请您不要再咒骂吧,请您允许您的萨福克以沉重的心情向您告别吧。

玛格莱特王后　呸,胆小的女人,软弱的可怜虫!你连咒骂敌人的勇气都没有了吗?

萨福克　这两个遭瘟的!我为什么要咒骂他们?如果咒骂能像曼陀罗草发出的呻吟一样①把人吓死,那我就一定想出一些恶毒、刺耳、叫人听了毛骨悚然的词句,从我咬紧了的牙齿缝里迸出去,并且要像瘦削的妒神在她那阴森森的洞窟里所做的那样,表现出一切仇恨的表情:我的舌头在说出剧烈的言词时在口中上下翻腾;我的眼睛像受到撞击的火石一样冒出火花;我的头发像狂人一样根根直竖;我的周身关节都像在发出诅咒的声音。就在这一时刻,我如果不把他们咒骂一顿,我这受到重压的心马上要碎裂了。叫他们的饮料都变成毒药!叫他们吃的美味都变成比胆汁更苦的苦水!叫他们最舒适的住处都变成墓道旁的扁柏林!叫他们看到的全是吃人的毒蛇!叫他们摸到的全是螫人的蝎子的毒刺!叫毒蛇的嘶声和枭鸟的叫唤组成他们可怕的音乐!叫阴森森的地狱里的一切恐怖——

玛格莱特王后　够了够了,亲爱的萨福克,你这样痛骂只能叫自己吃苦。这种恶毒的诅咒,好比照在镜子里的阳光,好比多装了火药的大炮,有一股倒坐的劲头,会回击到你自己身上的。

萨福克　您刚才叫我咒骂,现在您又叫我别骂了吗?凭着我即将被迫离开的国土,即便让我赤身露体站在冰天雪地、寸草不生的山巅,我也可以在一个冬天的深夜咒骂通宵,只把它

---

① 英国迷信,曼陀罗草从土中拔出时发出一种呻吟,使听到的人不死也要发狂。

当作片刻的消遣。

玛格莱特王后　唉,我请求你别再咒骂吧。把手伸给我,让我用悲痛的泪水像露水一样滴在你的手上,作为我赠送给你的悲痛纪念物,望你加以珍惜,别让天上降下的雨水将它冲去。唉,但愿我的吻痕深深印在你的手上,(吻萨福克手)使你常常想到吻你的樱唇,正在为你发出千百次的叹息!离开我吧,你走了以后我才更能体会我的悲伤,此刻你站在我的身旁,我对自己的苦痛还有些惝恍迷离,正如一个过饱的人,一时还不能体验饥饿的滋味。我一有机会一定召你回国,否则你放心,我自己也情愿遭受放逐。事实上我跟你分离,也就等于是被放逐了。去吧,不必再对我说什么,此刻就去吧。呀,还不能走!让我们这一双遭难的朋友互相拥抱,深深亲吻,再作一万次的告别。生离比死别更是百倍地叫人难受呵!可是,只得再见了;愿你一切安好!

萨福克　这样,不幸的萨福克是遭受到十次的放逐了;一次是王上的命令,三倍的三次是出于您的意旨。我对于故土倒并无留恋,如果您离开了那里。我萨福克只要能够常和你在一起,那么即便住在穷乡僻壤,也如同住在繁华的城市一般,因为你在哪里,哪里就是整个的世界,世间的一切快乐也都齐备;你所不在的地方,就是一片荒凉。我是什么都不指望了。祝你好好保重,生活幸福,我自己已无幸福可言,唯一的安慰就寄托于你的生命之中。

　　　浮士上。

玛格莱特王后　浮士往哪里去,为什么这般匆忙?请问你带来了什么消息?

浮　士　我去报告王上陛下,波福红衣主教已经垂危。他突然身染重病，上气不接下气，翻着白眼，双手在空中乱抓，口里还在亵渎着上帝，咒骂着世上的人。他一会儿嘟嘟囔囔地说话，好像是和亨弗雷公爵的鬼魂交谈；一会儿又叫唤着王上，把枕头当作王上，对着它嘀嘀咕咕地耳语，好像要把压在他灵魂上的秘密说给他听。我被派来向陛下呈报，他此刻正在呼唤着王上呢。

玛格莱特王后　你去把这沉重的信息报告王上吧。(浮士下)唉，唉！这还成个什么世界！这都是些什么糟糕的事情！可我怎能把我心上的人儿萨福克遭受放逐的事丢下不管，倒去为那些不相干的事情伤心？萨福克哟，我怎能单单不为你而伤心？我的泪水比夏天的雨水更多，夏雨可以滋养禾苗，我的泪水只能倾泻我的悲伤。你快点离开这里吧，你知道王上马上就要来了，他如果发现你挨在我的身边，你就活不成了。

萨福克　我离开了你，也就活不下去了。倘若我死在你的面前，那就如同依傍在你的怀中做了一场美梦。在你面前，我可以通过我的呼吸将灵魂散发到空中，好像褓褓中的婴儿衔着母亲的乳头平静而柔和地死去。要是离开了你，那我就会如醉如痴地呼唤着你，要你来合上我的眼睛，要你将嘴唇对准我的嘴，或者堵住我的魂灵儿不让它逃跑，或者将它吸进你的身体，让它居住在这座甜蜜的仙宫里。在你的身旁死去，好比谈笑一样地轻松；和你分离以后再死，那就像千刀万剐一般难受。唉，让我留下吧，不论遭受什么灾殃，也顾不得了！

玛格莱特王后　快走吧！分离即便是一服苦药，为了医治痼疾，也不能不使用它。快到法国去，亲爱的萨福克；望你时常写信来；不论你去到世界上哪一个角落，我总会差人找到你。

萨福克　我去了。

玛格莱特王后　我把心交给你带着走。

萨福克　那就如同将一件珠宝锁进一个最最不幸的首饰匣一样。我们现在简直像一条被风涛掀翻的船只，只好分离了。我从这边去把命送。

玛格莱特王后　我从这边断送残生。（各下。）

第三场　伦敦。波福红衣主教寝室

红衣主教卧床上，仆从侍立左右，亨利王、萨立斯伯雷及华列克来至床前。

亨利王　贤卿身体如何？波福，对你的君王说说吧。

红衣主教　假如你就是死神，那么我请求你让我活下去，不要叫我受罪，我情愿把财宝献给你，足够你买一个和英格兰一般大小的岛国。

亨利王　唉，见到死的来临就恐怖到这样地步，足见他一生的罪孽是多么深重！

华列克　波福，你明白吗？是你的君王对你说话呀。

红衣主教　要是你们要审问我，就带我去受审吧。他不是死在床上的吗？他不死在床上，该死在哪里？不管人家愿意不愿意活，我能叫他们活下去吗？嗳哟，不要拷打我，我情愿招认。他又活了吗？快告诉我他在哪里，我情愿拿出一千镑，只要能看到他。他的眼睛没有了，尘土把他封住了。把他的头发梳梳好，瞧，瞧呀，他头发根根直竖，好似捕鸟的樊笼一样要捕捉我起飞的灵魂呢。给我一点什么喝喝，叫药剂师把我向他买的毒药拿给我。

亨利王　哦,天体的永恒运转者呵,请您用仁慈的眼睛看看这个可怜的人吧!呀,把那捣鬼的、捉弄他的灵魂的恶魔赶走吧!把这阴暗的绝望从他的胸中解除吧!

华列克　看哪!垂死的痛楚弄得他龇牙裂嘴的,多难看呀!

萨立斯伯雷　不要惊扰他,让他安安静静地死去吧。

亨利王　愿他灵魂平安,如果这是合乎上帝意旨的话!红衣主教,如果你希望获得天堂的幸福,就把手举起来,表示你的愿望。他死了,毫无表示。哦,主呵,饶恕他吧!

华列克　他死得这样惨,足以证明他一生不干好事。

亨利王　不要对别人下断语,我们全都是罪人。把他的眼睛合上,把帷幕拉拢,让我们都反省吧。(同下。)

第 四 幕

第一场　肯特郡。多佛附近海滨

远处听到海上炮声。随后一船长、大副、二副、水忒满及余人自舢板登岸,随之登岸的有化了装的萨福克及其他被俘的二绅士。

船　长　欢乐、喧闹、热情的白昼已经钻进大海的胸膛,现在咆哮的豺狼已把曳着阴郁悲惨的黑夜的恶龙们惊醒。恶龙们扇动着迟缓而松弛的翅膀,拥抱着死人的坟墓,从它们的雾气腾腾的嘴里向空中喷出污秽的黑气。趁着这样的时光,把我们捕获的那些兵士唤出来,就在我们的双帆船靠着砂阜下碇的时候,叫他们在沙岸上提出他们的赎金,不然的话,就让他们把鲜血洒在沙地上。大副,这一个俘虏我毫不吝惜地赠送给你;二副,这个人分给你作为你的一份采物;水忒满,你把那另一个(指萨福克)留作你的一份。

绅士甲　大副,你要我出多少赎金?请你说吧。
大　副　一千镑,要不就卸下你的脑袋瓜。
二　副　你也得出一千镑,不然也叫你的脑袋搬家。
船　长　你们挂着绅士的衔头,摆着绅士的架子,付出两千镑还嫌多吗？砍断这两个坏种的脖子；叫你们非死不可。咱们的弟兄们和这些家伙干仗，送掉好几条命，这几个钱就够抵偿吗？

绅士甲　老爷，我愿出钱，饶了我的命吧。

绅士乙　我也愿出，我马上写信回家去取款子。

水忒满　我捉俘虏上船，被他们弄瞎我一只眼，(向萨福克)我为报此仇，一定杀死你。依我的性子，那两个家伙也该死。

船　长　不要急躁，叫他出钱，饶他一命吧。

萨福克　瞧我这里挂着的圣乔治勋章，我是一位绅士。不论你要我出多少钱，我一定照付。

水忒满　我也不含糊，我的大名是水忒满。嗨，怎么啦！你为什么吓了一跳？听说要死就害怕了吗？

萨福克　你的名字叫我吃惊，那字音预示我的死亡。以前有个算命先生替我算过命，说我遇水而亡。可是请你不要听了这句话就动了杀机。你的名字念得正确一点应该是高忒埃。

水忒满　高忒埃也好，水忒满也好，叫哪一个名字我都不在乎。不论咱的名字受了怎样的糟蹋，我只须将宝剑一挥，就能刮掉这污点。因此，我如果像个商人那样有仇不报，只图钱财，就让我的宝剑断掉，让我的膀臂毁掉，让人家向全世界宣布我是一个懦夫！(抓住萨福克。)

萨福克　慢点，水忒满，你该知道你手中的俘虏是个贵人。他就是萨福克公爵，威廉·德·拉·波勒呀。

水忒满　穿得这样破烂，还说什么萨福克公爵吗！

萨福克　哎，这身破烂和公爵无关。天神还化装出游呢，我为什么不可以？

船　　长　　可天神是不会被人杀害的，你却免不了要吃他一刀。

萨福克　　你这无名小卒，亨利王上的血亲、兰开斯特王室的贵胄，决不能在你这下贱的奴仆手中丧命。你以前不是替我牵过马、执过镫吗？你不是曾经光着头，跟在我的披着华丽马毡的健骡身边跑着，只要我摇一摇头你就感到无上的幸福吗？当年我和玛格莱特王后一同享受盛宴的时候，你哪一次不是替我们执杯把盏，跪在我们的酒席筵前，啜食我们的残肴剩羹？你回想一下这些事情，就会使你心虚气馁，就会使你的气焰瓦解冰消。你当年是怎样站在我的前厅里恭恭敬敬地等候我的来临？我曾用我的手赐给你恩惠，现在我就用这只手来制止你的狂妄的舌头。

水忒满　　船长，你说，我该不该把这落难的公子哥儿给宰了？

船　　长　　且慢，他刚才用话伤了我，我也要用言语来刺他几下。

萨福克　　下贱的奴才，你是个蠢人，你说的只能是蠢话。

船　　长　　把他带到舢板上去，砍掉他的脑袋。

萨福克　　你要想保住你自己的脑袋，你就不敢砍我。

船　　长　　我敢，波勒。

萨福克　　波勒！

船　　长　　破落！破落老爷！大人！噢，破水桶、污水沟、泔水池，你肚子里的肮脏东西把英国人喝的清澈的泉水都弄脏啦。我现在要堵住你这张贪馋的嘴，叫你不能再吞噬我们国家的财富。叫你用吻过王后的嘴唇来扫地。叫你因亨弗雷公爵的死亡而得意的那张笑脸在无情的秋风里龇牙裂嘴，忍受秋风的嘲笑。你擅自做主替我们的英武的君王向一个国小民贫、没有王位的空头国王的女儿订下婚约，这就该罚你和阴司里的丑婆子结婚。你爬上高位,全是凭着阴谋诡计,如同野心的苏拉①一样,是靠吮吸母亲的心血长大起来的。由于你,安佐和缅因被出卖给法国,由于你,反复无常的诺曼人拒绝向我们称臣、毕卡第的人民也造起反来,杀掉那里的总督,袭击我们的营砦,把我们的衣衫褴褛的兵丁打伤了赶回老家。杰出的华列克以及纳维尔整个家族,他们素来只要动起干戈,就一定不会失败,也因为仇恨你的缘故,起来造反了。还有约克家族,因为他们上代有一位君王无辜被害,以致失掉王位,并且受到暴力的残酷压迫,现在正燃起复仇的怒火,他们绣有乌云遮没半个太阳的旗帜,正带着胜利的信心前进。这里肯特郡的百姓们也起来反抗了。一句话,耻辱和卑污混进我们王上的宫廷,都是由你而起。滚吧!把他带走。

萨福克　我恨不能化作天神,发出雷电,殄毙这些卑贱下流的东西!一些细微的事情常能使下等人感到骄傲。这个坏蛋不过是一只双帆船的船长,摆起威风来居然比伊利里亚的大海盗还要厉害。懒蜂吸不到天鹰的血,只能抢劫蜂房。我决不能死在你这贱奴手中。你的话只能激起我的愤怒,决不能使我反悔。我奉王后之命前往法国,我命令你护送我渡过海峡。

船　　长　水忒满……

水忒满　来吧,萨福克,我护送你回姥姥家。

萨福克　你使我毛骨悚然,我所怕的就是你。

水忒满　在我离开以前,还要叫你认真地怕一次。哼,你现在服

---

① 苏拉(Sylla,公元前136—前78),罗马执政,曾进行恐怖统治。

软了吗？还不跪下吗？

绅士甲　我的好爵爷，求求他吧，对他说几句好话吧。

萨福克　我萨福克尊贵的舌头是倔强的，它只会下令，不会讨饶。我们万不能对这些家伙卑躬屈节，使他脸上增光。不，我只对上帝和王上下跪，除此之外，我宁可把我的头颅放到断头砧上，也决不能叫我的双膝对任何人屈一下。我宁可让我的头颅悬挂在血淋淋的竿头，也决不肯站在这俗奴面前受辱。真正的贵族是无所惧怕的。只要你做得出，我就受得了。

船　长　把他牵走，不准他再絮叨。

萨福克　来吧，兵士们，尽量拿出你们残暴的手段，那样才能使我的死亡永远留在人们的记忆中。伟人们被卑贱的人杀害，那是常有的事。口若悬河的特莱①死在一个亡命之徒的手里；勃鲁托斯忘恩负义的手刺死了裘力斯·恺撒；庞贝为野蛮的岛民所害；今天我萨福克也在海盗的手里丧生。

（水忑满带众人押萨福克下。）

船　长　这几个定下赎金的人，你们当中可以派一个回去接洽取款，此刻就走，其余的人都跟我来。（除绅士甲外，余人俱下。）

水忑满扛萨福克尸体重上。

水忑满　把他的头颅和尸体留在这里，等他的情妇，王后来替他安葬。（下。）

绅士甲　好凄惨的景象呵！我把他的尸体带去见王上，如果王上不替他报仇，他的朋友会替他报的。在他生前，王后那样

---

① 特莱（Tully），即罗马的雄辩家西塞罗。

爱他,她一定也要替他报仇。(携尸体下。)

第二场　黑荒原

　　乔治·培维斯及约翰·霍兰德同上。

乔　治　快,找一柄宝剑佩带起来,哪怕是用木板条做的也行。他们已经干了两昼夜了。

约　翰　那么,他们是很需要睡一会儿的了。

乔　治　我告诉你,成衣匠杰克·凯德打算把咱们的国家打扮起来,把它彻底翻新,面子上装上一层新的毛茸茸的呢绒。

约　翰　他真该这样做一下,因为咱们国家的服装已经破旧得很了。哼,我说,自从绅士们当权以来,英国这个国家已经不再是快乐的土地了。

乔　治　倒楣的时代!手艺人的德行受不到尊重。

约　翰　贵族们都瞧不起系着皮围裙的人。

乔　治　的确,况且好工人都不能参加王上的国务会议。

约　翰　这是实话,可是俗话说得好,"按着你的职业劳动",这等于说,当官的也应该是劳动人民。这样看来,咱们都该当官儿了。

乔　治　你这话说的真对。再也没有比结实的手更能表明高尚的心的了。

约　翰　我看到他们了!我看到他们了。那不是白斯特的儿子,那个温汉姆的硝皮匠……

乔　治　他可以把敌人的皮剥下来做成皮革。

约　翰　屠户狄克也在那儿……

乔　治　有了他就能把犯罪的人像宰公牛一样全都宰掉,把行恶的人的咽喉像割小牛一样割断。

约　翰　织工史密斯也到啦。

乔　治　那就有人把他们生命的纱线纺出来啦。

约　翰　来吧，来吧，我们去加入他们的队伍。

　　　　击鼓声。凯德、屠户狄克、织工史密斯、锯木匠某及无数群众同上。

凯　德　本人杰克·凯德，凯德这个姓是从我的假父那里继承下来的……

狄　克　（旁白）不如说，因为偷了一桶①鲱鱼才得了这个姓。

凯　德　我们的敌人在我们面前一定要垮台，因为我们受到精神鼓舞，要把国王和王公大臣消灭干净……叫大家安静一些。

狄　克　大家放安静点！

凯　德　我的父亲是一位摩提默贵族……

狄　克　（旁白）他爹是个老实人，是个善良的泥水匠。

凯　德　我母亲是普兰塔琪纳特家族的小姐……

狄　克　（旁白）我跟她很熟识，她是一个接生婆。

凯　德　我的夫人出身于花编名门……

狄　克　（旁白）的确，她是一个货郎的女儿，卖过不少花边。

史密斯　（旁白）不过近来她因为不能带着货色到处兜销，已经改行，在家里替人家浆洗衣服了。

凯　德　由此可见，我的家庭是一个体面的家庭。

狄　克　（旁白）对啦，凭良心说，那田野就是个体面的地方。他是在田野里一处篱笆底下出世的，因为他爹除了寄居在牢

---

① 原文中"凯德"意即"小桶"。

房以外,是上无片瓦的。

凯　德　我本人英勇无比。

史密斯　(旁白)那是一定喽,穷人气粗。

凯　德　我能吃苦。

狄　克　(旁白)那是没有问题的,我亲眼见过他连着三天在市集上挨到鞭打。

凯　德　我既不怕剑,也不怕火。

史密斯　(旁白)他当然不怕刀剑,因为他的衣服破得已经使刀剑没有用武之地了。

狄　克　(旁白)不过我看他是怕火的,因为他偷羊被捉,手上打过烙印。

凯　德　你们大家都要勇敢,因为你们的领袖是个勇士,他发誓要进行改革。以后在我们英国,三个半便士的面包只卖一便士,三道箍的酒壶要改成十道箍。我要把喝淡酒的人判作大逆不道,我要把我们的国家变成公有公享,我要把我所骑的马送到溪浦汕市场那边去放青。等我做了王上——我是一定要登基的……

群　众　上帝保佑吾王陛下!

凯　德　好百姓们,我谢谢你们。我要取消货币,大家的吃喝都归我承担;我要让大家穿上同样的服饰,这样他们才能和睦相处,如同兄弟一般,并且拥戴我做他们的主上。

狄　克　第一件该做的事,是把所有的律师全都杀光。

凯　德　对,这是我一定要做到的。他们把无辜的小羊宰了,用它的皮做成羊皮纸,这是多么岂有此理?在羊皮纸上乱七八糟的写上一大堆字,就能把一个人害得走投无路,那又是多么混账?人家说,蜜蜂能刺人,我可要说,刺人的是蜂蜡,

265

因为我只要用蜂蜡在文件上打一个指印,我就再也不属于我自己了。什么事!谁来了?

  数人带切特姆地方之书吏上。

史密斯 他是切特姆的书吏,他会写会念,还会记账。

凯 德 哎,该死!

史密斯 他正在替孩子们写字帖,我们把他抓住了。

凯 德 那么他准是个坏蛋!

史密斯 他衣袋里放着一本书,书上还有红字。

凯 德 嘿,既然如此,他一定是个会画符念咒的人。

狄 克 可不?他还会写契约,写那衙门里通用的字体。

凯 德 那就叫人没办法了。人倒是个规矩人,照我看;除非证明他有罪,可以不杀他。到我面前来,小子,我要亲自审问你。你叫什么名字?

书 吏 以马内利①。

狄 克 这个名字他们常写在文件的顶上,这对你很不利呢。

凯 德 由我来问。你这人是经常为自己签名呢,还是像一个忠厚老实人那样替自己画上一个记号呢?

书 吏 老爷,我感谢上帝,我是个有教养的人,我能签名。

群 众 他招供了,把他带走!他是一个坏蛋,是个叛徒。

凯 德 把他带走,我说!把他的笔墨套在他的脖子上,吊死他。(若干人押书吏下。)

  迈克尔上。

迈克尔 咱们的主将在哪里?

----

① 这个名字含意是"上帝与我们同在",见《旧约》:《以赛亚书》第七章第十四节。

凯　德　我在这儿,你这怪人儿。

迈克尔　快逃,快逃,快快逃！亨弗雷·史泰福德爵士和他的兄弟率领皇家的军队来到近边了。

凯　德　站住,混蛋,站住,不然我就砍掉你。他是个何等人,就有何等人对付他。他不过是个骑士,对吧？

迈克尔　对。

凯　德　要和他平等,我马上就封我自己做个骑士。(跪)约翰·摩提默爵士请起。(起立)现在去和他干一场吧！

　　　　亨弗雷·史泰福德及其弟威廉率鼓手及兵士上。

史泰福德　反叛的贼徒们,你们是肯特郡的渣滓,早就该上断头台了。快些放下你们的武器,回到你们的茅屋去,撇下这个捣蛋鬼。你们肯反正,就能得到王上宽恕。

威　廉　如果你们执迷不悟,王上就要大发雷霆,对你们定斩不饶。要想活命,就赶快投降。

凯　德　这几个穿绸裹缎的奴才,不用理他们。好百姓们,我还是对你们说几句。我不久就要治理你们,因为我是王位的合法继承人。

史泰福德　混蛋,你爸爸不过是个泥水匠,你自己是个裁缝师傅,你能否认吗？

凯　德　亚当也不过是个园丁呀。

威　廉　那又怎样呢？

凯　德　嗨,是这样:当年马契伯爵爱德蒙·摩提默娶了克莱伦斯公爵的女儿,对吗？

史泰福德　对的,先生。

凯　德　她替他一胎生了两个孩子。

威　廉　那是瞎说。

凯　　德　是喽,问题就在这里。可是我说,那是真的。其中大的一个交给乳母喂养,不料被一个要饭的女叫花子拐走了。这孩子长大成人,不知道自己的出身,不认识自己的父母,就学了泥水匠的手艺。他的儿子就是我。你们如果能驳倒我,就驳吧。

狄　　克　是呀,这件事太真实了。按道理,他就该做王上。

史密斯　老爷,他替我爸爸砌了一堵烟囱,至今那砖头还在,可以作为证据,你们是驳他不倒的。

史泰福德　这家伙胡说八道,连他自己都不知道是说的什么,你们众人能相信他的话吗?

群　　众　我们信他。你们快滚吧。

威　　廉　杰克·凯德,这些话都是约克公爵教给你的。

凯　　德　(旁白)他瞎说,这都是我自己诌出来的。(扬声)好吧,小子们,去替我对你们的国王说,看在他父亲亨利五世老王的面上,我让他当国王,可我要做他的摄政王。

狄　　克　还有一件,赛伊勋爵出卖了缅因采地,我们要求把他的脑袋送来。

凯　　德　很有道理。丢了缅因,英国就残缺不全,若不是仗着我大力支持,它就得拄着拐杖走路了。众位王爷弟兄们,我告诉你们,赛伊勋爵把我们的国家阉割了,把它弄成一个太监了。还有一件,他会说法国话,可见他是个卖国贼。

史泰福德　这说的都是些什么愚蠢透顶的糊涂话哪!

凯　　德　咦,回答我呀,看你能不能。法国人是我们的敌人,那么,很好,我只问你这一点:会说敌人语言的人能不能做一个好大臣?

群　　众　不能,不能!我们一定要他的脑袋。

威　廉　好吧,好言好语跟他们讲不通,那就只有发动皇家的军队向他们进攻啦。

史泰福德　传令官,去,到各城各镇去宣布,谁附和凯德,谁就是反叛。谁要是在开仗以后,临阵脱逃,就把谁当着他妻儿老小的面,在他的门前吊死,作为示众的榜样。凡是愿意拥护王上的,跟我来。(史泰福德兄弟二人率领众兵士下。)

凯　德　凡是爱护平民的,跟我来。表现出你们男子汉的气概,这是为自由而战。一个贵族、一个绅士也不饶。除了穿钉鞋的老粗以外,谁也不饶。这些人都是省吃俭用的老实人,他们都乐意跟着我们跑,只不过没有胆量出头罢了。

狄　克　敌人已经摆好有秩序的阵势,向我们这边开过来了。

凯　德　我们只有乱到头才有秩序,这就是我们的阵势。来,向前进发。(同下。)

第三场　黑荒原上另一战场

击鼓吹号。双方上场交战,史泰福德兄弟相继被杀。

凯　德　阿希福的屠户狄克在哪儿?

狄　克　在这儿,主帅。

凯　德　那些家伙都被你像宰牛宰羊一样干掉了,你刚才那股劲儿,简直如同在你自己的屠宰场里一样。因此我要重重赏你,把四旬斋恢复到原来的日数①,准你每个礼拜屠宰九十九只牛羊。

---

① 四旬斋在复活节之前,为纪念耶稣禁食期间而设。在此期间,某些享有特权的屠户可以每周宰杀一定数目的牛羊,并享有专利权。

狄　　克　尽够尽够,再多我也不要了。

凯　　德　说实在的,这是你应得的,不能再少了。这件战利品我得穿上。(穿上亨弗雷·史泰福德的锁子甲)这两具尸首拴在我的马后边,我要把它们拖到伦敦。到了那里,我还要叫市长向我们献剑。

狄　　克　我们如果要轰轰烈烈地干一阵,就得打开监牢,放出犯人。

凯　　德　不用担心,一定办到。来,咱们向伦敦进发。(同下。)

第四场　伦敦。宫中一室

亨利王手持群众请愿书,边走边读,偕同勃金汉及赛伊上。稍远处,玛格莱特王后手捧萨福克首级哀啼。

玛格莱特王后　我常听说,悲伤使人心软,使人胆怯而丧气。因此,我必须停止哭泣,决心报仇。可是谁能看到这个而不伤心落泪?我要把他的首级放在我怦怦跳动的胸前,但我想拥抱他的身体,他的身体却在哪里呢?

勃金汉　陛下对叛民们的诉愿书打算怎样答复?

亨利王　我要派遣一位主教去对他们开导。要叫这么众多的愚民死在刀剑之下,上帝是不准的!我要亲自和他们的主将凯德谈判,以免流血的战争把他们毁灭。不过,且慢,等我把诉愿书再看一遍。

玛格莱特王后　啊,野蛮的贼子们呀!这副标致的脸蛋儿,好像在天空遨游的星宿一样,曾经管理过我的命运,难道它不能强制那些不配瞻仰它的人们发发善心吗?

亨利王　赛伊贤卿,杰克·凯德发誓要割下你的头颅哩。

赛　伊　不错,可我希望陛下割下他的头颅。

亨利王　怎么样,夫人！还在为萨福克的死伤心吗？假如我一旦死去,亲爱的,只怕你未必会这样伤心吧。

玛格莱特王后　不,我的爱,那我就不止伤心,我是要为你自尽的。

　　　　一差官上。

亨利王　怎么！有什么消息？你为什么来得这般匆忙？

差　官　叛徒们已经到了骚斯华克。快逃吧,我的主公！杰克·凯德自封做摩提默勋爵,自称为克莱伦斯公爵的后裔。他公开地把陛下叫做篡位者,他宣布要在威司敏斯特大寺院登基。他的军队是一群衣衫褴褛的粗汉和乡下佬,又粗野,又残暴。亨弗雷·史泰福德爵士弟兄俩阵亡以后,他们更加猖狂起来。他们说一切念书人、律师、大臣和绅士都是蠹虫,都该处死。

亨利王　唉,悖逆的人们！他们不知道自己干的是什么事。

勃金汉　仁慈的王上,我们退到吉林渥斯去吧,在那里等候勤王的军队来扫平他们。

玛格莱特王后　啊,倘若萨福克公爵还活着,这些肯特郡的叛徒们是不难扫平的！

亨利王　赛伊贤卿,叛贼们对你怀恨,我看你还是跟随我们去到吉林渥斯的好。

赛　伊　那样会牵累陛下,使圣躬遭到危险。他们见到我就会起凶心。所以我决定留在伦敦城内,把自己隐藏起来,不和别人来往。

　　　　另一差官上。

差官乙　伦敦桥已被凯德占领,百姓们都抛下家室,纷纷逃难。

271

有一伙地痞流氓,趁火打劫,和叛徒们联合起来。他们共同发誓要抢劫城市和您的王宫。

勃金汉　不能耽搁了,我的王上;快走,上马快走。

亨利王　走吧,玛格莱特。上帝是我们的希望,他会拯救我们的。

玛格莱特王后　萨福克已死,我的希望是完结了。

亨利王　(向赛伊)贤卿,再见,不要对那些肯特叛徒们存什么指望。

勃金汉　不要信赖任何人,以免被人出卖。

赛　伊　我唯一的信赖,是我的坦白的胸怀;问心无愧,就能坚强。(同下。)

第五场　同前。伦敦塔

斯凯尔斯勋爵及余人上城头。数市民来至墙外。

斯凯尔斯　情形怎样!杰克·凯德杀掉了吗?

市民甲　没有,大人,大概没有杀掉,他们已经占领了伦敦桥,阻挡他们的人都被杀害了。市长大人盼望您派兵去帮他防守京城。

斯凯尔斯　我如果能够抽调出援军,就交给你指挥,可是我自己也正在受到他们的骚扰,叛徒们正向本塔进攻,想要占领它。你赶快去到史密斯菲尔地方设法征集一支军队,我派马太·高夫到那边去支援你。望你为王上、为国家、为你们自己的生命而奋勇作战。话就说到这里,再见,我还有事去呢。(同下。)

第六场　同前。炮街

杰克·凯德率党羽上,以手杖敲击伦敦石础。

凯　德　现在我摩提默已成为京城的主人。我此刻坐在这伦敦石础之上,发布命令:在我统治的第一个年头里,尿管子①只准淌出冰红酒,费用由市政府开支。再有一件,从今以后,大家都该称我摩提默爵爷,谁敢不遵,就判他叛逆之罪。

一兵士奔上。

兵　士　杰克·凯德! 杰克·凯德!
凯　德　揍死他。(众杀死兵士。)
史密斯　这家伙如果是个伶俐人,他就再也不敢叫你杰克·凯德了。我想他总该受到一次教训啦。
狄　克　启禀爵爷,在史密斯菲尔那边有一支人马集结起来了。
凯　德　走,咱去跟他们干一仗。慢点,你们先去放火把伦敦桥烧掉;如果你们有本领,就把伦敦塔也烧掉。好,我们走吧。(同下。)

第七场　同前。史密斯菲尔

鸣鼓吹号。凯德及其部下从一侧上;众市民及马太·高夫率领的皇家军队自另侧上。双方交战,众市民溃败,高夫被杀。

凯　德　干得不坏,诸位,现在你们去几个人把兰开斯特皇族的萨伏伊宫殿拆掉;再去几个把别的宫邸拆掉,把它们全都

---

① 尿管子是伦敦市内一处公共喷泉,喷水甚细,故当时人民管它叫这个名字。

毁掉。

狄　克　我要向爵爷提出一个请求。

凯　德　你用爵爷这个称呼,看在这个称呼的分上,你的请求一定得到批准。

狄　克　我只请求,英国的法律必须从您的口里发出。

约　翰　(旁白)乖乖,这样一来,咱们的法律都会是疼死人的法律了,因为他嘴上被刺了一枪,伤处至今还未合口哩。

史密斯　(旁白)可不,约翰,咱们的法律都会是臭烘烘的法律了,因为他吃了乳酪烤饼,嘴里还在发臭哩。

凯　德　我已经考虑过了,一定这样办。去,去把国家的档案全烧掉。今后我的一张嘴就是英国的国会。

约　翰　(旁白)以后大概会出现咬人的法律了,除非拔掉他的牙齿。

凯　德　从今以后,一切东西都是公有公享。

　　　　一信差上。

信　差　我的爵爷,这里是一份采物,一份采物!赛伊勋爵已经捉到了。就是他把法兰西的城市出卖了的,也就是他强迫我们缴纳二十一种十五分之一税和每镑付一先令津贴的。

　　　　乔治·培维斯押赛伊上。

凯　德　为了这些事就该把他砍十次头。嘿,你这穿绒布的、穿哔叽的、穿粗麻布的爵爷!现在你可正好落在我的王权管辖之下啦。看你怎样对孤王解释你为什么把诺曼底放弃给法国太子巴西麦库先生?当着摩提默爵爷的面,叫你知道我就是一把扫帚,这把扫帚要把你这肮脏东西从宫廷里扫出去。你存心不良,设立什么文法学校来腐蚀国内的青年。以前我们的祖先在棍子上面刻道道儿就能计数,没有什么书本儿,你却想出印书的办法;你还违背王上和王家的尊严,设立了一座造纸厂。我要径直向你指出,你任用了许多人,让他们大谈什么名词呀,什么动词呀,以及这一类的可恶的字眼儿,这都是任何基督徒的耳朵所不能忍受的。你还任用了许多司法官,他们动不动就把穷人们召唤到他们面前,把一些穷人们无法回答的事情当作他们的罪过。你还把穷人们关进牢房,只是因为他们不识字,你甚至还把他们吊死,可是正因为他们不识字,他们才最有资格活下去呀。你骑马一定要在马身上铺下一条马毡,这是有的吧?

赛　伊　那有什么不对?

凯　德　哼,比你更诚实的人连长褂子都穿不起,你就不该让你的马披上马毡。

狄　克　诚实的人只好穿着衬衣去做工。就拿我自己说吧,我这当屠户的就只好这样。

赛　伊　你们这些肯特郡的人……

凯　德　你说肯特郡怎样?

赛　伊　我只要说一句话:这叫做"地则善矣,而人事则日非"。

凯　德　把他拖出去,把他拖出去!他在掉文哩。

赛　伊　等我说完,随便你们把我送到哪里。肯特郡,据恺撒大帝的《随感录》里所记载的,是我们英格兰最文明的地方。这地方非常可爱,因为物产丰富,当地人民开明、勇敢、活泼、富裕。因此我希望你们不至于缺乏善心。我既没有出卖缅因,也没有在我手里丧失诺曼底,相反的,为了恢复这些土地,我牺牲生命也在所不惜。我一向主张公道,如果有人向我哀诉、向我流泪,就能打动我的心,如果对我行贿,就决不能得到我的宽恕。我向你们收税,除去为了维持王上、维持国家和百姓以外,还有过什么别的用途?我赠送给学者们大量奖金,因为王上很器重我的学识,并且也看到上帝谴责愚昧,而学问则是人们借以飞升天堂的羽翼。除非你被魔鬼附在身上,你是断断不能下手杀我的。我为了你们的利益,曾用我三寸不烂之舌游说外国君主……

凯　德　得啦,哪一次打仗你出过力?

赛　伊　伟人们能够运用手腕,我常能打击我所从未见过的人,而且能把他们彻底摧毁。

乔　治　呃,鬼鬼祟祟的胆小鬼!你是趁人不防,捉弄人吗?

赛　伊　我为保障你们的福利,辛苦得面色惨白了。

凯　德　那就打他一个耳光,包能叫他脸上恢复红润。

赛　伊　我为穷人们处理案件,昼夜辛勤,累得我浑身是病。

凯　德　那就送给你一碗补血汤,送给你一把斧子去施行手术。

狄　克　汉子,你为什么发抖?

赛　伊　是我的抽风病发作了,并不是害怕。

凯　德　嗨,他向我们点头哪,似乎是说:我要报复你的。我倒要看看,如果把他的脑袋挂在竿尖上会不会安稳一些。拖他出去,砍掉他。

赛　伊　你说我到底犯了什么大罪?我在钱财上或是荣誉上做过错事吗?你说。我的箱子里装满讹诈来的金银吗?我的服饰过分华丽吗?我害过什么人,你叫我非死不可?我这双手从未沾染过无辜者的鲜血,我这胸怀从未掩藏过什么欺人作恶的念头。唉,免我一死吧!

凯　德　(旁白)我听了他的话,真有些不忍。不行,我得克制住这种软心肠。一定叫他死,他讨饶的话说得这样好,单为这一件,他就该死。把他带走!他舌头底下有个妖精,他不提上帝的名字。走,把他带走,我说,立刻砍下他的脑袋。然后再冲进他女婿詹姆士·克罗麦爵士家里,砍掉他的头,把他两个的头用两根竿子挂起来,带来我看。

众　人　遵命。

赛　伊　呵,同胞们!如果你们祈祷的时候,上帝像你们这样狠心,你们死后的灵魂还有希望得救吗?发点慈悲,饶我一命吧。

凯　德　把他带走!照我的命令行事。(数人押赛伊下)这国度里最高贵的贵族也不能把脑袋戴在肩膀上,除非他向我纳贡。任何女子不准结婚,除非让我在她丈夫之先享受初夜权。一切人的财产都作为代我保管的。我还规定任何人的老婆心里爱怎样就怎样,口里说怎样就怎样,丈夫不准干涉。

狄　克　我的爵爷,我们什么时候去溪浦汕市场提取单据上的物品?

凯　德　呃、哈,马上就去。

众　人　呵,真妙呀!

　　　　叛党用竿挑赛伊及其婿的头颅上。

凯　德　这不更妙吗?他俩活着的时候亲热得很哩,让他们亲个嘴吧。再把他俩分开,要防着他俩再串通了出卖法国的城市。兵丁们,洗城的活儿留到夜晚再动手。现在要把这两颗人头挑起来挂在我们马前,作为仪仗,我们来骑马游街,遇到转角的地方,就让它俩亲一次嘴。走吧!(同下。)

第八场　同前。骚士瓦克

　　　　　鸣鼓吹号。凯德及其全部党徒上。

凯　德　上鱼街！转往圣麦格纳斯街角！杀掉他们，干掉他们！把他们扔到泰晤士河里！（吹起谈判号声，接着吹收兵号）我听到的是什么声音？我正在下令砍杀，谁敢叫吹收兵号、谈判号？

　　　　　勃金汉及老克列福率队上。

勃金汉　嗳，敢打扰你的人在这儿啦。我们通知你，凯德，我们是王上派来的钦差，要对那些被你煽动起来的老百姓讲话。我们现在宣布，凡是愿意抛弃你、各自回家安守本分的人，都可得到赦免。

克列福　同胞们，你们打算怎样？你们是愿意改过自新、接受我们提出的宽恕呢，还是愿意听从一个逆贼把你们带到死路上去呢？谁要是爱戴王上、拥护他的宽大赦免，就把帽子抛向天空，并且说："上帝保佑吾王陛下！"谁要是怀恨王上，也不尊敬王上的父亲，那位震动整个法国的亨利五世陛下，就向我们挥着兵器走到另一边去。

众　人　上帝保佑吾王！上帝保佑吾王！

凯　德　怎么，勃金汉和克列福，你们好大胆哇！再说你们这些下贱的黄泥腿子，你们相信他吗？你们要把赦免证套在脖子上去被吊死吗？我用宝剑打开伦敦的城门，就为的是好让你们在骚士瓦克的白鹿宫前背叛我吗？我原以为你们在恢复古老的自由以前决不会放下武器，可你们全是些胆小鬼、可怜虫，喜欢在贵族手下当奴隶。让他们压断你们的脊梁,霸占你们的房屋,当着你们的面奸淫你们的妻女吧。至于我,我去干我自己的事。就这样,叫上帝的惩罚落到你们众人的头上!

众　人　我们拥护凯德,我们拥护凯德!

克列福　你们说要拥护凯德,难道凯德是亨利五世老王的儿子吗?他能带领你们攻进法国的心脏,把你们当中最卑贱的人封做公爵、伯爵吗?嗳哟哟,他连个家也没有,想逃也无处可逃;他除了抢夺你们的朋友,抢夺我们,靠抢来的东西过日子以外,他就不知道怎样谋生。若是正当你们闹事的时候,那些新近被你们打败了的可怕的法国人乘机渡海入侵,打败你们,那不是丢脸的事吗?在我们内战期中,我已经看见法国人在伦敦大街上昂头阔步,逢人便骂一声"懦夫"。宁可让一万个出身卑贱的凯德流产,也不该哀求法国人怜悯呀。到法国去,到法国去,把你们丢掉的东西夺回来;体恤体恤英国吧,这是你们的祖国呀。亨利王上有钱,你们众人有力有勇,上帝一定站在我们这一边,我们必胜无疑。

众　人　拥护克列福!拥护克列福!我们跟从王上和克列福。

凯　德　(旁白)这伙群众真像鸡毛一般,风吹两面倒。一提到亨利五世的名字就能煽动他们干一切坏事,甚至使他们把我一个人孤零零地撇下在这里。我看到他们交头接耳,大概想对我来个出其不意。让我的宝剑替我开路吧,眼见得这里是呆不下去了。不管什么魔鬼和地狱,我要从你们中间冲出去!老天和荣誉可以做见证,不是我没有决心,只是由于我的部下发生可耻的叛变,我才不得不脚底加油。(下。)

勃金汉　怎么,他逃了吗?去几个人追他。谁能把他的首级献给王上,赏银一千镑。(群众中一部分人下)兵丁们,随我来,我来想个办法替你们向王上讨情。(同下。)

第九场　肯尼渥斯堡

　　　　号筒声。亨利王、玛格莱特王后及萨穆塞特上平台。

亨利王　从来世上当国王的,有比我的权力更小的吗?我刚刚爬出摇篮,在九个月的幼龄就被放到国王的宝座上去。如果说有什么老百姓想当国王的话,我这国王却更巴不得去当老百姓。

　　　　勃金汉及老克列福上。

勃金汉　恭祝吾王陛下安康,有好消息启奏陛下!
亨利王　呀,勃金汉,叛贼凯德被击破了吗,还是他暂时撤退去整顿兵马呢?

　　　　凯德的许多党徒,颈系绳索,来至台下。

克列福　主公,凯德已逃,他的势力已经瓦解。他的党徒都用绳索套在脖子上,卑恭地听候陛下裁决他们的生死。
亨利王　呵,苍天哪,请把永恒的天门打开,接受我对您感谢和颂扬的誓言!兵丁们,今天你们已经赎回了自己的性命,表现出你们是如何热爱你们的君长和国家。以后望你们如同今天一样安守本分。我虽然命途多蹇,可是我可以向你们保证,我决不会刻薄寡恩。如今我感谢你们,宽恕你们,遣散你们各归原籍。
众　人　上帝保佑吾王!上帝保佑吾王!

　　　　一差官上。

差　　官　启奏吾王,约克公爵新近已从爱尔兰归来,他率领着一支由爱尔兰强悍的乡勇们组成的强大队伍,一路耀武扬威,向这边开了过来。他口口声声说他进军的目的,是要把他称作逆贼的萨穆塞特公爵从您的身边清除出去。

亨利王　这真是左狼右虎,我的国家竟遭受到凯德和约克的两面夹攻。好比一只航船,刚刚逃过一阵风浪,又受到海盗袭击。如今凯德刚被击溃,随即就有约克起兵追随他的后尘。勃金汉贤卿,我请你去见约克,问他兴师动众是为了何事。告诉他我这里就要把爱德蒙公爵送进伦敦塔狱。萨穆塞特,我不得不将你暂时送往塔狱,等把约克的军队解散以后再说。

萨穆塞特　主公,我甘愿入狱,也甘愿就死,只要对国家有利。

亨利王　不管怎样,你措词必须温和,因为他性情蛮横,如果用语言触犯了他,他是不能容忍的。

勃金汉　我的主公,我一定遵照您的吩咐。请您放心,我一定小心应付,一切事情都会好转的。

亨利王　来吧,御妻,我们回宫去吧。我们必须学会更好地处理国政,只怕在我这一段多灾多难的统治时期,臣民们是怨声载道的。(同下。)

第十场　肯特郡。艾登氏花园

　　　　凯德上。

凯　　德　还提什么野心!还说什么我自己!我身佩宝剑,仪表堂堂,却白白地忍饥挨饿!五天以来,我一直藏在林子里,不敢露面,因为全国到处都要捉拿我。可是我现在饥饿难忍,即便赊给我一千年的生命,我眼前也挨不过去。因此,我翻过一道砖墙,来到这座花园,看能不能吃点青草,或是拣到一点生菜什么的,在这大热天里,让肠胃清凉一下,总还不错。说到生菜,就使我要想到头盔①,这东西似乎是注定对我有益的。有好多次,若不亏有个头盔护着,我的脑袋瓜早就被钢斧劈开了。又有好多次,当我在行军的路上,口渴得厉害,我就用它盛水喝。话说回来,此刻,我却不得不用生菜来充饥。

    艾登上。众仆远随。

艾 登 我的天主,一个人能在这样一个幽静的花园里散散步,谁还高兴到宫廷里去过那营营扰扰的生活?我对于父亲留给我的这份小小的产业深感满意,我看它赛过一个王国。我并不想利用别人的衰落来使自己兴旺;我也不愿意钩心斗角来增加财富。我只求维持住我的产业,能够赒济赒济穷人,就心满意足了。

凯 德 (旁白)我未经许可就进入私人的园地,这里的主人要来捉我了。(扬声)嗨,恶棍,你要出卖我,拿我的头颅去向英王领取一千镑的赏金,是吧?可是在你我分手以前,我要叫你先吃我一刀。

艾 登 嗳,莽汉,不管你是谁,我和你素不相识,我为什么要出卖你?你闯进我的花园,像贼一样偷窃我园里的东西,藐视我这座花园的主人,翻越我的园墙,这还不够坏吗?你为什么还要用无赖的话来触犯我?

凯 德 触犯你!哼,哪怕流出最高贵的血,我还要羞辱你一顿

---

① 原文"头盔"(Sallet)与"生菜"是一个字。

呢。对我仔细瞧瞧,我已经五天没吃肉了,尽管如此,纵然你再叫五个人来和你一齐上,我若不叫你们一个个躺下,死得像门上的钉子一样,我就请求上帝不再让我在世上啃青草。

艾　登　不能,只要英国存在一天,我决不能让人家说,我这位肯特郡的绅士,亚历山大·艾登仗着人多势众,欺负一个饿瘪了的人。睁大你的眼睛对我看,看你能不能虚张声势把我吓倒。咱俩浑身比一比,你比我差得远哩。你的手只比得上我拳头上的一根小指头,你的腿比起我这像树干一般的大腿来,只能算是一条枝桠,我一只脚就抵得过你全身的气力;如果我挥动我的胳膊,那就等于替你掘好了坟墓。你若想用你的一张利嘴来讨便宜,我的嘴也决不饶你。嘴里说不清楚的事情,让我的宝剑来解决。

凯　德　真碰上了一条硬汉!我的宝剑,假如你卷了锋刃,假如你在回到鞘里以前,不把这大汉剁成碎块,我定要恳求天神把你变成钉鞋底的钉子。(两人交战,凯德倒地)哎呀,他杀了我啦!我被杀,不是由于别的,只是由于饥饿。如果我把错过的十顿饭都吃下去,纵然来一万个魔鬼向我进攻,我也抵抗得住。你这园子,枯萎吧,叫你从今以后成为住在这里的人们的坟场,因为凯德的不可征服的灵魂从此消逝了。

艾　登　原来死在我的剑下的就是那逆贼凯德吗?剑呵,你立下这场功业,我要尊你为神,死后还要将你悬挂在我的墓侧。你剑锋上的血迹,我永不拭去;你带着它,犹如带着勇士的纹章,为你主人增光。

凯　德　艾登,别了,你为你的胜利而自豪吧。替我捎个信给肯特郡的人民,就说他们失去了自己的一个最最好的人,同时望你劝告世人,劝他们都做胆小鬼,因为像我这样一个人,从来是天不怕地不怕的,不是被勇力所击败,却是被饥饿所击败的。(死。)

艾　登　你这话是多么辱没了我,让老天爷判断吧。你这坏蛋,死吧,养出你这坏蛋的婆娘也得到报应。我用宝剑戳穿你的躯体,我恨不得再用宝剑把你的灵魂挥进地狱。我这就抓住你的脚跟,把你倒拖到粪堆上,让粪堆做你的坟墓。然后砍下你那肮脏的脑袋,送到王上那里去献功,留下你的尸身喂老鸹。(下。众仆拖凯德尸身随下。)

第 五 幕

第一场　肯特郡。达特福与黑荒原之间的战场

　　　　亨利王营帐设在场上的一侧；约克率领爱尔兰军队从另侧上，旌旗鼓乐前导。

约　克　本爵这次从爱尔兰回来是为了要求我的权利，要从软弱的亨利的头上摘下那顶王冠。让钟声敲得更响，让焰火燃得更旺，来欢迎伟大的英国的合法君王。啊！赫赫王权哟，谁不愿意为你付出高贵的代价？谁要是不能统治，谁就应该服从。我的手生来就注定要掌握黄金，我的手中如果不持着宝剑或皇杖，我就不能将我的意志付诸实施。我既然具有一个灵魂，我就必须掌握皇杖，我还要把法兰西的百合花放在杖头玩弄哩。

　　　　勃金汉上。

约　克　是谁来到这里？勃金汉，是他来打搅我吗？一定是国王派他来的。我必须假意与他周旋一下。

勃金汉　约克，如果你的来意是善良的，我就向你致以真诚的敬意。

约　克　勃金汉的亨弗雷，我接受你的敬意。我且问你，你是衔

着使命来的呢,还是来这里玩玩的呢?

勃金汉　我是奉吾王亨利之命,前来打听一下,你在和平的日子里为何兴师动众。你我既是并肩为臣,你为什么背弃了效忠的誓言,没有奉到王上的命令,竟敢带领大兵,迫近宫廷?

约　克　(旁白)我怒火中烧,使我几乎说不出话来。这些可鄙的话使我怒不可遏,我简直想要刹开几块石头,我要像大埃阿斯一样,砍掉几只牛羊①,才能发泄我心头之火。我的禀赋比国王优秀得多,我更有王者的气度,我也更有人君的思想。不过暂时我还得与他敷衍一下,等待着亨利的势力更加削弱,我自己的力量更加壮大。(扬声)噢,勃金汉,请你原谅,我这半响没有答话,实是因为我心头烦恼。我带兵来到这儿的目的,是要将狂妄的萨穆塞特从王上的驾前赶走,他这人对王上、对国家,是图谋不轨的。

勃金汉　你这种举动未免是过于专擅了。不过假如你并无其他目的,那么王上早已接受了你的要求,现在萨穆塞特公爵已经关进塔狱了。

约　克　你能以荣誉保证,他已经囚禁了吗?

勃金汉　我以荣誉保证,他确已受到囚禁。

约　克　既然如此,勃金汉,我就解散我的军队。兵士们,我谢谢你们,你们现在就散队,明天到圣乔治草场等候我,我要发放你们的饷银,还要赏赐你们所希望得到的东西。至于我们的圣明的君王亨利,我要把我的长子交给他,不,要把我所有的儿子全交给他,听候他的调遣,作为我对他效忠的人质。我心甘情愿地把儿子们交给他,我的土地、财物、马

---

① 希腊神话中的大埃阿斯曾因一时愤怒,把一群牛羊当作仇人砍掉。

匹、器械,以及我一切所有的东西,全都由他使用,只要把萨穆塞特问成死罪就行。

勃金汉　约克,你这样好言好语归顺朝廷,我很钦佩。现在咱俩就一同前往王上的营帐里去吧。

　　　　亨利王及侍从等上。

亨利王　勃金汉,约克和你手搀着手儿一同来到,他对我没有什么不良的意图吧?

约　克　约克是诚惶诚恐地前来晋见陛下的。

亨利王　那么你带兵来干什么呢?

约　克　是为了驱逐逆臣萨穆塞特,也为了平定凯德的叛乱,不过后来我听说凯德业已溃败了。

　　　　艾登提凯德首级上。

艾　登　小臣能够晋见吾王,不胜荣幸。我敬将叛贼凯德的首级献给陛下,我是在一场决斗中杀死他的。

亨利王　凯德的首级!伟大的上帝,您是多么公正啊!嗯,这人活着的时候,捣乱得好不厉害,如今死了,我倒要看看他生得是个什么模样。朋友,告诉我,是你把他杀死的吗?

艾　登　启奏陛下,是微臣杀的。

亨利王　你叫什么名字?你是什么职位?

艾　登　我名叫亚历山大·艾登,是肯特郡的一个敬爱王上的小乡绅。

勃金汉　启奏陛下,这人立下大功,把他升为骑士,大概是可以的吧。

亨利王　艾登下跪。(艾登跪下)封你为一名骑士,赐给你一千马克赏金,今后你就充当御前侍卫。

艾　登　艾登有生之日,永矢忠诚,一定竭尽绵力,报答主上的隆恩！（起立。）

亨利王　留神，勃金汉，萨穆塞特跟随王后来了。快去告诉她把他隐藏起来，别让约克瞧见。

　　　　玛格莱特王后及萨穆塞特上。

玛格莱特王后　就是有一千个约克在这儿，萨穆塞特也无须藏头露尾，他完全可以和他面对面站着。

约　克　怎么啦！萨穆塞特并未下狱？这么着，约克，你原先克制着没说的话就全说出来吧，你心里有什么就说什么吧。我看到萨穆塞特能不动火吗？骗人的国王！你明知我最恨一个人言而无信，为什么失信于我？我刚才把你叫做国王吗？不对，你算不得什么国王，你连一个逆臣都不敢管、不能管，当然就不配统辖万民。你的头不配戴上王冠，你的手只能拿一根香客的拐杖，不配掌握那使人敬畏的皇杖。那顶金冠应该束在我的顶上，我的一喜一怒，如同阿喀琉斯的长矛一样，能致人死命，也能教人活命。我的手才是操持皇杖的手，凭着它把治理国家的法律付诸实施。让位吧，凭着上天，你不能再统治一个由上天派来统治你的人。

萨穆塞特　万恶的逆贼呀！我逮捕你，约克，因为你犯了背叛王上的重罪。大胆的逆贼，低头认罪吧，跪下来求恩吧。

约　克　你想叫我下跪吗？让我先问问我的部下肯不肯让我对人家下跪。卫士，把我的儿子们叫进来替我做保人。（卫士下）我知道他们决不能看着我进班房，他们宁愿抵押掉他们的宝剑，也要把我保释出去。

玛格莱特王后　去请克列福到这儿来，叫他立刻就来。请他说一说约克的杂种儿子有没有资格替他们的反叛父亲做保人。（勃金汉下。）

约　　克　嘿,你这手沾鲜血的败类、荒唐鬼、英国的祸胎!约克的儿子,出身比你高贵得多,为什么不能充当他们父亲的保人?谁不让我的儿子当我的保人,就叫谁死亡!

　　　　爱德华和理查率领军队从一侧上;克列福父子率领军队从另一侧上。

约　　克　好,他们来了,我敢说他们一定能把事情办妥。

玛格莱特王后　克列福来到,一定会拒绝他们作保。

克列福　恭请吾王圣安!(下跪。)

约　　克　谢谢你,克列福。你带来什么消息?说吧。不,不要怒气冲冲的对着我。克列福,我是你的君王,跪下行礼吧。你刚才行错了礼,我恕你无罪。

克列福　这边是我的王上,约克,我没有弄错。你以为我行错了礼,那你才是大错特错哩。把他送到疯人院去,我看这人是疯啦。

亨利王　说得对,克列福。疯狂和野心使他公然和他的王上对抗了。

克列福　他是一个叛逆,送他到塔狱,砍掉他的狂悖的脑袋。

玛格莱特王后　他已经被逮捕,可还不服,竟然说他的儿子可以替他作保。

约　　克　孩子们,你们愿不愿作保?

爱德华　愿意,尊贵的父亲,如果我们能以信誉作保的话。

理　　查　如果信誉不能作保,就用武力。

克列福　哼,真是一窝子叛种!

约　　克　拿面镜子照照自己,你那影子才叫叛种哩。我是你的君王,你是一个存心欺诈的叛贼。把我的两个勇敢的熊叫进来,他们只要把身上的链索一抖响,管保能叫这些躲躲藏

289

藏的恶狗们吓得半死。去叫萨立斯伯雷和华列克到我的身边来。

　　　　鸣鼓。华列克和萨立斯伯雷率领军队上。

克列福　他们就是你的熊吗？如果你敢把他们带到陷阱边上，我就把他们推到陷阱里弄死，把你这饲熊人套上锁链。

理　查　我常见到，一条自命不凡的恶狗如果有人拉住它，它就往回挣扎着要咬人；如果放任它，它只要被熊掌一拍，就会夹着尾巴狂吠起来。你们如果想和华列克爵爷对抗，你们也只能这样。

克列福　滚开，你这凶徒，你这丑恶的驼子！你的举动正像你的身形一样，一点也不正派。

约　克　没关系，我们还要惹你动一次真火哩。

克列福　小心点吧，不要惹火烧了你们自己。

亨利王　呀，华列克，你忘了对我屈膝致敬吗？萨立斯伯雷老头儿，你白发苍苍，怎不把儿子管教好，不觉得惭愧吗？你已经到了风烛残年，还要干些罪恶勾当，自寻烦恼吗？还谈什么信义？说什么忠忱？如果两鬓如霜的老人都不忠不信，人世间谁还有忠信？你要在你的墓边制造战争，使你的晚年蒙上流血的耻辱吗？你活了一把年纪，怎么还缺乏经验？或者是你虽有经验，却还任性胡为？你偌大年纪，半截身子已经入了土，你如果还有羞恶之心，就该按照臣子的礼节向我下跪。

萨立斯伯雷　殿下，关于这位具有无比威望的公爵有没有继承权的问题，我已经慎重考虑过了。凭着我的良心，我认为他是英国王位的合法继承人。

亨利王　难道你不曾向我宣誓效忠吗？

萨立斯伯雷　宣誓过的。

亨利王　既然有过誓言,你能对天反悔吗?

萨立斯伯雷　立誓去做坏事,那是一桩大罪;如果坚持做坏事的誓言,那就是更大的罪。如果一个人立誓去谋杀人,去抢劫人,去强奸贞女,去霸占孤儿的遗产,去欺侮寡妇,难道一定要他遵守誓言?难道因为他曾经庄严宣誓,就非叫他去做这些坏事不可吗?

玛格莱特王后　刁滑的叛徒总会狡赖,不用请诡辩家帮忙。

亨利王　叫勃金汉来,吩咐他武装起来。

约　克　你去叫勃金汉也好,把你的朋友全都叫来也好,我决心拼着死亡,夺取高位。

克列福　我保证你一定获得前者,如果梦是灵验的话。

华列克　我看你还是上床去做梦吧,免得你在战场上经受风浪。

克列福　不论你兴起什么风浪,我也决心去抵挡。如果我能从你的家庭纹章里认出你来,我就把这话写在你的头盔上。

华列克　我们纳维尔家族祖传的纹章,也是我父亲的徽记,是一条用链索拴在树桩上的愤怒的熊,我今天就把绘有这个纹章的头盔,高高戴在顶上。它好比是山峰上的一棵孤松,在狂风暴雨之中,披着青枝绿叶,巍然屹立。这个气派就足以使你慑服。

克列福　我要从你的头盔上撕下那条狗熊,放在脚下践踏,饲熊人也保护不了它。

小克列福　战无不胜的爸爸,我们去调动队伍,彻底击败这些叛徒和他们的党羽。

理　查　呸!省省吧,别说硬话啦,今晚你就要去和耶稣基督共进晚餐啦。

小克列福　小残废,你有什么资格说那种话!

理　查　你若是不愿进天堂,那你一定可以到地狱里去进晚餐。

（各下。）

第二场　圣奥尔本

鼓角声。两军交战。华列克上。

华列克　昆布兰的克列福,是我华列克在叫你。现在正当鼓角齐鸣、杀声震野的时刻,你如果不躲避狗熊,我说,克列福,你就该出来和我交战!骄傲的北方老爷,昆布兰的克列福,华列克在喊你出战,快要把嗓子喊哑啦。

约克上。

华列克　怎么啦,我的尊贵的主公!一切进行得顺利吗?

约　克　辣手的克列福打死了我的战马,我也还敬了他一下,把他心爱的骏马杀死了,让天空的飞鸢和老鸹来饱餐一顿。

老克列福上。

华列克　今天是拼个你死我活的日子。

约　克　住手,华列克,你去寻找别的猎物,这只鹿留给我亲自来宰。

华列克　那么,好生打吧,约克,你的胜负关系着王位的得失。克列福,我今天原想在你身上博一个彩头,现在留下你一条活命,真叫我惋惜。（下。）

克列福　约克,你在我身上瞧出什么来了?你为何停住不动手?

约　克　我看到你的英武气概,不免有爱惜之意,可惜你已是我的死对头。

克列福　若论你的勇猛,本也值得钦佩,可惜你不走正道,成了叛徒。

约　克　我在维持公道、主张正义的时候既然表现出勇猛,今天我和你交锋,就让勇猛来助我取胜吧。

克列福　我的灵魂和肉体都在参加战斗!

约　克　这真是一笔惊人的赌注!我马上就向你领教。(两人交战,克列福倒地。)

克列福　毕生事业就此完了。(死。)

约　克　战争使你得到安息,你现在是安静下来了。如果上天允准,祝他的灵魂平安!(下。)

　　　　小克列福上。

小克列福　乱成了一团,真可耻!全军溃散了。由于害怕,就产生混乱,一混乱,就挺不下去了。战争呵,你是地狱之子,震怒的天庭用你作为惩罚世人的工具,望你把复仇的烈火,投入我方士兵冷却了的胸腔!不要让任何一个士兵逃跑。真能捐躯疆场的人,一定能够奋不顾身;至于爱惜身家的人,纵使博得勇敢之名,也只是出于侥幸,决没有勇敢之实。(看到阵亡了的父亲)哎呀呀,叫这个万恶的世界毁灭吧,让那末日的烈焰提前燃起,把天地烧成一团吧!让壮烈的笳声吹奏起来,让琐细的声音全都停止!亲爱的父亲,您度过平静的早年,到了鬓发如霜的恬静的晚年,在受人尊敬、颐养天年的日子里,难道还注定要在一场混战中丧命吗?我看到这种景象,不由得心肠化成了铁石;只要我还有一颗心,它就会和石头一般硬。约克没有饶过我们的老人,我也决不饶过他们的婴孩。从今以后,处女的眼泪对于我将如同滴到火上的露珠;暴君们经常吹嘘的美德,对于我的愤怒的火焰,好比是火上添油。从今以后,我再也不会对人有什么怜悯之心了。如果我碰到约克家族的婴孩,我一定要把他剁成肉酱。我要以残酷无情闻名于世。好吧,您这位古老的克列福家族中的新鬼,(背起父尸)我要把您背在我壮实的肩头上,如同埃涅阿斯背着他父亲安喀塞斯老人一样,不过他背的是一个活人,负担还不像我那样沉痛不堪啊。(下。)

    理查与萨穆塞特上,两人交战,萨穆塞特被杀。

理 查 哼,你到底躺下啦。当年那算命的说你将"遇堡而亡",这家酒店的招牌上写着"圣奥尔本堡",你果真死在它的下面,倒叫那算命的成了名了。剑呵,坚持你的斗志;心呵,保持你的怒火。僧侣们才替敌人祝福,王子们则要搜杀敌人。(下。)

    号角声。两军交锋。亨利王与玛格莱特王后率众上,向后退却。

玛格莱特王后 快走呀,主公!你走得太慢了,不怕难为情吗?快走!

亨利王 我们能挽回天意吗?好玛格莱特,停下来。

玛格莱特王后 你是个什么货色?又不打,又不逃。此刻避一避敌人的锋芒,是果断,也是明智,是有利于防御的;为了保全实力,只有逃跑。(远处号角声)如果你被敌人捉住,我们的前途就完结了。如果我们能够逃脱——只要你不疏忽大意,我们很可以逃脱——我们就可以退到伦敦。在那里,拥护你的人多,一定可以马上挽回颓局。

    小克列福重上。

小克列福 若不是我担心着未来的灾祸,我宁可说出亵渎神明的话,也决不劝您逃走。但是大势如此,您非逃不可。现在我们部下的士兵都已丧失斗志,无法挽救了。为了您的安全,走吧!我留下来看他们能怎样,我要和他们拼一拼。走吧,主公,快走!(同下。)

第三场　圣奥尔本附近战场

　　号角声。退军号声。喇叭奏花腔。约克、理查、华列克率兵士上,旗鼓前导。

约　　克　萨立斯伯雷老将军的情况如何,谁能向我报告?那只冬天的狮子,奋发雄威,不顾年迈,不顾精力衰退,仍像壮年的斗士一般,愈战愈有精神。假如萨立斯伯雷有个三长两短,这场胜利就值不得庆祝,我们就等于毫无所获了。

理　　查　尊贵的父亲,我今天曾经三次扶他上马,三次为他保驾;我三次把他引出重围,劝他不要继续战斗。但是一到危险地带,我又遇见了他。好比一座简陋的房子里挂着富丽的帷幔一样,他的衰老的肉体里仍然有一个坚强的意志。瞧,那不是他来了,好一副英雄气概!

　　萨立斯伯雷上。

萨立斯伯雷　凭我这口剑,我要说,你今天打得真出色。凭着圣餐,我也要说,咱们大伙儿打得都不错。谢谢你,理查。上帝知道我还可以活多少时候,可是托天之福,你今天一连三次救我脱了险。诸位大人,我们的胜利还不彻底,因为敌人逃脱了,我们知道,他们一定会卷土重来的。

约　　克　我也知道,必须向敌人追击,我们才能安全。听说国王已逃往伦敦,他一定会立即召开国会。趁他诏书未下以前,必须追上他。华列克爵爷的意见如何?我们追他好吗?

华列克　追他!不,如果可能,我们要赶在他们前头。诸位大人,今天真是一个光辉的日子。享有威名的约克公爵在圣奥尔本战役中获胜,这件事应该永垂史册。传下令去,叫三军鼓角齐鸣,向伦敦进发!同今日一样的光辉日子还在等候着我们!(同下。)

亨利六世下篇

章　　益译

King Henry the Sixth Part Third

Act V. Sc. 5.

剧 中 人 物

亨利六世

爱德华　威尔士亲王，亨利王之子

路易十一世　法国国王

萨穆塞特公爵 ⎫
爱克塞特公爵 ⎪
牛 津 伯 爵　⎬ 王党
诺森伯兰伯爵 ⎪
威斯摩兰伯爵 ⎪
克列福勋爵　 ⎭

理查·普兰塔琪纳特　约克公爵

爱德华　马契伯爵，即位后称爱德华四世 ⎫
爱德蒙　鲁特兰伯爵　　　　　　　　　⎬ 约克公爵之子
乔治　后封为克莱伦斯公爵　　　　　　⎪
理查　后封为葛罗斯特公爵　　　　　　⎭

诺福克公爵 ⎫
蒙太古侯爵 ⎪
华列克伯爵 ⎬ 约克党
彭勃洛克伯爵 ⎪
海司丁斯勋爵 ⎪
史泰福德勋爵 ⎭

约翰·摩提默爵士 ⎫
　　　　　　　　⎬ 约克公爵之舅父
休·摩提默爵士　 ⎭

亨　利　里士满伯爵，少年人

利佛斯勋爵　葛雷夫人之弟

威廉·斯丹莱爵士

约翰·蒙特哥麦里爵士

约翰·萨穆维尔爵士

鲁特兰之家庭教师

约克市长

塔狱卫队长

官　员

两护林人

猎　人

杀父之子

杀子之父

玛格莱特王后

葛雷夫人　后为爱德华四世之后，即伊利莎伯王后

波　那　法国王后之妹

众兵士、亨利王及爱德华王之侍从、差官、卫士及其

他侍从等

地　　点

第三幕的一部分发生于法国;其余部分发生于英国

第 一 幕

第一场　伦敦。国会会场

  鼓声。约克部下若干士兵冲上。随后,约克、爱德华、理查、诺福克、蒙太古、华列克等,帽上插白玫瑰花,同上。

华列克　不知道国王是怎样逃出我们的围攻的。

约　克　我军正在追击北方骑兵的时候,国王就趁机撇下他的部队,悄悄逃跑了。这当儿,诺森伯兰伯爵,他那对尚武的耳朵从来不愿听"退却"二字,立即鼓舞起沮丧的士兵们,自己身先士卒,同克列福勋爵和史泰福德勋爵一起,肩并肩儿,冲进我军阵地,结果是全被我方的普通士兵们砍死了。

爱德华　史泰福德勋爵的父亲勃金汉公爵若没有被我杀死,一定也身受重伤。我一剑劈碎他的面甲,父亲,请看我剑上的血迹,就可知道这是实情。(举示带有血污的佩剑。)

蒙太古　兄长,这是维尔特夏伯爵的血迹,(举剑示约克)两军交绥的时候我遭遇了他。

理　查　你替我说吧,告诉他们我立下什么功劳。(抛出萨穆塞特的首级。)

约　克　我的几个儿子当中,理查的功劳最大。不过,待我问一声,萨穆塞特大人,阁下是不是死了呢?
诺福克　约翰·刚特的后代全会得到这样的下场!
理　查　我希望我也能这样来摆布亨利王的头颅。
华列克　我也抱这个希望。胜利的约克亲王,我现对天发誓,如果我不能看到您坐上兰开斯特家族篡去的宝座,我死了也不瞑目。这里是那吓破胆的国王的宫殿,这是国王的御座。坐上去,约克。这是属于你的,不是属于亨利王的嗣子的。
约　克　亲爱的华列克,有你保驾,我就坐上去,反正我们已经硬闯进来了。
诺福克　我们全都保驾,谁要是溜掉,就叫谁活不成。
约　克　谢谢,温和的诺福克。众位大人,望你们都来扶持我。兵士们,今晚就在我的身边宿营。(众兵士走拢。)
华列克　等国王来到的时候,他若不用武力驱逐你,就不用伤害他。(众兵士退下。)
约　克　王后今天在这里召开国会,她绝未料到我们会出席这次会议。不论是用舌头,还是用拳头,我们非夺得我们应有的权利不可。
理　查　我们既然全副武装,干脆就把会场占领下来好了。
华列克　胆小的亨利,他那种畏首畏尾的作风,早成了敌人的笑柄,他若不退位让国,让约克公爵做国王,我就要使这一届国会成为流血的国会。
约　克　既这么说,众位大人,就请始终扶持,下定决心,我是一定要取得我的合法权利的。
华列克　只要我华列克振动铃子,不论是国王本人,或是他的亲信,不论是哪一个拥护兰开斯特家族的人,谁也不敢搧动一下翅膀。① 我要扶保普兰塔琪纳特为王；谁反抗就干掉谁。理查，请打定主意，争取王位。（引约克到御座前，约克就座。）

  喇叭奏花腔。亨利王、克列福、诺森伯兰、威斯摩兰、爱克塞特等，帽上插红玫瑰花，同上。

亨利王　众位贤卿，你们看那桀骜的叛徒坐在什么地方，他竟敢窃踞御座！他有狡诈的华列克做爪牙，显然是在图谋篡位。诺森伯兰伯爵，他是你杀父的仇人，还有你，克列福勋爵，他也是你杀父的仇人；你们二人都曾立誓要在他身上，在他儿子、朋友、徒党的身上，替你们父亲报仇的。

诺森伯兰　我若不为父报仇，愿受天罚！

克列福　正是为了报仇，我在丧服中还披铠戴甲。

威斯摩兰　哼，我们能任着他这样放肆吗？去揪他下来！我怒火中烧，按捺不住了。

亨利王　耐着点儿，威斯摩兰伯爵。

克列福　像他那种懦夫才能忍耐。如果您父亲老王还活着，他决不敢僭坐御座。仁慈的君王，让我们在这国会会场里把约克家族打个落花流水。

诺森伯兰　堂兄，你说得对，就这么办。

亨利王　哎，你们该知道伦敦市民们拥护他，况且他身边还带有军队呀。

爱克塞特　只要把约克公爵干掉，他的党羽就立刻瓦解了。

亨利王　我决不忍心把国会变成屠场！爱克塞特堂兄，我要用舌剑唇枪来和他们交战。（走向约克）你这大逆不道的约克公爵，快快走下宝座，跪到我的面前来恳求宽赦。我是你的

---

① 这里华列克用了放鹰的术语，"铃子"指的是系在鹰脚上的铃子。

君王。

约　　克　我才是你的王上哩。

爱克塞特　不要脸的,快下来,是我们王上封你做约克公爵的。

约　　克　那是我应该承嗣的封号,跟我的马契伯爵封号一样,都是祖传的。

爱克塞特　你爸爸是王室的叛逆。

华列克　爱克塞特,你跟着篡位的亨利跑,你才是王室的叛逆哩。

克列福　他不跟着自己的王上,叫他跟谁?

华列克　是喽,克列福,应该跟着约克公爵理查才是。

亨利王　你坐在我的宝座上,却让我站着吗?

约　　克　只能这样,你将就些吧。

华列克　你去当兰开斯特公爵好啦,让他当王上。

威斯摩兰　我威斯摩兰勋爵主张,王上还是当王上,他还可以兼领兰开斯特公爵。

华列克　我华列克反对。你忘了,是我们在战场上将你们击败,杀掉你们的父亲,是我们高扬着胜利的旗帜走过全城,进入宫院。

诺森伯兰　没有忘了,华列克,我正记在心里,切齿痛恨哩。凭我父在天之灵,一定叫你和你一家子自食其果。

威斯摩兰　普兰塔琪纳特,为了我父亲流出的每一滴血,我要用你自己的、你的儿子们的、你的亲戚朋友们的性命来抵偿。

克列福　不要再争论了;华列克,小心点,我不需要多费唇舌,只消对你发出一宗法宝,立刻就能替我父亲报仇了。

华列克　克列福可怜虫!这种无聊的恐吓真是一文不值!

约　　克　我们大家来把继承王位的理由说一说,你们愿不愿意?

不然,就用武力解决也行。

亨利王　逆贼,你有什么理由继承王位?你父亲和你一样都不过是约克公爵,你的外祖父罗杰·摩提默不过是马契伯爵。至于我,乃是老王亨利五世之子,我父曾使法国太子俯首称臣,他还占领过法国的国土。

华列克　别提法国啦,全给你丢光啦。

亨利王　是护国公丢掉的,不是我,我登基的时候,才出世九个月。

理　查　可你现在已经长大成人了哇,依我看,法国是你给丢了的。父亲,把王冠从那篡位者的头上摘下来。

爱德华　亲爱的父亲,把它摘下来,戴在您的头上吧。

蒙太古　(向约克)兄长,您是富有尚武精神的人,咱们去打个明白,何苦在这里饶舌?

理　查　鸣起鼓来,吹起号来,管保昏王要逃跑不迭。

约　克　孩子们,静一静!

亨利王　静一静,你!让亨利王上说话。

华列克　该让普兰塔琪纳特先发言,诸位大人,听他说。你们也静下来用心听,谁要是捣乱就叫谁死。

亨利王　我父我祖传下来的王位,你以为我会随便放弃吗?不行,除非战争把我的臣民都杀光,除非当年曾在法国为我父祖发扬国威而今天在英国象征着苦难的旌旗成为我的裹尸布。众卿们,你们为什么无精打采?我有充分的继承权,比他的理由强得多。

华列克　说说你的理由吧,亨利,说得对,你就为王。

亨利王　我祖亨利四世用武功取得了王冠。

约　克　那是他对自己的君王造反。

亨利王　（旁白）我不知怎样回答才好；我的理由有漏洞。（扬声）你们说,国王是不是可以收养一个继承人?

约　　克　又怎样呢?

亨利王　如果国王可以收养继承人,那么我就是合法的国王。当年理查王当着群臣的面,把王位禅让给亨利四世,我父是亨利四世的嫡嗣,我又是我父的嫡嗣。

约　　克　你祖父起兵作乱,是他强逼理查王让位的。

华列克　诸位大人,就算理查王是自愿让位的,你们认为那会损害他的王权吗?

爱克塞特　没有,他让了王位,就该由他自己的嫡嗣继承。

亨利王　爱克塞特公爵,你也反对我吗?

爱克塞特　他有正当的理由,我只得请您原谅。

约　　克　诸位大人,你们为何交头接耳,不作回答?

爱克塞特　我的良心告诉我他是合法的君王。

亨利王　（旁白）大家都将背叛我,投到他那边去了。

诺森伯兰　普兰塔琪纳特,不论你提出任何理由,别以为你能使亨利退位。

华列克　他非退位不可,不论有谁替他出头。

诺森伯兰　那你是糊涂了。你自以为有爱塞克斯、诺福克、萨福克、肯特等等这些南方部队替你撑腰,你就趾高气扬,可是有我在这里,你们就别想把约克捧上场。

克列福　亨利王,不管你的继承权有理无理,克列福勋爵发誓要支持你。我若是向我杀父的仇人屈膝,就叫我脚下的土地裂开大口把我活吞下去!

亨利王　噢,克列福爱卿,你的话给我添了多少活力呵!

约　　克　兰开斯特的亨利,卸下你的王冠。诸位大人,你们嘀咕什么,你们商量什么?

华列克　尊重这位具有君王气概的约克公爵,否则我就将部队调进会场,用篡位者的鲜血写下约克公爵稳坐御座的权利。

（用脚跺地,兵士们应声而入。）

亨利王　华列克爵爷,容许我再说一句话。我这国王只想当到我死为止。

约　克　只要你约定把王位传给我和我的子孙,在你活着的时候,你就可以安享太平。

亨利王　我很满意。理查·普兰塔琪纳特,我死之后,一定传位给你。

克列福　这样你太对不起你的太子了!

华列克　这对他自己、对英国,是多么有利呵!

威斯摩兰　卑鄙的、怯弱的、毫无出息的亨利哟!

克列福　你简直是糟蹋了自己,也糟蹋了我们了!

威斯摩兰　这些条款我是听不下去了。

诺森伯兰　我也听不下去。

克列福　堂兄,走,让我们把这消息报告给王后。

威斯摩兰　别了,胆小的、下流的国王,在你的冷血里,连一星星荣誉的火花也没有。

诺森伯兰　你做下这种没有人味的事情,预祝你落到约克家族的掌心里,死在缧绁之中!

克列福　祝你在战争中死亡;你如果苟且偷生,也只能受人唾弃!（诺森伯兰、克列福、威斯摩兰同下。）

华列克　你把脸转过来,亨利,别看他们。

爱克塞特　他们报仇心切,所以决不投降。

亨利王　唉,爱克塞特呵!

309

华列克　王爷,您为何叹息?

亨利王　华列克爵爷,我叹的不是我自己,我叹我儿子呵。我剥夺他的继承权,太不近人情了。不论如何,我这里决定把王位永远让给你和你的子孙,但必须附一条件,那就是,你宣誓停止内战,当我在世的时候,你必须尊我为王,再不蓄意谋反。

约　克　我愿意立此誓言,而且一定履行。(走下御座。)

华列克　亨利王上万岁!普兰塔琪纳特,去拥抱他。

亨利王　祝你自己和你的英俊的儿子们福寿无疆!

约　克　如今约克家族和兰开斯特家族言归于好了。

爱克塞特　谁要是进行挑拨,就叫他受到上天的处罚!(礼号声。群臣走向前面。)

约　克　再见,仁慈的君王,我要回我的堡砦去了。

华列克　我要派兵守卫伦敦。

诺福克　我要率领部下返回诺福克郡。

蒙太古　我是从海上来的,我还到海上去。(约克及其诸子、华列克、诺福克、蒙太古率兵士及随从等下。)

亨利王　而我呢?我只得含悲忍泪,回转王宫。

玛格莱特王后偕太子威尔士亲王上。

爱克塞特　王后来了,看她面带怒容,我快溜走吧。(欲行。)

亨利王　爱克塞特,我也要溜。(欲行。)

玛格莱特王后　别走,别离开我;你走我也要跟着你。

亨利王　别生气,温存的王后,我就呆在这里。

玛格莱特王后　糟到这个地步,谁能不生气?唉,你这倒楣鬼!早知道你是这样一个无情无义的父亲,我宁可做闺女时就死掉,宁可一辈子不认识你,也决不替你生男育女！你该不该随随便便地就把我儿子的继承权断送掉？你对他如果有像我对他一半的爱心,如果你体会到我生育他的时候所受到的苦楚,如果你曾像我一样用血液将他喂大,那你就当场洒出你心头最宝贝的鲜血,也断断不能让那野蛮的公爵做你的继承人,而剥夺你亲生独子的继承权。

亲　王　爸爸,你不该废掉我的继承权。你是国王,我为什么不能继承你的王位？

亨利王　请宽恕我,玛格莱特；请宽恕我,亲爱的儿子。我是被华列克伯爵和约克公爵所逼呀。

玛格莱特王后　逼你？你是一国之主,你能让别人逼你吗？我听你说这样的话,我都替你羞死了。唉,胆小鬼哟！你把你自己、你的儿子和我,全都断送了。你竟替约克家族造成如此有利的地位,你以后只能在他们的许可之下才能把国王当下去。你把王位预让给他和他的后代,这对你能起什么作用？这只能是自掘坟墓,并且使你提前钻进坟墓。华列克当了财政大臣兼任卡莱地方长官,福康勃立琪当了海峡防御司令,约克公爵摄行国家政务,你还说得上什么安全？那只能是包围在狼群里的浑身战抖的羔羊的安全。我虽是一个没有见识的妇人,如果我当时在场,即便那些兵丁把我推上刀山,我也绝不同意那宗法案。可你这人却贪生怕死,不顾荣誉。亨利,你既是这样的人,那我只得对你宣告离异,再不和你同桌而食,同榻而眠,直到你把那宗剥夺亲王继承权的法案撤销为止。北方的诸侯立誓和你断绝关系,他们一看到我树起我的旗帜,他们就将集合到我的麾下。我的旗帜是一定要树起的,它标志着你的屈辱,标志着约克家族的彻底灭亡。我此刻就离开你。来吧,我的儿子,我们就走。我们的人马已经齐备,我们追上前去。

亨利王　等一等,温良的玛格莱特,请听我说。

玛格莱特王后　你的话已经说了不少啦,你给我走开吧。

亨利王　爱德华好孩子,你留下来好不好?

玛格莱特王后　留下!好让敌人宰他是不是?

亲　王　等我打了胜仗,再来见您。在那以前,我是跟着妈妈的。

玛格莱特王后　来,我儿,走吧,不能耽搁了。(王后及亲王下。)

亨利王　可怜的王后呵。你看她又爱丈夫,又爱儿子,她是走投无路才大发雷霆的。那可恨的公爵桀骜不驯、贪得无厌,夺了我的王冠不算,还像饿鹰一样要攫食我父子的肉,但愿我妻能报得此仇!三位北方将领离我而去,真使我痛心,我打算写封信给他们,求得他们的谅解。来,堂兄,我派你把这封信送去。

爱克塞特　我,我希望能把他们全都说通。(同下。)

第二场　约克郡。威克菲尔附近桑德尔堡中一室

爱德华、理查及蒙太古上。

理　查　兄长,虽然我年纪最轻,这桩差使还是让我当了吧。

爱德华　不行,我说起来更有道理。

蒙太古　可是我能提出最有分量的理由。

约克公爵上。

约　克　有什么事?我的儿子们,我的老弟!在吵嘴吗?你们争的是什么事?怎样吵起来的?

爱德华　不是吵嘴,不过小有争论。

约　克　关于什么事?

理　查　是关于您和我们大家的事,爸爸,是关于英国王位的事,这王位原该是您的。

约　克　是我的,孩子?那得等亨利王死后才是。

理　查　该是您的就不必管他是死是活。

爱德华　现在该您继承,就趁早受用。如果容许兰开斯特家族有喘息的机会,爸爸,您到底要落空的。

约　克　我已经宣过誓,让他安享太平。

爱德华　可是为了争夺天下,背弃一个誓言又算得什么?如果我能当一年王上,叫我背弃一千个誓言我也干。

理　查　不是这么说,这里根本谈不上什么背誓问题。

约　克　如果我用公开的战争来夺取王位,那就是背誓。

理　查　请您听我说,我能证明那不是背誓。

约　克　你是无法证明的,孩子。绝不可能。

理　查　凡是誓言,假如不是在一个对宣誓人掌有管辖权的真正官长面前立下的,就毫无约束力。亨利的王位是篡去的,他对您没有管辖权。既然是他夺去您的王位,您的誓言压根儿就不能算数。所以,起兵吧!爸爸,您只想一想,戴上王冠是多么称心如意!王冠里有个极乐世界,凡是诗人所能想象得到的幸福欢乐,里面样样俱全。还耽搁什么?我一天不用亨利心头的半冷不热的血来染红我佩在身上的白玫瑰,我就一天不得安宁。

约　克　够了,理查。我决定做国王,否则宁可去死。兄弟,你立即前往伦敦发动华列克共图大事。理查,你去见诺福克公爵暗暗告诉他我们的策划。爱德华,你去见柯伯汉勋爵,请他把肯特郡的人民鼓动起来,那里的人都是些机灵活泼的战士,是可以信赖的。你们分头办事之后,我就乘机而动,还有什么迟疑?可决不能让王上和兰开斯特家族中任何人知道我们的动静。

　　一差官上。

约　克　你们暂等片刻,看有什么消息。你为何来得如此匆忙?

差　官　王后带领着北方将领们打算围困您的城堡,她部下有两万人马,已经迫近城边,因此,我的爵爷,加强您的防御要紧。

约　克　很好,我就用我的宝剑来防御。什么!你以为我怕他们吗?爱德华、理查,你两个留下来;请蒙太古老弟赶往伦敦,通知留在那里护卫国王的华列克、柯伯汉等人,加紧戒备,不要轻信老实的亨利,也不要轻信他的誓言。

蒙太古　兄长,我就去。我一定说服他们,您请放心。我敬向您告辞。(下。)

　　约翰·摩提默及休·摩提默两爵士上。

约　克　我的两位舅舅,你们恰好选了一个好日子来到桑德尔堡,王后的军队正要围攻我们哩。

约　翰　用不着她到这里来,我们到郊外去迎击她。

约　克　只带五千人马去能行吗?

理　查　是呵,如有必要,爸爸,带五百人马也行。对方的主帅不过是个妇人,怕她什么?(远处有进军鼓角声。)

爱德华　我听到他们的鼓声了,我们快去把队伍整理好,出城应战。

约　克　五个对二十!虽然是众寡悬殊,舅舅,我毫不怀疑我们一定得胜。当年在法国打仗,尽管敌人十倍于我,我还是连

314

连得胜,今天哪有不胜之理?(鼓角声。同下。)

第三场　桑德尔堡与威克菲尔之间的战场

    鼓角声。两军交战。鲁特兰及其家庭教师上。

鲁特兰　哎呀,我逃往哪里才能摆脱他们的魔掌呢?呀,老师,你看杀人不眨眼的克列福来啦!

    克列福率兵士上。

克列福　教士,走开!看在你是个出家人,饶你一命。至于那个该死的公爵的小崽子,他父亲杀了我的父亲,我一定不能饶他。

教　师　大人,我愿和他同生共死。

克列福　兵士们,把他带走!

教　师　哎哎,克列福呀,这无辜的孩子,千万别杀他,不然你要引起天怒人怨的!(被兵士曳下。)

克列福　怎么样了!这小子已经死了,还是吓得闭起眼睛?我来弄开他的眼睛。

鲁特兰　狮槛里的雄狮对着在它爪下战栗着的小兽,就是这样望着的。它一会儿走过去玩弄那小兽,一会儿走过来把小兽撕得粉碎。哎,仁慈的克列福,我宁愿你一剑杀了我,不要再用狰狞的面目吓唬我。善心的克列福,我死以前,请容我说一句。我是一个微不足道的小娃儿,不值得惹您生气,您要报仇就对大人们报吧,请放我一条生路。

克列福　小可怜虫,你说的全是废话。我父亲的血已经堵塞了我的耳朵,你的话钻不进去了。

鲁特兰　那么就用我父亲的血来冲开您的耳朵吧。我父亲是个大人,克列福,您要斗就和他斗吧。

克列福　即便我把你的几个哥哥都捉到,他们几条命加上你的命,还不够满足我报仇之心。不,即便我掘起你祖宗的坟墓,把他们腐朽的棺木全用链子吊起来,也不能消我心头之恨。我只要一见到约克家族的任何人,就不由得我怒从心起,义愤填膺。我一定要把他们这一支该死的家族连根拔除,一个孽种也不留,在这以前,我是如同生活在地狱里一般。所以……(举剑。)

鲁特兰　哎呀,在我受死以前,请容许我做一次祈祷。我向您祈祷,仁慈的克列福,可怜可怜我吧!

克列福　我只能让我的剑锋可怜你。

鲁特兰　我从未得罪过您,为什么一定要杀我?

克列福　你老子得罪过我。

鲁特兰　那时我还没出世呀。您也有个儿子,看在他的分上,饶了我吧。如果冤冤相报,只怕他有朝一日也会和我一样遭到惨死,因为上帝是公正的。唉,就把我永远监禁起来,我只求能活命,以后我如犯过错,你随时可以处死我,现在你实在没有理由要杀我呀。

克列福　没有理由!你的老子杀了我的老子,就凭这一点,你就非死不可。(刺鲁特兰。)

鲁特兰　假借汝手,荣耀归主!(死。)

克列福　普兰塔琪纳特!我来了,普兰塔琪纳特!让你儿子的血沾在我的剑刃上,让它生锈,等到你的血和它凝到一处的时候,再揩去不迟。(下。)

第四场　平原的另一处

鼓角声。约克上。

约　克　王后的军队在战场上占了上风。我的两位舅父在救我的时候都遇害了。我的部下在气势汹汹的敌人面前,好似船舶遇到顶头风、羔羊遇到饿狼一般,一个个掉头而逃。我的儿子们情况如何,现在还不得而知,不过我知道,他们的举动确能像个在生死关头保持高贵身份的人。理查曾经三次杀开血路来到我的身边,并且三次大呼:"鼓足勇气,父亲!坚持战斗!"爱德华也屡次冲杀到我身旁,他手中的宝剑,从剑锋到剑柄,都染满他所斩杀的敌人的鲜血,一片殷红。当我们最勇猛的战士不得不退却的时候,理查还在呼喊:"冲锋呀,尺土寸地也不让给敌人!"他又喊道:"夺取王冠,否则就光荣地阵亡!夺取皇杖,否则就甘愿进入坟墓!"在他的鼓舞之下,我们又去陷阵,可是,呵,嗐,我们又败了下来。我们的处境极像那逆水游泳的凫雁,竭力挣扎,力争上游,但在迎头巨浪的打击之下,终于把全身力量白白耗尽。(内起一阵短促的鼓角声)呵,听哪!要命的追兵来到了。我浑身乏力,不能逃了;如果我是身强力壮,我决不躲闪他们的锋芒。我的寿算快到尽头了。我只有守在这里,在这里结束我的生命。

玛格莱特王后、克列福、诺森伯兰、威尔士亲王率兵士等上。

约　克　来吧,嗜杀的克列福、粗暴的诺森伯兰!我不怕你们的凶焰,再狂暴些我也不在乎。我做你们的靶子好了,对我射吧!

诺森伯兰　骄傲的普兰塔琪纳特,向我们乞讨怜悯吧。

克列福　对啦,就像他对我父亲毫不留情地下毒手时候所表示的怜悯一样,让他乞讨那样的怜悯吧。现在太阳神从座车上跌了下来,以致中午时分天昏地暗,变成了黄昏。

约　克　我的尸灰会变出一只凤凰,它将为我向你们全体报仇。我抱着这样的希望,举头望天,藐视你们所能给我的任何折磨。你们为什么不动手?怎么!这样多的人,还怕吗?

克列福　胆小鬼到了无路可逃的时候也能打一仗;鸽子被抓在老鹰的利爪之下的时候也能反啄几下;被捉的强盗反正没有活命,就会对捕盗巡官破口大骂起来。

约　克　嘿,克列福,你仔细想一想,你把我当年的威风再想一想。我当时只须皱一皱眉头,就能叫你吓得屁滚尿流,你现在却诬蔑我胆小,你若是不害羞,就对我看看,咬掉你说胡话的舌头!

克列福　我现在不跟你吵嘴,我只狠狠地揍你。(拔剑。)

玛格莱特王后　且慢,勇敢的克列福!我有种种原因要让这逆贼多活一会儿。他气愤得连话也听不见了。诺森伯兰,你对他说一遍。

诺森伯兰　等一等,克列福!犯不上给他那么大的面子,即便要戳伤他的心脏,也不能叫你刺痛自己一个小指头。如果看到恶狗龇牙,就把手伸到它的嘴里,那算得什么勇敢行为?只须举起脚来把它踢开就完了。在战争中,能占便宜就占便宜,这没有什么不可以,十个对一个也不算没有勇气。

(诺森伯兰、克列福等捉住约克,约克抗拒。)

克列福　得啦,得啦,这好比是山鹬想逃出陷阱。

诺森伯兰　又好比野兔想挣脱网罗。(约克被捉住。)

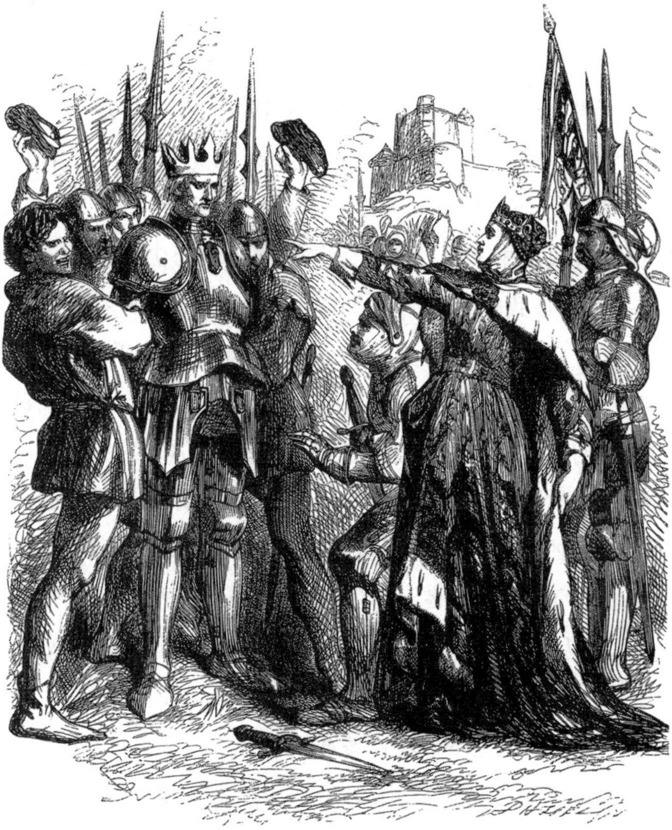

约　　克　这好比贼人们分得赃物,扬扬得意;又好比好汉遇到人多势众的强盗,只得束手被擒。

诺森伯兰　请问娘娘怎样发落他?

玛格莱特王后　克列福、诺森伯兰两位将军,你们叫他站在这高阜上面——他曾展开两臂想攀登高山,可是只差一线之隔没能达到。嗨,是你想当英国的国王吗?是你在我们的国会里张牙舞爪,吹嘘你的高贵的家世吗?替你撑腰的那两对儿郎到哪里去了?那荒唐的爱德华、肥壮的乔治呢?你那个粗声豪气、专会挑唆他爸爸造反的儿子,那个小名叫做狄克的驼背怪物呢?还有你那心爱的鲁特兰呢?约克,你瞧!这块手巾上是什么?这是克列福用刀尖戳出那孩子心头的血,是我把那血蘸在我这手巾上面的。如果你为孩子的死亡而流泪,我可以把这块手巾借给你擦干你的面颊。哎呀,可怜的约克唷!我若不是对你怀着深仇大恨,我对你遭逢的惨境也不禁要深表哀怜。我请求你,约克,痛哭一场吧,这样才能使我看了开心。怎么,难道你火辣的心肠已经烧干你的肺腑,以致听到儿子死亡的消息,一滴泪水也没有吗?汉子,你为什么一声不响?你该发狂呀。我这样戏弄你,就为的是使你发狂。跺脚吧,咆哮吧,暴跳如雷吧,你要是那样,就能使我高兴得边唱边舞了。呵,我明白了,你是要我给你一点报酬,才肯替我消愁解闷。约克一定要戴上王冠才肯说话的。好,给约克拿一顶王冠来!将军们,你们来对他鞠躬致敬。抓紧他的手,我来亲自替他加冕。(将纸制王冠戴在约克头上)呵,好极了,你看他多么像一个国王呀!嗨,坐上亨利王的宝座的就是他,承继给亨利王做嗣子的就是他。可是这位普兰塔琪纳特伟人这样快就登了基,他这不是破坏了他自己的誓言吗？据我所知，在亨利王和死神握手以前，你是不该当国王的。现在亨利王还活着，你怎么就违反了你的神圣誓言，将亨利王的光辉围绕在自己的头上，从亨利王的顶上夺去他的皇冕了呢？呵，这样的罪过是太难、太难宽恕了！摘掉他的王冠，随后，再摘下他的脑袋。当我们在世的时候，可以从从容容地把他处死。

克列福　我要为父报仇，让我来执行这项任务。

玛格莱特王后　不，等一等；听听他口里念的是什么祷词。

约　克　你这法国的母狼，你比法国狼更加坏，你的舌头比蛇的牙齿更加毒！你像阿玛宗的泼妇一样，对于不幸被擒的人施行迫害，反而自鸣得意，哪里还有一点妇道！你惯于作恶，变成厚颜无耻，你脸上好似蒙了面罩，永不变色，否则我倒要说几句话试试，看你脸红不脸红。如果你稍有羞耻之心，只要对你说一说你的来历，说一说你的出身，就足够使你羞死。你父亲挂着那不勒斯、西西里和耶路撒冷国王的空衔，其实他的家资还比不上英国的一个小土地所有者。是那穷王爷教会你对人无礼的吗？骄傲的王后，这对你是不必要的，这对你也是没有好处的，这只能证明一句古话：叫花子一旦骑上了马，一定叫马跑得累死为止。一个妇女如果生得美貌，还值得三分骄傲，可是天晓得，你的脸蛋儿实在太不高明了。一个妇女如果为人贤德，还值得人家钦佩，可是你那乖僻的性情只能叫人吃惊。一个妇女如果彬彬有礼，才能显得贤淑可爱，可是你嚣张泼辣，只能惹人厌恶。你和一切善良的东西相反，如同阴司对阳世，南方对北方，完全是背道而驰。你这人面兽心的怪物呵！你能用手巾蘸着孩子的鲜血，递给他父亲去擦眼泪，怎能还做出女人的姿态来见人!女人是温存、和顺、慈悲、柔和的,而你却是倔强、固执、心如铁石、毒辣无情的。你要我发怒吗?好,现在叫你称心;你要我流泪吗?好,现在叫你遂意。愤怒的风暴吹起了倾盆大雨,当我的怒气稍稍平静之后,不由得要泪下如雨了。我的伤心的泪水就作为我亲爱的鲁特兰的丧礼;每一滴泪水都发出为我儿子报仇的呼声。凶恶的克列福,狡猾的法国女人,这冤仇要报在你们的身上!

诺森伯兰　该死的,他这一番感情激动的话竟然打动了我的心,我几乎忍不住要流泪了。

约　　克　想一想我儿的那张甜蜜的脸,吃人的生番也不忍心去伤害他,也决不能叫他流血,可你比生番更没有人性,你比猛虎更加十倍地残酷无情。瞧,忍心的王后,这是一个不幸的父亲的泪水。你用这块布蘸了我儿的血,我现在用泪水把血冲去。你把这块布留着吧,你用这块布去到处吹嘘吧。(将手巾送还)你如果把这段伤心的故事照实说给人家听,听到的人一定要流泪的。即便我的仇人听了,他们也不能不抛下滚滚热泪,他们也不能不说:"这真是一桩惨事!"来吧,把这王冠拿去,你们取得王冠,也取得我的诅咒;你们这种辣手的人所给我的安慰,等到你们需要的时候,也会落到你们自己的头上的!狠心的克列福,把我从这世界上送走吧!我的灵魂将上升天堂,我的血将沾在你们的头上!

诺森伯兰　我看到这个人的灵魂被他内心的痛苦折磨到这种地步,纵使我对他有不共戴天之仇,我也忍不住要为他痛哭了。

玛格莱特王后　怎么,诺森伯兰爵爷,你要为他洒出同情之泪吗?请你想一想他对我们做了多少坏事,你的眼泪就流不下来了。

克列福　这一剑是履行我的誓言,这一剑是替我父亲雪恨。(用剑刺约克。)

玛格莱特王后　这一剑是挽回我们好心肠的君王的失策。(用剑刺约克。)

约　克　仁慈的上帝呵,请您开放慈悲的天门,我的灵魂将从我的伤口飞升起来,回到您的身边了。(死。)

玛格莱特王后　砍下他的首级,悬挂在约克城门之上,这样才便于约克爵爷俯视他自己的封邑约克城。(喇叭奏花腔。同下。)

第 二 幕

第一场　海瑞福德郡。摩提默氏十字架附近平原

　　　　吹奏进军号。爱德华、理查率部下兵士上。
爱德华　我很担心我们父王的安全,不知他已否脱险,是否已经摆脱克列福和诺森伯兰的追兵。如果他不幸被擒,我们总该得到情报;如果他不幸战死,我们也该得到消息。如果他已脱身出险,我们更应当获得送来的佳音。我的好兄弟,你身体怎样?为什么面带愁容?
理　查　在我确知父王的下落以前,我是不能开心的。我看见他在阵上左冲右突,我看到他向克列福单独挑战。他在千军万马之中,气宇轩昂,好似牛群中的一头雄狮,又好似被群狗包围的一头大熊,他把几条狗咬伤以后,其余的狗不敢靠近他,只在他周围狂吠。我们的父王就这样制服他的敌人,敌人们在父王的面前就这样逃避不迭。我深深感到,作为父王的儿子就是一种很大的光荣。瞧,晨曦开放了金门,正向辉煌的太阳送别!这真像一个年富力强的青年人,打扮得齐齐整整,昂头阔步地走向他的情人!

爱德华　是我眼花了吗,我怎么看到了三个太阳?

理　查　是三个光辉灿烂的太阳,每一个都十分齐整,没有浮云遮隔,它们中间只有一片青天。看呀,看!它们彼此靠拢了,互相拥抱了,正像在接吻,它们似乎是在订立牢不可破的联盟。此刻它们已经融合为一,只剩下一盏灯、一团火、一个太阳。这片奇景一定是上天的某种预兆。

爱德华　真是空前未有的奇事。兄弟,我想这是上天号召我们去冲锋陷阵。我们弟兄三人是英勇的普兰塔琪纳特的儿子,我们每人早已立下辉煌的战功,今后还应该把我们的光辉结合在一起,照彻这个大地。姑且不管这究竟是个什么兆头,我此后要在我的手盾上绘上三个亮晃晃的太阳。

理　查　不,还是绘上三个姑娘更合适。请容许我说一句:您对女人比对男人更感兴趣。

　　　　——差官上。

理　查　你来干什么?你满脸阴沉,一定有什么可怕的消息要来报告。

差　官　唉,我亲眼见到您的父王、我的主公、尊贵的约克公爵遇害了!

爱德华　哎呀,不用说下去了,这句话已经够受了。

理　查　告诉我他是怎样死的,我要知道全部经过。

差　官　他被众多的敌军包围,他挺身和他们对抗,赛过古代特洛亚的英雄对抗着企图进入特洛亚城的希腊军队。但在众寡悬殊的情况之下,就连赫剌克勒斯本人也是无法取胜的。一棵质地坚硬的橡树,即便用一柄小斧去砍,那斧子虽小,但如砍个不停,终必把树砍倒。您的父亲是被人数众多的敌人击败的,他最后却死于残酷的克列福和王后之手。她戏弄我们的公爵,替他戴上王冠,对他当面嘲笑。后来公爵伤心落泪,那狠心的王后却掏出一块用年轻的鲁特兰的鲜血染过的手巾——鲁特兰是被克列福杀害的——给公爵拭泪。他们对公爵百般糟踢以后,到底取下他的首级挂在约克城头,它至今还悬在那里,那真是我生平所见过的最惨不忍睹的景象。

爱德华　亲爱的约克公爵呵,您是我们的靠山,如今您一逝不返,叫我们依靠谁呢!哼,克列福,强暴的克列福!你杀害了全欧洲骑士精神的花朵。你打败他只是靠阴谋诡计,你如果和他一对一地交锋,你准败在他手里。如今我的灵魂的宫殿已经变成它的牢狱,我恨不能使我的灵魂脱去牢笼,留下我的躯壳安静地埋在土里!从今以后我再也不能欢乐了,噢,我永远、永远不会欢乐了!

理　查　我哭不出来;我的怒火像炽炭一样在燃烧,我全身的液体还不够熄灭我的怒火。我的舌头也不能发泄我心头的烦躁,因为我一开口说话,我的呼吸就会把胸中的火焰煽旺,烧灼我的身体,我又得用眼泪来浇灭它。啼哭只是用来减轻心中的悲痛。让婴儿去啼哭吧,我却要还击,要报仇!理查父亲呵,我既继承了您的名字,我一定为您报仇,如果报仇不成,我就牺牲生命来博一个身后之名。

爱德华　父亲既已把他的名字留下给你,他的公爵职衔和王位当然是留下给我的了。

理　查　不是这般说。你如果真是神鹰的雏鸟,你就睁大眼睛看着太阳,由此来证明你不愧为他的后嗣。① 你果真如此,

---

① 英国民间传说,山鹰产雏以后,母鹰引出雏鹰让它看太阳,能睁眼的就加以哺育,不能睁眼的就推出窝巢,让它跌死。

公爵的爵位和国王的王位当然全都是你的,要不然,那你就算不得他的儿子。

　　　　　　吹奏进军号。华列克、蒙太古率部下军队上。

华列克　怎么样,少年将军们！情况怎样？有什么消息？

理　查　伟大的华列克爵爷,如果叫我把惨痛的消息细说一遍,我说出的每一个字,就好像是一把钢刀刺在我的肉里,那痛苦比肉体所受的伤还更加厉害。唉,英勇的爵爷呀,约克公爵遇害了！

爱德华　呵,华列克,华列克！我父普兰塔琪纳特素来把您当作他灵魂的救星,他已被暴戾的克列福勋爵杀害了。

华列克　早在十天之前我已得到信息,我为此痛哭了一场。我此刻要把你父亲阵亡以后的情况告诉你们,不免要增添你们的烦恼。在威克菲尔地方一场血战中你父呼吸了最后一口气以后,你们的败绩和他逝世的消息立即飞快地报到我那里。我那时正在伦敦担任国王的警卫。我又获得情报,王后兴兵前来,决心要推翻上届国会关于亨利王禅让继承权的法案,于是我立即纠合部队,召集盟友,挟持着国王,驰往圣奥尔本地方去截击王后的军队。当时的部署我觉得是很妥善的。现在长话短说,在圣奥尔本地方两军遭遇,开起仗来,打得非常猛烈。不知道是由于国王对他好战的王后老是温和地望着,他那种冷静的态度妨碍了我方的士气呢,还是由于到处盛传王后在军事上的成功呢,还是由于克列福对他的俘虏肆行残杀,引起极大的恐怖呢,我无法断定；当时的实情是,敌方的兵器像闪电一般打了过来,而我方兵士的兵器,却像是枭鸟在夜间懒洋洋地飞着,又像是一个懒散的打谷人手里的连枷悠悠晃晃地摇着,只轻轻打下去,好似替朋友拍灰一般。我对士兵们演说我们是为正义而战，还许给他们高额的饷银、丰厚的奖赏，想以此来鼓舞士气，但一切都毫无用处。兵士们不愿打仗，我们要靠他们取胜是绝无希望的。因此，我们只得退兵，国王已经去到王后那边，你们的兄弟乔治勋爵、诺福克和我自己在路上听到你们驻在这里，特地赶来同你们会合，以便重整旗鼓，再去交锋。

爱德华　温良的华列克，诺福克公爵现在哪里？乔治是什么时候从勃艮第回到英国的？

华列克　公爵率领部队驻扎在离此大约六英里的地方。至于你的弟弟乔治，是你们的姑母勃艮第公爵夫人派遣军队随他前来参加这场紧急战役的。

理　查　这样说来，英勇的华列克是由于寡不敌众才败了下来的。我素来只听说他善于追杀敌军，直到今天才听到他受到挫败之辱。

华列克　理查，别以为你只能听到我挫败的消息；不久你会知道，我这只强壮的胳膊能从亨利的头上摘下王冠，能从亨利的手中夺得皇杖，哪怕亨利的为人不是像他现在这样温厚和平、乞怜求怨，而是勇敢善战、声名籍籍，我也能办到。

理　查　这是我所深知的，华列克爵爷。请别见怪，我是出于爱护您的荣誉之心，才说这话的。在这急难关头该怎么办？我们是卸下铠甲、穿上丧服、诵经礼忏呢，还是奋起复仇的决心、刀劈敌人的头盔呢？如果各位同意报仇，就请表示赞同，立即出发。

华列克　嘿，我华列克正是为此而来，我弟蒙太古也抱着同样的目的。各位将军请听，那傲慢无礼的王后纠合着克列福、诺森伯兰和其他党羽，把软弱的国王玩于股掌之上。国王曾立誓将王位禅让给你家,他的誓言已载入国会的决议,现在王后们一帮人却进军伦敦,企图撕毁誓言,勾销一切不利于兰开斯特家族的事项。据我估计,她的兵力约有三万人马。我们这边,勇敢的马契伯爵,你在忠诚的威尔士人中间所能募集的军队加上诺福克和我自己的部队,总共不过二万五千人马。可是,不管它,我们立即开往伦敦,我们的喷着溅沫的战马又将驰骤向前,我们又将发出"冲向敌人"的呐喊,这番我们是决不退却的。

理　查　对呀,这才像是伟大的华列克说的话。当华列克命令坚持战斗的时候,谁要是敢于喊一声"退却",管保叫他看不到第二天的太阳。

爱德华　华列克爵爷,我把你当作靠山。万一你失败了——上帝是不准有那种事的!——我爱德华也就垮台了。愿上天不让这种事情发生!

华列克　你现在不用称作马契伯爵了,你该继承约克公爵的爵位,下一步就是继承英国的王位。我们军队所过的地区,都必须尊你为王,谁要是不抛起帽子表示欢欣,就砍掉他的脑袋作为处罚。爱德华吾王,英勇的理查,蒙太古,不要呆在这里幻想未来的威风,让我们吹起号角,立即动手吧。

理　查　我说,克列福小子,从你的行事上看去你的心肠是硬的,可是纵使你心比钢硬,我也要戳碎它,否则就把我的心交给你。

爱德华　擂起鼓来,愿上帝和圣乔治保佑我们!

　　　　　　　—差官上。

华列克　怎样!有什么消息?

差　官　诺福克公爵派我来报告您,王后率领着一支强大的军队正向这里进发,公爵请您快去商量军情。

华列克　来得正好。诸位将军,立刻进军吧。(同下。)

第二场　约克城前

   喇叭奏花腔。亨利王、玛格莱特王后、威尔士亲王、克列福及诺森伯兰等上,鼓角前导。

玛格莱特王后　主公,欢迎您来到这座雄壮的约克城。那罪魁祸首曾想戴上您的王冠,现在他的首级正高悬在那里。主公,您看到那东西,心里不觉得高兴吗?

亨利王　呵,我心里的感觉,就好像害怕触礁的人看到礁石一样呢。看到那首级,只能使我从心底里感到不安。上帝呵,请您不要降罚,这不是我的罪过,我不是居心要破坏我的誓言呵!

克列福　仁慈的君王,您断断不可再像这样过分宽大,光知道怜恤别人而损害自己。狮子把温和的目光投到什么人的身上?决不能投向攘夺它的窟穴的野兽身上。森林中的大熊舔什么人的手?决不能舔那当面杀害小熊的敌人的手。谁能躲过暗藏的毒蛇的利齿?决不是那将脚放在蛇背上的人。最微小的虫蚁儿还知道避开踩它的脚,驯良的鸽子为了保护幼雏也要反啄几口。野心的约克的确觊觎过您的王冠,您对他和颜悦色,他却对您怒目而视。他不过是个公爵,他却要使他的儿子做国王,他像一个富有爱心的父亲那样,处处为后代着想;而您呢,您忝为一国之君,又有一个英俊的太子,反倒同意剥夺他的继承权,这就足以说明您是一个不慈不爱的父亲。您看那无知无识的畜类都还懂得饲养它们的后代；虽然它们看到人脸觉得可怕，可是如果有人掏它们的窝巢，它们为了保护幼雏，就不再举翼惊飞，而用它们的翅膀来对人搏斗，甚至牺牲生命也在所不惜。我的王上，看了它们的榜样，您不感到羞愧吗？这样一位贤明的太子，由于他父亲的过失而丧失了王位继承权，多年以后，他不得不对他的子孙说："我们的曾祖、祖父辛勤得来的天下是被我的漫不经心的父亲轻轻断送的。"这是多么可惜的事！哎呀，这是多么难为情哟！您对这孩子看看，看他那张英俊的脸，一脸福相，您就该把意志坚强起来，保持住自己的王位，把王位留传给他。

亨利王　克列福口若悬河，说的全是大道理，可是，克列福，请你告诉我，你从未听人说过，来之不义的东西是不会有好下场的吗？父亲一味贪财，多行不义，儿子能永享幸福吗？我只想替子孙积德，我但愿我的父亲当年也只把他所积下的德留给我！至于旁的东西，只能成为无穷的累赘，并不能给人以丝毫的快乐。哎，约克堂兄，你的朋友们哪里知道，我看到你的首级挂在这里，我心里有多么难过呵！

玛格莱特王后　主公，请你振作精神吧！大敌当前，你这样婆婆妈妈的态度，只能叫你的手下人心灰意懒。你答应过封我们的上进的儿子做骑士，快拔出剑来，立刻封他。爱德华，跪下来。

亨利王　爱德华·普兰塔琪纳特，站起来，你已被封为骑士。记住这一训示：永远用你的剑维护正义。

亲　王　仁慈的父王，在您的恩准之下，我将以王位继承人的身份拔出我的佩剑，为了夺回王位，我不惜赴汤蹈火。

克列福　好得很，这真是英明的太子的口气。

——差官上。

差　官　皇家的主帅们，请作好准备吧。华列克作为约克公爵的后盾，带领三万人马杀奔前来了。他们在一路上所经过的城市里，都宣布约克为王，已有不少的人归顺了他们。赶快整顿队伍吧，敌人马上就到了。

克列福　请王上离开战场，王上不在这里，王后更能得胜。

玛格莱特王后　对啦，好主公，请你走开，让我们碰碰自己的运气吧。

亨利王　哎，这和我的命运也有关系，我要留在这里。

诺森伯兰　你留下就得决心打一仗。

亲　王　父王，请您鼓舞鼓舞这些将军们和这些效忠于您的人们。好父亲，拔出您的剑来，叫一声"圣乔治！"

　　　　进军号声。爱德华、乔治、理查、华列克、诺福克、蒙太古率兵士上。

爱德华　嗨，发假誓的亨利！你是愿意把王冠送到我的头上，跪下求饶呢，还是等着在战场上送死？

玛格莱特王后　好不讲理的小子，你去对你的手下人发脾气吧。在你的君王面前，你怎敢这般放肆？

爱德华　我是他的君王，他该向我下跪。我继承王位是他甘愿出让的，可他后来又毁了誓言。他虽戴着那顶王冠，国王却由你来当。我听说，你怂恿他在国会里提出新法案，把我推翻，仍旧传位给他儿子。

克列福　这原是合理的呀。父亲的王位不由儿子继承，该由谁继承？

理　查　刽子手，你又出头了吗？呵，我气得话都说不出了！

克列福　对啦，驼背小子，我在这里候着你呢。不管是你自己还是你们同伙中任何一个自以为是的人，我都能对付。

理　查　你杀了小鲁特兰，是吧？

克列福　对啦，还有老约克，也是我杀的，可是我杀得还不过瘾。

理　查　他妈的，将军们，快传令开仗。

华列克　亨利，你说怎样？你肯不肯交出王冠？

玛格莱特王后　啊，长舌头的华列克！你敢开口吗？上次和你在圣奥尔本见面的时候，你的两条腿比你的一双手对你倒是更为有用。

华列克　那次是我逃跑，这次可轮到你了。

克列福　你上次也是这般说的，可逃的到底是你呀。

华列克　克列福，那并不是你的勇力把我赶跑的。

诺森伯兰　不错，不过你的英雄气概也没能使你挺下去。

理　查　诺森伯兰，我很尊重你。现在别说闲话啦。我怒气填膺，一心要对杀害孩子的克列福报仇，再也忍耐不住了。

克列福　我杀的是你爸爸，你把他叫作孩子吗？

理　查　哼，你是一个胆小鬼，是一个诡计多端的胆小鬼，你下毒手杀了我的弱年的兄弟。在太阳落山以前，我要叫你懊悔不该做那样的事。

亨利王　将军们，你们住口，听我说几句。

玛格莱特王后　你要说话，就骂他们一顿，不然就请你免开尊口。

亨利王　请你不要阻止我发言，我是国王，我有发言的特权。

克列福　王上，引起这场战争的创伤不是言语所能医治的，请您别开口吧。

理　查　那么，刽子手，你就拔出剑来吧。凭着老天爷，我敢说，克列福的英雄气概只在于他会说大话。

爱德华　喂,亨利,让不让我取得我的权利?我有一千来个士兵刚吃过早饭,在你交出王冠以前,他们决不吃午饭。

华列克　如果你拒绝,这场流血的责任就该由你担负,约克兴师动众是合乎正义的。

亲　王　如果华列克说是正义的事情真能算是正义,那么天下就没有非正义的事情,任什么都是正义的了。

理　查　不论你老子是谁,站在那里的是你妈。我知道你的一张嘴生得和你妈一样厉害。

玛格莱特王后　可是你既不像老子又不像妈,只像一个丑陋无比的怪物,你生来就使人见了生厌,你好比癞蛤蟆、四脚蛇,到处螫人。

理　查　你是那不勒斯的一块顽铁在英国镀了金。你爸爸虽然空有国王的头衔,其实不过是小水沟冒充大海。你想想你自己的出身,你让你那下流的心事在舌头上滑了出来,你不怕丢人吗?

爱德华　要是这个不要脸的女人能够认识自己是个什么样的人,那么泼妇头上的草冠就值到一千镑了。你虽同当年希腊的海伦一样叫丈夫戴上绿帽子,可她生得比你标致得多,况且那个偷汉子的女人对不起她丈夫的地方也还不如你对亨利那样多。亨利的父亲在法国的心脏地带横行无阻,收拾了法国国王,降服了法国太子;如果亨利配上一门门当户对的亲事,他一定能把父亲的荣誉保持到今天。可是他却娶了一个穷光蛋女人,让你的穷爸爸沾了这门亲事的光,从那攀亲的日子起,连阳光都为他酝酿着一场暴雨,这场暴雨把他父亲在法国的产业冲洗干净,在国内也给他的王位带来许多动乱。就拿这场战事来说,若不是你目中无人,何至于立即爆发？如果你是个谦逊的人，我对继承王位的问题原可以暂时搁起，我们可怜那国王软弱无能，原是可以忍耐一个世代以后再说的。

乔　治　可是我们看到的是：我们赐给你的和煦阳光，反使你像春天那样洋洋得意，而你经过一个夏天并不替我们出产什么好东西，那么我们也就不再客气，就要举起斧子砍掉你篡位的根株。虽然我们的斧子的刃口也多少伤了我们自己，可是你该知道，我们既然动了手，非将你砍倒，就决不罢休；如果砍你不倒，就用我们的热血来为你灌溉。

爱德华　我下定决心，向你挑战；你既然不容柔和的国王开口，就不必谈判下去。盼咐他们吹起号角，让我们血红的旗帜飘扬起来！不得胜就不惜一死。

玛格莱特王后　等一等，爱德华！

爱德华　不，爱斗口的婆娘，我们决不再等了，今天的一席话要送掉一万人的性命。（各下。）

第三场　约克郡。位于套顿与
　　　　萨克斯顿之间的战场

鼓角声。两军交战。华列克上。

华列克　经过多时的劳顿，我已精疲力竭，好似一个参加长跑的运动员，现在必须躺一会儿，喘息一下。我和敌人枪来剑往，战斗多时，我的筋肉纵然坚强，也已疲乏不堪，我尽管斗志旺盛，也不能不休息片刻。

爱德华仓皇逃上。

爱德华　行好吧，仁慈的苍天！下手吧，狠心的死神！看来，这个世界对我爱德华是没有好感的,照耀在我顶上的太阳也被阴霾掩蔽了。

华列克　怎样啦,我的主公！运气如何？有没有好转的希望？

>　　乔治上。

乔　治　我们的运气只有吃败仗,我们的希望只是毫无希望。我们的军队已被击溃,眼见得就要垮台。您有什么高见？我们往哪里逃好？

爱德华　逃走是没用的,敌人好似长了翅膀紧跟在后面。我们军力薄弱,挡不住追兵。

>　　理查上。

理　查　呵,华列克,你为何退缩不前？令弟在克列福矛尖下面流出的鲜血,已洒在这片干土之上。他在临死的剧痛中发出呼喊,好似从远处传来的金戈铁马的声音。他喊道:"华列克呀,替我报仇！兄长呀,你要为我雪恨！"这位高贵的将军倒在敌人的马腹之下,敌人马蹄的丛毛染上他的热血,他当时就一命归阴了。

华列克　那就让我们的鲜血全都洒在这块土地上。我要杀掉我的战马,借此来表示我决不逃走的决心。当敌人正在猖狂的时候,我们怎能站在这里,像是心软的妇人那样,吃了败仗就放声大哭？我们又怎能像观看演员们演戏一般,袖手旁观？我现在跪在天帝的面前发誓:我今天不报血海深仇,就战死沙场闭上眼睛,在这之前我决不善罢甘休。

爱德华　呵,华列克,我和你一同下跪,我把我的灵魂和你的灵魂联合起来一同宣誓！掌握世上人君黜陟大权的天主呵,当我的膝盖未离开冰冷的地面站起以前,我向您俯首帖耳,一心皈依；我恳求您,如果您的旨意是要我丧身于敌人之手,就请您开放天门,准许我负罪的灵魂得以通过!将军们,现在我们暂时分手,以后无论在天上或在人间,我们后会有期。

理　查　兄长,请让我握一握您的手;温良的华列克,让我用疲乏的双臂拥抱您。我这从不流泪的人,看到我们如花似锦的春光陡然被严冬截断,也不由得悲从中来。

华列克　出发吧,出发吧!亲爱的将军们,向你们再一次告别。

乔　治　可是我们在分手之前,应该先一同去向我们的军队说明,凡是不愿留下的,就准许他们各自逃生,凡是愿意跟随我们战斗到底的,就把他们称作国家的栋梁;如果我们能有复兴之日,一定重重酬谢他们,把像奥林匹克竞赛中得胜者一般的荣誉授予他们。这样的诺言可能使他们消沉的意志重新振作起来。我们还是有希望取得生路和胜利的。不要耽搁了,让我们马上就去。(同下。)

第四场　战场的另一处

两军交战。理查与克列福上。

理　查　哼,克列福,我可把你自个儿揪出来了。你看我这两条胳膊,一条要为约克公爵报仇,一条要为鲁特兰报仇,哪怕你周围设下铜墙铁壁,也护不住你。

克列福　哼,理查,我和你都是单人独马站在这里。你看我生的两只手,一只手宰了你老子,一只手宰了你弟弟。当时我宰了他两个,喜得我心花怒放,现在我趁着余勇,要将你如法炮制。来,吃我一剑!(两人交战,华列克上场,克列福败逃。)

理　查　别来帮我,华列克,你去寻找别的猎物。我要亲自追上这只狼,杀掉它。(同下。)

第五场　战场的另一处

　　鼓角声。亨利王独上。

亨利王　这一仗打得好像破晓时分白天和黑夜交战一样,快要消散的乌云还在抗拒着逐渐展开的曙色;这时分,牧羊人吹暖自己的指头,说不出究竟是白天还是黑夜。这一仗好似大海一般,时而涌向这边,时而涌向那边;一会儿潮势胜过风势,海水涌了上来,一会儿风势压倒潮势,海水又退了下去。时而是潮水占了优势,时而是风力当了主人。这交战双方,也是时而此方得利,时而彼方领先,彼此面对面,胸碰胸,逞胜争强,可谁也不能把谁击败。这场恶斗就形成两不相下的僵局。我在这土冈之上,暂且坐下来歇一会儿。上帝叫谁得胜,就让谁得胜吧!我的御妻玛格莱特和克列福将军都逼着我离开阵地,他们说只要我不在场,他们就有好运。我真宁愿死掉,如果这是符合上帝旨意的话。活在世上除了受苦受难,还有什么别的好处?上帝呵!我宁愿当一个庄稼汉,反倒可以过着幸福的生活。就像我现在这样,坐在山坡上,雕制一个精致的日晷,看着时光一分一秒地消逝。分秒积累为时,时积累为日,日积月累,年复一年,一个人就过了一辈子。若是知道一个人的寿命有多长,就该把一生的岁月好好安排一下;多少时间用于畜牧,多少时间用于休息,多少时间用于沉思,多少时间用于嬉乐。还可以计算一下,母羊怀胎有多少日子,再过多少星期生下小羊,再过几年可以剪下羊毛。这样,一分、一时、一日、一月、一年地安安静静度过去,一直活到白发苍苍,然后悄悄地钻进坟墓。呀,这样的生活是多么令人神往呵!多么甜蜜!多么美妙!牧羊人坐在山楂树下,心旷神怡地看守着驯良的羊群,不比坐在绣花伞盖之下终日害怕人民起来造反的国王,更舒服得多吗?哦,真的,的确是舒服得多,要舒服一千倍。总而言之,我宁愿做个牧羊人,吃着家常的乳酪,喝着葫芦里的淡酒,睡在树荫底下,清清闲闲,无忧无虑,也不愿当那国王,他虽然吃的是山珍海味,喝的是玉液琼浆,盖的是锦衾绣被,可是担惊受怕,片刻不得安宁。

  鼓角声。一个杀掉生身之父的儿子,曳父尸上。

儿 子 狂风刮得真叫人心烦。这人是我在肉搏时杀掉的,他身上也许有些银钱,待我拿过来享用,不过天黑以前,我可能又被别人杀掉,这银钱又要装进别人的口袋了。让我看看这人是谁?哎呀,天哪!这是我父亲的面貌,我无意中把他杀害了。唉,苦难的时代,竟会发生这样的事!我是被国王硬逼着从伦敦来到这里的。我父亲隶属华列克伯爵的部下,伯爵硬派他来替约克卖命。父亲把生命赋予给我,我却亲手送掉他的生命。请上帝饶恕我,我实在不知道我干的是什么!父亲,请你饶恕我,我实在没有认出你呀!我只能用泪水来洗掉我的罪过,现在我不想再说什么,我只想痛哭一场。

亨利王 唉,多么悲惨的景象!唉,多么残酷的时代!狮子们争夺窝穴,却叫无辜的驯羊在它们的爪牙下遭殃。不幸的汉子,哭吧,我也要为你痛哭。在内战的战火中一切都将毁灭,让我们哭瞎我们的眼睛,让我们的心房被忧伤压碎吧。

  一个杀掉亲生儿子的父亲,曳子尸上。

父　亲　你这拼命和我对抗的家伙,你身上如果有钱,快把钱献出来,我揍了你百十来下才能使你的钱归我所有。呀,让我瞧瞧,这张脸是敌人的脸吗?不、不、不,这是我亲生的独子呀!啊,孩子,你如果还有一口气,快睁开眼睛!看哪,我心里痛如刀割,大滴大滴的眼泪洒在你伤口上面,我看到你遍体鳞伤,我的眼睛要瞎啦,我的心要碎啦。唉,发发慈悲吧,我的老天爷!这是个多么悲惨的时代呵!这场你死我活的斗争引起的恶果是多么凶恶、残酷、荒唐、暴戾、违反人性呵!唉,孩子,你父亲生你生得太早,杀你杀得太迟了。

亨利王　一桩惨事接着一桩惨事!这种惨事真是出乎常情之外!唉,我宁愿用我的死亡来阻止这类惨事的发生。唉,慈悲的天主,可怜可怜吧!这人的脸上有两朵玫瑰花,一红一白,这正是我们两家争吵的家族引起许多灾祸的标记。红玫瑰好比是他流出的紫血,白玫瑰好比他苍白的腮帮。叫一朵玫瑰枯萎,让另一朵旺盛吧。倘若你们再斗争下去,千千万万的人都活不成了。

儿　子　我母亲如果知道我杀了父亲,她一定要对我大发雷霆,永无宁息的日子了!

父　亲　我老婆如果知道我杀了儿子,她一定要痛哭流涕,永无停止的日子了!

亨利王　人民听到这些悲惨的事情,一定要把我痛恨入骨,永无罢休的日子了!

儿　子　儿子死了父亲,有像我这样伤心的吗?

父　亲　父亲死了儿子,有像我这样悲痛的吗?

亨利王　人君为百姓们的灾难而哀伤,有像我这样深切的吗?你们确是够伤心的了,但我的痛苦却超过你们十倍。

儿　子　我把你背到那边去,好让我痛哭一场。(背父尸下。)

父　亲　儿呵,我的两臂是你的衣衾,我的心房是你的坟墓,在我的心上,你的小影将永不磨灭。我的哀泣将作为你的丧钟。我只有你一个儿子,我失掉你,好比当年特洛亚王普里阿摩斯失掉他所有的英勇的儿子一般,我是沉痛极了。我把你背过去,他们愿意打仗就让他们打下去吧,至于我,我在不该下手的地方下了毒手,我现在是任什么也顾不得了。(背子尸下。)

亨利王　伤心的人们,你们真是苦透了顶,可是坐在这里的国王比你们更加苦痛。

　　　　鼓角声。两军交战。玛格莱特王后、威尔士亲王及爱克塞特上。

亲　王　父王,快逃,快逃! 你的朋友全逃光啦。那华列克气势汹汹,活像一只触怒了的公牛。走吧! 死亡在追逐着我们。

玛格莱特王后　主公,快上马,快向柏列克方面退却。爱德华和理查两个小子像一对追赶惊恐的兔子的猎狗一般,眼里冒出愤怒的火焰,手里拿着血淋淋的钢刀,正在紧紧地跟在我们身后。不能耽搁,快走快走。

爱克塞特　快走! 他们赶来是要报仇的。不要呆在这里商量了,越快越好。要不然,您就随后赶来,我先走一步。

亨利王　慢点,爱克塞特好人儿,带我一同走。我倒不是不敢留下来,我是要跟着王后,她到哪里我也到哪里。走吧,走!(同下。)

第六场　同　前

　　　　号角齐鸣,鼓声震耳。克列福负伤上。

克列福　我这支烛光就要熄灭了,真的,马上就要熄灭了;当它燃着的时候,亨利王才能得到光亮。唉,兰开斯特哟,我担心你的灭亡甚于我自己的生命!凭着我的忠心和策划,我纠合了许多朋友依附到你的身边,我一旦死去,你的这一坚强的集团势必瓦解。平民们好似夏天的苍蝇一样,成群结队地飞着,他们将会削弱亨利王的力量,增添那跋扈的约克家族的势力。本来,蝇虫如不飞向太阳,叫它飞向哪里?现在除了亨利的敌人以外,还有谁能放射光辉?哦,太阳神呀,假如你不放纵法厄同驾驭你的骏马,你那烈火般的车辆就不至于把土地灼焦!亨利王呀,假如你像别的君王那样,像你的父王和祖父那样,坚决执行自己的权力,对约克家族不作让步,他们就决不会像夏天的苍蝇一般蜂拥而出,我和千万个忠臣义士就决不至于殉难而死,留下孤儿寡妇为我们悲伤,你自己也就一定能够安享尊荣直到此刻。春风和煦,往往使恶草滋蔓;优柔寡断,往往使盗贼横行。现在喋喋埋怨,已是徒然;我身受重伤,已是无法医治。非但无路可逃,我也没有气力逃跑。敌人是无情的,他决不会对我哀怜,我也没有理由承受他们的怜悯。空气侵入我的伤口,我流血过多,使我头脑昏晕。来吧,约克和理查,华列克和你们这一帮全来吧,我曾用剑刺进你们父亲的胸膛,现在你们也来劈开我的胸脯吧。(晕倒。)

　　鼓角声,退军号声。爱德华、乔治、理查、蒙太古、华列克率兵士上。

爱德华　将军们,让我们喘一口气,军事的胜利使我们能够休息片时,我们多日来的愁容也可以舒展一下了。那心地平和的亨利名义上虽是国王,却被嗜杀的王后所操纵,好像大商

　　　　船上的帆樯被狂风所鼓动,不得不迎着巨浪向前行驶。我们已经派了一支人马去追赶他们。将军们,你们以为克列福也和他们一同逃跑了吗?

华列克　不会的,他不能逃了。即便是当着他的面我也可以说,令弟理查已经给他以致命的打击,此刻不论他在哪里,他必死无疑。(克列福发出呻吟声,随即死去。)

爱德华　是谁的灵魂在向尘世辞别以前发出这样沉重的叹息?

理　查　这是一声垂死的呻吟,这是生死关头的呻吟。

爱德华　瞧瞧是谁。现在仗已打完,不论是友人还是敌人,该好好地照顾他了。

理　查　这道仁慈的命令请您收回吧,因为这不是别人,正是克列福本人。他这人杀了鲁特兰不算,还杀死我们堂堂的父亲,约克公爵;他砍掉了我们的枝叶还不满足,而且心狠手辣,一定要把我们的根株一齐挖掉才肯罢休。

华列克　叫人把你们父亲的头颅从约克城门上取下来,把克列福的首级挂上去。先前克列福把你父亲枭首示众,现在就用他的头来补缺,这叫做以怨报怨。

爱德华　把这只不吉利的夜猫子带到我们家里去,它专对我们家族报凶信,现在死亡堵住它的戾声戾气,它的不祥的舌头再也不能说什么了。(众仆将克列福尸体抬至台前。)

华列克　我看他现在已经不省人事了吧。克列福,你说,你知道谁在对你说话吗?他生命的光线已被死亡的阴霾所掩蔽,不论我们说什么,他都看不见、听不见了。

理　查　嘿,我倒愿意他看得见、听得见。说不定他真的能呢。他可能是故意装死,他当时在我们父亲断气之前说了许多糟蹋他的话,他现在想避免我们用同样的话来糟蹋他。

343

乔　治　既然如此,何妨说几句厉害话薅恼薅恼他。

理　查　克列福,你来向我们讨饶,碰碰我们的钉子呀。

爱德华　克列福,你来白白地向我们低头悔罪吧,看能不能得到宽恕。

华列克　克列福,你替你的罪过找出一些卸罪的借口吧。

乔　治　而我们恰好要为你的罪过想出一些惩罚的酷刑来。

理　查　你热爱过约克,偏偏遇到我是约克的儿子。

爱德华　你可怜过鲁特兰,我也要可怜可怜你。

乔　治　你们的玛格莱特队长在哪儿,她怎么不来袒护你呀?

华列克　克列福,他们都在挖苦你,你怎不像往常那样破口大骂呀?

理　查　怎么啦,一句也不骂?哎呀,克列福对他的朋友连一句骂的话都舍不得说,这世上的日子真是够苦的了。这样看来,他的确是死了。我以我的灵魂发誓,我宁可剁掉我的右手来替他赎回两个钟头的生命,好让我辱骂他一顿,发泄一下我心头之恨。这恶贼嗜血成性,杀害了约克和未成年的鲁特兰还不能解渴,我倒是愿意用我砍掉右手淌出的血来堵他的嘴。

华列克　说得对,不过他是死啦;把这奸贼的头斩下来挂在悬挂你父亲首级的地方。现在我们可以耀武扬威地向伦敦进军,在那里扶保主公做英国的王上,举行加冕。我还要从伦敦折回,渡海到法国,去撮合波那郡主做你的王后,借此可把两国结合起来。一旦有了法国作为你的友邦,你就无须担心那瓦解了的敌人死灰复燃了。这些叛贼们固然不足成为大害,但他们随时的骚扰也不可不防。我先去参加你的加冕大典,然后我就前往布列塔尼渡海,说合这门亲事,不知主公意下如何？

爱德华　华列克爱卿，你怎么说就怎么办，我的王位完全靠你扶持。如果你不出主意，或是没有你的同意，我决不轻举妄动。理查，我封你为葛罗斯特公爵；乔治，我封你为克莱伦斯公爵。华列克可以和我本人一样有全权处理一切，爱怎么办就怎么办。

理　查　让我当克莱伦斯公爵，把葛罗斯特公爵让给乔治去当，因为葛罗斯特这个封号向来是不吉利的。

华列克　嘿，别说呆话啦。理查，你就做葛罗斯特公爵好了。现在向伦敦进发，去享受我们的荣华。（同下。）

第 三 幕

第一场　英国北部某处围场

　　　　　两护林人手执弓弩上。

护林人甲　我们躲在这茂密的树丛下面,一会儿就有鹿群在这片空地上走过。我们在隐处瞄准,挑一只最肥壮的干掉它。
护林人乙　我到山上去守着,我们可以从两个方向发射。
护林人甲　那样不行。你的弓弦一响,鹿受了惊,我就射不中了。让我们两人都呆在这里,这样射起来最有把握。如果你呆得不耐烦,我可以把前天我在这里遇到的事情讲给你听。
护林人乙　有人来了,快别动,等他走过去再说。

　　　　　亨利王改装手执祈祷书上。

亨利王　我怀念故国,从苏格兰悄悄地回来,用渴望的目光饱看一下自己的国土。呀,错了,哈利呀,哈利,这不是你自己的国土了。你的王位已被人家占据,你的皇杖已被人家夺走,涂在你身上的香油已经洗掉了。没有人再匍匐在你面前尊你为恺撒了,没有人再向你求情讨赏,没有人再向你申冤告状了。我自顾不暇,哪里还有好处给别人?

护林人甲　嗨,这一只鹿的鹿皮可真值钱哪。那人是退位的国王,我们去抓住他。

亨利王　厄运呵,我甘心对你逆来顺受,哲人们说这是应付逆境最聪明的办法。

护林人乙　干吗不动手?我们去抓他。

护林人甲　等一等,听他还说些什么。

亨利王　我的御妻和皇儿都到法兰西求救去了。我听说,那有权有势的华列克也到法兰西替爱德华向法王的姨妹求婚去了。如果消息确实,那么御妻和皇儿就不会有成功之望了。那华列克是个能说会道的人,法王路易听他说得头头是道,一定很快就会相信他的话。至于玛格莱特,她只能用她悲惨的处境来打动他。她的呜咽可以攻进他的胸腔,她的眼泪可以钻进铁石的心肠。老虎听到她的悲啼也会发出善心,暴君听到她的哭诉,看到她的泪水,也会于心不忍。然而,她毕竟是去求情的,而华列克却是去送礼的;在路易的左边,玛格莱特替亨利搬兵求救,在路易的右边,华列克替爱德华撮合做媒;她哭哭啼啼诉说亨利被逼退位,他却笑逐颜开夸耀爱德华身登大宝。这样一来,我那可怜的女人心里一酸,就说不下去了,而华列克却滔滔不绝地夸耀他的头衔,掩饰他的错误,列举许多强有力的理由,终于说服法王拒绝玛格莱特的请求,许下他姨妹的婚姻,还用其他的援助来加强爱德华王的地位。唉,玛格莱特呀,事情一定是这样;而你呢,可怜的人儿呵,你去的时候本就无依无靠,到了那里又要被抛在一边!

护林人乙　喂,你这人嘴里什么王呀后呀的,你是什么人?

亨利王　我的身份比我现在的外表略高一些,比我生来的地位略矮一些,至少该说我是一个人,总不至于连人也不算吧。人人都能谈论国王,我为什么不可以?

护林人乙　不错,可是听你说话的口气,好像你自己曾做过国王,对吧?

亨利王　嗯,我确是一个国王,那就是说,我在精神上是个国王,其实那也很够了。

护林人乙　你说你是国王,你的王冠在哪里?

亨利王　我的王冠不戴在头上,是藏在心里。我的王冠不镶珠宝,肉眼看不见它;我的王冠就是"听天由命",这是许多国王享受不到的一顶王冠。

护林人乙　很好,既然你是戴着听天由命的王冠的国王,那么我们就把这顶听天由命的王冠和你本人一齐带走,你一定是能够听天由命的了。老实说,我们知道你就是被爱德华王上废掉的国王,我们作为他的忠顺的臣民,要把你当作他的敌人加以逮捕。

亨利王　你从未发过誓,从未背弃过誓言吗?

护林人乙　没有,我从未背弃过向国王效忠的誓言,现在也不打算背誓。

亨利王　那么,我当王上的时候,你是住在哪里的?

护林人乙　住在本国,现在仍然住在本国。

亨利王　我出世九个月就登基,我的上两代都是国王,你那时曾宣誓做我的忠实臣民。你说,你现在不是背了誓吗?

护林人甲　这不是背誓,只有你当王上的时候,我们才是你的臣民。

亨利王　什么话,难道我已经死了吗?我不是有呼吸的活人吗?哎,你们这些蠢材,你们发的什么誓连自己都不清楚!譬如说,我把这片羽毛从我面前吹开,风又把它吹回我的身上,我吹的时候它服从我,风吹的时候它服从风,哪边风大它就听从哪边的命令,你们这些老百姓就是这样没有主见。反正誓言是不该背弃的,我决不向你们求情,使你们犯下背誓的罪过。你们要我到哪里,我这国王一定接受命令;如果你们是国王,你们就下令,我一定服从。

护林人甲　我们是国王陛下的忠实臣民,是爱德华王的臣民。

亨利王　如果亨利王像爱德华王一样坐上王位,你们又要当亨利王的臣民了。

护林人甲　我们以上帝的名义,以国王的名义,要求你跟随我们到长官那里去。

亨利王　你用上帝的名义,你就带我去吧;你用国王的名义,我就服从吧。上帝要怎样办,你们的国王就该怎样办;你们的国王要怎样办,我也就依从他怎样办。(同下。)

第二场　伦敦。宫中一室

爱德华王、葛罗斯特、克莱伦斯及葛雷夫人上。

爱德华王　葛罗斯特御弟,这位夫人的丈夫葛雷爵士是在圣奥尔本战役中阵亡的,他的庄园被敌人夺了去。她此刻来告状要收回庄园,我看为了主持公道,不能不批准她的状子,因为那位卓越的爵士正是为了拥护我们约克家族而献出生命的。

葛罗斯特　陛下批准她的状子是十分恰当的,否则就不成体统了。

爱德华王　的确不成体统了,不过我还得考虑一下。

葛罗斯特　（对克莱伦斯旁白）嗷,还要考虑？我看王上批准那位太太的状子以前,那位太太也得批准什么给王上才行。

克莱伦斯　（对葛罗斯特旁白）咱们王上懂得窍门,他善观风色。

葛罗斯特　（对克莱伦斯旁白）别响！

爱德华王　寡妇太太,你的状子我们要考虑考虑,过几天你来听回音。

葛雷夫人　最最仁慈的君王,我等不及了,请陛下此刻就替我解决吧。您喜欢怎样办,我都乐于从命。

葛罗斯特　（对克莱伦斯旁白）对啦,寡妇,如果他喜欢怎样你都乐于从命,那你的整个庄园保险要回到你的手中了。留神些,不然你会吃亏的。

克莱伦斯　（对葛罗斯特旁白）不用替她担心,除非她偶然失算。

葛罗斯特　（对克莱伦斯旁白）但愿她不要失算！他是会乘机而入的。

爱德华王　寡妇太太,你有几个孩子？告诉我。

克莱伦斯　（对葛罗斯特旁白）他大概想向她要一个孩子。

葛罗斯特　（对克莱伦斯旁白）才不呢,我敢打赌,他是要送她两个孩子。

葛雷夫人　三个,最最仁慈的君王。

葛罗斯特　（对克莱伦斯旁白）你如果受他摆布,你不久就会有四个啦。

爱德华王　要是孩子们失掉他们父亲的产业,那真太可惜了。

葛雷夫人　陛下既如此说,就请开恩把庄园批还给我们吧。

爱德华王　众卿们,请你们暂时退下,我要考查一下这个寡妇的智慧如何。

葛罗斯特　（对克莱伦斯旁白）好的,我们都退下,你才好无拘无束,直到你的青春也告了退,让你撑着拐杖走路。(葛罗斯特、克莱伦斯退到一旁。)

爱德华王　夫人,现在请告诉我,你爱不爱你的孩子。

葛雷夫人　爱的,就像爱我自己一样。

爱德华王　对他们有好处的事你愿不愿尽力去做?

葛雷夫人　只要对他们有好处,叫我吃一些亏也行。

爱德华王　那么为了孩子们的好处,你就把你丈夫的庄园收回吧。

葛雷夫人　我正是为了此事才来见您的呀。

爱德华王　我来告诉你怎样收回庄园。

葛雷夫人　陛下发回庄园,这就使我有义务为陛下效劳。

爱德华王　如果我发回庄园,你将怎样为我效劳呢?

葛雷夫人　您吩咐我做什么,我就做什么。

爱德华王　只怕我吩咐下来的会遭到你的拒绝。

葛雷夫人　不会的,陛下,除非是我办不到的事。

爱德华王　噢,我要请你做的是你能办到的。

葛雷夫人　那么,陛下吩咐下来我就照办。

葛罗斯特　(对克莱伦斯旁白)他追她追得真紧呀。雨滴不断地落在云石上,云石也会磨穿。

克莱伦斯　(对葛罗斯特旁白)他像火一般地热了,她那块蜡一定要融化了。

葛雷夫人　陛下怎么还不吩咐下来?可不可以让我知道我的任务?

爱德华王　一桩很容易办到的任务:那就是要你爱一个国王。

葛雷夫人　那是马上就能办到的,我本是一个臣子嘛。

爱德华王　既然如此,我很乐意地把你丈夫的产业发还给你。

351

葛雷夫人　我千恩万谢向您告辞。

葛罗斯特　（对克莱伦斯旁白）亲事配成啦,她这个屈膝礼等于签订婚约。

爱德华王　你且莫走,我要的是爱的果实呀。

葛雷夫人　亲爱的王上,我也是为了爱的果实呀。

爱德华王　嗳,不过,我怕你是误解了。你以为,我追求了半天,是为了哪一种爱?

葛雷夫人　我有生之日,永远爱戴您,卑恭地感谢您,为您祝福;那就是,正派人所要求的爱,正派人所能献出的爱。

爱德华王　不对,老实说,我的意思不是指的那样的爱。

葛雷夫人　哎唷,那么您不是我所想的那种意思了。

爱德华王　现在你多少总可猜到我的心意了吧。

葛雷夫人　如果我猜得不错,那么我的心意是决不会同意您的那种心意的。

爱德华王　打开窗子说亮话,我要和你同床共枕。

葛雷夫人　打开窗子说亮话,我宁可把床枕设在班房里。

爱德华王　嗳,既这样,你丈夫的产业就不能发还给你了。

葛雷夫人　嗳,那么我就把贞操作为我的产业,我不愿为了产业而丧失我的贞操。

爱德华王　你那样做法,太对不起你的孩子了。

葛雷夫人　陛下的做法非但对不起他们,也对不起我。威武的王上,我来求情是一件伤心的事,您却有意从中取乐,似乎不很协调吧。请您说一声"可以",或者说一声"不行",就让我走吧。

爱德华王　你对我的请求如果说"可以",我就说"可以",如果你说"不行",我也就说"不行"。

葛雷夫人　那么就不行吧,我的王上。我的状不告了。

葛罗斯特　(对克莱伦斯旁白)你看那寡妇皱着眉头,大概是看不中他。

克莱伦斯　(对葛罗斯特旁白)他这样直来直往地求婚,在基督教国度里是少见的哩。

爱德华王　(旁白)她的容貌显示她贤淑的性格,她的言词表示她无比的聪明,她的完美无缺的品质处处说明她足和皇家匹配。不论是叫她做我的外宠,或是娶她做我的王后,这样也好,那样也好,她是该和国王匹配的。——听着,本王想娶你为后,你意下如何？

葛雷夫人　仁慈的君王,您这话说的比做的更好。我是一个臣妇,只能供您取笑取笑,要把我封为国母,那是万不敢当。

爱德华王　亲爱的寡妇太太,我以国家为誓,我说的是由衷之言,我是说,我要使你成为我的爱宠。

葛雷夫人　那是我不能同意的,我虽然不配做你的王后,但我也不屑于做你的外宠。

爱德华王　你过于吹毛求疵了,寡妇太太,我是说要你做王后呀。

葛雷夫人　要是我的儿子们叫你一声爸爸,您未必高兴吧？

爱德华王　那还不等于我的女儿们叫你一声娘？你是个寡妇,你有孩子;可是我呢,凭着圣母娘娘,我是个单身汉,什么也没有。能当上许多孩子的爸爸,真是福气不小哩。不用再谈了,我干脆要你做王后。

葛罗斯特　(对克莱伦斯旁白)神父已经听完了忏悔人的交代了。

克莱伦斯　(对葛罗斯特旁白)他去充当听取忏悔的神父是别有用意的。

353

爱德华王　两位贤弟,你们猜猜我和她谈了些什么事。

葛罗斯特　那寡妇怕是不愿意吧,看她脸上有多么不痛快。

爱德华王　假如我和她结婚,你们会觉得奇怪吧。

克莱伦斯　把她嫁给谁,主公?

爱德华王　嗳,嫁给我呀,克莱伦斯。

葛罗斯特　那至少要叫我们惊奇十天。

克莱伦斯　这就比寻常的惊奇多维持了一天。

葛罗斯特　惊奇到了极点是要多出那么一段时间的。

爱德华王　好,贤弟们,随便你们取笑吧。我可以告诉你们二位,她申请发还她丈夫产业的状子我已经批准了。

　　　　一官员上。

官　　员　吾王陛下,您的仇人亨利已经捉住了,现在押到宫门口,听候发落。

爱德华王　派人把他送进塔狱。两位贤弟,咱们去看看捉到亨利的那个人,问他是怎样捉住他的。寡妇太太,你去吧。贤卿们,好好地招待她。(除葛罗斯特外,余人同下。)

葛罗斯特　嗳,爱德华说要好好地招待女人。但愿他荒淫无度,连骨髓都耗光,使他生不出子女,以免阻碍我达到我所渴望的黄金岁月!可是纵然纵欲的爱德华绝了后嗣,在轮到我继承王位以前,还有克莱伦斯、亨利、亨利的儿子小爱德华,以及他们可能生出来的子子孙孙,一个个都在候补着国王的位子,他们都是我达到我朝思暮想的目标的障碍,想到这些就好似在我心里浇了一桶冷水!我对王位的企图只怕是一场梦,好似站在高岗上的人了望着遥远的海洋对岸,恨不能在那边徜徉闲步,可是那对岸毕竟是可望而不可及的,他只能埋怨那从中阻隔的海洋,立志要将海水排干,开辟一条直达对岸的大道;我对于遥远的王冠抱着热望,我也痛恨我面前的重重障碍,立志要将这些障碍扫除,即使不能办到,我也要这样设想来聊以自慰。如果我的手腕不够灵活,我的实力不够坚强,那就使我的犀利的目光和自负的雄心都落空吧。嗯,假如说我理查没有希望成为一国之主,世界上还有没有其他寻欢作乐的方法呢?我要在女人身上建立我的天堂,我要穿起华丽的服装,用甜蜜的言语、漂亮的外貌,把美人儿哄到手。嗳哟,倒楣的念头!这比取得黄金的王冠还要难上二十倍!哼,我在我妈的胎里就和爱情绝了缘;她不善于调护胎儿,使我脆弱的身体受到损害,我的一只胳膊萎缩得像根枯枝,我的脊背高高隆起,那种畸形弄得我全身都不舒展,我的两条腿一长一短,我身上每一部分都不匀称,显得七高八低;我好像一只不受疼爱的熊崽子,因为它跟它母亲毫无相似的地方。我这个人能得到女人的欢心吗?嘻,存着这样一个念头,就是千不该、万不该哟!我在世界上既然找不到欢乐,而我又想凌驾于容貌胜似我的人们之上,我就不能不把幸福寄托在我所梦想的王冠上面。在我一生中,直到我把灿烂的王冠戴到我这丑陋的躯体上端的头颅上去以前,我把这个世界看得如同地狱一般。可是我不知道怎样才能把王冠弄到手,因为在我和我的目标之间,还有好几个人构成我的障碍。我在争夺王位的时候饱尝了许多困苦,好比一个迷失在荆棘丛中的人,一面披荆斩棘,一面被荆棘刺伤;一面寻找出路,一面又迷失路途;没法走到空旷的地方,却拼命要把这地方找到。我一定要摆脱这些困苦,不惜用一柄血斧劈开出路。我有本领装出笑容,一面笑着,一面动手杀人;我对着使我痛心的事情,口里却连说"满意,满意";我能用虚伪的眼泪沾濡我的面颊,我在任何不同的场合都能扮出一副虚假的嘴脸。我能比海上妖精淹死更多的水手,我能比蛇王眼中的毒焰杀死更多对我凝视的人。我的口才赛过涅斯托,我的诡计赛过俄底修斯,我能像西农一样计取特洛亚城。我比蜥蜴更会变色,我比普洛透斯①更会变形,连那杀人不眨眼的阴谋家也要向我学习。我有这样的本领,难道一顶王冠还不能弄到手吗?嘿,即便它离我更远,我也要把它摘下来。(下。)

第三场　法国。宫中一室

喇叭奏花腔。法王路易、法王之姨妹波那郡主,及法国海军上将波旁上,法王就位。随后玛格莱特王后、爱德华亲王及牛津等上。法王坐下,旋又起立。

路易王　美貌的英国王后,尊贵的玛格莱特,请和我们一同坐下。小王坐着的时候却让您站着,那对您高贵的身份是太委屈了。

玛格莱特王后　不敢当,法国大君主,玛格莱特现在应该放下架子,学会在王爷们面前低声下气了。我当然要承认,在过去的黄金岁月里我曾做过大英王后,可是不幸的命运已经剥夺了我的尊号,将我贬为平民。我应该接受命运指定给我的地位,我的举动也该符合我卑微的地位。

路易王　哎,咦,美貌的王后,为什么发这样大的牢骚?

玛格莱特王后　我一想起使我绝望的缘由,就不由得满眼含泪,

---

① 普洛透斯(Proteus),希腊神话里一个变化无穷的海中老人。

舌头僵硬,心房淹没在悲伤之中。

路易王　不论有什么为难之处,希望您还保持往日的风度,在我的身旁坐下。(引玛格莱特就座)望您不要甘受命运的欺负,要在任何坏运的面前泰然自若。玛格莱特王后,请您开门见山,把心里的悲苦尽情说出来,敝国如能效力,一定替您排难解忧。

玛格莱特王后　您的金玉之言使我低沉的心情得到振奋,使我敢将郁塞在心里的苦楚向您倾吐。尊贵的王爷,实对您说了吧。我唯一心爱的亨利已经从国王变为一个流亡的人,他现在困居在苏格兰境内,而野心的约克公爵爱德华却篡夺了王位。为此原因,我这穷途末路的人,才带着亨利的后嗣爱德华亲王来到贵邦,恳求大君主给以公正合法的援助。万一您不肯成全,我们就陷于绝境了。苏格兰是愿意帮助我们的,但它实力不足。敝国人民和大小臣民已被引入歧途,敝国财政已被侵夺,我们亲信的军队已被击溃,像您亲眼所见的,我母子二人实是狼狈不堪了。

路易王　久著贤声的王后,请您冷静一下,容我想个办法来挽救这一局面。

玛格莱特王后　我们耽搁的时间愈长,敌人的势力就愈发强大了。

路易王　我们考虑的时间愈久,就愈发能够支援您。

玛格莱特王后　唉,满腹牢愁的人怎不等得心焦!瞧,那罪魁祸首来到这儿啦!

　　　　华列克率仆从上。

路易王　这个昂头阔步来到我们面前的是个什么人?

玛格莱特王后　他就是爱德华最亲信的华列克伯爵。

357

路易王　欢迎你,英勇的华列克!是什么风把你吹到法国来的?

(下位迎华列克,玛格莱特随之起立。)

玛格莱特王后　唉,真是一波未平,一波又起,他就是那兴风作浪的人。

华列克　我奉了我的主公、您的盟友、英王爱德华之命,带着真诚的友谊,前来晋谒陛下,首先向您圣躬问安,其次向您请求缔结友好盟约,最后建议两国通婚来加强联盟,请求您把令妹波那郡主许配给英王结为正式夫妇。

玛格莱特王后　(旁白)这件事若说成功,亨利的希望就完结了。

华列克　(向波那)郡主殿下,如果得到您的许可的话,我谨代表敝国国王,卑恭地吻您的手,向您表达敝国国王对于您的爱慕之忱。您的芳名已经传播到他的耳中,他的心版上已经铭记下您的淑德芳姿。

玛格莱特王后　法王陛下,郡主殿下,在您答复华列克以前,请容我先说几句。他的请求并非出于爱德华的真诚爱慕,而是出于实际需要的一种欺骗手段。篡位的人要想顺利地统治本国人民,除了向外国收买盟友之外,还有什么更好的办法?亨利现在还活着,光这一条理由就足以证明爱德华是个篡位的人,亨利即便死了,也还有他儿子爱德华亲王在此。因此,法王陛下,请您留神,不要因为许下了联盟和通婚,以致招来祸事,惹上是非。篡逆者虽然暂时得逞,可是上天是公正的,时间会给坏人坏事以报应。

华列克　出口伤人的玛格莱特哟!

亲　王　怎不称她王后?

华列克　因为你父亲亨利的王位是篡得的,她算不得什么王后,你也算不得什么亲王。

牛　津　按照华列克这样说的来看,他是把刚特的约翰亲王一笔勾销了。当年约翰亲王曾经征服西班牙大部分土地,他儿子亨利四世是一位明镜高悬的有道明君,接下去是亨利五世,他的威力征服了整个法国。今王亨利是这几位有名君主的直系继承人。

华列克　牛津,你在这一篇滔滔的说辞里,关于亨利六世怎样把他父亲在法国的胜利品全部丢失,为什么只字不提呢?我看法国的贵人们听到你这段议论是会发笑的吧。至于其余的事,你不过是将六十二年以来的皇室宗谱背了一遍,要凭这短短一段时间就断定正统属于谁家,那是无聊之至了。

牛　津　哼,华列克,你对你曾经效忠过三十六年的王上说出这种背叛的话,你不为你的负心害臊吗?

华列克　牛津素来是主张正义的,今天竟利用宗谱来说假话吗?真不害臊呵!丢下亨利,承认爱德华是你的君王吧。

牛　津　他把我的兄长奥勃雷勋爵判处死刑,我能承认他做我的国王吗?更使我痛心的是,我父亲已经到了风烛残年,也不能幸免。不行,华列克,不行。只要我的生命还支持我这只胳膊,这只胳膊就一定支持兰开斯特家族。

华列克　我一定支持约克家族。

路易王　玛格莱特王后、爱德华亲王、牛津伯爵,我请求你们三位暂时退到一旁,让我和华列克多谈几句。(三人退到一旁。)

玛格莱特王后　请皇天保佑,不要叫他受华列克的迷惑。

路易王　华列克,现在请你凭良心对我说,爱德华是不是你们真正的国王?如果他不是合法选出来的,我就不想和他修好。

华列克　我以我的信用和荣誉担保,他是合法的国王。

路易王　你国人民是不是爱戴他？

华列克　因为亨利失去人心,爱德华更受爱戴。

路易王　我再问你,请你不要说客套话,老老实实告诉我,你们国王对于舍妹的爱情如何。

华列克　他所表示的是适合于像他那样一个国王的身份的。我常常亲自听到他发誓说,他的爱情好比是一株永生的树木,植根在德行的土壤之上,它的枝叶和果实受到美的阳光的煦育。他的感情里丝毫没有夹杂着恶意,但是除非波那郡主解除他的顾虑,他是不免有些畏葸的。

路易王　现在,贤妹,让我听听你有何主见。

波　那　无论您同意不同意,您的意见就是我的意见。(向华列克)不过我得承认,往常每逢人家谈到贵国国王的美德的时候,我总是听得津津有味的。

路易王　那么,华列克,就这样吧:舍妹决定许配给爱德华,至于舍妹的妆奁以及爱德华王拨归新后使用的产业,关于这些事情的条款,随后即行议定。玛格莱特王后,请走过来,替波那许给英王的婚事做个证人。

亲　王　只能说许给爱德华,不能说许给英王。

玛格莱特王后　狡诈的华列克!你想出这个求婚的计谋把我乞援的希望打破了。在你到来之前,路易本是亨利的朋友。

路易王　我现在仍然是亨利和玛格莱特的朋友。不过爱德华既然取得胜利,你们复位的希望归于渺茫,那么我取消适才答应你们的援助,未尝没有理由。但是今后我仍将按照你们的身份,尽我力所能及,优待你们。

华列克　亨利在苏格兰生活过得很舒服,他现在反正是一无所有,也就不会失掉什么。至于您自己呢,我们的被废了的娘娘,您有您的父亲可以养活您,我看您靠他过活要比打扰法国国王更合适些。

玛格莱特王后　住口,傲慢无耻的华列克,别说啦,你这操纵王位的提线人!我一定呆在这里,用我的语言,用我的泪水——这两者都是出于至诚的——向路易王揭穿你的诡计,揭穿你主子的虚伪的爱情,你和你的国王都是一丘之貉。(内一信使吹号角。)

路易王　华列克,大概有什么信件送给我或你。

　　　　信使上。

信　使　钦差大人,这封信是令弟蒙太古侯爵写给您的。这封是敝国国王写给陛下的。(对玛格莱特)夫人,这封是给您的信,不知道是谁写来的。(各自阅信。)

牛　津　咱们王后看信时候面带笑容,华列克看信看得双眉紧蹙,这大概是个好苗头。

亲　王　对,你看路易在跺脚,好像心里在生气。我希望一切都能好转。

路易王　华列克,你得到什么信息?美貌的王后,您的消息如何?

玛格莱特王后　我得到的消息使我心中充满出乎意料的喜悦。

华列克　我得到的消息使我十分愤懑。

路易王　哼!你家国王已和葛雷夫人结了婚?为了掩饰他和你对我的虚情假意,现在他还写信劝我忍耐?这就是他要和法国缔结的联盟吗?他竟敢如此戏弄我吗?

玛格莱特王后　我早就对陛下说过,这就是爱德华所谓的爱情,这就是华列克所谓的忠实。

华列克　法王陛下,在皇天面前,我声明,爱德华这种胡闹与我无关。我不再认他为国王了,因为他糟蹋了我;如果他还稍有羞耻之心,他首先是糟蹋了他自己。为了约克家族,我父亲死于非命,这事我能忘掉吗?我侄女遭到奸污,我能丢开不问吗?他的王冠不是我给他戴上的吗?亨利的天赋权利不是我夺去的吗?到末了,他却害我丢人,作为对我的报酬。叫他自己丢人吧!我的荣誉不该受到损害。为了弥补我因他而损失的荣誉,我要割断和他的联系,回到亨利王上这边来。我的尊贵的王后,请您别念旧恶,从今以后,我一定做您的忠臣。我要替波那郡主报复她所受到的委屈,我要扶保亨利恢复江山。

玛格莱特王后　华列克,你这番话使我对你抛弃嫌隙,恢复友谊。对你过去的过失我宽恕你,不再放在心上。你重新成为亨利王上的友人,我非常高兴。

华列克　我是他的朋友,而且是他忠诚不贰的朋友。如果法国路易王慨允拨调一支精兵援助我们,我就自告奋勇率领这支兵回到祖国,用武力强迫那暴君退位。他新娶的媳妇是救不了他的。我从刚才的信上还听到,克莱伦斯可能要和他脱离关系,因为对他的婚事很不赞成,说他只图纵欲,不顾荣誉,不顾国家的国力和安全。

波　那　亲爱的皇兄,你如替波那报仇,除了支援这位受难的王后以外,还有什么更好的办法?

玛格莱特王后　威名显赫的君王,除非有您把亨利从苦难和绝望中救出来,他是没法活下去了。

波　那　在这场争端中我和这位英国王后完全站在一起。

华列克　美貌的波那郡主,我也和你们站在一起。

路易王　我也和你和她和玛格莱特站在一起。我最后下定决心支援你们。

玛格莱特王后　请容许我向你们各位致以谦卑的感谢。

路易王　好,英国的使者,你赶快回去,告诉你们那个称作国王的骗子爱德华,就说法王路易要派遣一队戴面具的舞客来同他和他的新娘举行欢宴。你已经看到这边的情形,你去吓他一下吧。

波　那　告诉他,我料他不久要成为鳏夫,我准备替他戴上柳条冠。

玛格莱特王后　告诉他,我已经脱掉丧服,马上换上戎装。

华列克　替我告诉他,他做了对不起我的事,不久我就要褫夺他的王冠。这是赏给你的,去吧。(信使下。)

路易王　华列克,你和牛津带领五千人马渡过海峡,去向狡诈的爱德华宣战。在适当时候,我再请这位尊贵的王后和亲王随后率领军队,接应你。不过,在你动身以前,望你替我解决一个疑问:你用什么来保证你对我们坚决效忠?

华列克　为了保证我的忠贞不渝,如果我们的王后和亲王同意的话,我愿将小女许配给亲王为妃。

玛格莱特王后　好的,我同意,谢谢你的倡议。爱德华我儿,华列克小姐是一位美貌贤德的姑娘,你不要踌躇,快去和华列克握手,以握手为信,表示你不可动摇的诚意,除了华列克小姐,决不另娶。

亲　王　好,我一定娶她,她是值得我爱的。瞧,作为我的信誓,我伸出手来。(伸手给华列克。)

路易王　我们还耽搁什么?马上把军队征集起来。波旁将军,你用我们皇家舰队把陆军渡送过海。爱德华用假求婚来轻蔑我们法国的小姐,我非把他打垮不可。(除华列克外,余人

363

同下。)

华列克　我来的时候是爱德华的钦差,我回去的时候变成了他的死敌。他委托给我的是婚姻喜事,我带回给他的是一场凶恶的战争。他为什么单单选中了我做他的傀儡？那就由我来叫他在这场玩笑中吃点苦头。当时是我抬举他做国王,现在再由我轰他下台。我并不是替亨利打抱不平,我是报复爱德华对我开的玩笑。(下。)

第 四 幕

第一场　伦敦。宫中一室

　　　　　葛罗斯特、克莱伦斯、萨穆塞特、蒙太古及余人等上。
葛罗斯特　克莱伦斯贤弟,请你告诉我,你对王上和葛雷夫人的亲事有什么意见?我们皇兄是不是选上了一位门当户对的配偶?
克莱伦斯　哎呀,你知道,这里到法国路程那么远,他哪里等得及华列克的回音。
萨穆塞特　爵爷们,别谈这些啦,王上来啦。
葛罗斯特　他的得意的新娘子也来啦。
克莱伦斯　我打算把心里话老实对他讲一讲。

　　　　　喇叭奏花腔。爱德华王率侍从上;葛雷夫人(现已晋位王后)、彭勃洛克、史泰福德、海司丁斯及余人等上。

爱德华王　克莱伦斯御弟,你对我选中的王后觉得怎样?你为什么站在那里愁眉不展?心里不痛快吗?
克莱伦斯　只怕法国的路易和华列克伯爵也未必痛快吧。除非他们是胆小怕事,或者分不清是非,那么也许会对我们的出尔反尔不觉得生气。

爱德华王　如果他们无缘无故地对我生气,那又怎样?路易不过是个路易,华列克不过是个华列克。而我呢,我是爱德华,是你们的君王,是华列克的君王,我爱怎样就怎样。

葛罗斯特　您是王上嘛,当然爱怎样就怎样。不过草草率率地结婚是不大有好结果的。

爱德华王　噢,理查御弟,你也不乐意吗?

葛罗斯特　没有,没有。天作之合,我怎能拆散,那太造孽了。不,配得那样好,要是弄散了,真太可惜了。

爱德华王　不用说挖苦话,你们说一说,有什么理由认为葛雷夫人不应当做我的御妻和王后。还有你们,萨穆塞特和蒙太古,不妨说出你们的心里话。

克莱伦斯　那么我的意见是这样:法王路易因为你对波那郡主求婚开玩笑,将会成为你的仇人。

葛罗斯特　再有华列克,他执行你的委托,现在你在这里结了婚,使他下不了台。

爱德华王　我来想个办法使路易和华列克都不再生气,你看如何?

蒙太古　可是,如果同法国结成婚姻,那比在国内选一个王后,更能加强我们的国力,对于防御外侮是有利的。

海司丁斯　嘀,难道蒙太古不懂得,只要我们英国内部团结一致,就安如磐石吗?

蒙太古　但如有了法国支持,就更加巩固了。

海司丁斯　只能利用法国,不能信赖法国。我们应该依靠上帝支持,依靠上帝为我们设下的天险——我们周围的海洋。我们依靠这些,就能保护我们自己。我们的安全建立在天助与自助之上。

克莱伦斯　海司丁斯勋爵发表这番宏论,真不愧是亨格福勋爵的快婿。

爱德华王　噢,那算得什么?那是我的旨意,是我赏给他的。这一次我的旨意就是法律。

葛罗斯特　不过在我看来,陛下把斯凯尔斯勋爵的女儿赏给新王后的兄弟,未必妥贴吧。如果把她配给我或是克莱伦斯,还比较恰当些。你贪恋新宠,把弟兄的情分都置之不顾了。

克莱伦斯　否则你也不至于把庞维尔勋爵的嗣女配给新王后的儿子,倒叫你的弟兄们去另碰运气。

爱德华王　哎呀呀,可怜的克莱伦斯哟!你原来是为了老婆的事闹得不痛快呵!我替你找一个就得啦。

克莱伦斯　从你替自己找的那门亲事就看得出你的眼力并不高明,你还是让我自己挑选我的配偶吧。为了攀亲的事,我不久就得向您告辞了。

爱德华王　你告辞也好,呆下也好,我做我的国王,我总不见得忍受弟兄们的钳制。

伊利莎伯王后　爵爷们,承蒙王上陛下垂青,封我做王后,其实没有什么不对的地方;你们不能不承认,我的出身并不微贱。家世比不上我的人也曾受过同样的恩遇。不过王后的称号既然对我是一种荣誉,我原想得到你们的好感,不料你们竟对我深为不满,这的确在我的愉快心情上蒙上一层危险和忧闷的阴影。

爱德华王　亲爱的,不用敷衍他们,自讨没趣。只要我对你宠爱不衰,有什么危险和忧闷能落到你的身上?只要我是国王,他们就不能不服从我。哼,除非他们居心招惹我的厌恶,他们就得服从我,并且还得敬重你。就算他们居心为难吧,我仍然能够保障你的安全；他们惹我震怒，只能自取其咎。

葛罗斯特　（旁白）我全听到了，我不说什么，我在心里要多想一想。

　　　　　一信使上。

爱德华王　使者，你从法国带来什么信件，什么消息？

信　　使　吾王陛下，没有信件，只有几句口信。不过，没有得到您特别宽恕以前，我不敢说。

爱德华王　恕你无罪，说吧。你按实说，路易王对我们的去信是怎样答复的。

信　　使　我临走的时候，他亲口说了这几句："告诉你们那个称作国王的骗子爱德华，就说法王路易要派遣一队戴面具的舞客来同他和他的新娘举行欢宴。"

爱德华王　路易竟这样大胆？他大概把我当作亨利啦。关于我的婚事波那郡主说些什么？

信　　使　她略微带着轻蔑的口吻说了这几句："告诉他，我料他不久要成为鳏夫，我准备替他戴上柳条冠。"

爱德华王　我不怪她，这几句总是该说的，她是受了委屈的。我听说亨利的王后也在那边，她说了什么呢？

信　　使　她说："告诉他，我已经脱掉丧服，马上换上戎装。"

爱德华王　她大概想来一次决战。华列克听到这边的消息说些什么呢？

信　　使　他比别人更生陛下的气，他打发我走的时候说了这样的话："替我告诉他，他做了对不起我的事，不久我就要褫夺他的王冠。"

爱德华王　哈！逆贼竟敢发出这样的狂言？好，现在既然得了信息，我们就武装起来。我们和他们兵戎相见，对他们的狂妄行为予以惩罚。我且问你,华列克和玛格莱特是不是缔结了联盟?

信　使　是的,陛下,他们已经缔结了亲密的联盟,华列克的女儿已经许配给爱德华亲王了。

克莱伦斯　那大概是他的大女儿,我要娶他的小女儿。皇兄,告别了,请你坐稳,我此刻就去追求华列克的小女儿。我虽然没坐江山,可是在婚姻这类事情上,我不见得比你差。你们众位,如果有拥护我和华列克的,就请随我来。(克莱伦斯下,萨穆塞特随下。)

葛罗斯特　(旁白)我才不去哩。我抱着更远大的目标。我呆着不走,不是有爱于爱德华,我爱的是那顶王冠。

爱德华王　克莱伦斯和萨穆塞特都跑到华列克那边去了!不论事情变得怎样坏,我决定用武力对付,在这紧急关头,必须行动迅速。彭勃洛克和史泰福德,你们两人传下我的旨意,征调人马,准备交战,因为敌人已经登陆,或者很快就要登陆,我本人随即前来接应你们。(彭勃洛克、史泰福德同下)不过在我出发以前,海司丁斯和蒙太古,你们两人替我解决一桩疑难问题。在众人当中,你们两个在血统上和在袍泽上都和华列克接近,请你们对我说,你们爱戴华列克是否胜似爱戴我?如果是那样的话,你们就不妨到他那里去。我宁愿你们做我的真敌人,不愿你们做我的假朋友。但是如果你们真心服从我,就望你们用友好的誓言向我保证,使我永远解除对你们的怀疑。

蒙太古　蒙太古忠心不贰,请上帝赐佑!

海司丁斯　请上帝鉴察,海司丁斯永矢忠诚!

爱德华王　理查御弟,你愿不愿保驾?

葛罗斯特　一定保驾,不论有多少人反对你。

爱德华王　好极了！这样看来,我是必胜无疑。现在立即出发,不要耽搁,去迎击华列克和他的外国军队。(同下。)

第二场　华列克郡。平原

华列克及牛津率法国军队及其他军队上。

华列克　我的爵爷,请信赖我,直到此刻,一切都很好。平民们成群结队地归顺我们。

克莱伦斯及萨穆塞特上。

华列克　瞧,萨穆塞特和克莱伦斯也来啦！将军们,快说,咱们是不是都算朋友？

克莱伦斯　我的爵爷,请您放心。

华列克　那么,克莱伦斯贤契,欢迎你到我这儿来。也欢迎你,萨穆塞特。如果人家心地高尚,伸出友谊的手,而你却疑神疑鬼,我认为那是卑怯的行为。倘若我不如此设想,那么克莱伦斯既是爱德华的胞弟,我就不免把他对我的友谊当作是虚情假意了。再说一次,欢迎你,亲爱的克莱伦斯,我把女儿许配给你。现在有一件事要办:你哥哥的军队都驻扎在近处的城镇里,他自己只带少数卫队随随便便地在这里宿营,我们何不趁着黑夜去偷营,一下子就可捉住他。据探子的情报,我们不难成功。这使我想起古代俄底修斯和狄俄墨得斯智袭瑞索斯的故事,他们一下子就把色雷斯的神驹夺到手。① 我们在黑夜的掩护下

---

① 希腊神话,色雷斯人的领袖瑞索斯率领一队白马去救特洛亚城。据说如果这些白马饮了特洛亚的河水,特洛亚就无法攻破。因此俄底修斯等袭营盗去白马。

出其不意,突破爱德华的警卫,捉住他本人。我不想杀他,只想吓他一吓。你们凡是愿意随我去辛苦一趟的,就跟着你们的主帅,欢呼亨利王上的名字。(众欢呼:"亨利王!")好,我们悄悄地出兵。愿上帝和圣乔治保佑华列克和他的友人!(同下。)

第三场　华列克郡附近爱德华营帐

三卫士巡逻爱德华王营帐。

卫士甲　伙计们,咱们各人站好岗位。王上大概就在这儿躺下睡觉了。

卫士乙　怎么,他不上床去睡觉吗?

卫士甲　他不去。他立过誓,要么他打败华列克,要么他自己被打败,在这以前,他决不好好睡觉。

卫士乙　听说华列克已经到了近边,大概明天就见分晓了。

卫士丙　请问一声,是哪一位将军陪着王上住在这座帐篷里?

卫士甲　是海司丁斯勋爵,他是王上最重要的将军。

卫士丙　哦,原来是这样。王上为什么命令他的部下分散到附近城镇里去,他自己却留在这冷僻的荒郊里?

卫士乙　大概是愈冒险就愈显得体面吧。

卫士丙　嗳,我宁可安静些,不愿为了体面去冒险。倘若华列克知道王上的情况,恐怕要来把他闹醒的。

卫士甲　除非我们用剑戟把他挡住。

卫士乙　对啦,我们在这里守卫,不是为了保护圣驾,防御夜间敌人,是为了什么呢?

华列克、克莱伦斯、牛津、萨穆塞特率法军衔枚上。

371

华列克　这是他的营帐,看看他的卫士在哪里。众位官兵,拿出勇气！争取荣誉,机不可失！大家跟我来,一定活捉爱德华。

卫士甲　是谁？

卫士乙　站住！动一动就叫你死！（华列克及众兵高呼:"华列克！华列克！"众向卫士们扑去,卫士们边逃边喊:"快来抵抗！快来抵抗！"华列克率众追下。）

战鼓与军号齐鸣。华列克、萨穆塞特率兵士捉爱德华王上。爱德华王身穿长袍,被人置于椅上。葛罗斯特及海司丁斯绕场逃下。

萨穆塞特　那边逃跑的是什么人？

华列克　那是理查和海司丁斯。别管他们,公爵已经捉住了。

爱德华王　说什么公爵！嗐,华列克,上次我们分手时,你称我王上的呀。

华列克　对,不过如今情形不同啦。我出使的时候你叫我坍台,我那时就撤销了你国王的资格,这次回来再封你做约克公爵。呵唷唷,你这人既不知道怎样任用使臣,又不肯安分守着一个老婆,又不会好好地对待你的兄弟,又不关心人民的福利,连怎样保护自己不受敌人的攻击都不会,你怎能治理国家？

爱德华王　呀,克莱伦斯御弟,你也和他们一伙吗？我看爱德华果真是要垮台了。但是,华列克,不论我的处境如何恶劣,对于你和你的党羽们,我要永远保持君王的气概。即使厄运推翻我的政权,我的思想决不受命运的约束。

华列克　那么就让爱德华在他的思想上当英国国王吧。（取下爱德华的王冠）这顶王冠送给亨利去戴,请他当真正的国王,你只能做国王的影子。萨穆塞特爵爷,我托你把爱德华公爵押解到舍弟约克大主教那里。等我把彭勃洛克和他那一帮子解决掉以后,我也到那里去,告诉他法王路易和波那郡主给他什么答复。现在,好约克公爵,暂别了。

爱德华王　命运加在人们头上的,人们只得忍受。遇到逆风逆水,要想抗拒是无济于事的。(被引下。萨穆塞特同下。)

牛　津　诸位大人,此刻我们除了率领军队向伦敦进发以外,还有什么别的事情?

华列克　是呵,这是我们第一件该做的事,去到那里把亨利王上从牢狱里救出来,保他坐上国王的宝座。(同下。)

第四场　伦敦。宫中一室

伊利莎伯王后及利佛斯上。

利佛斯　娘娘,您为什么忽然闷闷不乐?

伊利莎伯王后　唉,利佛斯弟弟,你还不知道爱德华王上遭到祸事吗?

利佛斯　什么事!吃了华列克的败仗吗?

伊利莎伯王后　不仅如此,连王上本人也丢了。

利佛斯　王上遇害了吗?

伊利莎伯王后　哎,差不多是遇害了,他已被俘了。若不是被卫兵出卖,就是受到了敌人的袭击。我还听到,他最近被送到那凶恶的华列克的兄弟约克主教那里去了。

利佛斯　这些消息真是令人痛心。可是,娘娘,请您耐着点儿。华列克虽然暂时得胜,他还可能失败的。

伊利莎伯王后　在那个时候到来以前,我只有往好处着想,才能

373

使生命不至于崩溃。我的一线希望就寄托在我腹内的胎儿上,他是爱德华的骨血。为了他,我才能克制我的感情,忍受厄运的折磨。哎,哎,就是为了他,我才噙住眼泪,忍住揪心的叹息,唯恐我的悲啼会使爱德华王的骨血、英国王位的真正继承人,受到伤损。

利佛斯　娘娘,华列克现在在哪里?

伊利莎伯王后　听说他正要来伦敦,重新把王冠放到亨利的头上。其余的事情你不难估计,反正爱德华王的友人是垮台了。华列克那人反复无常,不能不防他下毒手,我马上就要到庵里去避难,至少可替爱德华王保存一个传宗接代的人。到了那里我可以免受暴力的欺凌。走吧,趁这能逃的时候,我们逃走吧。如果落到华列克手中,我们一定没有命了。(同下。)

第五场　约克郡。米德尔汉堡附近公园

葛罗斯特、海司丁斯、威廉·斯丹莱及余人等上。

葛罗斯特　海司丁斯爵爷和斯丹莱爵士,我请你们到这公园的丛林中来,不要觉得奇怪。事情是这样:你们知道我的皇兄、我们的王上,现在被囚在这里的主教手里,主教对他很优待,管束也不严,常常让他到这里打猎取乐,只有很少的人监视着他。我已秘密地通知他,如果他以行猎为名,在这个时辰到这里来,会有他的朋友带着马匹和仆人在这里等候,救他脱离牢笼。

爱德华王及一猎人同上。

猎　人　这边来,王爷,禽兽是这边多。

爱德华王　不,这边来,汉子。你看猎户们都在这边哩。喂,葛罗斯特兄弟,海司丁斯爵爷以及众位,你们站得这么近,想偷主教的鹿吗?

葛罗斯特　哥哥,事不宜迟,您的马匹在公园的角上已经准备好了。

爱德华王　往哪儿去好?

海司丁斯　往林县去,主公,从那里再搭船到弗兰德斯。

葛罗斯特　这意见很好,真的,我也是这个主意。

爱德华王　斯丹莱,你这等忠勇,我要重重赏你。

葛罗斯特　还耽搁什么?此刻不是说话的时候。

爱德华王　猎人,你怎么说?愿意跟我们去吗?

猎　人　只得如此了,总比留下被吊死好。

葛罗斯特　走哇,别噜苏啦。

爱德华王　主教,告辞了。小心别碰华列克的钉子,替我祈祷,祝我恢复王位吧。(同下。)

第六场　伦敦。伦敦塔中一室

　　　　喇叭奏花腔。亨利王、克莱伦斯、华列克、萨穆塞特、里士满、牛津、蒙太古、塔狱卫队长及侍从等上。

亨利王　卫队长阁下,现在上托天主的庇佑,下托友人的帮忙,爱德华已从王座上被推翻,我从囚禁中获得了自由,我的恐惧变成了希望,我的忧虑变成了欢乐,当我走出牢狱的时候,我应该给你什么酬谢?

卫队长　臣子怎敢向君王索取什么?不过倘若卑下的诉愿能行的话,我恳求陛下给我宽恕。

375

亨利王　有什么要宽恕,卫队长？宽恕你待我太好吗？不,你放心,我一定重重赏你,因为你对我的善意,使我在囚禁期间十分愉快。这种愉快就好像是笼子里的鸟雀所感到的那样,它们起先不很开心,但是最后在笼里呆惯了,觉得很和谐,就忘记自己是失去自由的了。但是,华列克,除了上帝,就是你使我重获自由的,因此,我首先感谢上帝和你。是上帝主宰一切,是你执行上帝的意旨。我现在考虑,为了扭转我的厄运,我要过一种卑微的生活,使命运不能再伤害我；为了不使这块乐土上的人民受到我个人厄运的牵累,华列克,我打算只挂一个国王的虚名,把国家政务交付给你,因为你素来是一帆风顺的。

华列克　陛下的德行还是受人尊重的。您今天看到命运对你作难,就设法避免,足见您不仅德行过人,而且也十分明智,因为顺天行事是很少的人所能办到的。不过您不把国政付托给克莱伦斯而付托给我,在这一点上,我觉得您还有些美中不足。

克莱伦斯　不,华列克,你掌握政权可说是当之无愧。当你诞生的时候,上天已把橄榄枝和桂冠赋予你,使你在和平与战争中都有福气。因此,我对你是甘拜下风的。

华列克　我只推荐克莱伦斯摄行国政。

亨利王　华列克和克莱伦斯,你们两人都把手伸给我。现在请你们携起手来,同心协力管理政务,不生异见。我封你们两人都做护国公。我自己只过我私人的生活,我一心虔修德行,赞扬天主,度过我的晚年。

华列克　对于王上的意旨,克莱伦斯意下如何？

克莱伦斯　如果华列克肯接受,我也接受,我是要仰仗您的洪福的。

华列克　既然如此,那么我虽有些勉强,也只得同意了。咱俩紧密合作,充当亨利王上的双重替身,我的意思是说,政务的担子由咱俩挑起来,好让王上安享尊荣,享受清福。克莱伦斯,当前一件紧要的事是立即宣布爱德华为叛逆,并将他的一切财产没收充公。

克莱伦斯　还有什么事？王位继承问题也该决定一下。

华列克　不错,在这个问题上克莱伦斯不愁没份。

亨利王　不过,在一切重大国政之中首先有一件事,我请求你们——我已不再发号施令了——把你们的王后玛格莱特和我的儿子爱德华赶快从法国接回来。我看不见他们,就放心不下,我享受自由的欢乐心情也就要减去一半了。

克莱伦斯　立刻去办,陛下。

亨利王　萨穆塞特贤卿,你那样百般爱护的那个少年人,他是谁？

萨穆塞特　我的王上,他是里士满伯爵小亨利。

亨利王　过来,英格兰的希望。(抚摩小亨利头部)如果我的想法灵验的话,这个漂亮小伙子会替我们国家造福的。他的相貌温和而有威仪,他的头形生来佩戴王冠,他的手生来能握皇杖,他本人在适当时期可能坐上皇家的宝座。众卿们,好好培养他,他对你们的益处要比我对你们的害处大得多。

　　　　一信使上。

华列克　朋友,什么消息？

信　使　爱德华从您弟弟那里逃跑了,后来听说,已经逃到勃艮第。

华列克　扫兴的消息！他怎样逃跑的？

377

信　　使　他是葛罗斯特公爵理查和海司丁斯勋爵救出去的。他
　　　　　们两个躲在林子里等着他,从主教的猎人手里救了他,因为
　　　　　他每天都去打猎。
华列克　我弟弟太大意了。陛下,我们赶快就去,身上长了疮,
　　　　就得用膏药治。(除萨穆塞特、里士满和牛津外,余人同下。)
萨穆塞特　大人,听到爱德华逃跑,我很不高兴。勃艮第一定出
　　　　　兵支持他,不久又要打仗了。刚才亨利对里士满说的预言,
　　　　　使我很喜欢,我对他抱着希望,又怕他在未来的战争中受到
　　　　　损害。因此,牛津爵爷,为预防万一起见,我想立即送他到
　　　　　布列塔尼,等内战的风浪过了以后再接他回来。
牛　　津　不错,倘若爱德华复位,里士满和别人一样会吃亏的。
萨穆塞特　一定这样办,送他到布列塔尼。来吧,我们说做就
　　　　　做。(同下。)

第七场　约克城前

　　　　　喇叭奏花腔。爱德华王、葛罗斯特、海司丁斯率兵士上。

爱德华王　理查御弟、海司丁斯贤卿、众卿们,直到此刻为止,命
　　　　　运已对我们垂怜,似乎说,我的衰落地位可以和亨利的王座
　　　　　再对换一次。我们在海上来回两次都很顺利,已从勃艮第
　　　　　搬到救兵。我们既然从雷文斯泊港口来到约克城前,我们
　　　　　还不进入我的公爵封地,更待何时?
葛罗斯特　城门关得铁桶似的!皇兄,我不喜欢这种情形。大
　　　　　凡一个人在门槛上绊了一下,就可预料到屋里藏着危险。
爱德华王　嘿,汉子,不要让预兆吓倒我们。好歹我们总得进
　　　　　城,我们的朋友们都要到这里和我们会齐。

海司丁斯　主公,我再敲一次门,把他们叫出来。

>约克市长及僚属上至城头。

市　　长　大人们,我们早已打听到你们要来,为了安全,我们闭上城门。我们对亨利王上有效忠的义务。

爱德华王　可是,市长阁下,如果说亨利是你的王上,那么爱德华至少是约克的公爵呀。

市　　长　一点不错,我的好爵爷,我是把您当作约克公爵看待的。

爱德华王　对啦,我除了要求回到我的公爵采地以外,别的什么也不要,我对公爵封号已经十分满足了。

葛罗斯特　(旁白)狐狸只要伸进鼻子,它就有办法把全身塞进去。

海司丁斯　嘀,市长阁下,你还怀疑什么?开城吧,我们都是亨利王上的朋友。

市　　长　噢,你是这样说的吗?好,我叫人开城。(偕二僚属从城头下。)

葛罗斯特　好一位明智坚定的官长,听人家一说就信!

海司丁斯　这个老好人但愿大家相安无事,所以没有留难。只要进了城,我相信我们就能说服他和他的同僚们接受合理的办法。

>市长及二僚属来到城下。

爱德华王　市长阁下,今后除了夜晚和交战时期,城门不必关闭了。什么!先生,不用害怕,把钥匙交给我。(取过钥匙)这座城池和你本人,以及一切愿意拥护我的朋友们,都由我保护。

>进军号声。蒙特哥麦里率鼓手及兵士上。

葛罗斯特　皇兄,这位是约翰·蒙特哥麦里爵士,他是我们忠实的朋友,除非我看错了人。

爱德华王　欢迎你,约翰爵士！你为什么全副武装来见我?

蒙特哥麦里　我是在大风大浪时期赶来支援爱德华王上的,这是每个忠实臣民应尽的义务。

爱德华王　谢谢,蒙特哥麦里贤卿。不过暂时把国王的头衔丢开,在上帝进一步施恩以前,我只要求一个公爵的名分。

蒙特哥麦里　那么告辞了,我还要到别处去,我来到这里是打算为国王服务,不是为公爵服务的。鼓手,敲起鼓来,我们立刻就走。(鼓手击进军令。)

爱德华王　且慢,停一停,约翰爵士,稍等片刻。让我们商量一下,有什么妥善的办法恢复王位。

蒙特哥麦里　何必商量?一句话,你如不宣布登基,我就让你自己去碰运气,我立刻走开,我还要挡住各地勤王的兵叫他们不必来。你连国王也不想当,我们又何必打仗?

葛罗斯特　嘻,皇兄,您何必过分拘谨呢?

爱德华王　等我们实力加强以后,再公开复辟,在那以前,最好不要露出真意。

海司丁斯　不要瞻前顾后了！现在是武力至上。

葛罗斯特　谁有胆量谁就首先取得王冠。皇兄,我们立刻宣布你为王,这消息一传出去,就会有许多朋友到这里来的。

爱德华王　就照你们的意见办吧,王位本是我的,亨利不过是个篡位的人。

蒙特哥麦里　好哇,这才像我们王上说的话呀,我一定当您的先锋。

海司丁斯　吹起号筒,爱德华王上就要登基啦。兵士弟兄,宣布吧。(以片纸授兵士。喇叭奏花腔。)

兵　士　(宣读)"奉天承运,爱德华四世即位为英格兰与法兰西国王,爱尔兰大公等等……"

蒙特哥麦里　谁敢反对爱德华王上的继承权,我就向谁挑战,我以此为信。(掷手套于地。)

众　人　爱德华四世吾王万岁!

爱德华王　多谢,勇敢的蒙特哥麦里,多谢大家。日后我时来运转,一定酬谢你们的好意。今夜里我们暂时驻扎在约克城里,明天破晓时分,我们就向华列克和他的伙伴们进军,因为我很清楚,亨利是不能打仗的。呵,乖僻的克莱伦斯呀!你抛弃你的亲哥哥去讨好亨利,真该死呵!总有一天,我要同你和华列克碰头的。出发吧,勇敢的兵丁们!我们一定得胜,等到胜利到来,定有重赏。(同下。)

第八场　伦敦。宫中一室

喇叭奏花腔。亨利王、华列克、克莱伦斯、蒙太古、爱克塞特及牛津上。

华列克　诸位大人,有什么好主意?爱德华从比利时带领着粗鲁的日耳曼和荷兰兵丁,已经安全地渡过海峡,向着伦敦急速进军,有不少糊涂老百姓倒向他们那边了。

牛　津　赶紧调集军队,击退他们。

克莱伦斯　星星之火,一踩就灭,等它蔓延起来,长江大河也浇不熄了。

华列克　在华列克郡内,我的朋友全是真心实意的,在平时他们安分守己,在战时他们奋不顾身。这些战士我马上征集起来。克莱伦斯贤婿,望你去到萨福克、诺福克和肯特等地,召集那里的英雄豪杰们,由你率领前来。蒙太古贤弟,你在勃金汉、诺桑普敦、莱斯特郡这些地方素有威望,你一发命令,那里的人一定响应。英勇的牛津,你在牛津郡深得人心,你去召集那里的朋友。我的王上,你有爱戴你的臣民环绕着你,好比海洋环绕着岛屿,众多仙子环绕着嫦娥,请你安居在京城里等候我们的捷报。众位大人,我们分头出发,不要停留。再见,我的王上陛下。

亨利王　再见,我的常胜将军,我们国家的栋梁。

克莱伦斯　作为忠心的标志,我敬吻陛下的御手。

亨利王　好心的克莱伦斯,祝你马到成功!

蒙太古　请宽心,我的主公,我敬向您告别。

牛　津　(吻亨利王手)我永矢忠诚,向您禀辞。

亨利王　牛津、蒙太古两位爱卿,我向两位一同道别,祝你们百事遂心。

华列克　再见了,诸位大人。我们在科文特里见面。(除亨利王及爱克塞特外,余人同下。)

亨利王　我在宫里将息将息。爱克塞特堂兄,你觉得怎样?我想爱德华的兵力敌不过我方。

爱克塞特　只怕他把人心煽动起来。

亨利王　那倒不必担心。我的德行在百姓们中间是有口皆碑的。他们有什么要求,我总是虚心倾听;他们有什么诉愿,我总是立刻处理;我的怜恤好比香膏能医治他们的创伤;我的温和减轻他们心头的苦痛;我的慈祥止住他们汩汩的泪水;我从来不贪他们的钱财,从来不对他们横征暴敛;他们有了错误我也不急于惩罚。有什么理由使他们更爱爱德华而不爱我呢？不会的,爱克塞特,将心换心,以德报德。狮子疼爱羊羔,羊羔就会永远跟着狮子跑。

  内呐喊:"兰开斯特！兰开斯特！"

爱克塞特 听呀,听呀,我的主公！这是什么喊声？

  爱德华王、葛罗斯特率兵士上。

爱德华王 抓住那个满脸害臊的亨利,把他带走。重新宣布我是英国国王。你好比是几条细小河道的源头,你的来源已经枯竭,我好比一片汪洋大海,要把河水吸干,河水愈退得快,海水也就愈涨得凶。把他押进塔狱,不准他开口。(众押亨利王下)众卿们,专横的华列克还盘踞在科文特里,我们传令三军向那里进发。趁着天暖,赶快收割,如若迟延,严冬一到,庄稼就要受到损失了。

葛罗斯特 趁他军队未齐,我们兼程前进,定叫那老贼一鼓就擒。勇敢的将士们,进军科文特里。(同下。)

第 五 幕

第一场　科文特里

　　　　　华列克、科文特里市长、二差官及其他人等上城头。

华列克　牛津爵爷派来的差官在哪儿？我的诚实的朋友,你家爵爷离这里还有多远？

差官甲　他此刻已经到达邓司摩,正向此地继续前进。

华列克　我的兄弟蒙太古离这里还有多少路程？蒙太古派来的差官在哪儿？

差官乙　他率领着一支强大军队,此刻已到丹特里。

　　　　　约翰·萨穆维尔上。

华列克　萨穆维尔,我的女婿怎么说的？依你估计,克莱伦斯离此地还有多远？

萨穆维尔　我离开他的部队时,他们已到骚什姆,大约再过两个钟点就可到达此地。(听到鼓声。)

华列克　克莱伦斯大概快到了,我已经听到他的鼓声。

萨穆维尔　爵爷,这不是他的鼓声,骚什姆在这个方向,您听到的鼓声是从华列克郡那边传来的。

华列克　那是谁呢？或许是自动来帮忙的救兵吧。

萨穆维尔　他们快到了,您马上就可知道是谁了。

　　　　　爱德华王及葛罗斯特率兵士上。

爱德华王　号兵,到城边去吹一次召开谈判的号音。

葛罗斯特　瞧,忿忿不平的华列克在城上布防!

华列克　嘿,恶鬼找上门!淫棍爱德华来了吗?我们的侦察兵是睡死了,还是受了贿?敌人来到城边,怎么连个信息都没有?

爱德华王　听着,华列克,你肯不肯打开城门,恭恭敬敬地跪在我的面前,说几句好话,尊我为王,请求我饶恕?你如肯这样,我就赦免你的叛变之罪。

华列克　恰恰相反,我倒要问你,你肯不肯撤退军队,公开承认是谁扶你登基,是谁轰你下台,叫我一声恩公,忏悔过去的罪过?你如肯这样,我就准你继续担任约克公爵的职位。

葛罗斯特　我本来以为他至少会说要继续尊你为王哩。他说这些俏皮话是出于本意吗?

华列克　将军,赏他公爵的封号还不够好吗?

葛罗斯特　不错,平心说,一个穷伯爵还能把什么别的头衔送人?你既然送了一份厚礼,我不免要还敬你一点什么才好。

华列克　别忘记你哥哥的王位是我赏给他的。

爱德华王　这次没有华列克送礼,我照样为王。

华列克　你不是阿特拉斯大力士①,你背不起这个沉重的世界,对你说,小子,华列克又把他送的礼物拿走了。现在亨利是我的王上,华列克是他的臣子。

爱德华王　可惜华列克的王上已经关进了我的监牢。豪迈的华

---

① 阿特拉斯(Atlas),希腊神话中巨人,能将天体捎在肩上。

385

列克,回答我这个问题:皮之不存,毛将焉附?
葛罗斯特　呵唷唷,华列克竟未料到,他从牌堆里偷了一张十点,那张国王却被别人拿走了!你和可怜的亨利是在主教府邸里分手的,八成要在塔狱里和他再见了。
爱德华王　事情就是这样,不过你华列克仍然是个华列克。
葛罗斯特　得啦,华列克,机不可失呀,快跪下,快跪下,此时不跪,更待何时?趁热打铁,不然铁就冷啦。
华列克　我宁可用这只手一刀砍下那只手,把那只手甩到你的脸上,也决不随风转舵,向你低首下心。
爱德华王　你现在是逆风逆水,还随什么风,转什么舵?我要趁着你的头刚砍下来还温暖的时候,一把揪着你那乌黑的头发,用你自己的血在地上写下这一句话:"翻云覆雨的华列克再也不能翻覆了。"

　　　　　牛津率队伍上,鼓乐旌旗前导。

华列克　喝,迎风飘扬的旗帜呵!瞧,牛津到啦!
牛　津　牛津拥护兰开斯特!(率队入城。)
葛罗斯特　城门开了,我们也进去。
爱德华王　留神有敌兵抄我们的后路。我们列好阵势,不怕他们不出来迎战。如果他们不出来也不要紧,反正这城池兵力不多,我们不妨攻进去瓮中捉鳖。
华列克　呵,牛津,欢迎你!我们正需要你援助。

　　　　　蒙太古率队伍上,鼓乐旌旗前导。

蒙太古　蒙太古拥护兰开斯特!(率队入城。)
葛罗斯特　你们两弟兄敢于造反,就叫你们用你们腔子里的鲜血来赎罪。
爱德华王　棋逢对手,胜利才更光荣。我心里有了大获全胜的预感。

> 萨穆塞特率队伍上,鼓乐旌旗前导。

萨穆塞特　拥护兰开斯特!(率队入城。)

葛罗斯特　从前有两个和你同名的萨穆塞特公爵都在约克手里送了命,你是第三个送死鬼,我的宝剑不饶人。

> 克莱伦斯率队伍上,鼓乐旌旗前导。

华列克　瞧,克莱伦斯公爵像一阵旋风似的过来了,他的兵力够和他哥哥对仗。他激于正义,宁愿牺牲弟兄的情分!来呀,克莱伦斯,来呀!你听到华列克的召唤,一定就来。

克莱伦斯　华列克老头儿,你懂得这是什么意思吗?(从帽上摘下红玫瑰)瞧着,我把这肮脏东西抛还给你。我父亲牺牲生命,把约克家族的基业奠定下来,我不忍心把它破坏,反替兰开斯特效劳。嘿,华列克,你以为我克莱伦斯是这样狠心,是这样愚蠢,是这样违反天性,竟肯对他的胞兄,对他的合法君王,倒戈相向吗?或许你要用我许下的誓言来责备我。那种誓言,我如果认真遵守,就比那牺牲亲生女儿的耶弗他[①]更加离经叛道了。我以前背叛兄长,我非常痛心,为了向他赎罪,我声明你是我的敌人,不论在什么地方碰到你——如果你敢出城,我马上就要碰到你——我坚决和你作对,惩罚你对我的勾引。跋扈的华列克,我反对你;我带着羞愧转向我的兄长。请宽恕我,爱德华,我一定主动赎罪;理查,请不要谴责我的过错,从今以后我再也不会变心了。

[①] 耶弗他发誓为战争获胜,愿将他所遇到的第一个从家中出来的人献给耶和华,谁知第一个出来的却是他的女儿。他为遵守誓言,竟杀女献神。事见《旧约》:《士师记》第十一章。

爱德华王　我现在更加欢迎你,对你更加亲爱十倍,倘若你从未犯过错误,我还不会对你这样亲密哩。

葛罗斯特　欢迎你,好克莱伦斯,这才像是亲兄弟呀!

华列克　你这头号的奸贼,你这滥发假誓、不忠不义的奸贼!

爱德华王　怎么样,华列克,你是愿意出城交战呢,还是等我们攻进城呢?

华列克　呵哈,我不能困守在这城里!我马上到巴纳特去,爱德华,如果你敢,我们就在那里交锋。

爱德华王　行,华列克,爱德华有什么不敢?我领先带路。众卿们,到战场去。圣乔治保佑我们得胜!(爱德华王率队先下。进军号音。华列克率队随下。)

第二场　巴纳特附近战场

号角齐鸣。两军混战。爱德华王上,华列克负伤被带上。

爱德华王　你居然躺下了。你一死,就没有什么可怕的人了。华列克的确是最使我们头疼的灾星。蒙太古,你等着吧,等我找到你,叫你的尸首和华列克的尸首做伴。(下。)

华列克　呵呀,谁在我的身边?朋友也好,仇人也好,望你到我跟前来,告诉我谁是胜利者,是约克还是华列克?我为什么要问?我遍体鳞伤,血流如注,身体困惫,心头剧痛——这一切都表明,我的躯体必然归于泥土,我死之后,胜利必然归于敌人。我这株巍峨的松柏,在它的枝头曾经栖息过雄鹰,在它的树荫下曾有狮子睡眠,它的顶梢曾经俯视过枝叶茂密的丹桂,在它的荫庇之下丛生的杂树得以度过严冬,然而到头来,这棵老树还是断送在樵夫的利斧之下了。我的双目已经蒙上一层死亡的翳障，模糊不清，但它以前曾像正午的太阳炯炯有神，看透世界上的阴谋诡计。我的眉宇中间的皱纹现在是鲜血淋漓，但在往时，人们都把它看作帝王的坟墓，因为哪一个帝王的生命不是在我的掌握之中？我若是皱起眉头，有谁人还敢嬉笑？噫，我的盖世功名是付于尘土了！我所有的苑囿池沼、楼台亭榭，都撒手成空。我的广大田园，除了我葬身的七尺圹穴以外，都非我所有了。唉，什么气派、权势、威风，都算得什么？不过是一抔黄土罢了！不管你活得多么好，你总逃不了死亡。

  牛津及萨穆塞特上。

萨穆塞特 呵，华列克，华列克哟！你如果还同我们一样健壮，我们还有希望转败为胜。王后从法国借到一支强大的军队，我们已经得到确息。呵，你如能同我们一起退却有多好呀！

华列克 唔，即便能走我也不走。呵，蒙太古呀，如果你在这儿，我的好兄弟，请你拉住我的手，用你的唇吻我，使我的灵魂多留一会儿！你是不爱我的，如果你是爱我的，好兄弟，你的眼泪一定能把凝结在我唇边的血块洗掉，使我能多说几句。快来啊，蒙太古，你不来我就要死了。

萨穆塞特 唉，华列克！蒙太古已经呼吸了最后一口气，直到他临终喘息的时候，他还记挂着你，要我们"代他向他的英勇的兄长致敬"。他还想说许多话，讲到后来声音都像地窖里的瓮声一样听不清楚，但末了我听出他边呻吟边说的一句，"唉，永别了，华列克！"

华列克 祝他灵魂安息！将军们，快逃吧，保全你们自己吧。华列克向诸位告别了，我们天上再见。（死。）

牛　津　走吧,走吧,去迎接王后的大军!(二人舁华列克尸体同下。)

第三场　战场另一处

　　喇叭奏花腔,奏得胜乐。爱德华王及克莱伦斯、葛罗斯特及余人等上。

爱德华王　直到如今,我们的好运继续上升,我们已经赢得了胜利的花冠。但在我们的鸿运如日方中的时候,我看到一片不祥的乌云要在灿烂的太阳到达西方的舒适的卧榻以前向它袭击。诸位贤卿,我指的是那王后从法国搬来的人马。听说她已经登陆,正向我们这里进攻。

克莱伦斯　只需一阵烈风就能把乌云吹散,把它吹回到原先出发的地方。太阳的光线能将云雾蒸干。并不是每块乌云都能引起一场风暴。

葛罗斯特　据说王后带来的兵马有三万之众,萨穆塞特和牛津也和她会合。如果容她有喘息的机会,她的兵力不难增加到同我们相等的数目。

爱德华王　据我们忠实的友人报告,王后的军队正向图克斯伯雷进发。我方的精锐现在集中在巴纳特,我们最好开往图克斯伯雷去迎击她,路程虽长,但有了决心就不觉其远。在进军的路上,每过一处州郡,我们的军队还可得到补充。敲起鼓来,叫军士们呐喊"勇敢呀!"急速开拔。(喇叭奏花腔。同下。)

第四场　图克斯伯雷附近平原

进军号音。玛格莱特王后、爱德华亲王、萨穆塞特、牛津率军队上。

玛格莱特王后　诸位大人,明智的人决不坐下来为失败而哀号,他们一定乐观地寻找办法来加以挽救。虽然我们船上的桅杆吹折到海里,缆绳折断,船锚丢失,半数的水手都被海水吞噬,那有什么关系呢?我们的掌舵人还安然无恙。如果不辞辛苦,拿出勇气,就一定能够转危为安,这时节假如撒下船舵,像胆小的儿童一般,眼泪汪汪地把泪水洒进海水,那就只会增添水势,当他嚎啕大哭的时候,船只就在礁石上碎为齑粉,这不是自取其祸吗?呵,这是多么可耻!呵,这是多么失算!譬如说,华列克是我们的船锚,那又怎样?蒙太古是我们的桅杆,那又如何?我们阵亡的朋友都是船缆船篷,那又有什么关系?嗯,牛津不是新的船锚吗?萨穆塞特不是新的桅杆吗?法国的朋友们不是新的船缆船篷吗?我和我儿奈德,虽然技术不高,何妨权且担当一下舵工的任务呢?我们决不离开舵楼,哀哀号泣,我们要在急风暴雨之下坚持航线,绕过暗礁,安然前进。风浪来时,咒它骂它,和恭维它、颂扬它同样无济于事。爱德华是个什么?他不过是汹涌的大海。克莱伦斯是个什么?他不过是虚有其表的流沙。理查是个什么?他不过是一块嶙峋的礁石。这些都是我们这只不幸的航船的敌人。别仗着你会游泳,哎呀,你哪能长时间浮在海里!别以为你能踏上流沙,你一踏上去马上就会下陷。别以为你能跨上礁石,潮水会把你冲走,否则你也将饿死在礁石上面。这三种死亡,无一可以幸免。诸位大人,我说这些话,是为了促使你们了解,万一有人存着逃跑的念头,他是决没有希望获得那三弟兄的宽恕的,犹如他不能躲避海浪、流沙、礁石的灾难一样。只有鼓起勇气才是办法!凡是无法逃避的事情,如果光害怕、着急,那只能算是幼稚、软弱。

亲　王　一个妇道人家都能有这种英雄气概,我想就是胆小鬼听了她这席话,也会刚强起来,甚至敢用赤手空拳去对披铠戴甲的人进行搏斗。我这样说,并非对谁有什么怀疑。果真有人害怕,我宁可让他早点离开我们,免得影响别人。这里若有这样的人——上帝不容的!——就请他自便吧。

牛　津　妇女和孩子都有这般胆量,难道堂堂战士反而顾虑重重?那真是洗不干净的耻辱!英明的少年王子!你祖父的豪迈风度,在你身上又表现出来了。祝你发扬先烈,重振家声!

萨穆塞特　我们有了如此光明的前途,倘若还有人不肯奋斗下去,那就请他像白天的枭鸟一样,躲在家里去睡觉,他一露面,就让大家嗤笑他。

玛格莱特王后　多谢你,萨穆塞特将军,多谢你,牛津将军。

亲　王　我没有别的报答你们,请你们接受我衷心的感谢。

　　　　　一差官上。

差　官　大人们,请准备,爱德华快到了,他就要进攻,请各位大人拿定主意。

牛　津　果然不出我之所料,他的策略是快速行军,攻其不备。

萨穆塞特　那他是上了当了,因为我们早就准备停当。

玛格莱特王后　看到诸位将军这样勇往直前,我非常高兴。

牛　　津　　就在此地交锋,我们寸步不让。

　　　　　　吹进军号。爱德华王、克莱伦斯、葛罗斯特率军队在远处上。

爱德华王　　将士们,竖在我们面前的是那棵多刺的树,凭着上天帮忙和你们大家的力量,今天黑夜以前要把那树连根砍掉。我无须煽起你们的怒火了,我知道你们已经怒不可遏,要把他们烧光。现在传令进攻,将军们,冲过去!

玛格莱特王后　　将军们,战士们,我想说的话,我的眼泪阻住我说不出来。我每说一个字,我的泪水就哽住我的咽喉。因此,我只简单说几句。你们的亨利王上被贼人囚禁,他的王位被篡夺,他的国家被敌人变成屠场,他的臣民遭到屠杀,他的法令被取消,他的国库被掠夺。站在对面的就是造成这一切灾难的野心狼。你们是为正义而战。以上帝的名义,将军们,下令进攻,勇敢杀敌吧。(两军混战。同下。)

第五场　战场另一处

　　　　　　击鼓吹号。两军交锋。继而吹收军号。爱德华王、克莱伦斯、葛罗斯特率军队上。玛格莱特王后、牛津、萨穆塞特被俘,押上。

爱德华王　　多年的纷争终于结束了。把牛津送往亥姆斯城堡监禁,将萨穆塞特斩首。把他们立刻带走,不准他们说话。

牛　　津　　我压根儿就不想对你说什么。

萨穆塞特　　我只听天由命,不想开口。(牛津、萨穆塞特被押下。)

玛格莱特王后　　我们在这扰攘的尘世凄然告别,到幸福的天国再行欢聚。

爱德华王　　悬赏捉拿爱德华的布告贴出去没有?

393

葛罗斯特　贴出去了。瞧,这不是那小爱德华来了!

　　　　　众兵丁押爱德华亲王上。

爱德华王　把那公子哥儿带过来,听听他有什么话说。啊,这样一根嫩刺也能戳人吗?爱德华,你起兵造反,煽惑我的百姓,对我捣乱,你得到什么好处呢?

亲　　王　骄横的约克,你该像一个臣子对我说话。我现在代表我父王发言,叫你立刻退位让国,在我面前跪下。刚才你要我回答的话,逆贼,那正是我要问你的话。

玛格莱特王后　呵,你父亲能像你这样刚强就好了!

葛罗斯特　果真那样,你就得安分守己做女人,不让你这雌鸡学雄鸡叫了。

亲　　王　伊索驼子要讲寓言,该在冬天夜晚闲着无事的时候讲,这儿不是你讲什么鸡儿狗儿谜语的地方。

葛罗斯特　妈的,毛孩子,你叫我驼子,我叫你遭瘟!

玛格莱特王后　对啦,你原就是瘟神下世嘛。

葛罗斯特　该死的,快把这骂人的囚徒带走。

亲　　王　不对,快把这骂人的驼子带走。

爱德华王　住口,任性的小子,你再骂人,我就钳住你的舌头。

克莱伦斯　没有教养的孩子,你太放肆了。

亲　　王　我懂得我的责任,你们都是在胡作非为。荒淫的爱德华、发假誓的乔治、丑八怪狄克,我对你们三个说,我比你们高尚,你们都是叛贼。你篡了我父亲和我的王位。

爱德华王　臭嘴婆娘养的小杂种,吃我一剑。(以剑刺爱德华。)

葛罗斯特　你趴在地上了吗?再给你一剑,免你活受罪。(刺爱德华。)

克莱伦斯　你骂我发假誓,也给你一下子。(刺爱德华。)

玛格莱特王后　也杀了我吧!

葛罗斯特　行,要杀的。(举剑欲杀。)

爱德华王　等一等,理查,等一等,我们做得太过火了。

葛罗斯特　干吗让她活着骂街?

爱德华王　嘿,她晕过去了吗?把她弄醒。

葛罗斯特　克莱伦斯,请你代我向王上告罪,我有要紧的事去伦敦。等你到了那里,一定让你听到好消息。

克莱伦斯　什么?什么?

葛罗斯特　塔狱,塔狱。(下。)

玛格莱特王后　呵,奈德呀,亲爱的奈德呀!对为娘的说话呀,孩子!不能开口了吗?呵,叛贼们!杀人的凶手们!当年刺杀恺撒的人们,跟这些凶手比起来,就算不得犯了什么严重的罪过,算不得流了什么血,恺撒是个成年人,我的奈德还是个孩子,人的心再狠,也不该对孩子下毒手呀。还有什么比凶手更坏的名字可以用来称呼他们呢?不行了,不行了,我一开口,我的心就要爆炸了;我偏要开口,让我的心炸掉才好。屠夫呀!恶棍呀!吃人的生番呀!多么娇嫩的一棵树,你们不等它长大,就把它砍掉了!绝子绝孙的屠夫们,你们自己如果有儿女,只要一想到他们,就不会这样毫无心肝了。不过你们这些刽子手,如果你们有儿女,也叫他和这少年王子一样遭到横死!

爱德华王　把她带走,去,把她轰出去。

玛格莱特王后　不用把我带走,就在这里把我打发掉好了。在这里杀掉我,我不怪你。呃,你不杀?好,克莱伦斯,你来动手。

克莱伦斯　哼,我才不让你死得那样痛快哩。

玛格莱特王后　好克莱伦斯,来吧;亲爱的克莱伦斯,下手吧。

克莱伦斯　我发誓不干,听见了吗?

玛格莱特王后　嗳哟,反正你发誓向来不算数的。以前背誓是罪过,现在是行好。嗯,不肯吗?那杀人的恶鬼在哪儿,那丑鬼理查呢?理查,你在哪儿呀?咦,不见了。杀人是他的善举,请他杀人,他是从不拒绝的。

爱德华王　带走,我说。我命令你们,把她带走。

玛格莱特王后　叫你和你的子子孙孙都得到和王子一样的下场!(被强迫带下。)

爱德华王　理查哪里去了?

克莱伦斯　他急急忙忙赶往伦敦去了。我猜他要在塔狱里举行一次血的晚宴。

爱德华王　他一想到什么事,总是马上就办。我们也要收兵离开此地。招来的兵丁,都发给遣散费,谢谢他们,叫他们各自回乡。我们到伦敦去,看看我们温柔的王后生活过得怎样。我估计她该替我添个孩子了。(同下。)

第六场　伦敦。伦敦塔中一室

亨利王手持书本坐于室内,卫队长随待。葛罗斯特上。

葛罗斯特　王爷,您好。嘿,看书看得这样用功呀。

亨利王　托福,我的好公爷——我该说公爷就行啦,恭维人不是好事,"好"字用得不恰当。"好葛罗斯特"和"好魔鬼"听上去仿佛差不多。这两种称呼都荒唐。还是别说"好公爷"吧。

葛罗斯特　卫队长,你且退下,我和他有事要谈谈。(卫队长下。)

亨利王　不关心羊群的牧羊人见有狼来,就自顾自逃命啦。软弱的绵羊先让人家剪掉羊毛,然后再伸出脖子去挨刀。咱们的名角儿打算演出什么当场出彩的好戏?

葛罗斯特　真是做贼心虚,贼老哥总以为四面八方都有捕快等着他。

亨利王　在矮树丛里上过圈套的鸟儿,见到矮树丛就发抖。我这只老鸟,有过一个小宝贝上过圈套,被人家捉去弄死,现在又看见那个圈套放在我的面前了。

葛罗斯特　什么鸟儿不鸟儿,当年关在克里特岛上的呆鸟妄想教他儿子学鸟飞,尽管装上翅膀,后来还不是跌到海里淹死?

亨利王　我就是代达罗斯,我的可怜的儿子是伊卡洛斯,你父亲是断绝我们归路的弥诺斯,你哥哥爱德华就是融化我儿子翅膀的太阳,你自己就是吞噬我儿子的大海。哎,用刀杀掉我吧,不要用言语刺痛我的心!我的胸膛能忍受你的刀锋,我的耳朵却受不了你使我听了伤心的话!你是来干什么的?不是来要我命的吗?

葛罗斯特　你以为我是刽子手吗?

亨利王　你是一个害人精,那是肯定的。假如杀害无辜也算是执行死刑的话,那你就是刽子手。

葛罗斯特　你儿子太放肆,我才杀他。

亨利王　如果你第一次放肆就被人杀掉,你就活不到现在来杀我儿子了。我现在作这样的预言:尽管成千成万的人现在一点也不相信我所担心的事情,可是不久就将有无数的老人因为失去儿子而哽咽,无数的寡妇因为失去丈夫而号泣,

397

无数的孤儿因为父母死于非命而流泪,他们都将因为你的诞生而痛心疾首。你出世的时候,枭鸟叫唤,那就是一个恶兆,夜鸦悲啼,预示着不祥的时代,恶狗嗥叫,狂飙吹折树木,鸷鸟落在屋顶上,叽叽喳喳的山雀发出凄厉的噪音。你妈生你的时候比一般产妇吃了更大的苦,可是生下的孩子比任何孩子更使做娘的失望;你生来奇形怪状,简直不像一个好人家的儿女。你一下地就满口生牙,可见你生来就要吃人。我还听到不少别的话,如果都是真的,那你是来……

葛罗斯特　不要听了。预言家,叫你言还未了,一命先休。(刺亨利王)这是完成了上天授予我的一桩任务。

亨利王　是呀,你杀人的任务还将层出不穷哩。呵,请求天主赦免我的罪过,也请天主宽恕你!(死。)

葛罗斯特　呵呵,心高志大的兰开斯特,你的血也会沉入地底吗,我原以为你的血是要升入天空的哩。看,我的宝剑因为这可怜的国王的死亡而流泪了!以后但凡遇到企图推翻约克家族的人,就叫我的宝剑为他流下紫色的泪!如果你还有一丝气息未断,我就把你推进地狱,并且告诉你,是我推你下去的。(再刺亨利王)我本是个无情无义、无所忌惮的人。真的,刚才亨利说我的话一句也不错,我也多次听到我母亲说,我出世的时候是两条腿先下地的:那也难怪,有人夺去了我的权利,我怎能不快走一步把他们打垮?当时接生婆大吃一惊,女人们都叫喊:"呵呀,耶稣保佑我们呀,这孩子生下来就满嘴长了牙齿啦!"我确实是嘴里长牙,这显然表示,我生下来就应该像一条狗那样乱吠乱咬。老天爷既然把我的身体造得这样丑陋,就请阎王爷索性把我的心思也变成邪恶,那才内外一致。我是无兄无弟的,我和我的弟兄完全不同。老头们称作神圣的"爱"也许人人都有,人人相同,可我却没有什么爱,我一向独来独往。克莱伦斯,你得小心,你既然遮住我的光明,我就该替你安排黑暗的日子。我要散布童谣,使爱德华感到惶惶不安,然后,为了解除他的忧虑,势非置你于死地不可。亨利王和他的儿子爱德华王子都已完蛋,克莱伦斯,现在就轮到你头上了。我要把这伙人一个一个都解决掉,我一天不成为唯我独尊的人,我一天就认为是受了委屈。亨利呀,让我把你的尸体拖到另一房间里去,今天是你的末日,你去自鸣得意吧。(拖亨利王尸体下。)

第七场 同前。宫中一室

爱德华王坐于御座,伊利莎伯王后怀抱新生王子、克莱伦斯、葛罗斯特、海司丁斯等立于爱德华王左右。

爱德华王 我们重新坐上英格兰皇家宝座,这是在使敌人流血以后才夺回来的。正当强大的敌人十分猖狂的时候,我们就像秋天收割庄稼一样把他们铲除了!前后三个萨穆塞特公爵,他们都是声威久著、坚强无比的英雄;克列福家父子俩,诺森伯兰家父子俩,他们这两对,在号筒的激动之下,策马临阵,也都勇不可当;还有华列克和蒙太古两弟兄,赛过两只勇猛的大熊,他们曾用链索锁住兽中的狮王,以他们的吼声震动整个森林世界——这一伙全都被我扫平了。我们的卧榻之旁再没有别人鼾睡,我们可以高枕无忧。蓓斯,请你把小宝贝抱过来,让我吻吻他。小奈德,为了你,你爸爸和你的两位叔叔冬天穿着冰冷的甲胄,彻夜不眠;夏天在灼热的阳光中东奔西走，都为的是夺得天下，让你稳坐江山。我们含辛茹苦，让你坐享其成。

葛罗斯特　（旁白）等你的脑袋倒垂下来，你家小宝贝就坐享不成啦。世人对我的抱负还没有足够的估计。我生就熊腰虎背，是注定要担负重任，或者是挑起重担，或者是压断我的背脊。照你的意思做去，你就会达到目的。

爱德华王　克莱伦斯、葛罗斯特两位贤弟，对你们的贤德嫂嫂多亲热亲热，也疼疼小王子你们的侄儿。

克莱伦斯　我亲吻这个甜甜蜜蜜的小宝贝，表示我对陛下的忠荩。

爱德华王　尊贵的克莱伦斯，谢谢你；贤明的兄弟，谢谢你。

葛罗斯特　我亲亲热热地吻着果子，由此来表示我对产生果子的树木有多么深挚的爱。（旁白）说老实话，我这一吻，好比犹大吻耶稣，口里喊"祝福"，心里说"叫你遭殃"。

爱德华王　现在国家太平，我们弟兄友爱，我稳坐王位，称心如意。

克莱伦斯　玛格莱特的案子陛下怎样发落？她父亲瑞尼埃把西西里和耶路撒冷两处国土典押给法国国王，筹到一笔赎金来赎他女儿了。

爱德华王　准他取赎，把她送往法国好了。如今狼烟扫净，我们正好尽情欢乐，歌舞升平。盼咐把鼓乐吹打起来！正是：群奸授首，我们永享太平。（同下。）